어떤 동사의 멸종

사라지는 직업들의 비망록

어떤 동사의 멸종

ⓒ한승태, 2024

초판 1쇄 2024년 6월 17일 발행
초판 5쇄 2024년 11월 5일 발행

지은이 한승태
펴낸이 김성실
책임편집 박성훈
표지 디자인 김현우
제작 한영문화사

펴낸곳 시대의창 **등록** 제10-1756호(1999. 5. 11)
주소 03985 서울시 마포구 연희로 19-1
전화 02)335-6121 **팩스** 02)325-5607
전자우편 sidaebooks@daum.net
페이스북 www.facebook.com/sidaebooks
트위터 @sidaebooks

ISBN 978-89-5940-845-0 (03810)

잘못된 책은 구입하신 곳에서 바꾸어드립니다.

어떤 동사의 멸종

사라지는 직업들의 비망록

한승태 3
노동에세이

시대의창

ⓒ한승태, 2024

영진에게

|

"모든 것이 지나가고 나면

정말로 변하기 쉽고 하찮은 아름다움만이 기억에 남는다."

—샤토브리앙

※일러두기

본문에 수록한 글 가운데 일부는 아래 잡지에 부분 게재되었습니다.

《에픽 #05》, 다산북스, 2021. 10.11.12.

《The Earthian Tales어션 테일즈》 No. 1, 아작, 2022. 1.

《The Earthian Tales어션 테일즈》 No. 2, 아작, 2022. 4.

《The Earthian Tales어션 테일즈》 No. 3, 아작, 2022. 7.

《The Earthian Tales어션 테일즈》 No. 4, 아작, 2022. 10.

《The Earthian Tales어션 테일즈》 No. 5, 아작, 2023. 1.

시작하며:

소개하다

새우는 바다의 열매 같은 거야. 바비큐 해도 되고 끓여도 되고 볶아도 되고 살짝만 익혀도 되고 프라이팬에 튀겨도 되고 기름 솥에 넣고 튀겨도 되고… 파인애플 새우도 맛있고 레몬 새우도 맛있고 코코넛 새우도 맛있고 고추 새우도 맛있고 새우 수프도 맛있고 새우 스튜도 맛있고 새우 샐러드도 맛있고 새우 샌드위치도 맛있고….*

영화 〈포레스트 검프〉에는 '버바'라는 인물이 나온다. 그는 주인공 톰 행크스의 절친한 군대 동기로 머릿속엔 오로지 새우 생각밖에 없는 어딘가 살짝 모자라 보이는 청년이다. 버바의 가족은 대대로 앨라배마에

* 영화 〈포레스트 검프〉(로버트 저메키스 감독, 1994) 가운데.

서 새우 요리를 만들며 살아왔는데 그의 꿈도 군에서 돈을 모아 자신만의 새우 사업을 시작하는 것이었다. 보시다시피 버바에게는 오직 한 가지 대화 주제만이 존재했다. 새우. 소총 조립할 때도, 군화 닦을 때도, 바닥 청소할 때도 버바는 오직 새우 이야기뿐이었다.

작가란 어떤 면에선 버바 같은 존재다. SF를 쓰든 동화를 쓰든 논픽션을 쓰든 깊숙이 내려가 보면 그들이 하고자 하는 말은 언제나 하나뿐이다. 버바의 새우가 내게는 '노동'이다. 사람들이 일하는 이야기. 먹고살기 위해 우리가 참고 벼르고 각오하는 이야기. 인간이 무의식의 세계 다음으로 많은 시간을 보내는 공간에서 지지고 볶는 이야기. 내가 읽고 싶고 또 쓰고 싶은 이야기는 항상 그런 것이다.

말하자면 이것은 장례식 풍경을 기록한 글이다. 오늘날 노동을 이야기하면서 만가를 흥얼거리지 않기란 어려운 노릇이다. 내가 직업의 소멸을 이야기하는 글을 처음 접한 것이 오륙 년 전이다. 당시는 그 기사가 이상하리만치 인상에 남지 않았다. 인공지능이 사람이 하는 일을 대신한다는 예상이 마치 화성에 식민지를 건설한다는 것처럼 (기술적으로 불가능하진 않지만) 현실감이 들지 않을 만큼 먼 미래의 일처럼 느껴졌다.

첨단 기술에는 사이드미러와 비슷한 성질이 있다. 그 실체가 사람들이 눈으로 확인할 수 있는 것보다 훨씬 더 가까이 다가와 있다. 그 무렵 일본의 하코다테 미라이 대학의 마쓰바라 진 교수가 개발한 인공지능 프로그램이 쓴 소설이 '호시 신이치상' 일반 부문에서 1차 심사를 통과한 일이 알려졌다(지금에야 놀라울 게 없지만 당시는 꽤나 충격적인 소식이었다). 무려 1450여 편의 작품과 경합을 벌여 얻은 성과였다. 이 일이 얼마나 대단한 성취인지는 그동안 내가 응모해서 1차 심사 근처에도 못 가 보고 떨어진 문학 공모전이 세 자릿수에 육박한다는 말씀을 드리는 것으로 대신하겠다.

기계가 소설까지 쓸 수 있다면 다른 일은 말할 것도 없었다. 어느 순간부터 시한부 선고를 받은 직업들에 관해 써야겠다는 생각을 떨칠 수가 없었다. 우리의 일상을 먹여주고 씻겨주고 가끔씩은 꿈꾸게도 해준 세계이니만큼 격식을 갖춘 작별 인사 정도는 필요하지 않겠는가. 다만 여기서는 인공지능의 기술적인 측면을 다룬다거나 미래가 어떤 식으로 변화할지를 예측하는 시도는 하지 않으려고 한다. 기술혁신을 나는 초등학생 수준 정도로 이해할 수 있을 뿐이고 이 영역을 나보다 쉽고 충실하게 설명해 줄 수 있는 사람은 차고 넘치게 많다. (참고로 나는 수능 시험에서 수학을 두 문제 맞힌 사람이다.)

미래를 예상하는 일은 대체로 부질없는 것 같다. 이 일을 업으로 삼은 이들은 그들이 여의도의 투자 전문가이건 케임브리지 대학의 사회학자이건 본질은 '장돌뱅이 약장수'다. 이런 특성을 가장 선명하게 보여준 분야가 인공지능이다. 인공지능의 역사는 한 번도 약속대로 결과물을 내놓은 적이 없는 연구 지원금의 역사였다.

몇 가지 예를 들어보자면,

제너럴모터스는 1939년 뉴욕 세계 박람회에서 시속 160킬로미터로 달리는 무인 자동차를 소개하면서 관람객들에게 이렇게 물었다.

"낯선가요? 환상적인가요? 믿어지지 않나요? 기억하세요, 이것이 우리가

1960년에 마주할 세상입니다."*

1970년《라이프》 지는 〈샤키Shakey, 최초의 전자 인간을 만나다〉라는 기사를 발표한다. 사진 속의 샤키는 쇼핑 카트 바퀴가 달린 데스크톱 위에 구식 캠코더가 부착된 모습이다. 이 '전자 인간'은 간신히 주변을 인식하며 돌아다닐 수 있는 게 전부였다. 놀랍게도 "기사에서 한 연구원은 8년 후면 인간과 비슷한 수준으로 생각하는 기계가 나올 것이라고 말한다".**

2000년대 중반 '딥러닝' 이전까지 이 분야는 호언장담과 보잘것없는 결과물의 악순환을 반복해 왔다. 세상에 거대한 변화와 진통이 몰려오고 있는 것은 분명하나 그것이 이른바 전문가들의 예상대로 이루어질 것 같지는 않다. 약장수가 대개 그렇듯, 그들도 자기 약의 효과를 과장해서 떠벌리는 데 도가 튼 사람들이다.

대신 나는 사라져가는 직업들의 비망록을 남겨보려고 한다. 대규모 단종이 예고된 '인간의 노동'이라는 카메라를 통해 오늘날 한국 사람들의 모습을 담아보려 한다. 인간에게는 특정한 노동을 통해서만 발현되는 희로애락이 있다. 그 노동의 공간 안에서 펼쳐지는 고통과 욕망을, 그것들의 색깔, 냄새, 맛까지 전부 기록하고 싶다. 직업이 사라진다는 것은 생계 수단이 사라지는 것만이 아니라, 그 노동을 통해 성장하고 완

* 《안녕, 인간》, 해나 프라이, 김정아 옮김, 와이즈베리, 2019.

** 《로봇 공화국에서 살아남는 법》, 곽대식, 구픽, 2016.

성되어 가던 특정한 종류의 인간 역시 사라지는 것을 뜻하기 때문이다.

이것이 단순히 감상적인 시도만은 아니라고 나는 믿는다. 내가 처음으로 찾아간 곳은 콜센터였다. 콜센터가 내 작가 경력에 남긴 최고의 성취는 오랫동안 고민해 온 묘비 문구를 결정짓게 도와준 것이다. 이름 옆에 딱 이렇게만 적을 생각이다.

"콜센터가 제일 힘들었다."

뒤에서 차차 이야기하겠지만 매일매일 헤드셋을 통해 쏟아지는 모욕과 무시를 참아내느니 차라리 온종일 돼지 똥을 치우는 일이 더 편할 것 같았다. 100여 년 전, 콜센터 상담사와 비슷한 처지에 놓였던 사람들이 있었다. 바로 전화교환수다.

동아일보는 1928년 2월 25일과 26일 자 신문에 여자 교환수를 심층 취재한 기사를 실었다. 그 제목 또한 독자들의 마음을 움직이기 충분했다. 기사 제목은 '「하이, 하이, 난방」이 입버릇 된 교환수 아가씨들의 설음—압헤는 손님의 야비한 욕설 뒤에는 교환 감독의 수지람 그러고도 일급은 팔구십전'이다.

전화교환수들이 제아무리 번갯불처럼 손을 놀린다 해도 그들도 사람인 이상 가끔 고객의 호출에 늦거나 실수를 하기 마련이다. 그럴 때 일부 고객들은 아무렇지도 않게 육두문자를 내뱉었다. 그녀들의 가슴은 '죽일 년, 살릴 년, 빠가(멍청이)' 같은 언어폭력으로 시퍼렇게 멍들어만 갔다.*

* 《사라진 직업의 역사》, 이승원, 자음과모음, 2021.

이렇게도 말할 수 있지 않을까? 오늘날 콜센터 상담사가 그토록 고통받는 이유는 한국 사회가 전화교환수들이 어떻게 일하며 살았는지를 너무 쉽게 잊어버렸기 때문이라고. 자동식 전화 교환기의 개발로 전화교환수는 1935년 10월 공식적으로 사라졌다. 이와 함께 "죽일 년, 살릴 년, 빠가"라는 기록도 자취를 감췄다. 만약 그들의 기억이 면면히 이어질 수 있었다면, 우리가 수화기 너머에서 벌어지는 일을 꾸준히 의식하며 발전할 수 있었다면 지금쯤 콜센터 상담사들의 고통도 조금이나마 가벼워질 수 있지 않았을까? 그러므로 오늘날 먹고사는 이야기를 글로 남기는 것은 훗날 비슷한 처지에 놓이게 될 이들의 고통을 경감시켜 줄 수 있는 사회적 백신을 제조하는 것과 같다. (이야기가 너무 거창해지는 것 같은데… 약장수 중에 최고 약장수는 누가 뭐라 해도 작가죠. 미안해요. 먹고살려니 저도 약 좀 팔아야겠네요.)

힘든 일이 넘쳐나는 세상에서 내가 한 일이 이렇게 힘들었다며 책 한 권을 채우는 건 왠지 부끄러운 일이다. 특히나 병원 응급실, 중공업 현장에서 일하며 글을 쓴 작가들의 책을 읽고 있으면 '힘들다'라는 말을 꺼내기 참 민망해진다. 그럼에도 그 말을 뺄 수는 없었는데 거기에는 그럴 만한 이유가 있다. 비록 내게는 잠시 지나가는 일자리였지만 나와 함께 일했던 동료들에게는 과거부터 해왔고 또 내가 떠난 후에도 계속해야 할 일이다. 그들에게 고통은 실재하는 것이었고 귀담아들을 만한 무게를 지닌 호소였다. 독자 여러분이 너그럽게 이 책의 넋두리를 우연히 그들 곁에 있었던 내가, 함께 일한 동료들을 대신해 전하는 것이라고 여겨주셨으면 어떨까 싶다. 결국, 작가란 그런 목소리를 내기 위해 귀중한 자원을 사용하는 것 아니겠나.

이 책에서 다룰 일터를 고를 때는 주로 2010년대 중반에 발표된, 각종 직업의 자동화 가능성을 예측한 연구를 사용했다. 최신 연구 결과를 반영할 수 있었다면 좋았겠지만 완성에 오랜 시간이 걸리는 르포의 특성상 조금 어려움이 있었다. 게다가 이 분야는 너무 빨리 발전해서 설령 그렇게 할 수 있었다고 해도 책을 발표하는 시점에는 이미 낡은 자료가 될 것이다. 차라리 오래된 자료를 통해서 그들의 예측이 얼마나 맞았고 또 얼마나 빗나갔는지를 확인해 보는 일도 재미있을 것 같다.

대체 가능성이 90퍼센트 이상인 직업 중에서 가능한 한 평범하고 역사가 오래된 직업을 골랐다. 내가 말하는 평범함이란 도시에서 거주하는 사람이 하루에 한 번 이상 그 서비스를 받거나 직접 마주치는 직업을 가리킨다. 그런 맥락에서 콘크리트공이나 경리 대신 주방 보조와 택배 상하차 알바를 선택했다. 과거에 발표한 책에서는 의식적으로 특이하고 쉽게 접하기 힘든 일을 찾아다녔다. 그러다 보니 내 경험은 지나치게 극단적이라는 지적을 많이 받았다. 이번에는 내 나름대로 균형을 맞추고 싶었다.

많은 이가 인공지능의 발전이 인간의 삶을 근본적으로 변화시킬 거라고 이야기한다. 이러한 변화를 포착하려면 우리 삶의 가장 기초 영역, 가령 요리나 청소, 화물 운반처럼 문명만큼이나 오래된 영역에 속하는 일을 다루는 게 적절할 듯싶었다. 마지막 모습을 담아내려고 한다면 가장 오래된 것의 마지막을 담아야 의미가 있지 않겠나.

분명 이 작업은 장례식 풍경이지만 내가 담고자 하는 것은 사람들이 오열하고 곳곳에서 곡소리가 터져 나오는 모습이 아니다. 그보다는 홍겨운 잔치로서의 장례식을 그리고 싶다. "축하는 어떤 사건에 대단히 기뻐하기 위해서도 하지만 사건의 중요성을 표시하기 위해서도 한다. 장례식은 삶을 축하한다."*

내가 그리고 싶은 풍경은 떠나간 이를 기억하는 사람들이 오랜만에 함께 모여 먹고 마시고 웃고 떠들고 구석에선 고스톱으로 밤을 지새우는 그런 장례식이다. 물론 진한 안타까움을 가슴 한편에 간직한 채로 말이다. 거역할 수 없는 변화로 빛이 바래가는 세계에 작별 인사를 건넬 때는 이편이 더 어울릴 것 같다.

하지만 모든 일에는 순서가 있는 법. 식장으로 향하기 전에 먼저 들러야 할 곳이 있다. 내가 일을 하기 전이면 항상 찾아가야 했던 곳이다. 개인적으로는 소멸의 징후를 최초로 감지한 곳이기도 하다. 바로 직업소개소다. 나와 직업소개소의 관계는 선원과 항구의 관계와 비슷하다. 소개소를 통하지 않고는 일자리의 바다로 나갈 수가 없었다. 소개소를 거쳐 전국 방방곡곡의 작업장으로 이어졌다. 기회가 된다면 직업소개소에 관한 책을 써보는 것도 재미있을 것 같다. 직업소개소는 전문으로 다루는 업종별로 세분된 경우가 많다. 뱃일을 다루는 소개소, 건설 일을 다루는 소개소, 농장 일을 다루는 소개소, 여성이나 노인이 주로 찾는 식당, 가사 도우미, 경비 일을 주로 다루는 소개소. 그리고 내가 자주 찾아갔던 잡다한 일을 조금씩 보유하고 있는 분류가 애매한 소개소 등등.

* 《아픈 몸을 살다》, 아서 프랭크, 메이 옮김, 봄날의책, 2017.

이런 소개소들은 일용직 노동자들이 모여 사는 동네나 기차역 주변에 많았다. 구직자들을 즉시 지방으로 내려보내기 편리해서다. 내가 이용했던 소개소의 절반은 관악구, 구로구에 있었고 나머지 절반은 청량리나 영등포역 주변에 모여 있었다. 전자가 저렴한 월세의 결과라면 후자는 무궁화호와 새마을호의 유산이라고 할 수 있다.

소개소들은 역에서 적당히 떨어진 뒷골목에 자리 잡았다. 외벽 칠은 벗겨지고 엘리베이터도 설치되지 않은 건물의 꼭대기 층인 경우가 많았다. 건물 주변에는 까맣게 그을린 얼굴의 중년 남자들이 낮술을 들이켜거나 낮술을 들이켤 곳을 찾았다. 대개 나는 얻어 마시는 쪽이었지만 가끔은 내가 사야 할 때도 있었다. 나에게나 아저씨들에게나 이 정도가 유일한 사교 생활이었다. 모두가 남루하고 볼품없는 삶이었지만 하나같이 그런 사람들만 모여 있을 때는 남루하고 볼품없다는 기분이 별로 들지 않았다. 하지만 이런 위안도 이제는 점점 찾아보기 어려워졌다.

직업소개소의 운명을 가장 선명하게 보여준 사무실이 영등포역 앞에 있었다. 처음으로 이곳을 찾아갔던 때가 2010년 무렵이다. 아직 쌀쌀한 3월 말의 오후였다. 역에서부터 걸어 15분 정도 떨어진 낡은 벽돌 건물 4층에 사무실이 있었다. 내부는 크게 세 부분으로 나뉘었다. 입구 바로 옆에는 석유 난로와 보풀이 잔뜩 일어난 소파가 놓여 있어 중년의 남자들이 난로를 둘러선 채 웃고 떠들었다. 입구 오른편에는 회색 칸막이로 나뉜 부스가 네 개 설치되었고 왼편에는 데스크톱이 놓인 책상이 두 개 붙어 있었다.

소장은 50대 중반으로 보이는 키가 작은 여성이었다. 자영업을 하는 사람들이 그렇듯 다부지고 강단 있어 보였다. 소장에게 간단한 인적 사항을 알려주자 맞은편의 부스로 안내를 받았다.

"김 실장님, 새로 오신 분 상담 좀 해주세요."

그러자 난로 옆에 서 있던 남자가 믹스 커피 두 잔을 뽑아 들고 다가왔다. 부스 안에는 작은 테이블 하나가 놓였다. 벽에는 한지에 붓글씨로 "구직자에게 현금을 요구하는 것은 악마의 속삭임!"이라고 적혔다. 그는 자리에 앉자마자 두툼한 다이어리 한 권을 꺼내 펼쳤다. 실장이 그동안 모아온 일자리 정보가 그 안에 고스란히 담겼다.

"내가 괜찮은 데 위주로 불러볼 테니까 마음에 드는 데 있음 얘기해요. 문경에 양계장, 밥은 해주고 월 120 한 달에 이틀 쉬고 숙소는 컨테이너 개조한 거, 1인 1실이고 안에는 케이블 TV, 에어컨 다 있는데 화장실은 공동. 같이 일하는 사람은 한국 사람 하나, 조선족이 셋, 베트남 사람이 하나. 자동화가 많이 되어 있어서 일은 힘들지 않은데 여기 사장이 말을 몇 마리 키우는데 새로 오면 말 밥 주고 똥 치우고 하는 걸 시켜서 그게 좀 성가실 수 있다네."

그는 그런 식으로 전국 방방곡곡 일터의 근무 조건을, 내가 요구하면 사장 아들의 태몽까지 알려줄 기세로 설명하기 시작했다. 실장이 자신의 다이어리를 살찌운 방식은 영국 빅토리아 여왕 시대 이른바 안락의자 인류학자들을 떠올리게 했다. 초창기 인류학자들은 전 세계로 파견된 선교사와 외교관에게 질문지를 보내 그들에게 받은 자료를 바탕으로 수많은 전통 사회의 관습과 설화를 수집 정리했는데 정확히 같은 방식으로 실장은 자신이 소개해 준 자리에 다녀온 사람들로부터 그곳의 상세한 근무 조건과 생활환경을 파악해서 다이어리에 추가했다. 그렇게 수정과 보완을 거듭한 다이어리는 객관적인 노동조건뿐 아니라 일하는 사람의 주관적인 느낌마저도 전달할 수 있을 만한 기록이 되었다. 한동안 대화를 나눈 뒤 나는 아산에 있는 양돈장으로 결정했다. 사장이 불러주는 대로 근로계약서를 쓰고 지장을 찍어 마무리했다.

"소개비는 어떻게 하면 되나요? 지금 드려야 하나요?"

"그거는 걱정 안 하셔도 돼요. 소개비는 고용주가 월급의 10퍼센트 되는 금액을 저희한테 보내주는 거예요. 삼촌이 직접 소개비 낼 일 없어요. 그런데 그게 조건이 있어요. 가셔서 한 달을 다 일하시면 소개비를 그쪽에서 내는데 만약 삼촌이 너무 힘들어서 한 달을 못 채우고 그만두면 삼촌이 소개비를 부담하셔야 해요. 그럼 소개비 뺀 만큼 돈 받아서 나오시는 거예요. 그런데 이렇게 야벼가지고… 양돈장 일 할 수 있을지 모르겠네. 일 힘들면 너무 고민하지 말고 다시 와요. 좋은 데 소개해 드릴게."

이곳을 마지막으로 찾아간 때는 그로부터 5년 정도 뒤, 한창 두 번째 책을 준비하고 있을 때였다. 푹푹 찌는 7월의 오후였다. 사무실은 텅 비었고 불도 모두 꺼져 있었다. 여러 번 사람을 부르고 나서야 구석의 부스에서 소장이 잠이 덜 깬 모습으로 나타났다. 언뜻 보기에는 영업을 하는지 안 하는지 분간이 안 갈 만큼 휑했다. 소장도 딴 사람 같았다. 과거의 단단해 보이던 기운은 남아 있지 않았다. 헝클어진 머리에 구겨진 옷. 자기 관리를 안 하는 티가 역력했다. 일자리를, 그중에서도 양돈장을 찾는다고 하자 컴퓨터를 켜고 목록을 뽑아봤지만 딱 한 곳뿐이었다.

총 두수가 500마리 남짓한 아주 영세한 개인 농가였다. 이곳이 보유한 자리는 그게 다였다.

"그런데… 여기 많이 변했네요."

내가 알아봐 주길 기다린 듯 소장이 울분 섞인 말들을 쏟아내기 시작했다. 정부와 IT 기업들에 대한 원망이 가득 담긴 비난의 요지는 이러했다. 기존 직업소개소들은 이주 노동자들을 전문적으로 공급하는 업체들과의 경쟁에서 밀려나고 있었는데 근래 들어 사람들이 스마트폰 앱으로 일자리를 구하면서 더 이상 자신들에게 구인 의뢰를 맡기는 작업장이 없다는 것이다. 일자리가 없으니 당연히 구직자들의 발길도 끊겼다. 그다음에 벌어진 일은 조금 애처로웠다. 계약서를 쓰고 나가려는데 소장이 나를 불러 세웠다. 어딘가 안절부절못하는 모습이었다.

"저기… 최근에 법이 좀 바뀌었어요. 그래서 이제부터는 소개비를 저쪽 사장님한테도 받고 또 일 구하는 분들한테도 조금씩 받을 수 있게 됐어요. 요즘 소개소가 워낙 힘드니까 나라에서 조금 배려를 해준 건데 그래서 괜찮으시면 지금 소개비를 좀 주시면 좋을 것 같은데…."

나는 노동법을 꼼꼼히 챙겨 보지는 않지만 그런 법이 생겼으리라는 생각은 조금도 들지 않았다. 무슨 법이요? 언제요? 하고 되물으려다 사무실 안에 가득한 쇠락한 기운에 눌려 입을 다물었다. 뭐라고 대답해야 할지 몰라 주위를 둘러보는데 벽에 걸린 문구가 눈에 들어왔다. "구직자에게 현금을 요구하는 것은 악마의 속삭임!" 소장도 내가 보는 것이 무엇인지 눈치챘다. 그 순간 우리는 어떤 공통의 이해에 다다랐다.

"얼마 드리면 되나요?"

"원래는 10만 원인데 예전에 오셨던 분이니까 그냥 7만 원만 주세요."

내게는 그만한 현금이 없었다. 결국, 고용주에게서 받을 소개비에 칠만 원을 더해 받고 그만큼을 내 월급에서 제하는 거로 합의를 봤다. 그날 내가 목격한 것은 궁지에 몰린 자영업자가 어수룩한 구직자를 상대로 사기를 치는 장면이 아니었다. 그것은 근대화 이후로 이어져 온 산업이 회생할 수 없을 정도로 붕괴했다는 증거였다. 붕괴와 몰락을 거듭한 끝에 글보다는 돼지 똥 치우는 거로 더 유명한 삼류 문사 앞에 꿇어앉아 푼돈을 구걸하는 광경이었다.

이것은 오프라인 구인 산업이 사양길에 접어들었다는 사실 이상의 문제를 제기한다. 직업소개소의 소멸은 노동자 계층의 지역적 구심점 역할을 하던 공간이 사라지는 것을 의미하기도 한다. 조지 오웰은 《위건 부두로 가는 길》에서 영국식 술집 '펍'을 두고 비슷한 지적을 한다. 빈민가를 재개발하는 과정에서 펍도 함께 철거되는데 이것이 공동체의 해체를 가속한다는 것이다.

> 술집의 경우에는 이러한 단지에서 완전히 추방당했고 (중략) 하지만 노동계급에게 술집이란 일종의 모임 장소 역할을 겸하기 때문에 공동체의 삶에 큰 타격을 입힌다.*

사람들은 꼭 일자리를 찾을 때만 소개소를 찾지는 않는다. 소개소의

* 《위건 부두로 가는 길》, 조지 오웰, 구세희 옮김, 청하출판사, 2011.

의의는 공간 그 자체에 있다. 소개소를 이용하는 남성들은 40대 후반에서 국민연금 개시연령인 65세 정도까지가 대다수인데 이 연령대 남성들이 서울에서 돈 안 쓰고 모일 수 있는 곳은 소개소가 유일하다. 여기가 아니면 술집뿐이다. 내 눈에 비친 직업소개소는 언제나 사람들로 북적거리고 이야기 소리가 끊이지 않는, 도심 속 동네 사랑방이었다. 사람들은 이곳에 모여 친분을 쌓고 인적 네트워크를 형성한다. 어떤 이는 여기서 이삿짐 옮기는 걸 거들어줄 사람을 구하고 어떤 이는 집수리를 도와줄 사람을 구한다. 때로는 (대단히 드문 경우긴 하지만) 약간의 돈을 빌리기도 한다.

직업소개소가 사라져서 가장 불행한 대목은 바로 이런 결속력이 산산조각 났다는 점이다. 물론 기술이 발전하면 사회의 모습도 변하기 마련이다. 인위적인 노력으로 그것을 멈출 수는 없다. 그럼에도 우리가 몇몇 산업 영역이 사라져 가는 모습을 안타까워하는 것은 뜻있는 사람들이 야생동물의 멸종을 슬퍼하는 이유와 같다.

> 이유는 단순하다. 그들이 없으면 이 세상은 더 가난하고 더 암울하고 더 쓸쓸한 곳이 될 것이기 때문이다.*

* 《마지막 기회라니?》, 더글러스 애덤스·마크 카워다인, 강수정 옮김, 홍시, 2010.

차례

1부
전화받다

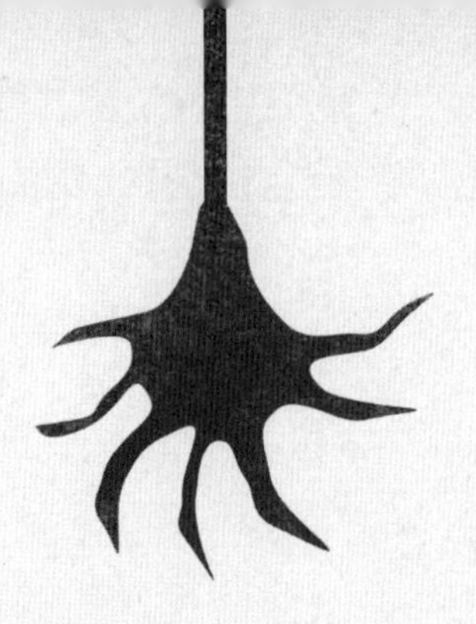

텔레마케터 대체확률 0.99

_〈인공지능에 의한 일자리 위험 진단〉, 김건우, LG경제연구원, 2018. 5. 15.

콜센터 "2024년엔 '상담 로봇'이 콜센터 직원 대체"

손정의 소프트뱅크 회장 강연

_〈2024년 콜센터, 2049년 소설가, 2053년 외과의사…"AI, 50년내 인간의 모든 직업 접수"〉, 《동아일보》, 2018. 7. 20.

전화교환원 대체확률 0.97

미래에 사라질 가능성이 높은 직업들

_〈고용의 미래The Future of Employment〉 보고서, 칼 베네딕트 프레이Carl Benedikt Frey 교수 외, 옥스포드 대학교, 2013. 9. 17.

* 대체확률: '1'에 가까울수록 대체되거나 사라질 가능성이 높다.

#1

베트남 사람들은 결혼이 화장실에 들어가는 것과 비슷하다고 이야기 한다. 볼일을 보기 전에는 못 들어가서 난리지만 일단 용건을 처리하고 나면 1초라도 빨리 빠져나가고 싶어 안달한다고 말이다. 내게는 일이란 게 그렇다. 없을 때는 당장 뭐라도 하지 않으면 큰일이 날 것 같다가도 막상 돈이 들어오기 시작하면 그만두고 싶어 좀이 쑤신다('적과의 동침'이라고 하면 어느 정도 적절한 표현이겠다). 머릿속이 저 모양인지라 이런저런 일터를 전전할 수밖에 없었는데, 그간의 일 중에서 결혼보다 지독하다고 장담할 수 있는 일은 단연코 콜센터뿐이다.

10여 년 전부터 전 세계의 미래학자들이 쿠데타를 모의하는 군인들처럼 살생부를 작성해 왔다. 그 목록의 가장 맨 위에 이름을 올린 것이 바로 '텔레마케터'나 '콜센터' 같은 전화받는 직업이다. 어쩌다 이들이 학자들의 집요한 미움을 사게 됐는지는 알 수 없다. 아마 교수님들도 일생일대의 영감이 떠오르려던 찰나에 "사장님, 지금 남해에 좋은 땅이 하나 나왔는데 5000만 원만 투자하시면 2년 안에 두 배로 불릴 수" 있다는 전화를 받은 적이 있나 보다. 텔레마케터가 아니라 콜센터를 선택한 이유는, 내가 투자를 권유한 고객이 정말로 큰돈을 벌면 무척 배가 아플 것 같았기 때문이다.

콜센터를 동물에 비유한다면 아귀가 딱이겠다. '아귀' 하면 요즘은 피도 눈물도 없는 화투 고수를 떠올리지만, 이 놀라운 생물은 불길한 기운이 피어오르는 이름을 도박 영화의 악역에게 빌려주기 전까지는 독특한 사냥 방식으로 더 유명했다. 아귀는 바다 밑바닥에 엎드린 채 먹이가 입으로 들어오길 기다린다. 여기까지는 특별할 게 없다. 따지고 보면 나를 포함해 방바닥에 드러누운 채 원고 청탁이 들어오길 기다리는 수많은 글쟁이가 같은 방식으로 생존해 왔다고 할 수 있다. 특별한 것은 먹잇감을 자신의 입 앞까지 유인하는 방식이다. 아귀에게는 기다란 가시가 돋친 등지느러미가 있다. 이 등지느러미의 첫 번째 가시는 안테나처럼 길게 늘어나 아귀의 입 위쪽에 끝을 드리운다. 더욱더 놀라운 점은 이 끝부분이 주름진 피막으로 되어 있어서 물결을 따라 흔들리면 작은 물고기처럼 보인다는 것이다. (못난 비유를 이어가 보자면, 이 피막은 작가 세계에서 문학상 수상 경력에 해당한다고 할 수 있겠다.)

이런 사례가 심해에서만 발견되는 것은 아니다. 극심한 먹이난… 아니 그러니까 구인난 속에서 비슷한 미끼를 진화시킨 일자리들이 생겨났다. 나는 코로나가 급속도로 확산되던 시기에 어느 대형 마트의 콜센터 계약직으로 일했다. 면접을 보기 위해 도착한 곳은 용산의 고층 빌딩이었다. 30층짜리 건물 전체가 각종 콜센터로 가득했다.

안내대로 20층에서 내리자 **인사팀 직원***이 기다리고 있었다. 안내를 받아 도착한 곳은 직원 휴게실이었다. 이곳이 콜센터와의 첫 대면인데 그렇게 세련되고 여유로워 보일 수가 없었다. 지그재그식 철골 구조물에 매달린 동그란 전등, 갈대 습지, 바위 해안, 절벽의 등대를 담은 대형

* 인사업무 보조원(Human Resource Assistants): 대체확률 0.9 _〈고용의 미래〉

흑백사진들, 알록달록한 빈백 소파와 1인용 테이블, 피아노곡으로 편곡한 비틀스 메들리가 낮게 흐르는 가운데 20대 후반으로 보이는 여성들이 띄엄띄엄 앉아 핸드폰을 만지작거리고 있었다. 직업의 흥망성쇠 차원에서 보자면 지금 이곳으로 제주도만 한 소행성이 날아오고 있었지만 콜센터는 평화롭기만 했다.

휴게실의 한 가지 흠이라면 서울 도심이 내려다보이는 통유리 창에 붙여놓은 초록색 시트지였다. 대나무숲 사진이 인쇄된 불투명한 시트지가 창의 대부분을 덮고 있었다. 시트지를 통과한 석양이 영롱한 멜론 빛깔로 변했는데 꼭 거대한 소주병 안에 들어간 기분이었다. 햇빛을 가릴 생각이었는지 아니면 직원들이 멍하니 창밖만 내다보는 걸 막으려고 그랬는지는 모르겠지만 창밖 풍경은 시트지와 시트지 사이로 뚝뚝 끊어진 채 보일 뿐이었다. 이 시트지는 색깔이 편의점 도시락에 채소 흉내를 내는 용도로 꽂아두는 초록색 플라스틱 조각과 비통하리만치 닮아 있었다.

"여기서 다른 지원자분들 오실 때까지 기다릴게요. 그전에 잠깐 설명해 드리자면 여기가 상담사분들 사용하시는 휴게실이에요. 일하시다가 지치시면 언제든지 잠깐 나오셔서 차도 한잔하시고 쉬시다가 들어가시면 돼요. 다른 데는 허락을 받아야 한다, 어쩐다 그러는데 저희는 그런 거 없으니까 편하게 일하실 수 있을 거예요. 점심때 밖에 왔다 갔다 하기 귀찮으시면 식사도 여기서 하시면 돼요. 요즘 많이들 그러세요. 요즘 밥값 비싸잖아요. 도시락이나 샐러드 사 오셔서 안쪽에 있는 냉장고랑 전자레인지 쓰시면 돼요."

안내를 맡은 직원은 시종일관 사근사근하고 친절했다. 그녀는 다른 지원자들이 도착할 때마다 같은 설명을 반복했다. 직원의 태도도 휴게실의 분위기도 저잣거리에 떠도는 흉흉한 소문과는 딴판이었다. 나는 콜센터 버전의 신병 훈련소 정도를 상상했다. 다른 사람들의 얼굴에도 '의외다'라고 말하는 듯한, 이곳이 좋은 의미에서 예상과는 다르다는 표정이 금세 떠올랐다. 참고로 내 이전 직장에서 휴게실은 돼지 축사 옆에 심어놓은 목련 나무 그늘이었다. 그러니 내가 이곳 시설을 보고 다른 지원자들보다 더 크게 감동받았다고 해서 너무 호들갑 떤다고 생각하진 말아주시길.

실제 면접장은 7층에 있었다. 그게 조금 이상했던 것이 면접장 앞에도 벤치와 정수기가 놓인 평범한 공간이 있었다. 거기서 차례를 기다려도 아무 문제가 없을 듯했다. 무슨 일이 있어도 20층 휴게실을 보여주고 싶었던 모양이다. (이해는 한다. 자랑하고 싶은 게 있으면 어떻게든 티를 내게 되는 법. 나도 장 볼 때 과자랑 맥주 일색이다가 우연히 채소와 두부만 사는 날에는 장바구니 안 쓰고 행인들 눈높이에 맞춰서 가슴에 안고 간다.)

방 안에는 길쭉한 타원형 테이블이 놓여 있었다. 면접관과 지원자들은 테이블의 길쭉한 면에 마주 보며 앉았다. 면접관과 거리가 가까워서 그런지 격식을 차릴 필요가 없는 자리처럼 느껴졌고 면접관도 그런 점을 의도한 태도로 말했다. 면접관은 40대 중반의 여성이었다. 질문은 형식적이었고 말도 면접관이 더 많이 했다. 인사과 직원도 그랬지만 면접관도 친절하고 다정해서 금세 긴장이 풀렸다.

"여러분이 지금 지원하신 회사는 '코스모스 아시아'라고 하고요, 원래

이 얘기는 미리 잘 안 하는데 뭐 곧 아시게 될 테니까 미리 말씀드리자면 중국 회사예요. (이 시기에 나와 소개팅을 했던 상대들은 나를 외국계 대기업에 다니는 직장인이라고 알고 있다. 가끔 내가 이때 결혼을 했다면 사기죄로 유죄를 받았을 확률이 얼마나 됐을까 따져보곤 한다. 절대 낮지 않다.)

저희가 현재 140개 정도 업체의 콜센터를 맡아서 운영하고 있어요. 직원 교육이나 홍보 작업도 하고요. 지금 여러분이 근무하시게 될 곳은 천리마 마트 고객센터예요. 온라인으로 주문하신 분들 배송이나 결제 관련 문의 사항을 처리하는 인바운드 상담을 하시게 될 거예요. 요즘 코로나 때문에 사람들이 매장에서 직접 물건을 잘 안 사잖아요? 그래서 몇 달 전부터 온라인 주문량이 엄청나게 늘었어요. 그것 때문에 전화도 많이 오고 또 그런 분 중에 말도 안 되는 거로 고집부리는 진상도 많고…. 근무하시게 되면 오픈조랑 마감조가 있는데 오픈조는 9시부터 6시까지 마감조는 1시부터 10시까지예요. 오픈조는 시급이 8200원 마감조는 8600원이에요.

저희 고객센터는 빨간 날도 다 근무해요. 그래서 쉬는 날은 센터에서 스케줄을 짤 거예요. 하루는 평일, 하루는 주말 이렇게. 자세한 사항은 나중에 다시 설명해 드릴 거고요. 교육은 다음 주 월요일부터 목요일까지 9시부터 6시까지고요, 금요일 오후부터 실제 근무하시는 거예요. 그렇지만 너무 걱정 안 하셔도 돼요. 처음 근무하실 땐 선배 상담사분이랑 같이 하시게 되니까 처음부터 당장 전화받아라, 이렇게 안 하니까 너무 걱정하지 마세요.

그리고 일하다가 힘드시면 아까 설명 들으셨죠? 휴게실에서 얼마든지 쉬었다 오시면 돼요. 다른 콜센터들은 화장실 갈 때 허락받고 가야 하는 데가 많은데 저희는 그렇게 안 해요. 자율적으로 쉬시다 오시면 돼요. 다들 인상도 너무 좋으시고 말씀도 조리 있게 잘하시고 우리 센터에 딱 맞는 분들인 것 같아요. 세 분 다 같이 일했으면 너무 좋겠어요."

어디에도 '면접' 하면 떠올리는 엄격한 선별 과정으로서의 긴장감은 없었다. 이곳 직원들의 전반적인 분위기는 닳고 닳은 **부동산업자***를 떠올리게 했다. 비가 새고 살인 사건마저 일어났던 집을 소개해 주면서 채광이랑 위치가 너무 좋은데 주인이 돈이 급해서 싸게 내놨다며 빨리 계약하자고 부추기는. 경리단길에 새로 개업한 카페를 옮겨놓은 듯한 휴게실은 핏자국이 묻은 벽 위에 새로 도배한 실크 벽지라고 할 수 있었다. 물론 부동산업자의 설명을 곧이곧대로 믿었던 사람일지라도 새로 이사한 집에서 곰팡이와 붉은 얼룩을 발견하게 되기까지는 오랜 시간이 걸리지 않지만 말이다.

#2

콜센터 교육장은 일종의 빵 굽는 틀이라고 할 수 있다. 교육은 질보다는 속도가 우선이었다. 한 무리의 구직자들과 업무 자료집을 강의실에 쏟아붓고 하루 여덟 시간씩 5일 동안 달달 볶고 나면, 저지르는 실수마

* 부동산 중개인(Real Estate Brokers): 대체확률 0.97 _〈고용의 미래〉

저 똑같은 상담사들을 붕어빵처럼 찍어낼 수 있었다. 안에는 데스크톱과 전화기가 설치된 책상 열두 개가 두 줄로 늘어서 있었다. 모든 책상에 이름표가 붙었는데 나타난 사람은 나를 포함해 여덟 명뿐이었다. 여섯 명은 20대 중후반 정도의 여성이었고 남자는 나까지 둘이었다. 면접 때 봤던 얼굴은 하나도 보이지 않았다. 분명 다 합격했을 텐데 그 친구들은 포식자를 피하는 본능이 아직 무디지 않았던 모양이다.

첫 수업은 '정보 보안'이었다. 콜센터업계는 전반적으로 개인 정보 유출에 편집증적인 두려움이 있다. 회사는 모든 게 조심스러운 나머지 자녀들을 신경쇠약으로 몰고 가는 괴팍한 부모처럼 처신한다. 이 문제를 놓고는 오직 한 가지 결론만이 존재했다. "안 돼." 근무 중에 핸드폰은 사용할 수 없다. 전화기는 입구에 설치된 투명한 플라스틱 상자에 넣어두고 자리에 앉아야 한다. 개인적으로 메모를 해서도 안 된다. 수첩이나 필기도구도 근무 중엔 사용해서는 안 된다. 사원증을 메고 건물 밖으로 나가도 안 된다. 동료와 업무 이야기를 나눠도 안 된다. 모르는 사람이 보면 여기서 핵무기 발사 코드라도 다루는 줄 알겠다.

콜센터에서 금방 눈에 띄는 특징 하나는 오래 일한 사람들의 얼굴이 하나같이 어둡다는 점이다. 김선영* 강사는 미백 크림에 관해서만큼은 해박한 지식을 갖췄을 것 같은 인상의 40대 여성이었다. 그녀가 우리의 담당 강사였다. 김선영 씨는 눈 밑에 업계 표준이라고 불러도 좋을 만큼 짙은 다크서클이 있었다. 콜센터에서 어두워 보인다는 것은 피부톤뿐

* 이 책에 등장하는 다른 모든 인물과 마찬가지로 가명이다.

만 아니라 그 사람이 풍기는 분위기까지 두고 하는 말이다. 관리자의 피부톤이 파운데이션 23호에서 25호 사이를 오간다면 그들이 내뿜는 아우라의 색깔은 가벼운 접촉 사고를 냈을 때와 고성이 오가는 부부 싸움의 중간쯤에 언제나 맞춰졌다. 미백 크림보다는 항우울제가 더 효과가 있을 것 같은 인상이었다. 관리자뿐만이 아니라 5년 이상 일한 직원들 역시 저 정도면 산재로도 인정받겠다 싶을 만큼 안색이 어두웠다.

수업의 마지막은 업무 중에 알게 된 사실을 공개하지 않겠다고 다짐하는, 위반 시 회사가 막대한 손해배상을 요구할 수 있다고 엄포를 놓는 여러 장의 서약서에 서명하는 일이었다. 이제부터 내가 일했던 곳을 김규삼 작가의 웹툰에 등장하는 '천리마 마트'로 불러야 하는 이유가 여기에 있다. 또한, 이 서약서 문제가 있으니 혹시나 이 글에서 실제 업체의 모습을 발견하게 될 독자분들에게 조용히 눈감아주시길 당부드리는 바다. 출판사는 필자의 인지도에 비해 후한 계약금을 지급했지만 국내 굴지의 유통업계 거인이 삼류 문인을 상대로 제기할 소송에 대항하기엔 그 돈이 턱없이 부족할 듯싶다.

전화 상담사를 대개 많이들 오해한다. 사람들은 그들이 스크립트만 따라 읽으면 되는 줄로 안다. 스크립트가 존재하긴 하지만 그걸 따라 읽는다고 해결할 수 있는 일은 아무것도 없다. 차라리 고객센터를 일종의 차량 정비소라고 생각하면 상담사가 하는 일을 이해하기 쉬울 것 같다. 사람들이 엔진에서 이상한 소리가 나는 차를 끌고 카센터를 찾듯 고객들도 자신이 주문한 대로 도착하지 않은 장바구니를 받아들고 또는 계산이 맞지 않는 영수증을 확인하고 콜센터에 전화를 건다. 주문 일자, 천리마 회원이냐, 제휴사 회원이냐, 배송 예약 시간이 언제냐, 어떤 할인 쿠폰을 썼나, 어떤 할인 행사 상품을 샀나, 배송비 무료 기준 이상을 구매했나, 하는 것들 하나하나가 고객의 주문을 구성하는 부품들이다. 이 중에 하나라도 작동을 안 하는 게 있다면 고객이 제때 배송을 못 받거나, 할인을 못 받거나, 빠진 물건이 생긴다.

우리는 주문 내역서를 조사해서 어디서 문제가 발생했고 어떻게 고쳐야 하는지를 찾아내야 한다. 판매, 할인, 결제, 배송, 교환, 환불, 반품, 기타 등등 고객이 천리마 마트 홈페이지에 접속해서 상품을 직접 받아보는 시점까지 발생할 수 있는 모든 일이 우리의 업무 범위였다.

가장 흔한 고장 원인은 '품절'이었다. 품절 불만 고객은 전화를 건 시점에 이미 잔뜩 화가 나 있었고 전화를 끊을 때쯤에는 두 배로 더 화를 냈다. 천리마 마트는 품절이 많이 발생하는 거로 악명이 높았다. 사람들이 예상하는 상품 발송 과정은 이렇다. 고객이 온라인상에서 결제를 끝마치면 매장에선 신속히 상품을 확보하고 신선한 상태로 보관하다가 배송을 요청한 날짜와 시간에 맞춰 배달한다. 실제로 상품이 발송되는 과정은 이렇다. 고객이 주문을 결제하고 배송 날짜와 시간을 선택하면 매장에서는 예정된 배송 시간 두세 시간 전부터 장을 본다. 고객이 정한 날짜는 하루나 이틀 후일 수도 있고 주문이 밀렸을 때는 사오 일 후일 수도 있다.

문제는 그 와중에도 오프라인 매장에서는 판매가 계속된다는 점이다. 고객이 주문한 시점에 재고가 있던 상품이 매장에서 장을 볼 시점에는 동이 나는 경우가 빈번하다. 품절이 되면 배송받기 두 시간 전에야 상품을 보내줄 수 없다고 문자가 나간다. 고기, 해산물, 원 플러스 원 행사 상품의 경우에는 품절이 부지기수로 발생했다. 이용 빈도가 높은 고객들 사이에서 "천리마 마트는 복불복"이라는 말이 돌았다. 품절 상품은 고객이 아무리 상담사에게 하소연한다 해도 보내줄 수가 없었다.

2일 차 교육이 끝날 때쯤 내가 교육 대부분을 쫓아가지 못하는 게 분명해졌다. 교재는 내가 이 돈 받으면서 이걸 다 공부할 거면 차라리 **대학원 조교***를 했지 싶은 두께였다. 답답했다. 이대로라면 실제 통화는 굴욕과 모욕의 퍼레이드가 될 게 확실했다. 임박한 재난을 피하기 위해선 당장 비상 탈출 버튼을 눌러야 할 것 같았다. 하지만 나는 직장 생활의 모든 측면을 문학의 연장선으로 여기는 사람이다. 특히 퇴사 이유는 유언을 남기는 것처럼 그 연장선에 마침표를 찍는 행위였다. 다시 말해 나를 영웅으로 보이게 만들면서 동시에 연민에 빠져들게 하는 무언가, 나를 콜센터의 충무공으로 각인시켜줄 수 있는 무언가여야 했다. (어째서 직업의 세계에는 "성격 차이로 이혼했어요"처럼 단 한마디로 모든 걸 설명해 주면서 동시에 아무것도 드러내지 않는, 가성비 만점의 결별 사유가 없는 것인가!)

역시 희망은 사람에게 있었다. 알고 보니 내 동기들도 나만큼이나 머리가 안 돌아갔다. 열등생은 열등생을 알아보는 걸까? 둘째 날 점심시간이었다. 머지않아 천리마 용산 센터에서 일 처리가 가장 느린 직원 자리를 두고 나와 초박빙의 경쟁을 펼치게 될 성덕선 씨가 넋 나간 얼굴로

* 대학교육 조교 및 연구보조원(RA): 대체확률 0.57 _《기술변화에 따른 일자리 영향 연구》

앉아 있던 내게 다가왔다.

"저… 우리 수업 듣는 거 이해 가세요?"

"아니요, 전혀요. 저는 이대로는 죽어도 혼자 전화 못 받을 거 같아요."

"저도요! 저는 그냥 전화만 받으면 되는 건 줄 알았는데 이렇게 알아야 할 게 많은 줄 몰랐어요."

우리가 경쟁적으로 이것도 모르겠다, 저것도 모르겠다 하는 말들을 늘어놓자 근처에 있던 다른 교육생들이 다가와 한마디씩 거들었다. 그렇지만 다들 적정선을 지켰고 빈약한 이해력을 자랑인 듯 떠벌리는 사람은 우리 둘뿐이었다. 한창 달아오른 대화는 다른 남자 교육생이 우리와 가까이 있으면 아이큐가 떨어진다는 듯한 표정으로 "그게 뭐가 어렵다고… 나는 다 알겠던데…" 하고 내뱉는 순간 뚝 끊겨버렸다. 비록 눈치뿐 아니라 동지애도 심각하게 부족해 보이는 이 친구가 대화를 박살내긴 했지만 잠깐 이야기를 나눈 덕분에 동기들을 조금 알게 됐다.

덕선 씨는 서른두 살로 이전에는 작은 잡지사에서 일했다. 여행을 좋아해서 유럽 여행 경비를 마련하려고 지원했는데 코로나 때문에 돈을 모은다 해도 떠날 수 있을지 걱정했다. 그녀는 외국인 남자 친구와 대륙간 연애 중이었는데 코로나 탓에 연애도 여행도 할 수 없어 답답해했다.

그녀는 동그란 금테 안경을 쓰고 녹색 하얀색 줄무늬 티에 청바지를 입었다. 대체로 동기들에 비해 촌스러워 보이는 차림이었지만 그런 시선을 전혀 개의치 않는 당당함이 있었다. 대부분의 20, 30대 직원들이 최신 유행으로부터 서너 발자국 뒤처진 채 그 뒤를 종종걸음으로 쫓아가는 모양새라면 덕선 씨는 유행 눈치 보지 않고 자기 갈 길을 가는 사람의 멋이 있었다.

돌고래와 비등비등한 두뇌의 한계로 괴로워하는 영혼들 앞에서 지적 능력을 과시하던 철없던 젊은이는 최택이었다. 나이는 스물아홉 살, 나이 말고는 자신에 관한 어떠한 질문에도 대답하지 않아 민감한 연애사를 털어놨던 덕선 씨를 한 번 더 바보로 만들었다. 서로 개인사를 주고받으며 공감을 쌓아가던 자리에서 방어적인 태도로 일관하는 모습이, 왠지 이 친구가 사는 집 주위에는 고압 전기가 흐르는 철책이 둘러져 있을 것 같았다.

최택은 180센티가 넘는 키에 스포츠머리를 하고 있었는데 갓 임관한 ROTC 장교 같았다. 그는 자신의 육체와 정신 능력 모두에 과도한 자신감을 품은 사람의 전형처럼 보였다. 당신도 교육을 따라가는 게 벅차지 않냐고 묻자 세상 사람 모두가 자기처럼 명석할 순 없다는 사실에 깊은 충격을 받은 눈빛으로 나와 덕선 씨를 바라보던 모습이 기억난다. 그는 동기들과 마주치는 모든 영역에서 "저는 여러분과 차원이 달라요!"라고 말하는 기운을 도무지 감추지 못했다.

그래서 나는 이 친구가 자수성가한 할아버지의 명령으로 서민들의 고충을 이해하기 위해 인간 세계로 잠시 내려온 재벌 3세가 아닐까 의심했고, 주변에 부잣집 아들로 의심되는 사람이 있다면 마땅히 취해야 할 행동 즉, 점심을 얻어 먹어보려고 무던히 애썼지만 번번이 실패했다(우리 사이에 아무런 공통점이 없고 내가 열 살 이상 많다는 점이 조금 방해가 된 것 같다). 내 현란한 잠입 취재 테크닉으로도 최택의 재력 여부는 파악이 불가능했기 때문에 나는 그냥 이 친구가 타고나기를 싸가지가 없는 것이라고 결론 내리기로 했다. 최택과 나는 이후에도 알찬 악연을 이어가게 된다.

다른 이들은 모두 20대 중반의 여성이었다. 젊은 여성들이 콜센터를 선택한 이유는 대부분 비슷했다. 대학을 졸업하고 시간은 흘러가는데 취업은 안 되고 그나마 이렇다 할 경력이나 자격증 없이도 할 수 있는 사무직이 콜센터뿐이었다. 이들은 최택이나 덕선 씨와는 달리 여기를 알바가 아닌 진지한 일자리로 받아들였고 정규직으로 전환되어 계속해서 근무할 수 있기를 바랐다.

뜻하지 않은 인간관계에 힘입어 나머지 교육도 어찌어찌 견뎌냈다. 이론 교육이 일단락됐으니 이번엔 정신 교육을 받을 차례였다. 전화 상담사는 해결사가 아니라 메신저다. 주문과 관련된 최종 처리는 상품이 나가는 매장에서 이루어졌고 우리는 매장에 처리 요청을 보내고 결과를 기다렸다. 실제 문제 해결 능력에 있어서 콜센터 상담사는 인간과 허수아비의 중간 정도에 놓였다. 이런 상황에서 신입 상담사가 뇌에 문신으로 새겨 넣어야 할 고객센터의 제1원칙이 도출된다.

보상은 금기어.

이 원칙을 잊어버린 상담사에겐 화가 있을지니!

"신입 분들은 고객이 막 소리 지르면 당황해서 '저희가 보상해 드리겠습니다' 이렇게 얘기할 때 많은데 절대로 그런 말 하시면 안 돼요. 정해진 몇 개 규정 빼면 센터에서 고객한테 따로 보상해 드리는 경우는 거의 없어요. 그리고 그런 건 여러분이 결정할 수 있는 일도 아니고요. 절대로 여러분이 먼저 보상이라는 말 꺼내시면 안 돼요. 이거는 반드시 기억해 두셔야 해요. 보상은 없어요."

보상만큼이나 금기시되는 것이 확답이다. 구체적으로 언제까지 연락을 주겠다거나 처리하겠다고 확답을 주는 것도 금물이다. 고객 입장에선 분통이 터질 일이지만 그렇다고 회사가 치사해서 그러는 것만은 아니다(물론 대단히 치사한 집단이긴 하다). 실제로 업무를 매듭짓는 데 고객센터의 위치가 그렇다.

"상품을 고르는 것도 매장에서 하는 거고 결제를 하는 것도 매장에서 하는 거고 배송을 하는 것도 매장이에요. 품절된 상품을 언제 얼마나 들여올지 결정하는 것도 매장이에요. 고객들이 1시까지 갖다 달라, 오늘 안으로 처리해 달라 그런 요구를 할 때가 많은데 그럴 땐 최대한 빨리 처리하도록 노력하겠지만 구체적인 시간은 확답드리기 어렵다고 분명하게 말씀해 주셔야 해요. '구체적인 시간은 확답드리기 어렵다' 이 말 꼭 해주세요. 당장은 '예 그렇게 하겠습니다' 하고 넘어가면 편하겠지만 그러면 나중에 감당하기 어려워져요. 그리고 관리자랑 통화하고 싶다, 상급자 바꿔달라, 그런 경우도 마찬가지예요. 그런 전화는 상담 이력을 관리자 이관으로 입력해 두시고 고객한테는 순차적으로 업무를 처리하기 때문에 바로 연락드리기 어렵다, 오후나 다음 날 전화드린다고 말씀해 주세요. 중요한 거 한 가지 더, 고객 중에 화가 나서 언론에 고발하겠다, 아니면 소비자원에 신고하겠다, 맘카페에 올리겠다고 위협하는 경우가 있는데 그럴 때는 상담 이력 남길 때 제목에 '민감 이슈'라고 써서 관리자 이관 해주세요. 그리고 관리자한테 직접 얘기해 주세요. 이런 일로 어디에 고발하겠다는 고객이 있다고. 다른 건 관리자 이관만 해놓으면 되지만 민감 이슈는 관리자한테 직접 얘기까지 해주셔야 해요."

다음은 음성 연출 수업이었다. 상담할 때 '솔' 높이의 목소리로 말하는 것은 상담사의 성대가 합법적으로 콜센터 소유물로 여겨지던 시절의 이야기고 요즘은 그냥 평소 말하는 톤이면 충분했다.

"말하는 속도는, 우리 회사 첫인사 같이 한번 해볼까요? '행복을 배송하는 천리마 마트 상담사 한승태입니다. 무엇을 도와 드릴까요' 이 정도 길이의 문장은 사오 초 정도 안에 말하는 속도가 적당해요. 그리고 중요한 게 '맞이 인사'예요. 아직 상담이 익숙하지 않은 분들이 자주 잊어버리시는 게 이건데, 고객이 문의하는 내용이랑 별개로 상담사에게 인사를 하거나 말을 건넬 때가 있잖아요? 그럴 때마다 고객의 말에 반드시 대답을 해줘야 해요. 고객이 예를 들어 '수고하십니다'라고 하면 여러분도 그 즉시 '예 감사합니다' 하고 바로 대답해 주세요. 그래야 고객이 상대가 내 말을 귀 기울여 듣고 있구나 하고 느낄 수 있어요.

이건 제가 얘기 안 드려도 아시겠지만, 고객이랑 절대 싸우지 마세요. 여자분들은 그런 경우 별로 없지만 남자 상담사분들은 갑자기 욱해서 고객이랑 같이 언성 높이고 그럴 때가 간혹 있는데 절대로 그러시면 안 돼요. 그냥 죽었다고 생각하고 참고 들으세요. 그리고 전화 끊고 나가서 좀 쉬다 오세요. 고객이 뭐라 하건 절대 같이 화내시면 안 돼요. 그러면 여기서 일 못 해요."

콜센터의 교전 수칙은 명확하다. 절대로 응사하지 말 것. 수류탄이 날아들고 총알이 빗발쳐도 반격하지 말 것. 폭탄이 떨어지는 대로 총알이 쏟아지는 대로 그대로 맞고 장렬히 전사할 것(여기에는 등 뒤에서 날아오는 아군의 총알도 포함되어 있다). 전화를 끊고 나면 입에서 초성이 'ㅅㅂ'인 단어가 케이지를 탈출하려는 맹수처럼 튀어나오려고 할 때가 부지기수지만 어찌 됐든 참아야 한다. 이 힘의 불균형을 빠르게 체념할수록 적응도 빨라진다. 상담사와 고객의 싸움은 투 페어 대 로열 스트레이트 플러시의 대결이다. 그냥 **게임***이 안 된다.

전화를 끊었다고 작업이 끝나는 것도 아니다. 상담 이력을 작성해야 한다. 어떤 주문 건을 어떤 문제로 전화를 받았고 어떻게 처리했는지를 반드시 기록으로 남겨야 한다. 말하자면 모든 통화를 단신 기사로 써야 하는데 여기서 '모든 통화'란 말 그대로 '전부'를 뜻한다. 잘못 걸린 전화, 받자마자 끊긴 전화도 예외 없이 이력을 남겨야 한다. 상담 이력까지 완성해야 한 건의 통화가 완전히 종료된다.

마지막 시간에는 '감정 노동자 보호 규정' 교육을 받았다. 형식적인 시간이었지만 몇 가지는 기억에 남았다.

"이제 여러분이 감정 노동자죠. 근데 노동자 하면 왠지 듣기 거북하잖아요? 그래서 저희는 우리가 '하트 세이버'다 이렇게 얘기해요. 마음을 지켜주는 사람이다. 상담사가 따지고 보면 그렇잖아요? 고객들이 화 안 나게 기분 좋게 쇼핑하도록 도와주는 사람이니까."

'보상은 금기어' 다음으로 중요한 원칙이 먼저 전화를 끊으면 안 된다는 거다. 모든 통화는 고객이 먼저 통화를 종료할 때까지 기다려야 한

* 카지노 딜러(Gaming Dealers): 대체확률 0.9 _〈고용의 미래〉

다. 상담사는 먼저 전화를 끊을 수 없다. 다만 욕설이나 폭언, 성희롱을 하는 고객의 경우는 예외다. 욕설과 폭언의 경우에는 두 차례에 걸쳐 중지를 요청할 수 있고 그래도 계속되면 상담사가 먼저 전화를 끊을 수 있다. 성희롱의 경우엔 1회 경고 후에 멈추지 않으면 별도의 안내 없이 끊을 수 있다. 이런 경우에는 관리자에게 즉시 보고해야 하고 30분의 휴식 시간을 받을 수 있다. 또한, 회사는 상담사가 고객에게 사과하도록 요구할 수 없다.

"이제 바로 내일부터 근무 시작하시잖아요? 일은… 일은 힘드실 거예요. 그냥 죽었다고 생각하고 나오세요. 저도 처음 이 일 시작했을 땐 이 일을 몇 년씩이나 어떻게 하나 싶었어요. 제 개인적인 얘기 하나 해드리자면 제가 여기서 일한 지 5년 됐거든요. 근데 저도 처음엔 딱 6개월만 일할 생각이었어요. 그때 무슨 자격증 준비하다가 생활비 때문에 잠깐만 하려던 거였는데 그렇게 시작했는데 어쩌다 보니 지금까지 하는 거예요. 근데 재미있는 게 뭔지 아세요? 우리 센터 관리자나 직원 중에 여기 몇 년 일해야지 하는 생각으로 온 사람 아무도 없어요. 정말 그래요. 다들 여러분처럼 계약직으로 그냥 몇 달만 해야지 하고 왔다가 계속하게 된 거예요. 이것도 그냥 사람이 하는 일이에요. 다른 일보다 특별히 더 좋을 것도 또 특별히 더 나쁜 것도 없어요. 이제 직접 전화받게 될 테니까 거짓말 안 할게요. 처음엔 일 정말 힘들어요. 그런데 몇 년씩 어떻게 일하냐고요? 그렇지만 여러분 이렇게 생각해 보세요. 여러분 1년 전 오늘 뭣 때문에 화가 났었는지 기억나세요? 아니면 한 달 전에 무슨 일 때문에 기분 나빴는지 기억나세요? 다 잊어버리셨죠? 그거예요. 사람들이 그런 말 하잖아요. 이 또한 지나가리라. 그게 우리 상담사들 좌우명이에요. 앞으로 전화받으시다 보면 답답하고 울고 싶을 때 많이 있으시겠지만, 그거 다 지나가는 거예요. 다 잊어버릴 거예요. 그렇게 생각하세요."

#3

행복하기 위해선 콜센터에서 일하지 않는 것이 필수적이다. 그것이 내가 첫 근무를 마치고 내린 결론이었다. 출발은 무난했다. 다음 날 아침, 이 상태로 과연 전화를 받을 수 있을까 불안한 마음을 안고 정식 출근길에 올랐다. 내 심정을 대변해 주듯 새벽부터 두툼한 봄 안개가 도시를 뒤덮었다. 온 세상이 뿌옇고 축축한 것이 마치 서울이 쌀뜨물 아래 잠긴 것 같았다. 양돈장을 그만둔 이후로 이렇게 아침 일찍 **지하철***을 타러 나선 게 얼마 만인가. 그나저나 지하철의 흡입력은 세월이 지나도 변함이 없었다. 진공청소기가 먼지를 빨아들이듯이 전철역 인근의 **직장인****들을 무서운 기세로 빨아들이고 있었다.

처음 경험한 출근길 9호선 급행열차의 혼잡함은 상상 이상이었다. 정거장마다 발 디딜 틈 없는 열차 안으로 몸을 욱여넣는 사람들의 필사적

* 지하철·전차 운전원(Subway and Streetcar Operators): 대체확률 0.86 _〈고용의 미래〉

** 일반 사무원(Office Clerks, General): 대체확률 0.96 _〈고용의 미래〉

인 몸짓은 어딘가 마지막 구명선에 오르려는 타이타닉 승객들을 떠올리게 한다. 다들 아침 식사로 서울이라는 스트레스의 돌솥비빔밥을 푸짐하게, 꼭꼭 씹어 먹은 얼굴이었다. 출근길에서만큼은 높은 실업률을 경고하는 뉴스가 모조리 농담처럼 들렸다. 오히려 서울에 일자리를 가진 사람이 필요 이상으로 많다는 생각을 열차에 오른 내내 떨칠 수가 없었다.

센터 문을 열자 숨이 콱 막혔다. 일벌에게 사무실 인테리어를 맡기면 아마 콜센터 비스무리한 것을 만들어낼 거다. 일주일 내내 이곳을 들락날락했지만 실제 업무 공간에 들어간 건 이때가 처음이었다. 내부는 미국의 옥수수 재배 지역처럼 풍경의 다양함이 인위적으로 제거된 광경이 주는 위압감으로 가득했다. 종일 차를 전속력으로 달려도 옥수수밭과 곡물 저장고 말고는 아무것도 눈에 띄지 않는 광활한 공간 말이다(나도 영화로만 봤다). 검은색 데스크톱, 검은색 모니터, 검은색 유선 전화기가 설치된 회색 칸막이 책상이 등을 맞댄 채 길게 늘어서 있었다. 벽과 벽 사이에 칸막이 책상들의 열이 무한 반복 하듯 펼쳐져 있었다. 그 패턴이 만들어내는 단조로움과 음울함은 국립묘지의 비석들을 훌쩍 뛰어넘었다.

직원 대부분은 같은 빌딩에서 마주치는 수백 명의 사람들 중에서 잘 보이고 싶은 대상이 단 한 명도 없을 때에만 선택할 수 있는 옷차림이었다. 그것마저도 세탁기 들어갈 시기를 한 번 이상 놓친 듯, 때 묻고 구겨지고 개털까지 들러붙은 경우가 일반적이었다. 아무래도 이곳의 드레스 코드는 '이거 어제 입었던 건지 아무도 눈치 못 채겠지?' 인 듯싶었다.

여기서 밝고 화사한 옷을 입고 출근하면 복장 지적을 당할 것 같았다.

강사를 따라 열 명 가까운 사람들이 우르르 사무실로 들어섰지만 반응을 보이는 직원이 아무도 없었다. 모두가 시선을 모니터에 고정한 채, 지금 하는 일이 자기 능력보다 서너 단계 아래라는 점을 강조하는 표정으로 전화만 받았다. 이들이 집단으로 쏟아내는 웅성거림이 벌 떼처럼 사무실 안을 맴돌았다.

그나마 사무실 통유리창을 시트지 따위로 가려두지 않아 다행이었다. 휴게실엔 부족한 자연광이 이 안엔 풍부했다. 하지만 아이러니하게도 정작 이 안에서 창밖을 바라보는 사람이 아무도 없었다. 창 바로 앞에는 관리자들이 창을 등지고 자리를 잡고 있었다. 직원들의 눈길이 창밖으로 빠져나가는 걸 가로막는 초소나 다름없었다. 모두가 서울 도심 전경이 내려다보이는 창을 콘크리트 벽인 것처럼 대했다.

김선영 강사가 우리를 입구 옆에 설치된 대형 모니터로 이끌었다. 이곳은 미국 국방부로 치자면 전쟁 상황실에 해당하는 구역이었다.

"이게 우리 센터 현황판이에요. 여기 지금 숫자들 적힌 거 보이시죠? 이제 근무하시면 수시로 현황판 확인하시면서 현재 우리 센터 업무 처리 수준이 어느 정도인지 파악하고 계셔야 해요."

모니터에는 이렇게 표시되어 있었다.

인입호: 131　**대기호:** 7　**포기호:** 2　**이석:** 0

응답률: 93%　**서비스율:** 70%　**상담 후 작업:** 250sec

"'인입호'는 고객들이 현재까지 우리 센터에 전화를 건 수예요. 아직은 근무 시작한 지 얼마 안 돼서 저 정도인 거고 마감할 때쯤 되면 보통 2000콜 정도 돼요. 그 옆의 '대기호'는 지금 전화를 걸었는데 상담사들이 다 통화 중이라 기다리고 있는 전화 수예요. 그 옆의 '포기호'는 그렇게 대기하다가 연결되기 전에 고객이 먼저 끊은 경우예요. 우리 센터가 원래 포기호가 거의 없었는데 이번에 코로나 때문에 콜 수가 늘면서 포기호가 좀 생기고 있어요. 그 옆에 '이석'은 지금 화장실 가느라 자리를 비운 수예요.

그리고 또 중요한 게 '응답률'이에요. 옆에 '93퍼센트'라고 나와 있죠? 저희는 이제 천리마 마트 협력사잖아요? 이거는 고객사에서 요구하는 목표, 그러니까 전화 온 것 중에서 93퍼센트는 받아서 상담해라 그런 건데 지금은 그 정도는 안 되고 현재는 한 88퍼센트 정도예요.

그다음이 '서비스율'인데 이건 지금 '70퍼센트'라고 나와 있죠? 이건 뭐냐면 고객이 상담사 연결을 시도해서 20초 안에 연결된 비율이에요. 그리고 저희가 화장실 가는 거 가지고 뭐라고 하지 않지만 대기호 있을 때 이석 있으면 곤란해요. 그런 거 좀 기다렸다가 대기호 다 빠지면 해주세요.

마지막으로 '상담 후 작업 250세컨드' 하고 나와 있죠? 여러분 콜받고 나서 상담 이력 작성하시잖아요? 그게 아무리 길어도 250초 이상 걸리면 안 된다는 게 우리 센터 목표예요. 여러분 상담 이력은 언제 쓰는 거죠? 전화 끊고? 아니죠. 콜받고 상담하면서 바로 창 열어서 써야죠. 여러분 선배들은 다 그렇게 해요. 여러분도 그렇게 하셔야 하고요. 그래서 정상적으로 작업하시면 하루에 75콜 정도 받게 되실 거예요. 그렇다고 당장 그렇게 해야 한다는 거 아니니까 너무 걱정하지 마시고요. 신입분들은 대개 하루에 60콜 정도 받으세요. 그렇지만 근무를 오래 하셨는데 계속 60콜이면 팀장님이랑 면담 진행할 수 있으니까 그런 부분은 알고 계세요. 하루에 보통 2000콜 정도 들어 올 거예요. 이것도 지금은 많이 준 거예요. 코로나 막 터졌을 땐 하루에 7000콜, 8000콜까지 들어왔어요."

57분쯤 되자 관리자 한 명이 일어나 사무실 전체를 둘러보며 외쳤다.

"9시 가까워졌습니다. 모두 소프트폰 켜주세요!"

그때부터 9시가 되기 전까지 사무실에는 돌격 명령이 내려지기 직전의 참호 같은 긴장감이 감돌았다. 컴퓨터의 시계가 9시가 되는 순간 벨 소리가 울리기 시작했다. 곧바로 누군가 응대하는 소리가 들리고 다른 전화기의 벨 소리도 바이러스가 확산하듯 센터 전체로 퍼져 나갔다. 5분도 지나지 않아 사방이 벨 소리와 웅성거림으로 뒤범벅이 됐다.

신입 직원의 경우 첫날만 오전 한 시간 동안 선배 상담사와 한 명씩 짝을 이뤄 전화를 받았다. 헤드셋으로 선배가 함께 통화를 들으며 바로바로 무엇을 해야 할지 알려줬다. 작업을 시작하려면 먼저 내부 전산망인 천리마넷에 로그인하고 다음으로 소프트폰을 실행시켜야 한다. 소프트폰은 데스크톱으로 전화를 걸고 받을 때 사용하는 프로그램이다. 이것은 단순히 전화 기능만 있는 것은 아니라서 약간 설명이 필요하다. 소프트폰은 말 그대로 전화기지만 동시에 CCTV이기도 하다. 소프트폰을 통해 상담사의 행동 하나하나가 초 단위로 기록되어 관리자에게 전송된다. 소프트폰을 작동시키면 손바닥만 한 크기의 창이 열린다. 맨 위에는 접속한 직원의 이름과 사번이 표시되고 아래에는 작업 상태를 나타내는 버튼들이 있는데 근무 중에는 반드시 하나를 눌러두어야 한다.

버튼은 통화, 대기, 이석, 작업 네 가지가 있다. 근무 시작 전에는 일단 '대기'를 눌러둔다. 고객이 센터로 전화를 걸면 대기를 먼저 누른 순서대로 전화가 배분된다. 벨이 울리고 '통화'를 누르면 전화가 연결된다. '작업'은 통화가 끝나고 필요한 후속 작업을 처리하는 동안 누른다. 상담 이력을 작성하거나 매장이나 **배송 기사***에게 연락할 때, 고객에게 아웃바운드 콜을 하는 경우도 작업에 속한다. 통화는 두 종류로 구분한다. 콜센터로 걸려오는 고객의 전화는 인바운드 콜, 콜센터에서 고객에게 거는 전화는 아웃바운드 콜이라고 부른다. 후자는 '콜백한다'라고 표현하기도 한다. '이석'은 근무시간 중에 자리를 뜨는 경우인데 주로 화장실 가거나 밥 먹으러 갈 때 눌러둔다.

실시간으로 지금까지 받은 콜의 전체 양, 총 이석 시간까지 초 단위로 관리자의 컴퓨터에서 확인할 수 있어서 근무 시작부터 퇴근할 때까지 상담사가 무엇을 얼마나 했는지가 적나라하게 드러난다. 개인 전화기는 지시받은 대로 입구에 설치된 플라스틱 상자에 넣어뒀고 한 사람당 하나씩 하얀색 플라스틱 판과 검은색 색연필을 받았다. 소프트폰의 대기 버튼을 누르자 곧바로 내 전화기에서 벨이 울렸다. 전형적인 따르릉 소리였지만 콜센터에서는 영화 〈사이코〉에서 샤워실 커튼이 젖혀지면

* 배달서비스원(Light Trucks or Delivery Service Drivers): 대체확률 0.69 _〈고용의 미래〉

서 울렸던 바이올린 소리처럼 들린다. 식칼을 치켜들고 커튼을 열어젖힌 이는 다름 아닌 품절 불만 고객이었다.

"아니 내가 락토핏 유산균을 주문했는데 이걸 받기로 한 날 품절됐다고 하면 어떡해요! 없으면 미리 얘기해서 준비할 시간을 주든가 해야지 오늘 당장 필요한데."

그러면 상담사는 교육받은 대로 품절이 발생한 이유를 설명한다.

"아니 그러니까 이게 뭐 유통기한이 짧으면 내가 이해하겠는데 이건 그런 것도 아니고, 그럼 주문했을 때 미리 빼둘 수 있는 거 아니에요?"

"저희가 매장에서 하루에 나가는 배송이 수천 건이다 보니 장을 미리 보기가 어렵습니다. 배송 당일 일괄적으로 처리할 수밖에 없는 점 양해 부탁드립니다."

"아, 그럼 어떡해요! 어쩌라는 거예요, 나보고. 이거 지금 오늘 선물할 건데 이렇게 될 줄 알았으면 그냥 인터넷에서 샀지. 그럼 이제 다시 주문해도 일주일인데. 내가 이렇게 기다린 거는 어떻게 보상할 거야?"

보상이라는 단어를 들으면 머리에 빨간불이 켜진다. 행여나 말실수해서 보상 비슷한 인상이라도 주게 되지 않을까 조심하면서 (동시에 무례하다는 인상을 주지 않기 위해 애쓰면서) 말을 이어간다.

"고객님, 정말 죄송한데 저희가 품절이 될 수 있다는 내용을 안내해 드렸고, 또 고객님의 경우에는 대체 상품 받으시는 걸 거절하셨기 때문에 이 경우는 저희가 따로 도움을 드리기가 어려울 것 같습니다."

"아니 그럼 어쩌라고? 안내했으니까 당신들은 아무 잘못 없다 하면 끝이야? 그럼 나는 뭐야? 나 이렇게 기다리다 계획이 엉망이 된 건 어떡할 거야?"

"고객님, 정말 죄송한데 이 부분은 저희가 따로 보상해 드릴 수 있는 부분이 아니라서요."

"물건도 안 갖다주고 보상도 안 해주고 왜 당신들 편할 대로만 하냐고? 왜 전부 다 당신들 위주로만 일해!"

"정말 죄송합니다. 고객님."

"나는 이렇게 손해를 봤는데 당신들은 미안하다 말만 하면 끝이야? 아니 매장에 없으면 다른 매장에서 갖다가 채워주든가 해야지 그 정도는 동네 슈퍼마켓에서도 하는데 아니 뭐 서비스가 이따위야!"

"정말 죄송합니다. 고객님."

"아우 씨발! 진짜 그래서? 정말 아무것도 못 해주겠다는 거야?"

"죄송합니다, 고객님."

"@###$%$#!!"

내 역사적인 첫 번째 고객은, 미사 중에 방귀라도 뀐 날이면 불경죄를 지었다는 생각에 잠 못 이루는 나로 하여금 수십 번씩 성호를 긋게 만드는 말들을 쏟아붓고 전화를 끊었다. 첫 통화가 끝나자마자 식은땀이 흐르고 신경이 너덜너덜해졌다. 체감상으론 한 시간 정도 전화기를 붙들고 있었던 것 같다. 전화 통화가 업무가 되기 전에는 이렇게 공격적인 전화를 받아본 적이 없어서 이걸 어떻게 받아들여야 할지 도무지 감이 잡히지 않았다. 나는 위로가 필요한 표정으로 선배를 돌아봤다.

"그래도 이 아저씨는 점잖네요. '새끼' 소리는 안 하잖아요."

'씨발' 소리를 들었는데 점잖다니 정말 강호의 도가 땅에 떨어졌구나!

하기사 여기는 서울이다. 발음이 숫자 '18'과 유사한, 한국어 최고의 인기 단어를 구사할 수 있는 사람이라면 누구나(대략 7세 전후로 알려져 있다) 타인에게 살인/자살을 고민하게 할 만한 스트레스를 안겨준 적이 최소한 세 번 이상 있는 도시다.

이 일이 유난히 힘들고 긴장되는 이유 하나는 나라는 존재가 불특정 다수에게 적나라하게 노출되는 데 있다. 누구나 우리에게 화를 내고 소리를 칠 수 있었고 실제로 곧잘 그렇게 했다. 전화 상담사라는 일이 어떤 것인지 파악하는 데는 하루면 충분했다. 이 일을 할 수 있느냐 없느냐는 고객의 말에 난타당해도 버텨낼 수 있는 심리적 맷집을 기를 수 있느냐에 달렸다.

맷집이란 게 그렇듯이 별다른 방법은 없었다. 그저 두들겨 맞는 것밖에. 다만 권투 경기와 달리 우리는 상대가 방심한 사이 녹다운을 노리는 게 아니었다. 맞는 것 자체가 목표였다. 강철 같다고 믿었던 내 정신 상태는 실제로 부딪혀보니 단단하기가 크로아상 수준이었다. 여기서 오래 일하면 내 월급의 상당 부분이 정신과 의사들이 제주도 별장 구입하는 데 들어가겠구나 하는 확신이 들었다.

면접 때 들었던 말이 무색하게 콜이 밀려들 때 자리에서 일어서는 사람에게는 사정없이 눈치를 준다. "대기호 늘어날 때 자리에서 일어나지 않습니다!" "포기호 발생합니다. 화장실 잠깐만 참을게요!" 그러면 자리에서 엉덩이를 뗐다가 바로 다시 앉는다. 신입들은 사무실 분위기며 고객들의 성화에 얼이 빠진 상태이기 때문에 그런 걸 문제 삼을 만한 정신도 없었다.

#4

상담 경험이 하나둘 쌓여가면 고객들의 꼭지를 돌게 만드는 일이 무궁무진하다는 사실을 깨닫는다. 품절 불만 다음으로 많이 걸려오는 전화가 배송 문의다. 아마도 이런 게 할리우드 영화의 해로운 영향력이 아닐까 싶은데, 고객들은 우리가 첩보 영화 수준으로 배송 차량 상황을 파악하고 있을 거라고 예상한다. 좁은 골목 하나하나 모두 표시된 화면 위에서 트럭의 GPS 신호가 빨간 점으로 깜빡거리며 이동하는 모습을 실시간으로 확인하고 있을 거라고 말이다. 그런 거 없다. 기사가 트럭을 끌고 개성공단을 가로질러 월북을 해도 우리는 모른다. 그렇지만 고객들은 지금 배송 차량이 어디쯤 있는지, 지금 있는 데서 자기 집까지 얼마나 걸리는지, 자기가 지금 잠깐 나갔다 올 일이 있는데 다음 집에 먼저 갔다가 여기로 다시 오면 언제쯤 될지 알려달라고 한다.

규정상 배송 기사 연락처는 고객에게 공개하지 않는다. 대신 우리가 무슨 일인지 확인한 다음 기사에게 연락한다. 기사들과 통화를 할 때면 목소리에서 운전 스트레스가 뚝뚝 묻어나기 때문에 기사 연락처를 알려주는 건 우리부터가 꺼린다. 그렇지만 고객이 반복해서 요구하면 운전 중이라 전화를 받지 않을 수 있다고 안내하고 알려준다.

"오늘 3시에 배송받기로 했는데 기사님 전화번호 좀 알려주세요."

"예, 고객님. 무슨 일 때문에 그러시나요?"

"기사님한테 전화 좀 해야 돼서요."

"예, 고객님. 저 죄송한데 무슨 일 때문에 필요하신지 말씀해 주실 수 있을까요?"

"하아… (침묵은 언제나 섬뜩하다. 곧 크게 한 방 날아온다는 뜻이다) 물건 받는 데 필요하니까 달라고 하지 뭐 내가 장난 전화 걸려고 알려달라고 그러겠어요?"

"고객님, 그런 게 아니라 기사님이 운전 중에 전화받으시면 위험할 수도 있어서 저희가 어떤 일인지 확인해서 고객센터에서 안내해 드릴 수 있는 건 저희 쪽에서 안내해 드리고 그럴 수 없을 때에만 기사님 연락처를 알려드리고 있습니다."

"아, 그러세요? 제가 물건을 받아야 하는데 나갔다 올 일이 있어서 언제 도착하는지 물어보려고 그럽니다. 이 정도면 이유가 됐습니까? 콜센터 직원님? 이제 전화번호 가르쳐줄래요?"

"예… 아… 그게… 그러니까…."

"아, 예 아, 예 무슨 랩해요?"

"예… 아… 그러니까…."

나는 기습 공격에 취약한 사람이다.

"아우, 진짜, 여자들은 그냥 바로바로 가르쳐주더니만 왜 자꾸 똑같은 말 하게 해? 아, 바쁘다고! 번호 부르라고!"

온라인 쇼핑 상담 속에 감춰진 수많은 폭발물 중에서도 가장 파괴력이 세고 치명률이 높은 건 유통기한 불만이다. 유통기한이 지난 상품은 당연히 환불 대상이지만 실제로 기한이 지난 상품이 발송된 경우는 없었다. 대부분은 날짜가 촉박한 상품이었다. 이 경우에는 마트 자체 규정을 확인해서 정상 상품인지 아닌지를 판별해야 한다. 우유, 달걀, 어묵, 치즈, 두부 등등 유통기한이 짧은 상품은 종류별로 유통기한 +3일, +5일 하는 식으로 발송 가능한 기준을 정리한 가이드라인이 있다(만약 우유의 유통기한 발송 가이드라인이 +5일이라면 유통기한까지 5일 이상 남은 상품만 발송할 수 있다는 뜻이다). 같은 상품이라도 중량이나 개수가 늘어나면 날짜도 늘어난다.

이 가이드라인은 절대 고객에게 공개하면 안 되는 내용이었다. 상담사는 해당 상품과 상품에 적힌 유통기한을 확인하고 가이드라인과 비교해서 고객이 받은 상품이 정상인지 아닌지만을 알려줄 수 있을 뿐이다. 상담사 쪽에서 보자면 정해진 절차대로 처리한 거지만 고객이 보기엔 유통기한이 언제인지 묻더니 그저 아무 문제 없다고만 하는 꼴이었다. 소비자 눈에 품절이 상도에 어긋나는 행위라면, 유통기한은 뻔히 들여다보이는 사기를 치는 꼴이나 마찬가지였다.

"오늘 물건을 받았는데 내가 지금 이거 보고 너무 화가 나서 전화했어요. 아니 달걀 30개짜리를 주문했는데 유통기한 이렇게 촉박한 걸 갖다주면 어떡해요?!"

"그러면 받으신 상품 유통기한 언제인지 말씀해 주시겠어요?"

"4월 30일이요."

그날은 4월 9일이었다. 30구짜리 달걀의 유통기한 가이드라인상 발송 가능 상품이었다.

"죄송합니다, 고객님. 그런데 이제 매장에서는 유통기한이 20일 정도 남아 있는 상품은 소비하시기에 아주 촉박한 정도는 아니라고 판단한 것 같습니다. 혹시 드셨는데 상했거나 다른 문제가 있으신가요?"

"안 먹었어요. 이런 걸 누가 먹어요? 아니 그 장 보는 사람들이 자기가 먹을 거로 생각하고 골랐으면 이런 걸 골랐겠어요? 아니 달걀이 신선도가 얼마나 중요한 건데 이거는 매장에 들어온 지 열흘은 지났다는 거 아니에요. 아니 온라인 고객이 무슨 봉이냐고. 배달시키는 사람들이 무슨 재고 처리하는 통로예요? 아니 장사하는 사람들이 양심이 있어야지. 이런 물건을 팔고서 어떻게 문제없다 그런 말을 할 수 있어요!"

"고객님, 저희도 마트 자체적으로 유통기한에 관한 규정이 있는데 이 경우는 발송하는 데에 문제가 없다고 판단하는 상황이라서요."

"아 그쪽에서 보기엔 당연히 그렇겠죠. 그렇지만 내 쪽에서 보기에도 그럴 것 같아요? 내가 보기엔 천리마가 소비자 상대로 사기 치는 거로밖에 안 보여요. 아니 그쪽이 직접 요리해서 먹는다고 생각해 봐요. 그런 생각 안 들겠어요?"

"정말 죄송합니다. 고객님."

"그래서 이거 어떻게 해줄 거예요?"

"정말 죄송한데 이 경우는 저희가 교환이나 환불을 해드리는 상황에 해당하는 경우가 아니라서요."

"그래서 어쩌라고요. 나보고 이걸 먹으라고요?"

"아니요. 그런 게 아니라 그러시면 이런 경우는 죄송하지만 반품하시는 방법밖에는 없을 것 같습니다."

"그럼 반품해 줘요. 그러면 언제 와서 가져갈 거예요?"

내 다음 대사가 폭풍을 몰고 올 거라는 예감을 할 수 있었기에 좀처럼 입을 뗄 수가 없었다. 어찌어찌 문명인으로 남은 데 성공한 사람들도 반품 규정을 듣고 나면 미련 없이 이성의 끈을 놓아버린다.

"예 그러시면… 저 반품하실 때 기사님을 부르시게 되면 반품비 4000원이 발생합니다."

"이걸 지금 내 돈 내고서 반품시키라는 말이에요?"

"그런데 그게… 하자 상품을 교환해 드릴 때는 당연히 저희 기사님이 방문하셔서 물품을 회수하지만 지금처럼 정상 제품을 반품하실 때 기사님을 요청하시면 이 경우에는 반품비가 발생합니다. 대신 매장에 직접 방문하셔서 반품하시면 추가 비용은 들지 않습니다. 그러면 매장 위치 알려드릴까요?"

상대는 한참 동안 말이 없었다. 이럴 때가 가장 두려운 순간이다. 극도로 화가 난 고객이 갑자기 조용해졌을 때. 이런 상황은 상담사에게 이런 이미지로 다가온다. 두 사람이 격렬하게 말다툼을 벌인다. 침이 튀고 삿대질이 오간다. 분노에 눈이 뒤집힌 이가 주위를 두리번거린다. 상식적인 방식으로는 더 이상 자신이 느낀 좌절감을 담아낼 수가 없다. 뒷일은 상관없다. 어떻게든 이 분노를 해소해야만 한다. 칼, 망치, 포크, 연필, 젓가락 무엇이든 상대를 한 방에 보내버릴 무기를 찾는다. 이 순간의 정적은 수화기 너머의 고객이 상담사에게 휘두를 언어적 흉기를 찾아 주위를 두리번거리고 있다는 뜻이다.

"야! 이따위 물건을 지금 나보고 직접 들고 가라고? 야! 내가 이걸 거기까지 들고 가면 이걸 반품시키려고 들고 갈 것 같아? 니들 쌍판에 집어던지러 가지. 야! 다시 말해봐 내가 이걸 진짜 매장에 들고 가면 좋겠어? 어? 대답해 봐! 야! 대답해!"

#5

신입들의 홀로서기는 2주 차부터 시작했다. 처음 일주일간은 선배 상담사들이 오전, 오후 한 명씩 돌아가며 신입 직원들 근처에서 대기하다가 모르는 게 있으면 알려줬다. 이때는 신입 모두가 강사 주위에 쪼르륵 모여 앉았다. 2주 차부터는 도와주던 선배들도 없어지고 자리도 각자 배정받은 팀을 따라 뿔뿔이 흩어졌다. 최택과 나는 2팀, 덕선 씨는 3팀으로 갔다.

콜센터 일이 사람 얼굴을 어떻게 망가뜨리는지 알고 싶다면 팀장들을 보면 된다. 2팀장은 강영환이라는 30대 후반의 남자였다. 실제 나이보다 열 살은 늙어 보이는데 더벅머리에 항상 등을 구부정하게 숙이고 다녔다. 그는 관리자 중 유일한 남자 직원으로 김선영 강사와 더불어 전화상담사의 어떤 전형을 보여주는 얼굴을 했다. 전자가 '어두움'이라면 후자는 '찡그림'이다. 그는 평생 두통과 치통에서 벗어나 본 적이 없는 것 같은 표정이었다. 하도 얼굴을 찌푸리고 있어서 정면으로 마주 봐도 이 사람은 도대체 어떻게 생겼을까 궁금해질 정도였다. 주름을 활짝 펴면 그 안에서 전혀 새로운 얼굴이 나올 것 같은데 (비혼 남성에게는 대단히 안타까운 일이지만) 왠지 '차이니즈 샤페이'를 떠올리게 했다(검색해 보시라).

그는 검은색 플라스틱 지지대가 외부로 드러난 검은색 마스크를 쓰고 다녔다. 조그마한 정화통까지 달려 마스크보다는 방독면에 더 가까워 보이는 종류였다. 이 마스크는 가뜩이나 다가가기 힘든 강 팀장의 얼굴에서 하관은 물론 상냥함과 인간미마저 감춰버렸다. 그의 첫인상은 입

마개를 씌운 투견이었는데, 콜이 밀려들 때 자리에서 일어나는 직원을 상대로 이 인상이 결코 틀리지 않았다는 사실을 깨닫게 해주곤 했다.

3팀장은 나를 면접했던 바로 그 친절한 여인이었다. 그녀는 단정한 인상으로 은테 안경에 어깨까지 내려오는 생머리를 했다. 염색하지 않은 새까만 머리는 가지런히 빗어서 귀 뒤로 넘기고 다녔다. 3팀장의 머리는 한 번도 흐트러진 적이 없었는데 마치 두 귀가 머리카락들이 멋대로 돌아다니는 걸 막는 **경비병*** 같았다. 면접 때의 다정했던 모습이 기억나서 3팀으로 간 덕선 씨가 은근히 부러웠는데 그거야말로 아무것도 모르는 소리였다. 3팀장은 자기 머리카락을 통제하듯 직원들을 통제했다. 그녀는 이곳에서 가장 표독스러운 인물로 별명이 '비밀경찰'이었다. 근무 중에 수시로 목을 잠망경처럼 내 빼고 사무실 전체를 살펴보는데 전화받다 지친 사람이 화장실 좀 가려고 몸을 일으키면 여지없이 3팀장과 눈이 마주쳤다. 그러면 그녀는 도청 가능한 사람만이 지을 수 있는, "너에 대해서 내가 너보다 훨씬 더 많이 알고 있어"라고 말하는 듯한 표정으로 지그시 노려봤다. 그 눈빛을 받으면 요도까지 내려왔던 소변이 거꾸로 강을 거슬러 오르는 힘찬 연어들처럼 방광으로 급히 되돌아가는 것이 느껴졌다.

홀로서기를 시작하자 누가 살아남고 누가 도태당할지가 뚜렷해졌다. 압도적인 우등생은 최택이었다.

최택과 강렬한 대비를 이루는 열등생은 나와 덕선 씨였다. 나는 종일

* 교정 기관 직원·간수(Correctional Officers and Jailers): 대체확률 0.6 _〈고용의 미래〉

식사 시간을 제외하고는 한 번도 자리를 뜨지 않고 전화만 받았는데도 하루에 40콜 정도밖에 처리하지 못했다. 참고로 전화 상담사의 순익분기점은 하루 65콜이다. 딱 이 정도만 받으면 괜찮게 일한 날이다. 이것보다 많이 처리하면 돈도 못 받고 욕먹었다고 받아들인다.

덕선 씨와 나는 수시로 팀장에게 불려갔다.

"한승태 씨, 소프트폰 교육에 놓고 잠깐 와보세요. 지금 통화하시는 거 들어보면 승태 씨가 인사하면 고객님들이 대꾸하잖아요. 안녕하세요, 뭐 수고하세요 하고. 그런데 지금 승태 씨는 고객님 인사만 받고 거기에 대한 맞이 인사를 안 해주고 있어요. 인사는 처음에 한 번 하고 끝나는 게 아니라 고객님이 상담사에게 인사하면 그때그때 거기에 맞춰서 다시 인사하셔야 해요. 고객님이 상담사에게 건넨 말에는 그게 그냥 가볍게 지나가는 말일지라도 반드시 반응을 보여줘야 해요. 그래야 고객이 하는 말을 허투루 대하지 않는다는 인상을 남길 수 있어요. 그리고 마지막 인사하실 때 지금 계속 '더 도와드릴 거 있으세요?' 하고 물어보시는데 이런 건 앞으로 묻지 마세요. 용건 처리하면 인사하고 바로 끊으세요. 지금 후처리 속도도 느리신데 빨리 상담 이력 작성하시고 다음 전화 받으셔야죠. 그런 거 물어보면 고객들은 이것저것 계속 묻는다고요.

지금 보면 이석은 거의 안 하시는데 막상 처리하는 전화 수는 이석 자주 하시는 분들보다 훨씬 적어요. 제가 왜 그런지 기록을 보니까 문제가 딱 보여요. 지금 아웃바운드 콜이 너무 많아요. 저희는 탁 까놓고 얘기해서 인바운드가 중요하지 아웃바운드 콜은 의미 없어요. 콜백하시는 거 최대한 줄여주세요. 콜백해야 하면 전화하지 말고 그냥 내용 정리해서 문자로 보내세요. 지금 다른 분들보다 전화받는 거나 처리하는 거나 좀 많이 느려요. 계속 이런 속도면 여기서 일하기 힘들어요.

지금 여기 보세요. 지금 승태 씨 통화 끝내고 상담 이력 쓰는 데만 작업 시간 7분 41초 걸렸죠? 여기 또 보세요. 김민정 씨 이분 승태 씨 동기 맞죠? 이분도 지금 7분이 넘어가고 덕선 씨는 지금 통화만 11분째예요. 통화도 상담 이력 쓰는 것도 3분 이상 넘어가면 안 돼요. 각각 3분 안에 마무리하시고 바로 다음 전화 받아주셔야 해요. 여기 보면 기록이 다 나와요. 보세요. 최택 씨는 다 3분 안이잖아요."

팀장이 모니터를 가리켰다. 콜센터가 직원들을 파악하는 수준은 사람들의 머리카락 수까지 다 세고 계신다는 신약 성경 속 하나님에게 뒤지지 않았다. 직원들 이름 옆으로 통화, 이석, 작업, 식사 등의 항목이 나열되었고 진행 중인 항목의 지속 시간이 초 단위로 올라갔다. 전체 콜 수, 인바운드 콜 수, 아웃바운드 콜 수, 모든 통화 각각의 지속 시간, 후처리 작업 시간, 이석 횟수, 각각의 이석 지속 시간까지 전부 확인할 수 있었다(3팀장이 관심법을 사용할 수 있는 힘의 원천이 여기에 있었다).

아무리 바쁜 일터라고 해도 나와 회사 사이에 관리자가 어찌하지 못하는 어느 정도의 빈틈이 존재하기 마련이다. 덕분에 우리가 사장님까지 참석하는 회의에서 쓸 파워포인트를 준비하는 틈틈이 메신저로 임원 누가누가 불륜 관계인지를 교환하거나 김형오 원장이 추천하는 똥배 제거법을 확인할 수 있다. 하지만 여기서는 회사의 숨결이 상담사의 피부에 항상 닿아 있었다.

그 결과는 끊임없는 자기 감시다. 감시라는 게 재미있게도 타인이 나를 나보다 더 빈틈없이 파악한다는 인식을 확실히 심어놓으면 이후에 는 굳이 감시할 필요가 없다. 그다음부터는 내가 스스로를 감시한다. 화장실에 가야겠다 생각이 들면 한승태 이름 옆에 표시된 '이석'의 숫자가 올라가는 모습이 그려진다. 그러면 팀장이 눈치를 주지 않아도 알아서 자리에 다시 앉는다. 괴팍한 고객에게 한참을 시달리고 잠깐 쉬고 와야겠다 하다가도 내가 받은 전화 수가 60이 넘었나 부족한가에 생각이 미치면 바로 다음 전화를 받는다. 그렇게 계속해서 나 자신을 몰아붙인다. 만신창이가 돼서 튕겨져 나가버리거나 운이 좋게 관리자로 빠져나갈 때까지. "남부의 노예 감독 밑에서 일하는 것은 힘들지만 북부의 노예 감독 밑에서 일하는 것은 더욱더 힘들다. 그러나 가장 힘든 것은 당신이 당신 자신의 노예 감독일 때다."*

#6

콜센터에선 모두가 혼자다. 이곳에선 다른 직원들과 제대로 된 인간관계를 맺을 수가 없다. 답답해서 옆 사람에게 이것저것 물어보긴 하지만 전화 상담은 근본적으로 혼자 하는 일이다. 다른 사람과 자료를 주고받거나 의논을 하거나 보고를 해야 하는 일도 없다. 9시부터 6시까지 자기 모니터만 바라보며 헤드셋의 마이크에 대고 떠들기만 할 뿐이다.

* 《월든》, 헨리 데이비드 소로, 강승영 옮김, 은행나무, 2011.

콜센터에는 직원 문화라고 할 만한 것도 없다. 회식도 회의도 공동 업무도 없다. 일반적으로 새로운 직원이 들어오면 팀원들과 인사도 하고 자기소개도 하지만 이곳에서 팀이란 서류상의 구분일 뿐 팀으로 해야 할 역할도 공간도 없었다. 나는 퇴사할 때까지 2팀에 속한 사람이 누구라든지 그들이 앉은 자리가 어딘지 한마디도 듣지 못했다.

팀과는 무관하게 배정되는 자리는 한 달에 한 번씩 바뀌었다. 점심은 11시부터 3시까지 한 시간 간격으로 4개조로 나누어서 먹었다. 밥 먹는 시간도 다 쪼개어져 있어서 누군가와 조금이라도 길게 이야기를 나눌 만한 기회도 여의치 않았다. 의도한 건지는 알 수 없지만 자리가 아무리 바뀌어도 바로 옆 사람과 같은 식사 시간 조에 들어가는 경우는 없었다. 모두가 눈인사 정도만 하고 출근해서 각자 자리에 앉았다가 6시가 되면 사무실을 떠났다. 팀워크의 측면에서 봤을 때 콜센터는 공유 오피스를 이용하는 개인 사업자들과 다를 바가 없었다.

회사에선 한 달에 한 번꼴로 새 직원을 뽑았다. 저런 속도라면 늘어나는 인원을 어떻게 감당하나 싶었는데 정말 쓸데없는 걱정이었다. 충원 인력보다 퇴사자가 더 많아서 사무실 구석에는 항상 빈자리가 남아 있었다. 그래선지 직원들도 애써 다른 사람과 가까워지려 애쓰지 않았다. 어제까지만 해도 바로 옆에 앉아 있던 사람이 아무런 예고도 없이 다음 날부터 나오지 않는다. 그런 광경을 낯설어하던 이도 어느 날 갑자기 같은 방식으로 모습을 감춘다. 우리가 한 팀이라면 지하철 좌석에 우연히 나란히 앉게 된 사람들도 한 팀이었다.

많은 사람이 직장 내 인간관계 때문에 힘들어하고 어떤 경우엔 다른 누구와도 말 섞지 않고 그저 내 일만 하다 갔으면 좋겠다고 한다. 나도 백번 공감한다. 그런데 콜센터는 다르다. 말 같지 않은 소리의 대가인 나로서도 대꾸할 말을 찾기 힘든, 전화를 건 고객의 부모가 과연 어떤 사람인지 극도로 궁금해지는 통화를 마치고 나면 같은 일을 하는 사람과 이야기를 하고 싶었다. 나는 이런 일이 있었다고 당신은 어떠냐고 묻고 싶었다. 이야기를 들어주고 공감하고 위로받고 싶었다. 하지만 여기선 관리자한테 혼날 때 빼고는 다른 사람과 길게 이야기를 나눌 일이 없었다. 나는 하다못해 양돈장에서 똥만 치우던 시절에도 그곳 돼지들과 콜센터에서보다 많은 대화를 나눴다.

근무 한 달 만에 자리 이동이 있었다. 신입 중에서 가장 일이 더딘 사람들은 관리자 바로 옆자리로 배정받았다. 동기 중에선 나와 덕선 씨였다. 덕선 씨는 3팀장 바로 옆자리에 나는 2팀장 옆자리에 앉게 됐다. 나는 그나마 팀장으로부터 한 자리 건너에 배정받은 걸 위안으로 삼기로 했다. 나와 덕선 씨는 한 달이 가까워지도록 하루에 처리하는 콜 수가 50건을 넘기지 못했다. 나는 어떻게든 요구량에 맞춰보려고 종일 화장실 한 번 가지 않고 여덟 시간 내내 앉아 있었는데도 늘지가 않았다.

매일 밤 그만둘 핑계를 궁리하며 밤을 지새웠다. 처음으로 양돈장에서 일하던 시절이 떠올랐다. 그때도 농장에서 도망칠 궁리만 했었다. 내게는 양돈장과 콜센터를 비교하는 것이 그다지 어색하지 않았다. 전자가 항문으로 똥을 싸는 동물의 뒤처리를 하는 곳이라면 후자는 입으로 똥 싸는 동물들의 뒤처리를 하는 곳이라 할 만했다. 그리고 두 종류의 동물들과 모두 일해본 관점에서 말하건대 양돈장이 단연코 수월하다.

돼지의 배설물은 따뜻한 물과 비누만 있으면 씻어낼 수 있지만 점잖은 사람들이 입으로 쏟아놓는 오물은 1년, 2년이 지나도 말끔히 사라지는 법이 없고 갑자기 기억 속으로 파고들어 와 분노로 온몸을 부들부들 떨게 만든다. "입으로 들어가는 것이 사람을 더럽게 하는 것이 아니라 입에서 나오는 그것이 사람을 더럽게"* 한다.

전설에 따르면 고대 폰투스의 왕 미트리다테스 6세는 암살에 대비해 일부러 소량의 독극물을 주기적으로 먹었는데, 나 역시 독성 물질에 면역력을 키운다는 심정으로 전화를 받았다.

그나마 내가 좋아했던 시간은 근무 시작 전 화장실에 앉아 장을 비울 때였다. 센터의 광기도 감히 이곳까지는 침범하지 못했다. 치질과 해고의 위험만 아니었다면 그렇게 몇 시간이고 앉아 있었을 텐데. 물론 근무 시간이라고 화장실을 못 쓰는 건 아니었지만 배 속에서 폭동이 일어난 게 아닌 이상 오래 앉아 있는 건 엄두도 못 냈다.

비록 변기 위에서 보내는 시간만큼 아늑하지는 못했지만 점심시간도 제법 인상 깊을 수 있었다. 전면이 유리로 된 건물의 20층이었기 때문에 창을 따라 설치된 바 테이블에 앉아 저 멀리 인왕산에 걸친 구름을 감상하며 식사를 즐길 수도 있었다. 하지만 창에다 시트지를 덕지덕지 붙여놓은 만행 탓에 도심의 전망은 대나무 그림 사이로 간신히 확인할 수 있을 뿐이었다.

시트지에 가리지 않고 유일하게 온전히 보이는 광경은 길 건너 재개

* 《신약성경》, 〈마태복음〉, 15장 11절.

발 예정 구역 안에 자리 잡은 허름한 **모텔***뿐이었다. 이 모텔은 이상한 호기심을 불러일으켰다. 건물 꼭대기에 가로로 설치된 간판에는 '모텔 굿타임'이라고 적힌 반면 도로 쪽으로 세로로 달린 간판에는 '모텔 굳타임'이라고 적혀 있었다. 아마도 좋은 시간을 보내는 데는 한 가지 방식만 있는 게 아니라는 말을 하고 싶었던 모양이다. 이 괴상한 간판이 아니면 《동의보감》에서 어혈을 풀어주는 약재라고 소개한 물질을 떠돌이 개가 모텔 주차장에 배출하는 광경이 이 좋은 위치에서 감상할 수 있는 최고의 스펙터클이었다.

관리자들도 왜 창을 이렇게 가려놓았는지 알지 못했다. 우리 상담사들끼리는 회사에서 순수하게 직원 보호 차원에서 붙여둔 거라고 받아들였다. 죽고 싶다는 말을 입에 달고 사는 전화 상담사들은 이렇게 높은 곳에서 아래를 내려다보면 일할 때 당했던 모욕이 떠오르면서 불쑥불쑥 뛰어내리고 싶은 충동이 솟구치기 때문이다. 통계청에서 콜센터 종사자와 의문의 추락사 사이의 상관관계를 조사한다면 놀랄 만한 그래프를 얻게 되리라. 그렇게 시야도 가슴도 꽉꽉 막히는 식사를 끝내고 나면 다시 애꿎은 어느 전업주부를 분노조절장애로 몰고 가게 될, 그 대가로 나 자신에게는 화병과 고혈압을 선사하게 될 전화를 받기 위해 사무실로 돌아갔다.

자리 이동은 결과적으로 큰 행운이었다. 그 행운은 '교포 오빠'의 형

* 숙박시설 서비스원: 대체확률 0.74 _《기술변화에 따른 일자리 영향 연구》

태로 내 옆에 앉아 있었다. 선우 씨는 저음의 목소리가 매력적인 서른 초반의 남성이었다. 미시간에 있는 대학을 졸업하고 최근 한국으로 돌아왔다. 그는 매일 아침 캐주얼한 정장 차림에 로퍼를 신고 출근했는데, 그의 옷차림이 모든 면에서 예외적이었음을 지적할 필요가 있다. 남자들의 경우, 출근 복장은 집 앞 편의점으로 담배를 사러 나갈 때보다 딱 한 단계 정도만 더 격식을 차린 수준이었다. 크록스와 추리닝이 그렇게까지 과감한 시도가 아닌 일터에서 선우 씨는 세탁을 잘못해서 줄어든 게 아닌데도 불구하고 발목이 드러나는 바지를 입는 유일한 남자였다.

그는 도움을 청하는 모든 사람에게 너그러운, 말하자면 최택의 해독제 같은 존재였다. 나는 선우 씨 옆에 앉은 덕분에 숱한 위기를 넘길 수 있었다. 같은 질문을 반복해도 매번 처음과 같은 진지함으로 대답해 주었는데 땅 한 번 밟아본 적 없는 미시간을 향한 애향심이 불끈불끈 솟아오를 정도였다. 그가 내게 미치는 영향력이 어느 정도였냐면, 출근 직후에 관리자들이 코로나 때문에 이마 열을 쟀을 때 평소에 아무런 문제가 없다가도 선우 씨가 쉬는 날이면 체온이 어김없이 37도 이상으로 올라가 관리자들이 겁을 내게 만들었다.

선우 씨를 통해서 이곳에도 저 나름대로 관계가 있고 문화가 있다는 걸 알게 됐다. 대체로 상담사들 간의 소통은 스파이들의 접선처럼 은밀하고 간략하게 이루어졌다. 우리의 교류는 대체로 산문적이라기보다는 시적이었다. 화장실을 오가다 잠시 마주쳤을 때 서로의 통화 대기 시간이 겹칠 때 나누는 몇 마디. 옆 사람이 진상에게 붙들려 있는 게 분명해 보일 때 보내는 안쓰러움의 눈빛과 몸짓. 진상에게 걸린 사람은 대화를 들어보기 전에 티가 난다. 머리를 감싸고 있다거나 뒤통수를 의자 머리 받이에 때려대고 있다.

이렇게 관계를 맺음으로써 생긴 유일한 단점은 다른 상담사들 사이에서 내 별명이 '덜덜이'로 통한다는 사실을 알게 된 거였다. 내 응대 방식이 제임스 본드급으로 유려해졌다고 생각하는 건 나 혼자뿐이었다. 실제로는 조금만 긴장해도 금세 말을 더듬고 버벅거렸던 모양이다(단 한 번도 내 귀에는 그렇게 들린 적이 없었다). 특히 나와 등을 맞대고 앉은 덕선 씨가 이 별명을 유난히 좋아했다. 나는 이 일을 시작하고 아홉 살 이후로 사라졌던 말 더듬는 버릇이 도지는 줄 알았다.

하지만 이것 말고 덕선 씨가 좋아할 만한 일은 많지 않았다. 내가 선우 씨 옆에서 조금씩 한 사람 몫을 해나가기 시작한 반면 덕선 씨 옆에는 킬러 본능으로 충만한 3팀장밖에 없었다. 어느 날 덕선 씨가 울음을 터트렸다. 뒤에서 언뜻 듣기에 꽤 복잡한 상담이 들어왔는지 여기 전화하고 저기 전화하고 또 고객에게 다시 전화해서 사과하고 그렇게 정리가 되는가 싶었는데 갑자기 책상 위에 엎드려서 엉엉 울기 시작했다.

다들 쳐다만 보는데 김선영 강사가 달려와서 덕선 씨를 끌어안고 휴게실로 데리고 나갔다. 그러고는 30분 정도 있다 돌아와 다시 꾸역꾸역 전화를 받았다. 시간이 지나면서 이곳에서 의지할 수 있는 사람이 누구인지 분명해졌다. 시작부터 보아온 인연 때문인지 관리자 중에선 오직 김선영 강사만이 신입 직원들에게 온정적이었다. 동기들이 하나둘 무너지기 시작하자 교육받을 때는 발견하지 못했던 그녀만의 모습이 드러났다. 그녀는 수간호사의 엄격함과 어린이집 교사의 다정함을 한 몸에 지닌 예외적인 인물이었다. 콜센터의 신생아들이 터트리는 울음을 다독여주면서 동시에 막무가내로 덤벼드는 고객들도 주눅 들지 않고 상대했다. 신입 상담사들 사이에서 김선영 강사는, 독실한 가톨릭 신도들 사이에서 **신부님***이 일으키는 것과 맞먹는 존경심을 불러일으켰다.

며칠 후 선우 씨가 콜센터를 지배하는 음울한 힘을 이야기해 줬다. 콜센터에는 '한 달에 한 명' 법칙이란 게 존재한다. 매달 최소한 한 명은 전화받다가 울면서 뛰쳐나간다는 것이다. 그런 사람은 대개 사무실로 영영 되돌아오지 않는다. 선우 씨 기수 중에도 한 명이 첫 달이 지나가기 전에 울면서 뛰쳐나갔고 모두 여덟 명이었던 동기 중에서 입사 후 세 달이 지난 그때까지 남은 사람은 선우 씨 포함해서 세 명이었다. 내 동기 중에서도 사상자가 속출했다. 덕선 씨만이 아니었다. 교육생 때까지만 해도 계약 연장이나 정규직 전환에 관해 묻고 다니던 스물여섯 살 여성이 있었다. 덕선 씨 일이 있고 나서 며칠 후 그녀가 팀장을 찾아가서는 건강이 안 좋아서 그달까지만 일하겠다고 말했다. 팀장은 한숨을 쉬고는 그녀를 잠시 바라봤다가 익숙하다는 듯 다시 모니터로 고개를 돌렸다. 그녀의 빈자리는 얼마 지나지 않아 새로 온 직원으로 메워졌다.

콜센터를 지배하는 또 다른 음울한 힘은 '마지막 콜의 저주'였다. 그날의 가장 집요하고 고약한 전화는 퇴근 직전에 걸려온다는 것이다. 이곳은 서로 간에 아무런 결속력도 느껴지지 않는 일터이기에 6시 땡 하

* 성직자: 대체확률 0.017 _〈인공지능에 의한 일자리 위험 진단〉

면 전원이 마치 토스터기에서 다 구운 식빵이 튀어 오르듯 일제히 자리에서 튕겨져 나온다. 하지만 매번 머리칼을 쥐어뜯으며 자리에 남아 있는 사람들이 있다. 저주가 실재한다는 증거다. 물론 저주의 위력이 과장되어 있기는 하다. 그걸 이해하기 위해선 콜센터의 퇴근 시간 풍경을 들여다볼 필요가 있다.

5시 50분을 넘어서면 통화 중인 상담사 전부가 눈치 게임에 돌입한다. 지금 통화를 끊고 상담 이력을 쓰는 척하며 퇴근까지 버틸 것인가 아니면 빨리 상담 기록을 남기고 한 콜 더 받을 것인가. 그냥 버티면 될 거 아니냐고 할지 모르겠지만 통화를 끊고 5분이 지나도록 새 전화를 안 받으면 팀장이 소프트폰 기록을 확인하고 바로 지적한다. 그렇다고 6시가 다 되어 화장실에 간다고 일어설 수도 없는 노릇. 하는 일 없이 계속 시간을 질질 끄는 데도 한계가 있다. 그래서 자주 쓰는 방법이 '콜 밀장 빼기'다. 소프트폰의 '대기' 상태에 있다가 뭔가 고칠 게 있는 척하며 다시 '작업'을 누르고 이전에 남긴 상담 이력을 수정하는 척하는 거다. 적당히 시간이 흐른 뒤 다시 '대기'를 누르면 대기를 누른 순서대로 전화가 배분되기 때문에 내가 전화를 받을 순서가 뒤로 밀린다.

이 방식의 문제점은 첫 번째, 이 경우도 관리자들이 소프트폰 기록을 확인해서 이런 장난을 치는지 잡아낼 수 있다는 거다(다행히 손모가지가 날아가지는 않는다). 그보다 치명적인 두 번째 문제점은 도박판에 죄다 타짜들뿐일 때 벌어지는 상황과 비슷한데, 같은 기술을 쓰는 사람이 너무 많아서 차례가 뒤로 빠져도 평소와 별로 다를 게 없다는 점이다.

나로서는 이 마지막 콜의 저주를 마냥 미신으로만 치부할 수 없었던 게 우리 센터에서 '마일리지 빌런'으로 통하는 고객을 상대하게 된 것도 바로 이 마지막 콜의 저주에 당했을 때였다. 50대 초중반으로 추정되는 이 남성은 마일리지가 잘못됐다는 이유로 수시로 전화를 걸었는데, 나는 그때까지만 해도 '팀장님'이라고만 알았던 2팀장의 본명까지 그는 알고 있었다.

"상담사 한승태입니다. 무엇을 도와드릴까요?"

"지금 내 번호 뜨지?"

"예, 고객님. 연락처 확인했습니다."

"지금 나한테 바로 전화해."

뚝.

시킨 대로 전화를 걸었다. 놀랍게도 통화 연결음이 찬송가였다. 경험적으로 봤을 때 통화 연결음이 찬송가인 사람들은 두 배로 조심해야 한다. 이럴 때는 십자군 원정을 승리로 이끈 기독교도의 호전성을 몸소 체험할 수 있다. 예수님의 자비를 기원하며 인사를 건넸다.

"무엇을 도와드릴까요?"

"내가 한참 전에 마일리지 합계가 안 맞는다고 확인해 달라고 전화했는데 지금 나한테 뭐라고 문자가 왔는지 알아? '마이페이지 들어가셔서 마일리지 내용 합산하시면 됩니다.' 누가 그걸 몰라? 계산기만 있으면 다 되는 거 누가 그것 때문에 전화한 거냐고? 마일리지 들어오고 빠져나간 게 정확한지 그걸 확인해 달라고 전화를 하는 거지. 그래 놓고선 아무 문제 없다고 문자만 하나 보내놓으면 끝이야?"

"불편을 드려서 정말 죄송합니다, 고객님. 마일리지 내역 같은 경우는 저희가 전산상으로 확인하는 기록이나 고객님께서 마이페이지 들어가셔서 확인할 수 있는 내용이 동일합니다. 게다가 지금 전체 거래 내역이 수백 건인데 이 중에서 구체적으로 어떤 주문 건에 대해서 마일리지가 문제 있는지 말씀해 주지 않으셔서 이전 상담사가 부득이하게 그렇게 문자 보내드린 것 같습니다."

"그걸 정확하게 모르니까 알아봐 달라고 하는 거지 그걸 알면 내가 알아서 하지 왜 전화를 해! 그리고 내가 상급자 보면 나한테 전화하라고 했는데 왜 전화 안 해? 2팀장 강영환이 개 출근했지? 걔보고 나한테 당장 전화하라고 해!"

"이전 상담사가 상급자 통화 원하신다고 전달드렸습니다. 다만 저희가 순차적으로 업무를 처리하고 있어서 고객님께 전화를 드리기까지 시간이 걸리는 점 양해 부탁드립니다."

"이 인간들 내가 그거 고치라고 몇 번을 얘기했구먼. 아직 정신을 못 차렸구먼. 급하다는 사람부터 빨리빨리 처리해야지 뭔 놈의 순차적이야? 내가 진짜 근처에 있었으면 찾아가서 귀싸대기를 한 대씩 올려줬겠구먼. 이런 것도 제대로 처리 못 하고 거기 앉아서 뭐 하는 거야? 당장 나한테 전화하라 그래!"

#7

콜센터 상담사가 되는 것은 현대 사회에서 가장 쉽게 노비가 되는 법이다. 한반도 최초의 전화 개설자는 다름 아닌 고종이었다. 전화 상담사의 조상님이라고 할 전화 교환수의 고객은 말 그대로 왕이었다. 고종은 신하들에게 전화로 어명을 내렸는데 그럴 때면 신하는 수화기를 들기 전 의복을 갖춰 입고 큰 절을 네 번씩 올려야 했다. 슬픈 일이지만 오늘날에도 콜센터의 고객은 왕이다. 군주제의 왕에서 자본주의 사회의 왕으로 바뀐 것뿐이다.

조선 시대처럼 큰절을 올리진 않지만 그렇다고 감정 소모가 조금이라도 덜해진 것은 아니었다. 고객센터의 공식적인 모토는 '고객의 만족이 우리의 만족'이었지만 무언의 형태로 전달되는 비공식적인 모토는 '고객이 네 오른쪽 고막을 내리치면 왼쪽 고막을 내밀어라'였다. 하지만 콜센터의 은밀한 가르침을 통해 우리가 경험적으로 깨닫게 된 바는 이렇다. "다른 뺨을 대어주면, 처음 맞은 것보다 더 센 손찌검을 당하게 된다는 것이다. 반드시 그런 건 아니지만 충분히 예상할 수 있는 일이며, 그렇게 된다고 해서 불평할 수도 없는 노릇이다."*

우리에게 사정은 없었다. 오직 사과만 있을 뿐. 이전까지 도시 괴담 정도로만 치부하던 개념 없는 사람들에게 죄송하다고 너그럽게 용서해 주시라고 부탁하는 것이 업무의 핵심이었다.

그중에서도 진상(업계 용어로는 '강성 고객')은 콜센터의 먹이사슬에서 정점에 있는 최상위 포식자였다. 사자가 가젤의 삶의 질을 결정하듯 강성 고객은 상담사의 삶의 질을 결정했다. 짧고 비밀스러운 동료와의 소

* 《나는 왜 쓰는가》, 조지 오웰, 이한중 옮김, 한겨레출판, 2010.

통에서 강성 고객은 대화의 거의 모든 것이었다. 경찰이나 군인이 임무에서 얻은 부상을 가지고 경쟁하듯 상담사들은 자신이 상대했던 고객 중 누가 더 진상이었는지를 두고 경쟁심을 발휘했다. 강성 고객의 전화는 상대가 입을 열기 전부터 심상치 않은 기운이 느껴진다. 멀리서 기차가 다가올 때처럼 불길한 진동이 발끝에서부터 아랫배로 거침없이 밀려온다. 진상에게 한바탕 시달리고 나면 소화시킬 수도, 배설할 수도 없는 무언가가 가슴에 걸려 어떻게든 입 밖으로 토해내지 않으면 진정이 되지 않는다. 어쩌면 휴게실을 감싸고 있는 흉측한 대나무 시트지가 역사적 고찰의 결과물인지도 모르겠다(임금님 귀는 당나귀 귀!). 이곳 대나무 숲에 출몰하는 맹수들에는 크게 세 종류가 있었다.

1. 개와 관련된 문제

"게시판에 글을 올렸는데 왜 대답을 안 해요?"

"예? 무슨 말씀이신가요, 고객님?"

"아니, 우리 개가 고기 밑에 깔린 핏물 흡수하는 거, 그걸 뜯어 먹었는데 내가 걱정돼서 이게 개가 먹어도 되는 건지 물어보려고 글을 올렸는데 아무도 대답을 안 해주면 어떡해요?"

"죄송합니다, 고객님. 저희 업무 처리가 순차적으로 이루어지다 보니 고객님이 접수하신 건을 처리하는 데 시간이 좀 걸리는 것 같습니다."

"아니, 읽어보고 급한 일이면 그것부터 바로바로 처리해야지 그걸 순차적으로 하면 어떡해요? 나는 우리 개 때문에 걱정돼 죽겠는데."

"고객님, 그러니까 고객님 개께서* 지금 고기 포장재를 드셨다는 말씀인가요?"

"포장지 말고 고기 주문하면 고기 밑에 핏물 빨아들이는 작은 팩 같은 거 있잖아요? 내가 안 보는 사이에 그걸 뜯어 먹었어요."

"그럼 지금 동물 병원에 데리고 가신 상황인가요?"

"아직 병원에 가진 않았어요."

"고객님, 죄송한데 저희도 말씀하신 포장재의 정확한 성분은 확인이 되지 않고 있습니다. 이 부분은 저희 매장 담당자도 마찬가지인 상황이라서요. 걱정이 많이 되면 일단 병원부터 가보시는 게 좋을 것 같습니다."

"아니 거기서 파는 건데 성분이 뭔지 모른다는 게 말이 돼요?"

"고객님, 저 그런데 저희가 섭취용으로 판매한 건 고기지 포장재가 아니라서요."

"아니 그쪽에서 보낸 거를 먹고 탈이 났으면 당연히 그쪽에서 보상해야 하는 거 아녜요?"

"물론 그렇습니다만 그거는 사람이 먹기 위해 만든 상품을 사람이 먹고 문제가 생겼을 때 저희가 그것에 맞게 처리를 해드리는 건데, 이 경우는 사람이 먹으라고 판매한 상품이 아닌 것을 사람이 아닌 개가 먹은 상황이라 이거는 저희가 처리해 드리기 어렵습니다."

"나는 진짜 걱정이 돼서 죽겠는데 당신들은 겨우 안 된다는 말밖에 못 해요?"

* 이른바 '사물 존칭' 또는 '백화점 높임법'은 콜센터의 포탄 쇼크shell shcok라고 부를 만한 현상으로 클레임에 대한 두려움이 문법으로 전이된 경우라고 할 수 있다. 다만 이 경우엔 고객의 반려견이 콜센터 상담사보다 우월한 사회적 지위에 있는 것이 당연하기 때문에 문법 파괴로 볼 수 없다는 의견도 있다. 놀랍지도 않지만 맞춤법을 제대로 쓰지 않는다고 화를 내는 고객들도 있다.

"아니요. 고객님, 제 말은 그런 게 아니라 지금 고객님 개께서 정확히 어떤 상태인지도 모르고 그 원인도 파악이 안 된 상태라서요."

"몰라요. 우리 개 잘못되면 그쪽에서 책임져요."

"고객님, 정말 죄송한데 고객님 개께서 포장재를 드시고 탈이 난 걸 저희보고 처리해 달라고 하시면 그거는 저희로서는 정말 도와드리기 어렵습니다."

2. 다 알고 있다는 유형

"그러니까 고객님 말씀은 오늘 배송받기로 하신 주문을 취소할 테니까 3일 후에 배송 예정인 상품을 오늘 취소하신 그 시간대에 보내달라는 말씀이신가요? 그런데 저희가 그렇게 보내드리기는 어렵습니다."

"아니, 왜요? 내가 하는 말이 이해가 안 가요?"

"아니요. 이해는 갑니다. 그런데 3일 후 배송 예정인 상품은 그 해당 일자에 장을 보게 되어 있습니다."

"그니까 그걸 오늘 보면 되잖아요?"

"고객님 말씀은 이해합니다만 저희 매장에서는 주문하신 상품의 장을 보는 건 배송받기로 되어 있으신 그날에만 합니다. 장을 미리 보거나 하지는 못합니다. 매장에서 하루에 처리하는 주문 건이 수천 건이다 보니 요청하신 대로 처리하지 못하는 점 양해 부탁드립니다. 주문 한두 건만 미리 따로 장을 보고 배송해 드리거나 하지는 못합니다."

"아우 진짜, 이 일 시작한 지 얼마 안 됐어요? 나도 이 유통 쪽에서 일하고 있어서 그 안에 어떻게 돌아가는지 다 알아요. 그거 얘기하면 다 되는 건데 왜 자꾸 안 된다고 그래? 당신들 일 편하게 하려고 그냥 안 된다고 하는 거 내가 모를 줄 알아요? 내 말이 틀렸어요?"

"고객님, 주문 취소하시는 건 가능하지만 취소하신 시간대에 이후 주문 건을 배송해 드리는 건 정말 어렵습니다."

"아, 그거 내가 해봐서 안다니까 그러네. 아, 다 돼! 하면 된다니까 자꾸 그러네!"

3. 그냥 정신이 나간 사람

"… 예 알겠습니다. 그러면 김정환 님 본인 맞으신가요?"

"그건 왜 묻는 건데?"

"저희가 민감한 개인 정보를 다루다 보니까 본인 확인을 거치고 업무 진행하고 있습니다."

"아니, 그걸 왜 하냐고?"

"콜센터의 기본적인 업무 처리 규정이 그렇습니다. 고객님."

"그 규정을 내가 만들었어? 내가 정한 것도 아니고 내가 동의한 적도 없는 규정을 내가 왜 따라야 하는데. 나 기분 나빠. 나 그거 못 해. 내 돈 내고 내가 물건 사는데 왜 그런 것까지 확인받아야 돼? 지금 당신이 묻는 게 얼마나 기분 나쁜 줄 알아?"

"고객님, 본인 확인 절차는 저희뿐만이 아니라 모든 온라인 쇼핑몰에서 따르고 있는 정말 기본적인 절찹니다."

"그럼 내가 본인이 아닌데 본인이라고 하면 당신이 그거 확인할 방법이 있어?"

"그러면 가입하실 때 입력하신 개인 정보를 확인해서 본인 여부를 판단하고 있습니다."

"그럼 대답을 해봐. 내가 김정환이 아니야. 그런데 해킹을 해서 개인 정보를 다 알고 있어. 당신 내가 거짓말한 거 어떻게 찾아낼 거야? 대답을 해봐 확인할 방법이 있냐고?"

"…."

"아니면 내가 본인이 맞는데 뭐가 살짝 잘못돼서 본인인 게 확인이 안 됐어. 그래서 내가 옆집 사람까지 동원했는데도 확인이 안 됐어. 그래서 우리 사돈의 팔촌까지 찾아가서 그 집에서 기르는 개까지 찾아갔는데도 내가 확인이 안 됐어. (이 남자는 이야기를 풍성하게 펼쳐놓는 수준이 셰에라자드 수준이어서 '내가 누구인지'를 찾는 여정은 꼬리에 꼬리를 물고 이어져 급기야는, 농담이 아니라 태평양 건너 아메리카대륙의 트럼프 대통령까지 이어졌다. 다행히 남자는 말하기 지쳤는지 이 고단한 여정은 대기권을 벗어나지 않고 백악관에서 멈췄다. 참고로 이 일과 아무런 상관은 없지만 트럼프 대통령은 이 책에서 한 번 더 언급될 것이다.) 그렇게 했는데도 확인이 안 됐어. 그러면 당신 어떻게 할 거야?"

"고객님, 저희는 이 회사에 소속되어 있는 직원이라 회사가 정한 규칙을 지키는 것뿐입니다."

"그러니까 그런 생각부터 잘못된 거야. 그 회사가 어떻게 돈을 벌어? 내가 이렇게 물건 사는 거로 돈 버는 거 아냐?"

"예, 맞습니다. 고객님."

"당신네 월급이 뭐 거기 부장, 사장, 이런 사람들이 주는 거 같아? 그거 착각이야. 그 사람들은 땡전 한 푼 버는 거 없어. 다 나 같은 사람들이 물건

산 돈으로 돌아가는 거지. 그러면 당신 월급을 사장이 주는 거야, 내가 주는 거야? 대답해 봐 당신 월급 누구한테 받아?"

"예, 고객님이 주시는 겁니다."

"그럼 누구 말을 들어야 돼? 내 말을 들어야 돼 아니면 사장 말을 들어야 돼?"

"예, 고객님. 고객님 하시는 말씀 충분히 이해했습니다. 다만 저희가 업무 규정을 벗어나서 작업하는 데 어려움이 있다는 말씀을 드리는 것뿐입니다. 고객님, 문의 사항 있으시면 제가 도와드리겠습니다. 쿠폰에 어떤 문제가 있으신 걸까요?"

"나는 기계가 아닌 사람하고만 얘기해! 스스로 생각하고 스스로 결정 내릴 수 있는, 어? 그런 사람 아니면 내 문제 해결 못 해. 뭔지 들어도 아무 소용없어. 당신은 로봇이지 사람이 아냐. 나는 로봇이 아니라 사람이랑 얘기하고 싶은 거야.

천리마가 무슨 구멍가게야? 천리마 정도면 대기업 아냐? 그럼 뭐 홍채 인식기나 음성 인식 기계 설치해서 본인 확인하면 될 거 아냐? 왜 기분 나쁘게 본인이 맞냐 안 맞냐 그런 걸 묻는 건데? 그런 거 물어보면 기분 얼마나 더러운 줄 알아? 나 지금 기분 나빠서 물어보려고 했던 것도 다 잊고 지금 밥도 안 먹고 이러고 있어. 나 지금 열받아서 종일 밥도 안 먹고 아무것도 못 하고 있다고. (오전 11시였다.) 이거 어떻게 보상할 거야? 대답을 해봐. 나 지금 오늘 하루 다 날린 거! (다시 한번 얘기하지만, 오전 11시였다.) 어떻게 보상할 거야?"

"고객님… 그러면 제가 어떻게 해드리면 될까요?"

"내 시간 돌려줘."

하다 하다 못해 시간 여행까지 요구하는 이 호쾌한 기상!

"예?"

"당신이랑 얘기하면서 날린 시간 돌려달라고!"

"…."

"당신이랑 이렇게 얘기하기 전으로 시간을 돌려달라고, 나 그것 말고는 아무것도 필요 없어."

이런 상황은 100년 전에도 마찬가지였다.

"그렇지만 한마디만은 꼭 하겠습니다. 제가 종일 하는 말이라고는 '난방! 하이!'뿐입니다. 누구는 종일 앉아서 일하니 좀 편하겠냐고도 하고 누구는 겨우 하는 일이라고는 '난방 하이'밖에 없는데 뭐 그리 힘들겠냐고 합니다. 하지만 점심시간이 다가오면 전화 교환대에 불이 납니다. 손이 네 개면 좋겠어요. 이쪽저쪽, 또 이쪽 전화선을 이리저리 꽂느라고 정신이 없습니다. 그러다 보면 가끔 늦게 전화를 연결할 때도 있는데 전화 연결이 늦어지면 '이년아! 빠가, 조느냐 자느냐?' 그러면서 별별 욕을 다 하는 사람들이 계세요. 일부러 그런 게 아니라 너무 바쁘다 보면 좀 늦게 연결할 수도 있는데 너무 꾸지람만 하는 것 같아요."

1929년 1월호 별건곤/ 광화문 우편국에서 근무하는 김○숙의 신년소원*

* 《사라진 직업의 역사》, 이승원, 자음과모음, 2021.

콜센터에서 일하다 보면 우주 비행사가 중력을 그리워하듯 삶의 아주 당연한 것들을 그리워하게 된다. 고마워요, 괜찮아요, 미안해요. 타인들 간에 갖추는 최소한의 예의, 상대 기분을 어그러뜨리지 않으려는 작은 제스처, 불만과 짜증이 섞이지 않은 대화.

과격한 예를 들긴 했지만 당연히 모든 고객이 저러지는 않았다. 대부분은 점잖았다. 우리 고객들 대다수는 30~50대 여성들이었는데 말하는 태도에서 상담사들을 함부로 대하지 말아야 한다는 의식이 전해졌다. 그래서 전화받기가 수월했냐 하면 절대 아니었다. 기본적으로 고객센터에 전화를 거는 사람은 무례하지 않아도 평범한 수준 이상의 불만이 있는 사람들이다. 이런 경우와 비교해 보면 이해하기 쉬울 것 같다. 우리 주위에도 그런 사람이 있지 않은가? 매사에 불만이 많은 사람, 당신을 앞에 두고 부정적인 말만 쏟아내는 사람. 친분이 있어도 그런 사람과 한두 시간만 대화를 나눠도 금세 지치지 않던가?

우리 경우엔 동등한 관계에서 대화를 주고받는 것도 아니다. 건성으로 고개를 끄덕이며 “그래? 정말 기분 나빴겠다” 하고 넘어갈 수도 없다. 상대의 모든 말에 적극적으로 반응해야 한다. 그러다 보면 상대가 조금만 언성을 높여도 소름이 돋는다. 게다가 그런 통화를 이어가는 환경은 어떤가? 화장실에 가려고 일어서면 현황판의 ‘이석’ 숫자가 올라간다. 그때부턴 상담사와 콜센터 사이의 소유권 분쟁이 시작된다. 바로 상담사의 방광 소유권을 둘러싼 분쟁이다. 회사 입장에선 상담사의 방광은 콜센터 소유물이다.

실제 업무 분위기에 비하면 면접 볼 때 들었던, “힘들면 얼마든지 쉬면서 일할 수 있"다는 말은 취업 사기의 증거로 내놓을 수 있을 법한 발언이다. 콜이 쏟아질 때면 관리자들이 자리 비우지 말라고 소리친다.

"상담 이력 간단하게 남겨주세요! 후처리 풀어주세요. 지금 상담 이력 작업 중인 인원 너무 많습니다. 아웃바운드 줄이고 인입부터 처리할게요. 대기 다시 늘어납니다. 상담 이력 짧게 쓸게요!"

그래도 상황이 진정되지 않으면 좀처럼 나서는 법이 없는 센터장이 일어선다.

"지금 대기가 두 자린데 누가 일어나요!"

이런 경고를 듣고도 꿋꿋이 자리를 비우는 사람이 한둘은 있다(항상 남자다). 센터장의 적의에 찬 눈빛으로 판단하건대 이들은 조만간 전직원이 모두 보는 자리에서 거열형에 처해지지 않을까 싶다. 대기호가 줄어들지 않을 때는 신입이건 베테랑이건 다들 허리 아래로는 오줌이 가득 찬 물풍선이나 다름없는 상태로 전화를 받는다. 가시 돋힌 말 한마디면 '펑' 하고 터져버릴 것 같다.

콜센터에서 방광염이나 치질은 드물지 않은 질병이다.* 방광염이 콜센터의 공식적인 질병이라면 비공식적으로는 소화불량, 두통, 성인 여드름, 불면증이 나타날 수 있고 심하면 (남성들 사이에서 콜레라와 페스트에 맞먹는 위력을 발휘하는) 탈모와 발기부전이 발현할 수 있다(이 중에서 필자가 무엇을 경험했는지는 여러분의 상상에 맡긴다. 다만 반드시 상상할 필요는 없다).

* 〈[부산 콜센터 실태조사] 화가 나도 꾹 참느라 상담원 절반 우울증〉, 《부산일보》, 2015. 6. 1. 조사 대상 109명 가운데 치질, 방광염 있는 노동자가 각각 26.6%, 32.1%.

육체에 발생한 문제는 이 정도였으나 정신에 발생하는 문제가 어느 정도인지는 보이지도 않고 터놓고 말하지도 않으니 누가 알겠는가. 전화를 받는 순간부터 불만, 짜증, 무시, 모욕, 냉대, 비아냥이 쏟아지는 이곳은 정신 건강 설문 조사에서 3점 이상 감점 항목만을 모티프로 해서 만든 **테마파크***라고 할 수 있었다. 콜센터를 궁금해하는 친구들에게 나는 이렇게 설명한다. 상담사의 일과는 여덟 시간 내내 컴퓨터 앞에 앉아서 자신에게 달린 악플들을 소리 내서 읽는 거랑 같다고. 상담사의 가장 평범한 하루일지라도 가족들이 함께 통화를 듣게 된다면 펑펑 울며 다른 일을 찾아보자고 하게 될 거다.

퇴사 이외에 상담사가 기대할 수 있는 출구는 단 하나, 게시판 상담사로 빠지는 것뿐이었다. 게시판 상담사는 콜센터에서 삼대가 공덕을 쌓아야만 간신히 들어갈 수 있는 곳으로 운이 좋다면 내 손자 때나 노려볼 수 있는 자리였다. 이들은 홈페이지에 고객들이 남긴 문의에 답글 다는 것만 하는데 그것 말고는 모든 것이 비밀에 싸여 있었다. 누가 게시판 상담사인지, 정확한 인원도, 업무 처리 방식도, 선정 기준도 알려진 바가 없었다. 일반 상담사가 최전방의 보병이라면 게시판 상담사는 후방 보급 부대의 행정병 정도였고 다들 이곳으로 빠지고 싶어 했다. 일이 너무 힘들어서 그만두겠다고 하소연하는 직원에게 관리자들은 자리가 나는 대로 게시판 상담사로 빼주겠다고 약속한다. 이 약속이 곧 이혼한다는 불륜 상대의 약속과 비슷한 신뢰도를 지녔다는 사실은 당사자만 빼

* 오락시설 서비스원: 대체확률 0.74 _《기술변화에 따른 일자리 영향 연구》

고 다 알았다.

이 일은 마음속 깊은 곳에서부터 다른 사람을 싫어하고 두려워하게 만든다. 생각하지 않으려고 해도 고객에게 들었던 말이 퇴근한 이후에도 떠오른다. 목 뒤에서 뜨거운 열이 퍼져 나와 온몸으로 퍼진다. 마치 방금 당한 일처럼 얼굴이 화끈거린다. 그러면 눈에 들어오는 모든 인간이 혐오스럽게만 느껴진다. 거리에서, 엘리베이터에서, 지하철에서 다른 사람과 옷깃만 스쳐도 전염병에 걸릴 것 같은 기분이다. 누군가가 옆에 있는 게 싫고 머릿속에 떠오르는 것만으로도 진절머리가 난다.

텅 빈 집에 홀로 있는 동안에도 가슴이 조마조마하다. 소프트폰을 대기 상태에 놓고 전화를 기다리고 있을 때처럼. 그러다가 전화벨이 울리거나 메시지 수신음이 울리면 매번 깜짝깜짝 놀란다. 내 핸드폰으로 연락을 할 사람은 가족이나 친구밖에 없는 걸 아는데도 그렇다. 시간이 지나면 적응이 될 줄 알았는데 아니다. 매일 첫날 근무를 끝마쳤을 때처럼 똑같이 불안하고 똑같이 짜증 난다. 불안과 짜증이 모든 사람을 대하는 일반적인 상태가 된다. 일을 그만둔 후에도 완전히 예전처럼 되돌아가지는 못한다. 이 일은 사람을 뿌리까지 바꿔놓는다. 전쟁터가 젊은이들을 바꿔놓듯이.

#8

다행히 모든 통화가 비참하기만 한 건 아니다. 가끔 꺼져버린 인류애에 불을 붙이는 순간이 찾아온다. 강사님은 우리 일을 '하트 세이버'라고 했는데 정말로 그렇다. 다만 우리가 '세이브'하고자 애썼던 '하트'가 고객의 것이 아니었을 뿐이다.

동료애는 없어도 연민은 쌓인다. 내가 당하듯이 모두가 당하고 있다는 걸 알기 때문에. 토마토가 빨갛다고 바꿔 달라는 사람, 햇반의 유통기한이 8개월 남았는데 그게 너무 짧다며 바꿔 달라는 사람. 천리마 배송 차량이 자기 차를 추월했다며 욕을 퍼붓는 사람 등등 이런 사람들에게 시달리다 보면 저절로 박민규의 소설 한 구절을 부르짖고 싶어진다. "아니, 한민족끼리 정말 이래도 되는 겁니까?"* 그런 통화를 참고 듣다 보면 입사할 때 서명한 서류 중에 정체성 포기 각서라도 있었나 싶다.

테러리스트와 협상하지 않는다.

미국 대통령도 그렇고 전화 상담사도 그렇다. 이것이 우리를 하나로 묶어주었던 거의 유일한 규칙이었다. 드물지 않게 잔뜩 화가 난 고객이 이전에 통화했던 상담사를 바꿔 달라고 요구할 때가 있다. 이런 경우에는 전화를 받은 사람이 해결하는 것이 직원들 사이에서 예의로 통했다. 화가 나서 분풀이를 하려는 고객도 있고 뭔가 복잡한 사정이 있는 고객이 같은 문제를 다시 설명하는 것이 귀찮아서 이전 상담사를 찾는 일도 있었다. 이유가 뭐가 됐든 동료를 넘기지 않는 것이 같은 일 하는 사람에 대한 최소한의 배려였다. 고객에 따라서는 정말 집요하게 이전 상담사를 요구한다. 그럴 때는 없는 핑계를 지어내서라도 거부한다.

* 《삼미 슈퍼스타즈의 마지막 팬클럽》, 박민규, 한겨레출판, 2003.

"나 조금 전에 통화했던 사람 좀 연결해 줘요."

"고객님, 저 무슨 일 때문에 그러시는지 여쭤봐도 될까요?"

"내가 생각하면 할수록 더 분통이 터지네. 말끝마다 그게 아닌데요, 그게 아닌데요, 하면서 어디 건방지게 그따위로 대꾸를 해. 건방진 년. 걔 좀 당장 다시 연결해 줘요. 내가 아주 버르장머리를 고쳐놔야지."

"고객님, 정말 죄송한데 이전 상담사를 다시 연결해 드리기는 어려울 것 같습니다. 혹시 그것 말고 따로 처리하셔야 할 일이 있으실까요?"

"아니 왜 안 돼요? 내 전화번호 입력하면 누구랑 통화했는지 기록 다 나오잖아요? 이름이 효진이라고 했던 거 같은데 효진 찾아보면 나올 거 아녜요?"

"고객님, 정말 죄송한데 저희 직원이 굉장히 많은 데다 동명이인도 많아서 이전 상담사 이름은 확인되지만, 이분이 어디 있는지는 저도 알 수가 없습니다. 게다가 저희 전화 같은 경우엔 외부에서 고객님들이 걸어온 전화만 받을 수 있게 되어 있고 상담사끼리는 전화가 연결되어 있지 않습니다."

"아니 요즘 기술이 얼마나 좋은데 그 안에서 전화가 서로 연결이 안 된다는 게 말이 돼요? 전화 돌려주기 싫어서 일부러 그러는 거 아니에요, 지금?"

"고객님, 아닙니다. 그리고 이 건물에서도 여러 층을 저희 고객센터가 사용하고 있고 또 여기뿐 아니라 서울 다른 지역에도 저희 고객센터가 운영 중입니다(이 말은 뻥이었다). 저희 마트 이용하시는 데 불편을 드려 정말 죄송합니다만 말씀하신 효진 상담사를 제가 연결해 드리기는 아무래도 어려울 것 같습니다."

"내가 지금 물건도 다 샀고 돈도 다 냈으니까 상대해 줄 필요 없다는 거예요? 이것도 어디까지나 마트 장보다 생긴 일이니까 끝까지 책임을 져야죠."

"고객님, 정말 죄송합니다. 결제나 교환 관련된 문제가 있으시면 바로 처리해 드리겠습니다. 그런데 이전 상담사와 전화 연결해 드리는 건 제가 피하려는 게 아니라 정말 그런 시스템이 안 되어 있습니다. 불편을 드려 정말 죄송합니다."

이전 상담사를 찾아내는 게 나로서는 더 편한 길이었지만 그래도 어떻게든 내 선에서 끝을 냈다. 나의 영웅적인 면모가 제대로 전달되지 못할 경우를 대비해 한마디 덧붙이자면 현대 사회에서 이것과 비교할 수 있는 유일한 행동은 참호 안으로 떨어진 수류탄을 몸을 던져 막는 것뿐이다.

맥락은 다르지만 이런 전화가 걸려올 때도 있다.

"…감사합니다. 무엇을 도와드릴까요?"

"아이고 바쁘신데 죄송해요. 아니 저 내가 김장을 좀 하려고 하는데 우리 딸이 엄마 힘들다고 소금이랑 배추랑 이런 것들을 다 집으로 배달을 시켜준다고 그랬는데 이게 도착한다고 한 지가 지난 거 같은데 아직 연락이 없어서, 이게 지금 어떻게 된 건지 좀 알아봐 줄 수 있어요? 아이고 바쁠 텐데 이런 거로 귀찮게 해서 미안해요."

고객이 사는 곳은 작은 시골 마을이었는데 상품이 다른 곳으로 배송된 경우였다. 기사가 사실을 확인하고 원래의 주소지로 가져다주기로 했다.

"…기사님이랑 통화했고요, 오늘 중으로 모두 배송해 주실 겁니다. 사용에 불편을 드려 정말 죄송합니다."

"아이고 너무 감사해요. 내가 이걸 어떻게 해야 되나, 이런 데 전화도 걸어본 적이 없어서 이걸 어쩌나 엄청 걱정했는데 딸한테 전화하려니 걔도 일하느라 바쁠 거 같고 또 이런 얘기 하면 엄마 걱정한다고 또 엄청 신경 쓸 거 같고 해서 얘기도 못 하고 어째야 되나 혼자서 온갖 걱정을 다 하고 있었는데 너무 다행이네. 오늘 중으로 받기만 하면 되니까 좀 천천히 오셔도 괜찮아요."

"아닙니다. 저희가 잘못한 건데 바로 가져다드려야죠. (기사님은 페널티를 좀 받겠지만…) 감사합니다."

평소대로라면 하루에 90콜을 받아도 밀린 **설거지***를 끝낸 정도의 만족감조차 느끼기 힘들지만 이런 통화를 마치고 나면 비로소 누군가에게 도움을 줬다는 느낌이 든다. 내가 경험한 바로, 인간의 감정은 식물과 같은 방식으로 다뤄야만 한다. 따뜻한 봄바람만이 봉우리 속의 꽃을 끄집어낼 수 있듯이, 상담사 내부의 열정과 친절함을 이끌어낼 수 있는 건 상냥한 말, 그것뿐이었다. 어떠한 친절 교육도 아무리 호된 질책도 따뜻한 말 한마디만 못했다. 우리가 보호하고 싶고 도와주고 싶다는 마음을 자연스럽게 가질 수 있을 때, 우리가 친절하게 대하고 싶은 대상을 구체적으로 설정할 수 있을 때 이 일은 더할 나위 없이 보람찼다. 이

* 식기세척원(Dishwashers): 대체확률 0.77 _〈고용의 미래〉

일을 하다 보면 어째서 평범한 사람이 성자의 길에 들어서게 되는지 이해할 수 있는 순간들이 찾아온다. 삶의 허무함을 몰아내는 감각이 분명 우리가 하는 일에 녹아 있었다. 다만 그 감각을 경험하기 위해선 거대한 원석에서 참깨만 한 다이아몬드를 추출할 때처럼 어마어마한 양의 감정을 낭비해야 했다. 그리고 그 감정은 밖에서 이 일을 바라보는 사람들의 견해와는 다르게 우리가 유한하게 보유한 에너지의 일부였다.

상담사끼리 전화는 연결되어 있지 않았지만, 누군지 찾아내려면 찾아낼 순 있었다. 여기서 다시 등장하는 인물이 최택이다. 이 친구가 뛰어난 업무 처리 능력에도 불구하고 풍성하게 욕을 먹었던 이유는 단 한 번도 이 규칙을 지킨 적이 없기 때문이었다. 최택은 이전 상담사를 찾는 전화가 오면 물어물어 기어코 그 사람을 찾아냈다. 다른 상담사가 찾아와서 당신이 맡았던 고객이 뭔가 문제가 있다며 당신을 다시 찾는다고 얘기하는 건 태도의 문제이건 업무 처리의 문제이건 당신이 일을 똑바로 못했다고 주변에 광고하는 거나 마찬가지였다.

내가 이 친구의 만행에 이렇게 긴 시간을 할애하는 이유는 그의 대표적인 희생양이 나와 덕선 씨였기 때문이다. 우리는 최택이 가장 자주 찾는 두 사람이었다. 이 탓에 동료애로 충만한 내가 매일 밤 구글 창에 '부검 시 검출되지 않는 독약'을 검색했던 것이다. (인터넷에서 찾은 정보를 종합적으로 판단하건대 내가 원하는 물건을 손에 넣으려면 CIA나 FSB의 도움이 필요할 것 같았다.)

그렇다고 고객의 공격성만 이야기하는 것은 중요한 사실을 감추는 꼴이 된다. 적지 않은 경우 사람들이 분통을 터트리게 만드는 원인은 우리에게 있었다. 우리 일은 되는 거 빼고는 전부 안 되는데, 실제로 겪어보면 이 정도는 당연히 돼야지 싶은 것도 안 될 때가 많다. 어린이날은 정말 처참했다. 특히 5월 5일 당일 장난감을 배송받기로 한 부모들은 품절 문자를 받고 노기충천해서 전화를 걸어왔다.

"아니 헬로 카봇인가 뭔가 구해놨다고 애들한테 다 얘기해 놨는데 이제 와서 없다고 하면 어쩌란 말이에요. 애는 선물 못 받았다고 막 울고 있는데!"

문제는 이렇게 될 걸 마트도 알고 있었다는 데 있다. 어린이날 일주일 전부터 센터에는 전운이 감돌았다.

"어린이날 다가오고 있습니다. 장난감 품절 불만 전화 많아질 테니 다들 각오하세요!"

다른 기념일이야 선물의 영역이 워낙 다양하니 어쩔 수 없다 쳐도 어린이날은 완구, 인형뿐이니 어떤 식으로든 대비를 해둘 법도 한데 이들은 우직하게 부모들을 패닉 상태로 몰고 가는 길을 고집했다. 고객들이 화를 내는 것도 당연했다.

우리가 산재 수준의 안색을 하고 사는 데는 마트 자체의 무능함도 크게 한몫했다. 생고기를 샀는데 고기가 일부만 배달됐다고 화를 내는 고객이 매일 한 사람 이상씩 꼭 있었다. 확인해 보면 실제로 배달이 잘못된 경우는 하나도 없었다. 문제는 홈페이지였다. 온라인에서 고기를 주문할 때는 200그램짜리 고기를 몇 덩이 주문하는 식이다. 그런데 매장에서 **고기를 손질***할 때는 고기 부위나 상태 때문에 덩이의 수를 맞출 수 없다. 대신 전체 중량을 맞춘다. 200그램짜리 돼지고기 세 개를 주문한 고객은 주문한 대로 받을 수도 있고 400그램짜리 고기 한 개와 200그램짜리 고기 한 개 그게 아니면 600그램짜리 고기 한 개를 받을 수도 있다. 어느 경우에나 전체 중량은 정확하고 중량이 표시된 스티커를 비닐에 부착한다. 그렇지만 이런 사정을 일일이 알 수 없는 고객들은 일단 배송이 잘못됐다고 생각하고 전화를 건다. 이 문제는 그냥 홈페이지 주문 방식만 바꿔주면 해결될 것 같은데 마트 측은 절대 그렇게 안 한다.

이 정도는 귀여운 수준이다. 레고를 13대 카드로 구매 시 할인해 주는 행사가 진행된 적이 있었다. 문제는 이 13대 카드에 어떤 카드들이 속해 있는지를 아무리 찾아봐도 알 수가 없었다는 거다. 레고를 구매했는데 할인을 받지 못한 고객들의 전화가 빗발치기 시작했다. 누구도 이 13대 카드의 정체를 파악하지 못해 관리자에게 도움을 요청했는데 그들도 한참 후에야 해답을 찾았다. 홈페이지 첫 화면에서 상단의 배너 중 기획전으로 들어간 다음 그중에서 완구 기획전으로 들어간 다음 그중에서 다시 13대 카드 기획전에 들어가면 할인 혜택을 받을 수 있는 카드 목록이 나왔다. 하지만 각각의 카테고리마다 수십 가지의 행사가 있었기 때문에 실제로 찾아내려면 훨씬 더 복잡했다.

"그냥 이 상품 화면에다 조그맣게 적어두면 안 돼요?"

나도 얘기했고 고객도 얘기했고 관리자들도 아마 그렇게 생각했을 거다. 하지만 어째선지 절대로 그렇게 안 한다. 이런 측면에서 고객센터의 존재 이유를 이해할 수 있다. 상담사는 땜장이다. 융통성 없는 업무 프

* 정육원(Butchers and Meat Cutters): 대체확률 0.93 _〈고용의 미래〉

로세스와 엉성한 홈페이지 시스템의 틈새를 상담사의 사과로 덕지덕지 발라 메꾼다. 그래서 대대적인 수리 없이 그냥저냥 굴러가게 만든다. 매운 닭발을 포식하면 그다음 날 항문이 대가를 치르듯이 시스템상의 수많은 허점을 그대로 받아들인 결과는 최종적으로 콜센터에서 치른다. 그렇다, 나는 전화 상담사를 자본주의 사회의 항문 돌기에 비유한다! 맛을 보고 즐거워하는 건 저 위쪽의 기관이고 더럽고 치사한 꼴을 봐야 하는 건 우리였다. 만약 콜센터업계에 정의란 게 이루어진다면 고객센터 대신 소비자들은 회사 경영진과 대주주, 본사 **홈페이지 담당자***들의 연락처가 담긴 비상 연락망을 손에 쥐게 될 것이다.

가끔은 상담사들이 '의거'라고 부르는 사고가 벌어지기도 한다. 의거 직후에는 언제나 긴급 교육이 뒤따른다. 이럴 때는 기수별로 몇 시까지 교육장으로 모이라는 안내가 내려온다. 그중에서 유난히 기억에 남는 교육이 있다.

"여러분, 정말 고객이랑 싸우면 안 돼요. 저희가 여러 번 말씀드리잖아요. 고객이 너무 이상하다, 도저히 말이 안 통한다, 그러면 일단 죄송하다고 하고 전화 끊고 팀장님한테 얘기해서 좀 길게 쉬시다 오시라고. 여러분 보기에는 저희가 쉽게 일하는 거 같죠? 전화도 안 받고. 아녜요. 저희가 교육 없을 때 뭐하냐면 전부 이런 일 수습하고 뒤처리해요. 고객한테 전화하고 선물 보내고 찾아가서 사과하고 저희도 정말 힘들어요. 예전에는 이런 일 생기면 사고 친 상담사가 손편지 써서 보내고 그랬어

* 컴퓨터 프로그래머(Computer Programmers): 대체확률 0.48 _〈고용의 미래〉

요. 요즘엔 규정이 바뀌어서 그렇게 못 하는데…. 제 말은 그렇게 해야 된다는 게 아니라 그만큼 서로가 힘들다고 말씀드리는 거예요.

특히 남자분들, 이 기수도 남자분 두 분 계신데 제발 고객이랑 싸우지 마세요. 이번에 사고 친 분도 새로 들어온 남자분이더라고요. 저희가 뭣 때문에 그런 건지 통화를 들어봤는데 원래 이 고객이 우리 센터에서 유명한 사람이에요. 오래 일한 사람들은 누군지 다 알아요. 이번엔 뭐가 문제였냐면 제품 중에 상품 포장만 바뀌는 경우가 있잖아요? 리뉴얼한다고. 이 사람이 쓰는 샴푸인가 린스가 포장이 달라졌대요. 그런데 그걸 우리한테 전화해서 이게 포장이 달라졌는데 성분도 달라진 게 있냐, 달라졌으면 뭐가 바뀐 거고 새로운 성분은 어떤 거냐, 그걸 알려달라고 한 거예요. 저희는 거기까지는 몰라요. 그거는 제조사에 물어봐야지. 제조사에 그런 거 알려주려고 자기네 콜센터가 있는데. 그래서 뭐 우리 상담사가 프로세스대로 제조사에 문의해 보시라고 그 얘기 한 거예요. 그랬더니 거기서 파는 건데 왜 니네가 모르냐, 당신들이 할 일을 왜 고객한테 떠넘기냐 하면서 노발대발한 거지. 상담사는 계속 제조사에 알아보라고 하고 고객은 니네가 확인해서 나한테 전화하라고 하고 계속 똑같은 얘기만 하니까 서로 열이 받은 거지.

그러다가 이 사람이 어떻게 했냐 하면 잠깐만요, 하고서는 옆 사람이랑 얘기하면서 상담사 욕을 막 한 거예요. 상담사한테 다 들리게. 뭐 싸가지가 없다, 저능아가 걸렸다 어쩌고저쩌고하면서. 이게 콜센터가 어떻게 돌아가는지 아는 사람이 이렇게 하는 거예요. 고객이 폭언하면 상담사가 경고하고 전화를 끊을 수 있잖아요. 그런데 고객이 이렇게 잠깐만요, 하고 옆 사람이랑 얘기하면 그건 고객의 사적인 대화거든. 상담사는 먼저 전화를 끊을 수가 없으니까 가만히 듣고 있을 수밖에 없는데 자기 욕을 아무리 해도 그걸 들었다고 티를 내면 안 돼. 왜냐면 그건 어디까지나 고객의 사적인 대화니까. 저도 이해는 해요. 그렇게 조리돌림을 당하고 나면 정말 속이 끓어오르지. 왜 안 그러겠어요?

그렇지만 여러분 저희는 서비스업이잖아요? 교육 마지막 날 제가 말씀드렸죠? 우리는 하트 세이버라고. 이게 다 고객들 기분 상하지 않게 하려고 하는 거잖아요? 저희가 이럴 때 진심을 담아서, 진정성이 느껴지게 말하라고 하지 않아요. 정 못 참겠으면 그냥 교과서 읽듯이 죄송합니다, 확인해 보겠습니다, 그냥 로봇처럼 내뱉으세요. 그렇게만 해서 관리자 이관하면 저희가 얼마든지 처리할 수 있어요. 그런데 이렇게 싸워버리면 일이 걷잡을 수 없이 커져요. 본사에서도 내려오고 고객은 소송을 건다 어쩐다, 저희도 진짜 피가 말라요.

그 상담사가 그러더라고요. 갑자기 욱해서 그냥 컨트롤이 안 됐다고. 자기가 분노조절장애가 조금 있는 것 같다고. 사고 치는 사람들은 다 그래. 아니, 그런 게 있는 사람이 콜센터에서 일하면 안 되지. 사람들이 뭐 고객은 왕이다. 그런 얘기들 하잖아요. 이제는 콜센터에서 그런 표현 안 쓰는데, 내가 보기엔 쓴다고 해도 소용없어요. 지금이 조선 시대도 아니고 왕이라고 해도 다 영화 드라마에서 보는 게 전분데 요즘 사람들한테 왕이라는 게 현실감이 있겠어요. 그래서 우리 센터 사람들끼리 요즘 이런 얘기 많이 해요. 요즘 분노조절장애 때문에 시비가 붙고 싸운다고 한다는 뉴스 많잖아요. 그런데 티비에서 어떤 교수님이 나와서 그러더라고 분노조절장애 환자라는 사람들 마동석 앞에 데려다 놓으면 싹 다 고쳐진다고. 다 상대 봐가면서 싸우는 거라고. 우리가 다들 그거 보고 맞다, 맞다 하거든요. 그래서 우리끼리는 이렇게 얘기해요. 고객은 마동석이라고.*

내가 지금 상대하는 고객이 마동석이라고 생각해 보세요. 주먹은 이만하고 팔 두께는 허벅지만 하고 살짝 스치기만 해도 뼈도 못 추릴 것 같은 사람이라고. 그렇게 이미지 트레이닝 하면 고객이랑 싸울 엄두를 못 낼 걸요. 자, 자 그러니까 다 같이 한번 해봐요. 고객은 누구다? 마동석이다. 아, 웃지 말고 해봐요, 좀. 고객은 뭐다? 마동석이다.

말이 많이 길어졌는데 저희가 여러분 힘들게 일하시는 거 너무 잘 알아요. 지금도 너무 잘해주고 계시고 제가 이런 얘기 드린다고 해서 여러분이 근무하시면서 느끼는 답답함 괴로움을 모를 거라고 생각하지 마세요. 제가 누구보다 잘 알아요. 여러분 얼마나 힘든지.

* 불쑥불쑥 솟아오르는 화 탓에 일상생활이 곤란하셨던 분들, 자신에게 분노조절장애가 있는 게 아닐까 의심하셨던 분들에게 '마동석 테스트'를 실시할 것을 추천한다. 이 테스트를 통해 여러분이 느끼는 분노가 주체 못 할 성질의 것인지 충분히 의지로 진정시킬 수 있는 것인지 검증할 수 있다. 준비물은 〈범죄도시〉 한 편과 약간의 상상력뿐이다. 앞의 영화에서 강력반 형사로 분한 마동석이 자신의 길을 막아선 조폭(사람이라기보다는 건축물에 가까운 덩치)을 한숨 한 번 쉬고는 싸대기 한 방으로 기절시키는 장면이 나온다. 여러분을 열받게 한 상대를 영화 속 마동석 씨에게 대입시켜 보시라. (여러분을 오싹하게 하는 장면이면 어디든 좋다.) 상대의 표정, 말투, 몸짓을 꼼꼼하게 마동석 씨에게 덧입히기를 권한다. 다음엔 지대공미사일처럼 날아간 귀싸대기를 맞고 땅바닥에 격추당한 그 가련한 조폭이 여러분이라고 상상하시라. 여러분이 상식적인 사람이라면 부글부글 끓어올랐던 가슴이 놀랍도록 차분하게 가라앉는 현상을 발견하게 될 거다. 마동석 테스트를 적절하게 활용하면 한국 성인 남성의 비공식적 부상 원인 1위인, 자신의 전투력을 오판한 나머지 가당치도 않은 상대에게 시비를 걸었다 탈탈 털리는 불상사를 예방할 수 있다. 쉽게 흥분하는 기질이 있는 필자는 마동석 테스트 덕분에 체면 구기는 각종 대참사를 여러 번 미연에 방지할 수 있었다.

이 일 하는 사람들 사이에 유명한 일화가 있어요. 저도 예전에 선배한테서 들은 얘긴데, 그때도 고객이 뭔가 마음에 안 들었겠죠. 그래서 한참을 욕이란 욕은 다 하다가 끊었대요. 그런데 이런 사람들 특징이 뭐냐 하면 자기 혼자 안 끝나요. 꼭 가족을 끌어들여. 그러면서 가족들한테 얘기할 때는 자기가 엄청 수모를 당한 것처럼 얘기하는 거지. 그래서 다음 날 이 사람 아들이 또 잔뜩 화가 나서 전화를 한 거예요. 환갑이 넘은 어른한테 어떻게 이렇게 함부로 대할 수가 있냐고. 그래서 센터에서도 상대하기 너무 피곤해서 그냥 전날 통화 녹음 한 거를 그대로 들려준 거예요. 그랬더니 이 사람이 뭐라 그랬는지 아세요? 그 사람 첫마디가 이랬대요. '이 사람이 정말 우리 엄마라고요?'"

#9

콜센터는 고객에게 포위된 일터다. 콜센터는 두 종류의 왕을 섬긴다. 첫 번째가 개인 소비자들이라면 두 번째는 '고객사'로 지칭되는 원청 업체다. 대부분의 콜센터처럼 내가 일하던 곳도 하청 업체였다. 처음에는 이곳 관리자들이 참 고깝게 보였다. 우리처럼 통화하는 것도 아니면서 전화받는 속도가 느리다며 닦달만 해대는 꼴이 말이다.

근무 두 달째 되던 시기에 자리 이동이 있었다. 내가 옮겨간 자리는 사무실에서 '시베리아 유형지'로 통하는 곳이었다. 내 바로 위 천장에 에어컨이 있었는데 바람 방향을 조절하는 장치가 고장 나서 찬바람이 하루 종일 정수리를 향해 쏟아졌다. 물리적인 온도뿐 아니라 심리적인 온도도 시베리아였다. 센터에서 가장 무서운 관리자 두 사람과 이웃한 자리였다. 내 옆자리가 3팀장이었고 그 오른쪽이 센터장 자리였다.

센터장은 40대 중반의 여성으로 이곳에서 유일하게 롤렉스 금시계를 착용한 사람이었다. 일반 상담사들 사이에서는 잘 꾸미고 다녀야 한다는 개념 자체가 존재하지 않았지만 관리자 레벨에서는 고객사 사람들 눈치를 보는지 그런 압박이 존재했던 거 같다. 매일 아침, 센터장이 굽이 조금만 더 높았다면 죽마로 분류했을 법한 하이힐을 신고 출근하던 모습이 기억난다. 하지만 금시계나 킬힐보다 더 눈에 띄는 것은 관리자들 모두가 수술 자국처럼 몸에 지닌 스트레스의 흔적이었다. 센터장의 경우엔 미간 주름이었다. 두 눈썹 사이에 그랜드캐니언에 버금가는 협곡이 자리 잡고 있었다. 무심코 보면 눈썹 사이에 숫자 11을 문신으로 새겨놓은 것 같았다.

10시쯤이면 3팀장이 센터장에게 사상자 집계를 보고했다. "1팀에 이민진 씨 출근 안 했는데 연락 안 되고요, 2팀에 서정림 씨 그만둔다고 문자 와서 연락해 보고 있는데 전화 안 받고요, 3팀에 김희서 씨…." 보고가 끝나면 센터장은 어깨를 한 번 으쓱하고는 모니터로 고개를 돌렸다. 이 사람이 어깻짓 한 번으로 털어버리지 못할 비극은 존재하지 않을 것 같았다.

자리가 바뀔 때마다 마주치는 광경이 있었다. 모니터 밑과 책상 구석에 흩어져 있는 머리카락들. 동화 속 남매가 발자국마다 빵가루를 남기듯 상담사들은 앉았던 자리마다 스트레스성 탈모의 흔적을 남긴다. 주인이 조금만 더 괜찮은 일자리를 구했으면 여전히 신체 일부로 남아 있었을 가느다란 트라우마들을 보면 이곳이 사무실이면서 동시에 참호라는 사실을 깨닫는다. 그리고 참호에 웅크리고 앉아 무릎을 끌어안고 벌벌 떨고 있는 건 팀장도 센터장도 마찬가지였다. 진실로 콜센터는 인간 삶의 또 다른 최전선이다.

상담사가 가장 자주 하는 말이 "죄송합니다"라면 고객들이 가장 자주 하는 말은 "윗사람 바꿔"였다. 도무지 말이 안 통하는 고객과 이야기를 하다 보면 어서 빨리 이 사람이 상급자 바꿔달라고 말해주기를 기다리게 된다. 그때부터 이 사람은 관리자 문제다. 하지만 내가 이관시킨 고객을 내 옆에 앉은 관리자가 상대하는 걸 듣고 있으면 어쩔 땐 눈을 마주칠 수 없을 만큼 미안해진다. 게다가 이관시킨 상담은 절대 간단하게 끝나는 법이 없다. 기본으로 이삼십 분은 훌쩍 넘긴다. 일반 상담사가 불특정 다수를 상대한다면 관리자들은 검증받은 사이코들만 상대한다.

아무리 정신 나간 사람일지라도 일단 이관을 받으면 관리자가 끝을 내야 한다. 그다음은 없다. 그래서 관리자들이 통화할 때는 상담사들이 보통 그러듯이 비위를 맞추려고 애쓰는 기운이 없다. 반대로 가족 중에 정신병 환자가 있는 사람만이 몸에 지닐 수 있을 법한 단호함과 침착함으로 상대를 대한다.

"고객님, 고객님 말씀 이해했고요. 저는 고객님 요구대로 해드리기 어렵다는 말씀 드리는 겁니다. 저희도 최대한의 조치해 드린 겁니다. 그 부분은 제가 이미 여러 차례 설명해 드렸습니다. 제가 책임잡니다. 다른 상급자와 통화하실 수 없습니다. 그 문제는 저도 상담사와 동일한 답변

드릴 수밖에 없습니다."

우리는 어떻게든 좋게 넘어가려고 애쓰지만 관리자의 통화는 상대에게 질질 끌려가지 않으려는 의지가 느껴진다. 하지만 이것도 '고객님'이 '고객사'로 바뀌는 순간 끝이 난다.

하루는 처음 보는 사람이 센터장을 찾아왔다. 코로나 때문에 온라인 구매가 폭증하던 시기였다. 대화는 일방적으로 흘렀다. 마흔 후반인 센터장이 자기보다 열다섯 살은 어려 보이는 젊은이 앞에서 두 손을 가지런히 모은 채 고개를 숙였다. 이 사람이 고객사의 콜센터 담당자였다.

"아니, 어떻게 서비스율(고객이 상담사 연결을 시도하고 나서 20초 안에 연결된 비율)이 12퍼센트가 나올 수 있어요? 저는 이거 처음 봤을 때 컴퓨터 에러인 줄 알았어요. 여기 앉아서 전화를 받는 거예요, 아니면 벨 소리 울리는 거 가만히 듣고 있는 거예요? 12퍼센트 이게 실제로 가능한 숫자예요?"

공손히 모은 센터장의 손목에는 예의 그 롤렉스 시계가 눈치도 없이 번쩍거렸지만 그 순간에는 금으로 만든 수갑처럼 보일 뿐이었다.

#10

상담사는 일하는 동안 **도배사***보다 더 많은 벽과 마주한다. 우리에게

* 도배사(Paperhangers): 대체확률 0.87 _〈고용의 미래〉

는 실질적인 권한이라고 부를 만한 게 없었다. 콜센터에서 근무하면 오늘날처럼 극도로 전산화된 사회가 주는 환상에서 벗어난다. 뭐든 컴퓨터만 두드리면 다 알아낼 수 있다는 환상 말이다. 고객들은 상품을 검색하다 궁금한 점이 생기면 자연스럽게 고객센터에 전화를 걸고 우리가 물음에 답해줄 거라 기대한다. 일하다 보면 이 정도는 당연히 우리가 알고 있어야지 싶은 것도 확인할 수 없는 경우가 많다. 가장 대표적인 것이 재고 상황이다. 우리가 사용하는 전산 시스템에는 재고 상황을 확인할 수 있는 기능이 아예 없었다. 콜센터에서 재고를 확인하는 방법은 고객들과 똑같이 마트 홈페이지에 접속해서 해당 상품이 현재 품절로 표시되어 있는지 아닌지를 검색해 보는 것뿐이었다.

고객의 요구를 맞춰주려고 하다 보면 당연히 상담사가 지쳐서 먼저 떨어져 나갈 수밖에 없다. 신입 상담사들은 누구나 그러는데 고객이 계속 사정을 하고 방법을 찾아달라고 하면 어떻게든 맞춰주려고 한다. 그래서 팀장한테 물어보고 강사한테 물어보고 매장에 전화하고 배송 기사한테 전화해 보고 때로는 업무 프로세스를 한참 벗어나 제조사나 다른 업체에도 전화해 보지만 답은 정해져 있다. "우린 그런 거 못 해줘요." 이 상황의 요지는 고객들은 오만가지가 당장 이루어지길 바라는데 우리는 회사에서 정한 오만가지 조건이 충족됐을 때에만 간신히 서너 가지 요구 정도를 들어줄 수 있다는 거다.

이럴 때 고객의 침묵은 물리적인 무게를 지닌다. 신입은 침묵에 휘둘린다. 침묵에 얻어맞고 걷어차인다. 그들은 온몸을 짓누르는 중압감에서 벗어나려고 지킬 수 없는 약속을 하고 사태를 악화시킨다. 반면 노련

한 사람은 침묵에 의연히 맞선다. 그리고 고객이 먼저 전화를 끊을 때까지 몇 번이고 똑같은 대화를 반복한다. 결국은 인정할 수밖에 없는 순간이 온다. 고객과 나는 처음부터 육중한 벽 앞에 서 있었다는 걸, 우리는 그렇게 못 해준다는 걸, 더 이상 우리가 처리할 수 있는 일은 없다는 걸. 고객이 똑같은 말 반복하지 말고 다른 설명을 해보라고 해도 마찬가지다. 다른 답변은 적어도 우리 센터에는 없다. 그렇게 말할 수 있는 사람은 살아남지만 그 긴장을 견디지 못하는 사람은, 어떻게든 고객의 요구를 맞춰주려고 애쓰는 사람은 결국 지쳐서 떠난다. 예외는 없다.

자리를 옮기고 나서 한 가지 눈에 띄는 모습이 있었다. 다른 상담원들이 통화를 끝내면 의자 등받이에 털썩 기대며 또는 머리를 절레절레 흔들며 어떤 말을 내뱉곤 했다. 혼자 읊조리는 말이라 정확하게 들리지는 않았지만, 어렴풋이 들리는 느낌으로 다들 똑같은 말을 하는 것 같았다. 내 처음 예상은 '씨발'이나 '열받아'였지만 그것보다는 훨씬 길었고 욕처럼 들리지도 않았다. 내가 모르는 상담원들의 구호나 주문이 있나 싶었지만 그걸 어떻게 확인할 수 있을지도 알 수 없었다. 그러다가 이 전화를 받았다.

"내가 지금 포인트 받으려고 딱 금액 맞춰서 결제한 건데 갑자기 이렇게 결제를 취소하면 어쩌냔 말이에요. 이러면 포인트 다 날아가 버린단 말이에요."

"고객님, 품절로 인해서 금액이 미달한 경우에는 정상적으로 할인 적용 받으십니다."

"그러면 내가 지금 5만 원을 카카오 체크카드로 구매하면 오케이 캐

쉬백 포인트 5000원 받기로 되어 있는데 이거 그대로 다 주는 거예요?"

"아, 저 고객님, 정말 죄송한데 저희가 자체 행사의 경우에는 품절 시에도 정상 처리해 드리는데 이 경우는 카카오에서 포인트를 드리는 거라서요, 다른 업체에서 포인트를 드리기로 한 거는 저희가 도와드릴 방법이 없습니다."

"그럼 나만 손해 보는 거잖아요. 누가 결제 취소하라고 했어요? 아니 물건이 없으면 나한테 전화해서 물어보면 되잖아요? 그럼 내가 아무거라도 좋으니까 결제하라고 했을 텐데. 이거 포인트 받으려고 금액 맞춰서 산 건데 이러면 이거 주문한 의미가 없잖아요."

"정말 죄송합니다. 그러면 주문을 취소해 드릴까요?"

"아, 당장 물건을 받아야 하는데 주문을 취소하면 어떡해요?"

"죄송합니다. 금액을 맞추려고 주문하셨다고 하셔서…."

"필요한 것도 있고 금액을 맞추려고 산 것도 있다는 거죠."

"죄송합니다."

"아, 그럼 어떻게 해줄 거예요?"

"죄송한데 이 경우는 주문을 취소해 드리고 환불해 드리는 것 말고는 저희가 처리해 드릴 수 있는 부분이 없습니다. 정말 죄송합니다."

"아, 미안하다면 다예요? 나는 이만큼이나 손해를 봤는데 난 이거 그럼 누구한테 보상받아야 하는 거예요. 아니 고객이 무슨 봉이야? 다 지들 편한 대로만 하고."

"죄송합니다, 고객님."

"저기요 아저씨, 이것 좀 어떻게 해봐요. 나 지금 이거 나가서 사 오려고 해도 내가 들고 올 수도 없어요. 지금 남편이랑 애들이랑 오는데 저녁 준비는 어떻게 하라고. 예?"

"정말 죄송합니다, 고객님."

"아니, 아까부터 계속 죄송하다, 죄송하다, 그러는데 그 말만 하면 다예요? 천리마는 말만 이리저리 바꾸면서 아무것도 못 해주겠다고 그러고 소비자는 손해 보고 발만 동동 구르고 이게 맞는 거예요? 전화받는 분이 보기엔 이게 맞는 것 같아요?"

"정말 죄송합니다, 고객님."

어찌어찌 통화를 끝내자 기운이 쭉 빠지면서 의자에 털썩 기대앉았다. 동시에 뭔가 생각할 겨를도 없이 한마디 말이 튀어나왔다.

"그래서 나보고 어쩌라고."

순간 바로 그것이 다른 상담사들이 탄식처럼 내뱉는 말이라는 걸 직감했다. (경력이 좀 더 붙으면 "그건 니 사정이고"를 애용한다.) 이 한마디가 상담사들에겐 압력 밸브 같은 존재였다. 고객들이 쏟아내는 말들을 듣고 있으면 머리 꼭대기까지 압력이 차오른다. 그런데 이 말을 내뱉고 나면 아주 많이 살짝이긴 하지만 '피식' 하고 김이 빠진다.

연달아 강성 고객에게 시달리고 나면 압력은 올라가고 자존감은 바닥을 친다. 내가 원래 뭐하는 인간이었나 싶다. 이럴 때 나만의 대처법은 화장실에 들어가 내가 쓴 책의 리뷰를 검색해 보는 것이었다. 다음 콜의 압박이 목덜미까지 차오르기 전까지 "책 정말 마음에 들어요"라든가 "작가님 멋져요" 하는 구절을(물론 많지는 않다) 사탕처럼 입안에 굴리며 실속 없는 명성의 단물을 절박하게 빨아 먹었다. 나도 콜센터 밖에서

‘한가락’ 하는 사람이란 걸 확인하지 않으면 남은 하루를 전화기 앞에서 보낼 힘을 끌어낼 수 없었다. “자신의 가치를 과장하지 않고도 삶을 지탱할 수 있는 사람은 매우 드물다.”* 콜센터에서 일할 만큼 절박하다면 더더욱. 퇴근 후에도 강박적으로 검색 창에 ‘한승태’를 쳐보곤 했다. 만약 주인이 누군지 모른 채 내 핸드폰 검색 기록을 훔쳐본 사람이 있다면, 이 전화기의 주인이 ‘한승태’라는 사람을 ‘부검 시 검출되지 않는 독약’으로 살해할 계획을 세우고 있는 사이코 스토커라고 믿었을 거다.

업종을 막론하고 콜센터 상담사들이 가장 많이 내뱉는 말은 단연코 “죄송합니다, 고객님”이다. 다음으로 많이 하는 말은 아마도 “그래서 나보고 어쩌라고”일 거다. 상담사와 고객이 맺는 관계의 진실이, 결코 자신의 문제일 수 없는 일을 자기 일처럼 대하길 요구받는 사람의 딜레마가, 밥벌이의 수단으로 친절을 사용해야 하는 일자리의 모든 것이 이 한마디 속에 압축되어 있었다. 상담사의 프로페셔널함은 고객을 대할 때 관심과 정성을 쏟는 데 있는 것이 아니라 자신이 상대의 요구와 필요에 얼마나 무관심한지를 눈치채지 못하게 하는 데 있다.

#11

‘한 달의 한 명 법칙’은 수학적 엄밀성을 띠고 집행됐다. 이번 희생자

* 《런던통신 1931-1935》, 버트런드 러셀, 송은경 옮김, 사회평론, 2011.

는 덕선 씨였다. 근무한 지 3주 정도 지났을 때 일이다. 덕선 씨는 내 뒷자리에 등을 맞대고 앉아 있었다. 5시가 조금 넘었을 때였는데 내 대기시간이 조금 길어지면서 주변 사람들 통화를 들을 수 있었다. 등 뒤에서 "400그램 맞으세요?" 하고 덕선 씨가 묻는 게 들렸다. 아, 중량 문제구나 하고 생각이 들었을 때 전화벨이 울렸다. 한참 통화를 하고 있는데 이번에는 최택이 덕선 씨에게 다가가더니 뭔가를 얘기하고는 돌아갔다. 잠시 후 갑자기 덕선 씨가 헤드셋을 내팽개치더니 "저 정말 통화 못하겠어요" 하고 울먹이며 일어나 버렸다. 다들 놀라서 덕선 씨를 바라봤고 팀장이 급히 다가왔다.

"덕선 씨 무슨 일이에요? 지금 통화 중이에요? 덕선 씨 그래도 통화는 끝마쳐 주셔야죠. 이렇게 하시면 어떡해요?"

"아, 죄송해요… 근데… 저… 죄송해요… 저… 정말 통화 못 하겠어요…."

그렇게 말하고는 울면서 사무실을 뛰쳐나갔다. 팀장이 바로 자리에 앉아 우리에게 들려준 적 없는 사근사근한 목소리로 끊어졌던 통화를 이어갔다.

"아, 죄송합니다. 고객님. 지금 통화하셨던 상담사가 잠시 자리를 비웠습니다. 저는 이곳 콜센터 담당자입니다. 예, 예 고객님, 제가 해당 상담사 다시 교육하도록 하겠습니다. 정말 죄송합니다. 언짢으셨다면 제가 대신 사과드리겠습니다. 정말 죄송합니다. 고객님, 제가 다시는 이런 일이 생기지 않도록 교육시키겠습니다. 정말 죄송합니다, 고객님."

잠시 후 덕선 씨가 벌게진 얼굴로 돌아왔다.

"덕선 씨 통화하시다가 힘드신 건 알겠지만 나가시더라도 통화 종료하고 나가셔야죠. 통화 중에 헤드셋 내팽개치고 그렇게 나가버리시면 안 돼요."

"예… 저도 아는데요… 그게 안 돼요… 저도 그렇게 하려고 했는데… 저도 정말 죄송한데 그거 다 아는데 그게 안 돼요."

"덕선 씨 저희가 억지로 이 일 하게 하는 거 아니잖아요. 면접 보고 오신 거고 상담사 일 어떻다는 거 알면서 오신 거잖아요."

"예, 저도 진짜 참고서 하려고 했는데요, 저도 저런 사람이 한 번으로 끝나면 그냥 참고 넘어가겠는데 지금은 또 전화가 와서… 정말 저도 그러면 안 되는 줄 알면서도 그냥 도저히 못 견디겠는 거예요."

"그러면 뭐 저한테 얘기라도 해주셔야죠. 그렇게 갑자기 전화 못 받겠다고 나가버리시면 남아서 수습해야 하는 사람은 어떡해요?"

"정말 죄송합니다."

"당장은 통화하기 어려우시겠죠? 휴게실 가서 좀 쉬고 계세요."

"아니, 그냥 오늘이 아니라 이 일 못 하겠어요."

"일을 아예 못 하시겠다고요? 그렇게 힘드세요?"

"예… 정말… 이 일…."

"일단 오늘은 통화 안 하셔도 되니까 6시까지 앉아만 있다가 가세요. 근무하신 거로 처리할게요. 내일 쉬시면서 마음 좀 가라앉히세요."

"아니요. 진짜 저 이 일 못 하겠어요."

"예, 알겠습니다. 일단 휴게실 가서 쉬고 계세요. 저는 녹취록 좀 들어볼게요."

나는 조금 있다가 화장실 가는 척하며 덕선 씨에게 가봤다. 그녀는 소파에 넋 나간 표정으로 멍하니 앉아 있었다.

"괜찮으세요? 아까는 뭐 땜에 그랬던 거예요?"

"아니 고기 400그램짜리가 한 덩어리 왔는데, 내가 그램 수 확인하고 정상 배송된 거라고 고기는 덩어리 수가 아니라 중량 기준으로 판매하는 제품이라고 하니까, 그때부터 막 소리를 지르는 거예요. '너가 고기에 대해서 뭘 알아. 내가 항상 여기서 고기를 시켰는데 이런 적이 한 번도 없었어. 어디서 나를 속이려 들어.' 내가 별말 하지도 않았어요. 정상 배송된 거다. 원치 않으면 매장에 접수해 드리겠다. 나도 뭐 말이 부드럽게 나가진 않았죠. 그랬더니 뭐라고 하더라. '고객이 하는 얘기 참고 듣는 게 니네 하는 일 아냐? 그게 싫으면 일을 하지 말아야지. 내가 아니라고 하면 아닌 거지 어디다 대고 말대꾸야. 너희들 어차피 감정처리 하려고 거기 앉아 있는 거 아니야? 거기 앉아서 그럼 좋은 얘기만 듣다 갈라 그랬어? 상담사 태도가 뭐 그따위야.' 그래서 그것도 간신히 매장 접수해서 처리하겠다고 하고 끊었어요. 그런데 조금 있다가 최택 씨가 오더니 그 사람이 다시 나 찾는다고 전화 달라고 하는 거예요. 진짜 너무 하기 싫었는데 아… 어떡해요. 그래서 했더니 이번엔 그 사람 딸이 받는 거예요. 자기 엄마한테 얘기 다 들었다고, 고기가 잘못 왔으니까 더 보내 달라고 하는 거지 자기네가 무슨 그깟 고기 400그램 가지고 거짓말이라도 하겠냐고, 당신이 뭔데 자기 가족을 사기꾼 취급하냐고, 그러면서 나보고 이름이 뭐냐고, 이름 대라고 소리를 지르는데 정말 못 듣겠는 거예요."

이미 시간이 많이 흘러 나는 거기까지만 듣고 자리로 돌아왔다. 그녀는 내가 퇴근할 때까지 사무실로 돌아오지 않았다. 그게 끝이었다. 갑자기 모습을 감추는 사람들이 그러듯 덕선 씨도 정신적 외상의 흔적이 짙게 배어나는 문자 하나만 남기고 회사를 떠났다. 그녀가 앉았던 자리는 얼마 후 새 직원이 차지했다.

동료가 무너지는 모습을 지켜보고 나서 마주하게 되는 질문은 이런 것이다. 그러면 우리는 누구에게 얘기해야 하나? 고객들이 부당한 대우를 받은 건 미안한 일이다. 하지만 그들은 한 가지는 뜻대로 했다. 관련자에게 사과를 받고 잔뜩 화를 쏟아낼 수는 있었다. 어찌 됐든 고객들은 자신들의 분노에 적당한 자리를 찾아줬다. 그러면 우리는 누구에게 얘기해야 하나? 누구를 찾아가야 하나?

콜센터에서 한 장면만을 고르라고 한다면 어느 미종료 통화를 선택하겠다.

상담사는 먼저 전화를 끊을 수 없다. 상담이 다 끝나도 고객이 먼저 끊기를 반드시 기다려야 한다. 용건이 끝났다고 전화를 먼저 끊는 것은 콜센터의 삼강오륜에서 패륜에 해당하는 행위다. 고객이 전화를 먼저 끊지 않을 경우 응대 절차는 이렇다.

"고객님, 통화가 종료되지 않았습니다. 먼저 종료해 주시겠습니까?"

이렇게 얘기하면 대부분 전화를 끊지만 가끔 종료 버튼을 누른다는 걸 잊고 전화기를 방치하는 경우가 있다. 그럴 때면 뜻하지 않게 고객의 삶의 일면을 잠시 들여다보게 된다. 당시는 코로나 집단 감염 때문에 재택근무하는 콜센터가 하나둘 생기던 시기였다.

"고객님, 죄송한데 저희 협력 업체 같은 경우엔 휴일이 저희와는 별개라서요. 오늘이 이 업체의 휴일이라 영업을 하지 않습니다. 번거로우시겠지만 내일 다시 전화해 주시면 저희가 업체 연락해서 취소 처리하겠습니다."

"이 사람이 지금 무슨 소리 하는 거야? 이거 지금 당장 취소시켜요. 지금 당장!"

"고객님, 저희가 취소를 안 해드린다는 게 아니고요, 이제 저희 홈페이지에서 천리마 마트 상품만 있는 게 아니라 외부 업체 상품도 함께 판매하고 있습니다. 지금 주문하신 상품이 그런 외부 업체 상품인데 천리마 상품이면 저희가 직접 취소 처리할 수 있지만, 외부 업체 상품의 경우에는 해당 업체에 취소할 수 있는지 확인해 봐야 합니다. 그런데 이 업체가 오늘 휴일이라 당장은 처리가 어렵다는 말씀을 드리는 것뿐입니다. 내일 다시 연락해 주시면 처리하도록 하겠습니다. 아직 상품 발송 전이라 내일이라도 취소는 될 겁니다."

"나 승질 날라고 그러니까 자꾸 똑같은 말 하게 하지 말고 지금 당장 취소시켜요. 자꾸 소리 지르게 만들지 말고. 내가 필요 없다는데 뭔 놈의 허락이야? 당신이 돈 냈어? 내가 내 돈 내고 산 물건 필요 없으니까 안 사겠다는데 뭔 놈의 허락이야? 지금 당장 취소시키고 취소됐는지 안 됐는지 나한테 확인해서 전화해 알겠어? 나 누군지 당신들 팀장들도 다 알아. 아니, 당신이 하지 말고 거기 팀장한테 전달해서 팀장보고 처리하라 해 알겠어?!"

이렇게 대나무숲을 호령하는 또 한 마리의 호랑이로 기억에 남았을 이 고객은 전혀 예상치 못한 반전을 선사했다. 수화기 너머에서 전화벨이 울렸다. 고객은 종료 버튼을 누르지 않은 채 전화기를 어딘가에 던져둔 것 같았다. 곧이어 같은 듯 다른 목소리가 낭랑하게 울렸다.

"감사합니다. ○○**은행***, 상담원 김보라입니다. 무엇을 도와드릴까요?"

이 책의 원고를 마무리할 때쯤 인공지능으로 인한 대량 해고는 현실이 됐다. 한 대형 은행의 콜센터가 인공지능 상담 프로그램을 도입하면서 전화 상담사 200여 명을 해고하기로 했다. 가끔씩 이런 질문을 받을 때가 있다. 당신은 글을 쓰기 위해 일을 하는 겁니까, 아니면 일을 하면서 글을 쓰는 겁니까? 나는 언제나 후자라고 대답했다. 여러 사람의 도움을 받긴 하지만 어찌 됐든 나 역시 일하지 않으면 먹고살 수 없으니까. 하지만 그 뉴스를 보면서 내가 단단히 착각했음을 깨달았다.

오늘날 사람들은 묻는다. "어떤 직업들이 사라질 것인가?" "어떤 직업들이 나타날 것인가?" "직업이 사라진 사람들의 삶은 어떻게 될 것인가?" 콜센터를 떠날 때는 여기에 한 가지 질문을 더하고 싶어졌다. "어떤 직업들은 사라지는 게 나은가?" 급여도 적고 처우도 열악하고 이렇다 할 만족감도 주지 않는 일이라면, 운영 상태가 엉망인 기업을 도산처리하는 게 나은 경우가 있듯이 직업도 그렇게 정리하는 게 나을 수 있

* 출납창구 사무원: 대체확률 0.965 _〈인공지능에 의한 일자리 위험 진단〉

을까? 나는 콜센터를 떠올리며 그렇다고, 이런 일자리는 그냥 사라지는 게 더 낫겠다고 생각했다. 하지만 상상이 현실이 된 광경을 보니 그것이 얼마나 철없는 생각인지 깨달았다. 없어져도 상관없는 것에, 없어지는 게 오히려 나을 수도 있는 무언가 때문에, 사람들이 영하의 길거리에서 그것을 돌려달라고 소리치고 있을 리 없었다.

《죄와 벌》에는 도스토옙스키가 라스콜리니코프의 입을 빌려 그 전설적인 사형 집행 직전 순간을 이야기하는 대목이 있다.

> "어디서 읽었더라? 사형 선고를 받은 어떤 사람이 죽기 한 시간 전에 이런 말을 했다던가, 생각했다던가, 겨우 자기 두 발을 디딜 수 있는 높은 절벽 위의 좁은 장소에서 심연, 대양, 영원한 암흑, 영원한 고독과 영원한 폭풍에 둘러싸여 살아야 한다고 할지라도, 그리고 평생 1천년 동안, 아니 영원히 1아르신밖에 안 되는 공간에 서 있어야 한다고 할지라도 그래도 지금 죽는 것보다는 사는 편이 더 낫겠다고 했다지! 살 수만 있다면, 살 수만, 살 수만 있다면! 어떻게 살든, 살 수 있기만 하다면…! 그만한 진실이 또 어디 있겠나! 그래 이건 정말 대단한 진실이 아닌가!"*

그래도 일하고 싶다. 생존에 있어 진실은 노동에 있어서도 진실이다.

* 《죄와 벌》, 표도르 도스토옙스키, 홍대화 옮김, 열린책들, 2009.

2부
운반하다

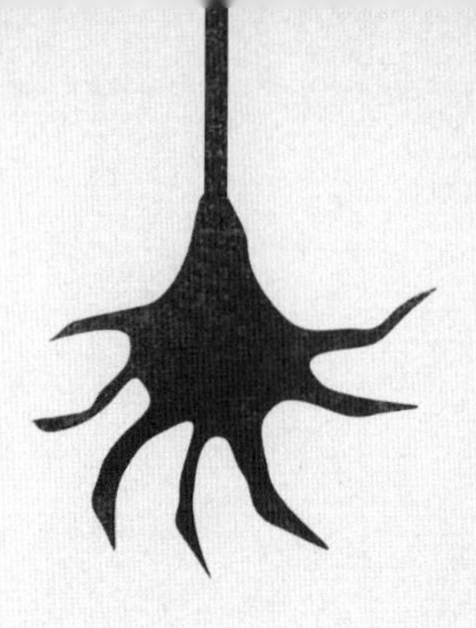

화물·창고 종사자 대체확률 0.99

미래에 사라질 가능성이 높은 직업들

_〈고용의 미래〉 보고서

*대체확률: '1'에 가까울수록 대체되거나 사라질 가능성이 높다.

#1

"기자를 보면 기자 같고 **형사***를 보면 형사 같고 검사를 보면 검사 같은 자들은 노동 때문에 망가진 것이다. 뭘 해 먹고사는지 감이 안 와야 그 인간이 온전한 인간이다."** 소설가 김훈의 유명한 말이다. 기후가 지표면의 풍경을 결정하듯 어떤 일을 하느냐는 피부 표면의 풍경을 결정한다. 그런 면에서 이 책은 뭘 해 먹고사는지를 도저히 감출 수 없는 사람들에 대한 기록이라고 불러도 좋을 것 같다. 그중에서도 택배 상하차 흔히 '까대기'라고 부르는 노동은 패션 철학이 대단히 확고하다.

버스 정류장이나 전철역 주변에서 속이 투명하게 비치는 소재의 가방이나 봉지에 담배, 물병, 간식거리를 잔뜩 담고 선 사람들이 있다면 그들은 분명 까대기를 하러 가기 위해 셔틀버스를 기다리는 사람들이다. 도난 방지를 위해 택배 물류센터 안으로는 가방을 가지고 들어갈 수 없다. 반입을 허용하는 것은 집락백이나 PVC 소재의 투명한 백 정도다. 까대기를 하다 보면 여름 겨울 할 것 없이 일하면서 땀을 워낙 많이 흘리기 때문에 항상 가방에 사탕이나 초콜릿을 잔뜩 쟁여 간다.

처음 일하러 갔던 날, 옷장 깊숙한 곳에 처박힌 낡은 옷을 걸치고 나갔다. 셔틀버스 타는 장소는 집에서 조금 떨어진 버스 정류장이었다. 도

* 형사(Detectives and Criminal Investigators): 대체확률 0.34 _〈고용의 미래〉

** 《밥벌이의 지겨움》, 김훈, 생각의나무, 2007.

착해 보니 나와 동일한 패션 기조를 공유한 사람들이 옹기종기 모여 있었다. 하나같이 헌옷수거함에 갖다 넣으려고 따로 빼놓았을 법한 옷이었다. 까대기의 드레스 코드는 '어? 이 옷 버린 줄 알았는데 아직 있었네!?'인 듯싶다. 그중에서도 나는 단연코 돋보이는 존재였다. 무릎이 툭 튀어나온 청바지는 급소 부위가 벌어져 있어서 보폭이 넓어지면 근검절약과 풍기 문란 사이의 경계를 흐릿하게 만들어버렸다.

비록 패션 철학은 엄격할지언정 까대기는 포용력이 높은 일자리다. 인력업체 담당자에게 나이, 이름, 경력 유무만 문자로 보내면 끝이다. 통화할 필요도 없다. 그러면 묻지도 따지지도 않고 채용이다. 면접 공포증으로 구직에 희망을 잃어버린 사람이 있다면 까대기를 통해 노동시장에 대한 믿음을 되살려 볼 수도 있겠다. 하지만 세상만사가 얻는 게 있으면 잃는 게 있는 법. 일할 수 있다는 자신감을 얻은 사람은 그 대가로 무릎 연골 조직의 탄력성과 물류센터에 발을 들여놓기 이전의 삶으로 되돌아가는 길을 잃어버릴지도 모른다. 이 글은 까대기를 통해 얻는 것과 잃는 것에 대한 요령 없는 장황한 각주쯤 되겠다.

버스는 20대 초반부터 50대 중반 사이로 짐작되는 패션 위급 환자로 가득했다. 남성이 대부분이었지만 여성이 없는 건 아니었다. 선원들이 바다에서 그러는 것처럼 다들 버스의 흔들거리는 리듬 안에서 조금이라도 더 자두려고 애쓰는 기색이 역력했다. 내가 버스를 탄 곳은 셔틀의 마지막 정거장이었다. 버스는 곧바로 도시를 빠져나와 비좁은 2차선 도로를 따라 달리기 시작했다. 낮 동안 한여름의 태양 아래서 바싹 익었던 누런 땅이 펼쳐졌다. 차들이 흙먼지를 망토처럼 휘두른 채 달렸다. 시체를 유기할 곳을 찾지 않는 이상 결코 지나갈 일이 없을 듯한 황량한 시골 풍경을 한참 동안 지난 다음 넓은 구릉 지대에 다다랐다.

가장 높은 위치에 물류센터가 중세의 성처럼 우뚝 솟아 있었다. 어둠이 내린 산들이 검은 양복 차림의 보디가드처럼 물류센터를 빙 둘렀다. 이곳은 (홈페이지의 설명에 따르면) 아시아 최대 규모의 물류센터였다. 아파트 단지 서너 개가 몽땅 들어가고 남을 만큼 거대했다. 이 지역은 최근 산업 단지로 개발한 듯했는데 재계 영향력을 기준으로 토지를 분배한 것 같았다. 가장 높고 넓은 자리에 내가 일할 물류센터가, 그 아래에 음료 회사나 전자 제품 회사의 자체 물류센터가, 맨 아래엔 우체국 정도 규모의 영세한 택배 집하장이 모여 있었다.

버스에서 내렸다고 바로 물류센터 안으로 들어갈 수 있는 게 아니다. 안으로 들어가려면 보안동을 거쳐야 한다. 보안동은 물류센터의 출입문 역할을 하는 곳이다. 이곳에서 신원을 확인하고 근로계약서를 작성하고 반입할 수 없는 짐을 사물함에 보관한 후 작업장으로 이동한다. 나는 일당이 제일 센 새벽반에 지원했는데 근무시간은 저녁 7시 반부터 다음 날 아침 8시 반까지였다. 버스에서 내렸을 때 6시 반쯤이었는데 이렇게 일찍 도착한 데는 그만한 이유가 있었다. 보안동에 들어가기 전에도 거쳐야 할 관문이 있었다.

건물 앞에 대형 천막이 세워져 있고 긴 줄이 구불구불 이어졌다. 코로나가 한창일 때라 여기서 문진표를 작성하고 체온 검사를 받았다. 사방에서 **방역복을 입은 직원***들이 마스크 똑바로 쓰라며 고함을 질러댔다.

천막 앞에 늘어선 줄이 수백 쌍의 다리를 지닌 거대한 지네처럼 조금씩 꿈틀대며 기어갔다.

보안동에 들어서면 가장 먼저 할 일은 인력업체를 찾아가는 것이다. 이 물류센터는 '현대맨파워'라는 외부 용역업체가 모든 인원을 공급했는데 사람이 워낙 많다 보니 현대 1, 2, 3, 4… 하는 식으로 여러 팀으로 나뉘었다. 내가 속한 곳은 현대 7이었다. 커다란 방에 각각의 업체명이 적힌 테이블이 서너 개씩 놓여 있었다. 이 중에서 자신이 속한 업체를 찾아가면 된다. 이곳에선 관리자를 제외한 모두가 일용직이어서 매일 근로계약서를 작성해야 한다. 계약서를 쓰고 안면인식 앱을 이용해 출근 등록을 한다. 다음으로 혈압측정실로 간다. 혈압에 이상이 있으면 일을 할 수 없다. 측정까지 마치면 건물 중앙으로 간다. 거기에는 네 색깔의 헬멧이 거치대에 걸려 있다. 처음 일하는 사람은 반드시 노란색 헬멧을 써야 한다. 하차반은 주황색, 상차반은 파란색, 분류반은 흰색을 쓴다. 관리자들은 야광 띠를 두른 흰색 헬멧을 쓴다.

개찰기를 통과해서 대기 장소에서 기다리면 관리자들이 필요한 인원을 모아서 인솔해 간다. 노란색 헬멧을 쓴 사람들은 마지막까지 남았다가 지하 4층의 교육장으로 갔다. 처음 일하는 사람들은 반드시 한 시간짜리 안전 교육을 받아야 했다. 까대기 경력이 있다고 해도 이 물류센터가 처음이라면, 또 이곳에서 일한 경력이 있다고 해도 마지막으로 근무한 지 한 달 이상 지난 사람 역시 교육을 받아야 했다. 교육장은 내부

* 방역원: 대체확률 0.75 _《기술변화에 따른 일자리 영향 연구》

가 하얗게 칠해져 있고 이삼백 명은 들어갈 수 있을 만큼 넓었다. 안에는 2인용 책상이 가득했고 자리는 절반 정도 차 있었다. 교육 내용은 대부분 컨베이어 벨트 주의 사항이었다. 참고로 물류센터에서는 컨베이어 벨트를 '레일'이라고 부른다. (나도 전문가처럼 보이기 위해 그렇게 부르려고 한다.) 안전 교육의 절반은 레일 사고 예방에 관한 것이었다.

- ·레일 사이에 물건이 끼면 곳곳에 설치된 비상정지 버튼을 눌러서 레일을 멈춘 다음 꺼내라.
- ·레일이 지나가느라 통로가 막힌 곳이 있다. 그런 곳엔 레일을 넘어갈 수 있게끔 계단 시설이 있다. 이 계단을 넘어갈 때도 레일을 멈추고 지나가라.
- ·절대로 귀찮다고 그 밑으로 기어가려고 하지 마라. 감전당할 수 있다.
- ·레일 위에 올려진 물품을 들어 올릴 때는 밑으로 손을 집어넣지 말고 옆면을 잡아서 들어 올려라.
- ·줄이 있는 이어폰을 끼고 작업하지 마라. 기타 등등.

사고의 예시로 보여준 사진들이 케첩과 초고추장을 듬뿍 사용해서 연출한 것이 아니라면, 까대기할 때는 **소방관***이나 군인처럼 혈액형이 적힌 목걸이를 차고 다니는 게 현명할 것 같았다.

안전 교육의 나머지 절반은 우리가 투명한 가방만 들고 다녀야 하는 이유이기도 한, 십계명의 여덟 번째 계명을 어기지 말라는 경고에 오롯

* 소방관(Fire Fighters): 대체확률 0.17 _〈고용의 미래〉

이 바쳐졌다. 교육 담당자의 파워포인트 프레젠테이션에 따르면 물류센터의 감시 카메라는 여호와보다 전지적이며 물류센터의 **변호사***들은 최후의 심판 때 경험하게 될 불길보다 더 뜨거운 화력을 자랑한다. 교육은 이 무시무시한 화력을 증명하는 재판 기록을 보여주는 것으로 마무리됐다.

입구 쪽에 있던 사람들부터 차례대로 작업반을 배정받았다. 나는 하차 2반으로 갔다. 1층으로 올라오면 화물차들이 분주히 오가는 주차장이 나온다. 이곳을 '야드'라고 부른다. 트럭은 야드에서 컨테이너를 건물에 연결한 다음 대기 장소로 이동한다. 연두색 형광 조끼를 입은 차량 유도원들이 주차를 도왔다. 어둠 속에서 직원들이 빨간색 경광봉을 광선검처럼 휘둘렀다. 곳곳에서 삑삑대는 주차 후진음이 울려 퍼지는데 근처 어디선가 병아리 떼를 몰고 가고 있는 게 아닌가 싶었다.

마침내 물류센터 안으로 들어가면 전기톱 수백 대가 동시에 돌아가는 듯한 소음에 압도당한다. 컨베이어 벨트 돌아가는 소리가 그렇게 큰 줄 몰랐다. 중공업의 영역 한가운데 있다고 믿게 만드는, '5개년 계획'의 사운드트랙이라고 불러야 할 것 같은 굉음이었다. 내부는 거대한 영화 세트장처럼 층 구분 없이 뻥 뚫렸는데 높이가 20미터는 넘어 보였다. 천장에는 대형 팬이 후텁지근한 공기를 식혀줄 의도가 전혀 없다는 점을 분명히 하는 속도로 돌아갔다. 네 날이 어찌나 긴지 마치 헬리콥터 프로펠러를 거꾸로 매달아 둔 것 같았다.

* 변호사: 제발 인공지능이 꼭 좀 대체하길 바라는 직업 1위(한승태 2024)

게으르게 움직이는 팬과는 대조적으로 레일은 바싹 독이 오른 속도로 돌아갔다. 바닥과 천장 사이에 각기 다른 색의 레일들이 롤러코스터처럼 얽히고설켜 있었다. 젊은이들의 즐거운 비명이 더해진다면 놀이공원에 왔다고 착각할 만한 광경이었다. 어떤 레일은 허리 높이로 지나가고 어떤 것은 머리 위로 올라가고 어떤 것은 놀랍게도 지하로 쑥 내려갔다. 스릴을 좇는 사람이라면 이 레일들을 타고 물류센터 일주에 도전해 보고 싶어 할 것 같다.

노란 헬멧들은 회색 칸막이를 두른 작은 휴게실에 도착했다. 일고여덟 명 정도가 둘러앉을 수 있는 크기였다. 여기서 다시 한번 인적 사항을 확인하고 전화번호를 남긴 후 각자의 도크를 배정받았다. 도크는 컨테이너를 대서 물건을 싣고 내릴 수 있게 만든 일종의 접안 시설이다. 도크는 야드 쪽으로 컨테이너 문 크기에 맞춰 벽이 뚫려 있고 그 자리에 셔터가 설치되어 있었다. 셔터 위에는 검은 페인트로 커다랗게 각각의 도크 번호가 적혔다. 도크마다 하나씩 설치된 레일은 건물 안쪽으로 쭉 들어온 다음 앞서 언급한 레일의 실타래 속으로 합류했다. 이런 도크들이 복사해서 붙여넣기한 듯 건물 끝에서 끝까지 쭉 늘어섰다.

"여러분들 오늘 하차 2반 근무하실 거고 2반은 도크가 31번부터 60번이에요. 여기서 조심하셔야 할 게 절대 레일 뛰어넘지 마세요. 밑으로 통과하는 건 더 위험해요. 그리고 안에서 사진, 동영상 같은 거 절대 찍지 마시고 물건 밟거나 던지거나 하면 귀가 조처될 수 있으니까 조심하세요. 혹시라도 무슨 일 생기면 제일 먼저 레일부터 멈추세요. 곳곳에 빨간 비상정지 버튼 보이죠? 뭔가 잘못됐다 싶으면 저것부터 눌러요. 여기서 다치면 자기만 손해예요. 그러니까 항상 정신 차리고 조심하세요."

물류센터의 또 하나의 특징적인 모습은 레일 위를 가로지르는 기다란 노란색 계단 통로다. 관리자 말처럼 레일을 뛰어넘어 다닐 수 없으므로 작업장 전체를 내려다보는 육교 형태의 철제 통로를 만들고 이 통로에서 각각의 도크로 내려가는 계단을 설치했다. 이 계단 통로가 전체 작업 라인을 가로질렀다. 이곳은 근본적으로 레일을 위한 곳이기에 접근성에 있어 레일에 우선권을 주고 사람은 그다음이다.

나는 58번 도크에 배정받았다. 도착해 보니 이미 두 사람이 한참 작업 중이었다. 한 사람은 40대 후반, 또 한 사람은 50대 후반 정도로 보였다. 둘 다 작은 키에 삐쩍 말라서 일을 할 수 있을까 싶었다. 까대기를 어떻게 하는지가 한눈에 들어왔다. 작업할 때는 세 명이 한 조를 이루는데 이 중에서 경력이 짧은 둘이 직접 짐을 내리고 최고참은 **크기, 형태 별로 짐을 분류***한다.

레일이 시작하는 위치에는 바코드 리더기가 설치되어 있었다. 이 기계의 모니터를 통해 들어온 화물의 종류, 수, 지역은 물론 트럭 기사의 차량 번호, 연락처까지 확인할 수 있었다. 바코드 리더기를 지난 레일은 건물 안쪽으로 조금 더 깊숙이 들어와서 폭이 넓어지며 세 갈래로 갈라진다. 하나는 중소형, 하나는 대형, 하나는 이형 레일이다. 규정상 소형은 5~10킬로그램, 중형은 10~15킬로그램, 대형은 15~20킬로그램이고

* 선별·분류 작업원(Sorters): 대체확률 0.98 _〈고용의 미래〉

이형은 일반적인 상자 형태 이외의 모든 짐을 가리킨다. 분류자는 이 레일이 갈라지는 지점에 서 있다가 각각의 화물에 맞는 레일로 짐을 밀어 보내는데 이걸 '레일에 태운다'라고 말한다. "자전거는 이형 레일 태우고 쌀 포대는 대형 레일 태워 보내" 하는 식이다.

중소형은 가운데 레일로 원래의 레일 진행 방향 그대로 놔두면 된다. 대형은 파란색이고 위로 올라간다. 이형은 녹색이고 수평으로 이어진다. 이곳은 허브 터미널로 각지의 화물이 이곳으로 모였다가 지역별로 분류된다. 지역별로 분류가 끝난 화물은 다시 트럭에 싣는데 이게 상차반이 하는 일이다. 짐을 내리는 사람 둘 중에서는 경력이 오래된 사람이 레일 왼편에 선다. 왼편에는 레일의 길이와 높낮이를 조절할 수 있는 스위치가 있다. 작업이 진행되어 컨테이너 안쪽으로 들어갈수록 레일을 빼내야 한다. 상하차 작업에 쓰는 레일은 사다리차와 비슷하다. 사다리차의 경우, 여러 사다리가 포개져 있어서 올라갈수록 사다리를 한 칸씩 빼내 높은 위치까지 도달하듯, 레일도 비슷한 방식으로 컨테이너 깊숙이까지 닿을 수 있도록 길이를 조절할 수 있다.

내가 도착했을 때는 첫차 작업이 70퍼센트 정도 끝나 있었다. 남은 작업을 30분 정도에 걸쳐 끝냈는데 그것만으로 온몸이 땀으로 흠뻑 젖었다. 작업이 끝나자 선배가 모니터를 확인하고 다음 트럭 기사에게 58번 도크로 오라고 전화를 걸었다. 그리고 두 사람은 담배를 피우러 나갔다.

둘은 비슷하게 후줄근한 차림에 비슷하게 지친 표정이었다. 옷 전체가 이미 땀으로 검게 물들었다. 두 사람의 피부에 닿은 것 중 땀이 뚝뚝 흘러내리지 않는 것은 손목에 찬 아대(보호대)뿐이었다. 둘에게선 아무런 관계도 없던 사람들이 오랫동안 호흡을 맞춰오면서 서로를 닮아가는 모습이 엿보였다. 내가 이들과 닮아 보이려면 58번 도크에서 올림픽 경기장 크기의 수영장을 가득 채울 만큼 땀을 흘려야 할 것 같았다.

레일이 돌아가기 시작하면 근육질의 모터 소음이 도크에 꽉 들어찬다. 레일은 그 자체로 길고 좁은 소음의 강이다. 폭은 1미터 남짓하지만 강 이쪽 편에서 하는 말을 건너편에서 들리게 하려면 고래고래 악을 써야 한다. 물류센터에선 다들 시끄러운 음악이 나오는 헤드폰을 쓰고 옆 사람에게 제시어를 전달하는 게임을 하듯이 대화를 나눈다. 팔 힘이 빠지기 전에 성대가 먼저 나갈 것 같았다. 경력이 오래된 사람들은 구화법을 익힌 것처럼 입 모양만 보고도 무슨 말인지 다 알아들었다.

"천천히 해. 서두르지 말고. 대신 여기도 그냥 막 하는 게 아니라 우리 방식이 있다고. 먼저 박스를 올릴 때는 송장이 위로 올라오게 놔야 돼. 이 박스들이 쭉 가다가 저 앞에 기계 보이지? 저게 바코드 리더기야. 그래서 송장이 위로 보이게 놓아야 저기 밑으로 지나가면서 여기 도착했다고 컴퓨터에 입력이 되는 거야. 이게 별거 아닌 것 같아도 은근 힘들어. 왜냐면 사람들이 다 박스 위에 송장을 붙이는 게 아니거든. 어떤 사람들은 옆면에 붙이고 어떤 사람들은 밑에 붙이고 그래. 그나마 밑에 붙인 건 괜찮아. 안 보이면 바로 뒤집으면 되니까. 근데 이 옆면에다 붙여 놓으면 그거 찾느라 상자 들고 뱅뱅 돌리는 거야. 가벼운 거야 상관없지만 안에 무거운 거라도 들어봐. 상자 돌리느라 힘 다 빠져.

짐을 내릴 때는 위에서부터 쭉 내리다가 여기 레일 높이까지만 내려.

밑에 있는 건 올리지 말고. 그렇게 첫째 줄 다 내리고 두 번째 줄까지 해. 그렇게 해놓으면 우리 앞에 레일 높이에 맞춰서 편편한 면이 생기잖아? 그러면 저 깊숙이 있는 것들을 이 편편한 데로 쓰러뜨려. 이 수직으로 놓인 박스 한 줄을, 맨 밑을 잡고 살살 빼내. 그럼 이게 길쭉한 기둥처럼 떨어져 나오잖아? 이걸 넘어뜨리라는 거야. 왜 쓰러뜨리냐 하면 이게 천장이 엄청 높아서 맨 위에 있는 상자는 까치발 해도 잘 안 잡혀. 근데 이렇게 짐들을 쓰러뜨려 놓으면 바로바로 집을 수 있어서 편하지.

짐을 쓰러뜨릴 때도 방식이 있어. 레일 가까이 있는 것들은 저 뒤로, 그러니까 저 컨테이너 안쪽으로 쓰러지게 하고 벽 쪽에 있는 건 가운데로, 레일 쪽으로 쏟아지게 해. 그렇게 해야 잡기 편하고 또 다른 짐들을 무너뜨릴 공간이 나와. 그런데 이때 조심해야 해. 잘못해서 짐이 내 쪽으로 무너질 때가 있다고 그럴 때는 몸으로 막지 마. 아까 보니까 높이 있는 거 떨어질 때 손으로 막고 그러던데 절대 그렇게 하지 마. 그렇게 짐이 쏟아질 때는 뒤로 확 물러나서 피해. 바닥에 떨어지게 내버려두라고. 그런 거 가지고 여기서 뭐라고 하는 사람 아무도 없어.

상차할 때도 규칙이 있어. 크고 가벼운 거는 밑에 깔고 작고 가벼울수록 위로 올리고. 그런데 자그마한 상잔데 엄청 무거운 것들이 있다고. 뭐 아령이나 자동차 부품 같은 거. 그런데 상차하는 놈 중에 그런 거를 그냥 맨 위에 올려버리는 놈들이 있어. 그런 거 떨어지는 거 막다가 머리에 맞으면 크게 다쳐. 그러니까 어떤 경우든 짐이 내 쪽으로 떨어지면 그냥 바닥에 떨어지게 내버려둬. 그렇게 해서 레일 높이까지 다 내리면 그다음에는 내가 레일을 뒤로 조금 뺄 거야. 그때부터는 이 아래 있는 바닥짐들을 올려놓으면 돼."

막연하게 상자만 나르면 될 뿐이라고 생각했던 일에도 그 나름대로 방식과 절차가 있었다. 내가 일터에서 사랑하는 순간들이 이런 것을 발견하게 될 때다. 너무나도 뻔하고 단순해 보이는 현상 속에서 다양한 체계와 규칙을 발견하게 되는 순간. 조금의 상상력도 자극하지 않는 보잘것없던 존재들이 고통을 함께한 사람에게 자신들의 비밀스러운 단면들을 펼쳐 보여주는 순간들.

"첫차는 무조건 빨리 빼야 돼."

경력이 조금이라도 있는 사람이라면 작업 시작할 때 이 말을 빼먹지 않았다.

"이게 정해져 있는 건 아닌데 한 도크에서 하루에 최소한 아홉 대는 빼줘야 돼. 안 그럼 관리자들이 뭐라 그래. 노랭이가 껴 있으면 조금 봐주기는 하지만…."

"예? 노랭이가 뭐예요?"

"아니, 그게… 그런 말 쓰면 안 되는데, 허허… 이게 우리끼리 초짜들을 노랭이라고 불러. 노란 헬멧 쓴 친구들. 그쪽이 그렇다는 게 아니라 그런 친구들이 좀 느리고 그렇거든. 하여간에 이게 초반에 빨리 빼서 오늘 아홉 대 충분하겠다 싶으면 그때부턴 이제 속도 조절해 가며 빼는 거야. 우리가 뒤로 갈수록 좀 천천히 하려고 그래. 막차를 빡세게 하잖아? 그럼 그날 하루 전체가 힘들게 느껴져. 그래서 뒤에 쉬엄쉬엄하려고 초반에는 속도를 높여. 그래서 첫차는 무조건 빨리 빼."

컨테이너 문이 열리자 쿰쿰한 종이 냄새가 훅 풍겨왔다. 갈색 상자로 쌓은 벽이 시야를 가로막았다. 상자들이 워낙 빽빽하게 끼워져 있어서 첫 번째 상자를 빼내는 것은 언제나 조심스럽게 처리해야 했다. 그러지 않으면 주위 상자들이 우르르 딸려 나왔다. 짐은 형태도 무게도 제각각이다. 처음에는 안에 뭐가 들었을까 궁금해하지만 그런데 신경을 쓸 여지가 거의 없다는 걸 곧 깨닫는다. 두 다리는 어깨너비로 벌리고 가능한 한 상체만 움직였다. 정면을 바라보며 상자를 잡고 허리를 45도 정도 돌리며 동시에 살짝 굽혀서 레일 위에 던진다. 몸을 그렇게 돌리는 사이에 송장 위치를 찾고 위로 올라오게 잡아야 한다.

이 단순한 동작도 생각만큼 능숙하게 되지는 않았다. 일단 속도부터 벅찼다. 이 작업은 둘이서 하기 때문에 일정한 속도에 맞출 것을 암묵적으로 요구한다. 이상적인 하차 작업은 떡메 치듯 이어진다. 한 사람이 짐을 내려놓고 돌아서면 다른 사람이 짐을 내려놓는 식으로. 나는 매번 선배보다 한두 박자 느렸다. 선배가 두 개 처리할 때 나는 간신히 하나 처리했다. 그러면 상대가 짐을 들고 기다리는 시간도 짜증도 늘어난다.

그나마 여기까지는, 그러니까 위에 쌓여 있는 짐을 내리는 과정은 상대적으로 수월한 편이었다. 의지를 시험하는 난관은 바닥에 있는 짐을 레일 위로 올릴 때다. 이것들은 일단 크고 무겁다. 대체로 성인 남자의 품 안에 가득 차는 정도인데 가전제품, 음료수, 가구, 책이나 농산물이다. 처음에는 별생각 없이 허리에 힘을 주고 들어 올리는데 그렇게 하다가는 **셔틀버스***가 아니라 **구급차****를 타고 돌아가게 될 가능성이 급격히

* 버스 운전원(Bus Drivers): 대체확률 0.67 _〈고용의 미래〉

높아진다.

몇 년 전 일했던 양돈장에서는 축사 온도가 36도 이상으로 올라가면 사이렌이 울렸다. 돼지는 땀샘이 없어 열을 배출하지 못한다. 온도가 이 이상 올라가면 위험하니 조처하라는 경고였다. 상자를 내리면서 오르기 시작한 체열에 컨테이너 내부의 열기까지 더해지면 바로 그 사이렌 소리가 귓가에서 아른거렸다. 뜨거운 물에 푹 담갔던 담요를 뒤집어쓴 듯한 더위였다. 이 순간을 열화상 카메라로 찍는다면 나는 거대한 빨간 원으로 표시될 것 같았다. 일할 때는 돼지가 부러웠다. 땀을 흘리지 못하니 말이다. 모공이 고장 난 것처럼 땀이 흐르는데 특히 얼굴에서 흐르는 땀방울들은 마치 파리 떼가 기어다니는 것처럼 간지럽고 눈썹을 타고 넘어오는 땀방울은 시야마저 방해했다. 손을 쓸 수 없으므로 들소가 파리 떼를 쫓기 위해 엉덩이를 흔들 듯 발작적으로 몸을 흔들었다.

컨테이너 내부는 먼지가 빠져나가지 못하고 맴돈다. 빛도 들지 않아서 컨테이너 중간을 넘어가면 그냥 불 꺼진 방처럼 어둡다. 레일 앞부분에 핸드폰 플래시 정도 밝기의 헤드라이트가 있다. 짙은 어둠 속에서 이 전등 불빛이 비친 공간에는 뿌연 먼지가 자욱하다. 먼지 때문에 한여름에 까대기를 하려는 사람은 폐활량이 남달라야 한다. 이런 상황에서 마스크를 쓰면 땀 때문에 마스크가 입 주위에 찰싹 달라붙는다. 숨을 내쉴 때마다 마스크 앞부분이 풍선을 분 것처럼 불룩하게 부풀었다가 들이쉴 때는 코와 입에 찰싹 달라붙는다. 숨을 헐떡이다 보면 마스크에서 깃

** 구급차 운전원(Ambulance Drivers): 대체확률 0.25 _〈고용의 미래〉

발이 펄럭이는 소리가 난다. 풀무질하듯 숨을 쉬어보지만 작업 속도를 쫓아가는 데 필요한 산소를 보충하기에는 충분치 않다.

조선 시대에는 '도모지'라는 형벌이 있었다. 젖은 종이를 얼굴에 여러 장 덧씌워 질식사시키는 것인데(영화 〈혈의 누〉에서 유해진이 연기한 인물이 이 방식으로 죽는다. 까대기가 궁금하신 분들은 참고하시길) 칠팔월에 까대기를 하면 도모지를 당하는 게 어떤 건지 경험해 볼 수 있다. 그런데도 먼지가 너무 많아서 마스크를 벗고 싶다는 생각은 들지 않는다. 물류센터에서 마스크는 코로나도 막아주고 진폐증도 막아준다.

영겁의 시간이 흐른 뒤 마침내 컨테이너의 끝이 드러났다. 하지만 까대기는 마지막도 곱게 끝나는 법이 없다. 레일은 끝까지 빼내도 컨테이너 끝에서 이삼 미터 떨어져 있다. 가장 안쪽에 있는 바닥짐을 들고서 서너 걸음을 옮겨야만 레일에 올릴 수 있다. 이때쯤이면 서너 걸음만으로 힘겹다. 내가 한 개 처리할 때 선배는 세 개 정도 처리하는데 속도를 올리려는 시늉도 하기 어렵다. 만약 작업을 똑같이 5 대 5로 처리했다면 영영 끝내지 못했을 것 같다. 마지막 짐을 올려놓고 나면 저 멀리, 컨테이너 입구가 동굴의 출구처럼 빛난다. 그제야 행동의 리듬이 정상으로 돌아온다. 컨테이너를 빠져나오면 몸의 열기가 조금씩 가라앉고 귓가를 맴돌던 사이렌 소리도 사그라든다. 하지만 컨테이너 밖에는 고통스러운 깨달음이 기다리고 있다. 선배가 어딘가로 전화를 건다.

"예. 기사님. 58번 도크로 오시면 됩니다."

그렇다. 이제 겨우 두 대 끝났을 뿐이다. 다시 눈앞이 아득해진다. 시시포스는 물류센터에선 명함도 못 내미리라.

#2

처음 까대기를 할 때는 다들 너무 험하게 짐을 다뤄서 놀란다. 물류센터는 손님들이 "덜 맵게 해주세요"라든가 "콩나물 많이 넣어 주세요"라고 아무리 얘기해도 절대 주방에 전달하는 법이 없는 심보 고약한 **웨이터***와 비슷하다. '파손 주의', '취급 주의', '이쪽이 위로 올라가게 해주세요', '던지지 마세요', '밟지 마세요', '유리 주의' 등등 상자들이 조심스레 다뤄줄 것을 끊임없이 호소하지만 아무도 신경 쓰지 않는다. 그런 것들을 의식하며 짐을 다루는 걸 본 적이 없다. 뭐든지 잡히는 대로 집어 던지고 내동댕이친다. 레일에 떨어지는 건 그나마 다행이고 어떤 건 바닥에 내팽개쳐지고 어떤 건 벽을 맞고 뒹군다. 관리자들도 그런 걸 당연하게 여기는 걸 보고 한 번 더 놀랐다. 도크마다 CCTV가 설치되어 있어서 작업 중에 벌어지는 모든 일을 관제실에서 확인하지만, 제지를 당하는 경우는 한 번도 없었다. 이곳에서 유일하게 금기시하는 행동은 짐을 발로 밟는 것이다. 한 번은 꼭대기에 있는 짐에 손이 안 닿아서 책으로 꽉 찬 상자를 밟고 올라가서 내린 적이 있다. 3초 정도였다. 잠시 후 관리자가 찾아왔다.

"상품 밟지 마요. 그러다 집으로 돌려보내는 수가 있어요."

바로 옆에서 짐을 다루는 모습을 생각하면 우스꽝스러운 상황이긴 했지만 어찌 됐건 여기도 기준이 없는 건 아니었다. 다만 그 기준이 상품

* 웨이터(Waiter): 대체확률 0.94 _〈고용의 미래〉

을 안전하게 다루는 것과는 별 상관이 없을 뿐이었다. 그러면 무엇이 기준이냐? 속도다. 짐은 무조건 빨리 내려야 한다. 속도 말고 다른 기준은 없다. 그리고 빨리하려면 짐을 거칠게 다루는 수밖에 없다는 사실을 회사, 관리자가 더 잘 알고 있다. 짐을 던지는 건 작업을 위한 필수 조건에 가깝다.

여기에는 경제적인 이유도 있다. **트럭 기사***는 건당 돈을 받는 게 아니라 시간당 돈을 받는다. 트럭이 물류센터에 머무는 시간이 늘어날수록 기사에게 지불해야 할 비용도 늘어난다. 따라서 어떻게든 짐을 빨리 내려서 트럭을 돌려보내는 게 수익률을 극대화할 수 있는 가장 현실적인 방법이다. 다행히 우리는 상품 파손에 대한 책임은 일절 지지 않았다. 긴급 처리 요청이 들어온 컨테이너 같은 경우엔 부서져 나가는 상자가 속출했지만 누구도 그걸 가지고 우리에게 뭐라고 하지 않았다. 이곳은 대기업이었고 그들에게 그 정도 피해는 충분히 감당할 만한 수준이었다. 덕분에 이 부분에 있어서만큼은 마음 편하게 일할 수 있었다. 영세한 택배 영업장이라면 우리처럼 속 편하게 짐을 집어 던지지는 못했을 거다. 이래서 노비를 해도 대감집 노비를 해야 하나 보다.

작업할 때는 레일의 속도를 따라가야 한다. 레일의 속도는 그때그때 작업 정도에 맞춰 분류자가 조절한다. 대개 건장한 성인 남성이 쫓아가기 조금 벅차다 싶을 정도인데 작업이 밀려 있을 때는 정말 사람 잡겠다 싶게 돌린다. 레일 작업의 어려운 점 하나는 일하는 속도가 바로 드러난

* 대형 트럭 운전원(Heavy and Trailer-Truck Drivers): 대체확률 0.79 _〈고용의 미래〉

다는 거다. 우리가 레일 속도를 따라가면 상자가 레일 위에 촘촘하게 놓이고 그렇지 않을 때는 상자 사이 간격이 죽죽 벌어진다. 분류자도 우리와 같은 처지라 그렇게까지 속력을 올리려고는 하지 않지만, 관리자들이 통로를 오가며 짐 빠지는 속도를 보고 속도를 올리라고 지시한다. 관리자들은 그만하면 됐으니 천천히 하라고 하는 법이 절대로 없다.

한번은 이런 일이 있었다. 작업 중에 선배가 내게 뭐라고 말을 했는데 무슨 말인지 알아들을 수가 없었다. 그렇다고 그냥 손을 놓고 있을 순 없어서 적당히 눈치를 보며 하던 대로 짐을 내렸다. 그는 정말 짐을 거칠게 다뤘다. 또 한번은 각 티슈만 한 상자를 들더니 강속구를 뿌리듯 집어 던졌는데 벽에 맞고 모서리가 완전히 찌그러졌다. 작업이 끝나고 그가 말했다.

"아까는 집어 던져서 미안해. 아니, 내가 이거 짐 내리는 방식이 있다고 이렇게 하라고 옆에서 계속 얘기하는데도 자꾸 이상하게 하니까 내가 기분이 좀 안 좋았어."

나는 그가 화가 났다는 것도 몰랐다. 상자를 집어 던진 게 나를 향한 불만의 표현이라고 생각하지도 못했다. 왜냐하면 상자가 움푹 찌그러질 만큼 집어던진 것조차 평소와 크게 다른 행동이 아니었기 때문이다. 오히려 평상시에 심각하게 부서지는 상자가 더 많았다. 냉동식품이 든 스티로폼 상자가 대여섯 '빠레뜨(팰릿)'째 들어온 적이 있었다. 종이 상자는 찌그러지면 끝이지만 스티로폼은 박살이 났다. 어떤 것은 한쪽이 완전히 부서져 나갔다. 그래도 지적을 받은 적이 없었다. 그동안 내가 택배로 받은 물건들은 정말 운이 좋아서 멀쩡하게 도착한 거였다.

작업 중에 포장이 크게 훼손되면 추가로 해야 할 일이 생긴다. 도크 문 옆에는 넓적한 고무판이 쌓여 있다. 이걸 '깔판'이라고 부르는데 일할 때는 항상 깔판 여러 개를 컨테이너 안으로 가지고 들어간다. 포장이 망가진 상품의 경우 이 깔판을 밑에 깔고 물건을 올린다. 분류자는 이런 상품은 바닥에 내려놨다가 여유가 생겼을 때 테이프로 다시 붙여서 역시 깔판에 깔아 보낸다. 그래도 상태가 나아지지 않으면 이후 과정에서 새 상자로 교체하기도 한다. 이런 작업만 전문으로 하는 부서가 별도로 있었다. 그곳에는 산타클로스의 작업장처럼 다양한 포장 도구가 잔뜩 쌓여 있었다.

"이런 것도 깔판을 깔고 보내야 돼."

선배가 슈트케이스를 들어 올리며 말했다.

"옷걸이 거는 부분이 레일에 걸릴 수도 있고 이게 천으로 된 거 다 보니까 끼이기도 하고. 근데 이런 거는 케이스 하나마다 깔판 하나씩 깔아야 돼. 그래서 슈트케이스가 엄청 성가셔. 이런 게 많으면 깔판 까는 게 일이거든. 어떤 거는 이런 케이스가 수백 개씩 들어와요. 그럼 진짜 뒈지는 거야. 깔판 나르는 그것만 해도 힘 다 써."

이번엔 정체불명의 액체가 가득 든 크고 네모난 플라스틱 통을 들어 보이며 말했다.

"또 깔판은 이런 말통 밑에도 깔아야 되고 또 상자는 작은데 아령이나 쇳덩어리 같은 거 들어 있을 때가 있어. 그런 것도 들어보고 안에 쇠가 들어 있는 거 같으면 다 깔판 깔아야 돼."

"그러니까 그런 것들은 포장에 문제가 없어도 깔판 깔라는 거죠?"

"그렇지. 이런 게 왜 까냐 하면 이제 레일이 엄청 길다고. 그냥 길기만 한 게 아니라 높이 올라갔다가 떨어지고 그래. 이제 그런 곳에도 분류하는 사람들이 서 있는데 이런 짐들이 내려가다 떨어질 수 있어서 조심하라고. 하여간 뭐가 됐건 깔판 깔린 건 주의 깊게 살펴보고 조심하라고 까는 거야. 또 깔아줘야 하는 게 기다란 원통에 들은 거. 레일 위에 올려놨는데 가만히 안 있고 흔들거리는 거 그런 것 밑에도 다 깔아야 돼."

비록 소심한 난동을 부리긴 했지만 선배는 친절한 사람이었다. 쉬는 시간에는 나를 데리고 나가 냉커피를 뽑아주며 이런저런 조언을 건넸다. 선배가 담배를 피우는 사이 나는 산에서 불어오는 바람으로 몸을 식혔다. 흡연장은 트럭 세 대가 동시에 주차할 수 있을 만한 크기였는데 사람들로 가득했다. 바닥에는 필터만 남은 꽁초들이 간신히 적의 공세를 막아낸 참호 속의 탄피처럼 뒹굴고 있었다. 주저앉아 담배를 피우는 사람들에게선 무언가 강탈당한 분위기가 역력했다.

더위를 식히려고 자주 나가긴 했지만 편하게 쉴 수 있는 상황은 아니었다. 이곳 흡연장은 인근 모기들 사이에서 혈액 맛집으로 명성이 자자했다. 잠깐 방심하면 수혈이 필요하겠다 싶을 만큼 모기들이 달려들었다. 이곳 모기들은 사람의 손길을 요리조리 잘도 피해 다녔는데 치고 빠지는 타이밍이 기가 막힌 것이 주식 투자하면 떼돈 벌겠다 싶었다. 휴게실도 편히 쉴 수 있는 분위기는 아니었다. 몇 개 안 되는 벤치에 전부 사람들이 드러누워 있었다. 모두 마스크는 안대처럼 눈 위로 끌어 올리고선 코로는 지리산 반달곰이 울부짖는 소리를 내며 잠에 빠져 있었다.

쉬는 시간이면 잠보다 더 중요한 것이 수분 보충이었다. 까대기 이야기를 꺼내게 되면 이 말을 꼭 하고 싶었다. 까대기할 때는 땀을 흘리지 않는다. 그건 땀이 흐르는 게 결코 아니다. 까대기할 때는 몸에서 물이 샌다. 줄줄 샌다. 누수漏水. 이것이 까대기할 때 우리의 피부에서 벌어지는 일을 가장 실제에 가깝게 묘사한 단어다. 수분 손실 측면에서 까대기는 작은 사막을 횡단하는 일과 비슷하다. 이 때문에 컨테이너를 하나 끝낼 때마다 사막에서 조난당한 사람이 우물을 발견한 것처럼 물을 마신다. 그렇게 마셔도 금세 땀으로 배출돼서 화장실을 기껏해야 한두 번 갈까 말까 한다.

부지런히 물을 마시지 않으면 일하다가 탈수 증상으로 쓰러질 수 있었다. 그래서 관리자들이 휴게실에 포도당 알약을 갖춰두고 물 마시기 귀찮으면 이거라도 먹으라고 당부한다. 문제는 이 알약이 혀에 닿는 순간 전기를 킬로와트 단위로 발생시킬 수 있을 만큼의 신맛을 낸다는 데 있다. 여덟 살 때 쇠젓가락을 콘센트에 쑤셔 넣어 본 적이 있는 나로서는 가까이하고 싶지 않은 물건이었다.

쉬는 시간은 희미한 옛사랑의 기억처럼 지나가 버리고 금세 새 작업을 시작한다. 자정이 될 때까지는 작업이 몰아친다. 그러다가 자정이 되면 모든 작업 라인이 일제히 멈춘다. 식사 시간이다. 구내식당은 지하 3층에 있는데 사람이 많아서 서둘지 않으면 12시 15분이 지나서야 식당 안으로 들어갈 수 있다. 길게 늘어선 줄 앞뒤를 오가며 흰색 헬멧의 관리자들이 마스크 똑바로 쓰라며 고함을 질러댔다.

여기서는 남녀노소 할 것 없이 고기 뷔페에서 회식 중인 고등학교 씨름부원들처럼 먹는다. 특히 고기반찬은 음식 높이 쌓기 기네스북에 도

전한다는 느낌으로 퍼담는데 맥락을 자르고 보면 푸드파이터 훈련소라 고 해도 믿을 것 같다. 대개 이렇게 밥을 먹고 나면 후회할 일이 뒤따르기 마련이지만 여기서는 아니다. 퇴근할 때쯤이면 말끔히 소화가 끝나 있다. 사람들이 원하는 만큼 음식을 담지 않을 때는 늦게 도착해서 밥 먹고 쉴 시간이 부족할까 봐 걱정할 때뿐이다. 물론 부작용이 전혀 없는 건 아니다. 위장의 용량을 초과한 식사량 때문인지 환경보호법 위반으로 고발당해도 할 말이 없는 냄새의 가스가 염치없이 계속 터져 나온다. 컨테이너 안에서 이 가스는 오롯이 나와 선배만의 것이 된다.

밥을 먹고 돌아와서는 잠시나마 일이 할 만하다고 느꼈다. 묘하게 자신감도 생겼다. 어쨌거나 몸을 움직이는 데 문제 없다면 기술적인 측면에서 나를 당황하게 할 만한 것은 없었다. 상자는 어떻게 내리고 어떻게 움직여야 하는지 충분히 터득했다. 하지만 작업이 가뿐하게 느껴지는 건 밥 먹고 나서 딱 두 대까지다. 새벽 3시가 지나면 피로와 졸음이 동시에 찾아오고 퇴근 시간까지 버틸 수 있을까 싶은 걱정이 밀려온다.

언제나 마지막 두 대가 가장 힘들다. 특히 마지막 차를 작업할 때는 팔의 근력이 인형 뽑기 크레인 정도로 떨어진다. 손목에 힘이 들어가지 않는데 고맙게도 상자에 손 넣는 구멍이 있으면 거기에 손을 걸고 상체 힘으로 들어 올리지만 없을 때는 팔을 상자 밑으로 집어넣어서 들어 올린다. 밥심도 뚝뚝 떨어진다. 몇 시간 전에 고봉밥을 퍼서 먹었지만, 이때쯤에는 장기를 적출당한 것처럼 배가 홀쭉해져 있다. 몸은 의지와 상관없이 움직이고 어린애처럼 바닥에 주저앉아 투정이라도 부리고 싶은 걸 간신히 참을 수 있을 뿐이다. 근육을 움직이는 힘은 눈치가 50퍼센트 돈 걱정이 50퍼센트다(중간에 그만두는 사람은 일당을 아예 못 받는다는 엄포를 들었다).

무엇보다도 까대기할 때는 종소리가 울리지 않도록 조심해야 한다. 허리가 아니라 무릎으로 물건을 들어 올리라는 조언은 이곳에선 수영할 때 머리를 내밀어 숨을 쉬라는 지시와 동등한 중요성을 지닌다. 그렇게 안 하면 죽는다. 이 당연한 가르침을 경시한 이들은 머지않아 '뚜두둑' 하며 허리가 우렁차게 조종弔鐘을 울리는 소리를 듣게 된다. 그것이 누구를 위하여 울리는 종인지는 묻지 말라. (당신 귀에 들렸다면 분명히) 그 종은 그대를 위하여 울리는 것이니.

하필이면 첫날 마지막 차의 3분의 1 정도가 탄산음료였다. 목재 빠레뜨에 1.5 리터짜리 콜라와 사이다 캔 음료가 성인 키 높이로 쌓여 있었다. 여섯 개짜리 페트병 묶음이나 스물네 개들이 캔 묶음을 들어 올릴 때는 무릎을 완전히 펴고 일어설 수도 없다. 부끄러움을 잊고 똥 누듯이 주저앉다 만 자세로 엉금엉금 기어서 옮겨놓는다. 내가 한 개 옮길 때 선배는 서너 개씩 옮긴다. 그런데 나를 재촉하지도 눈치도 주지 않는다. 이런 광경을 너무나도 많이 봐왔다는 표정이다.

쉴 새 없이 돌아가는 레일이 너무 야속하다. 잠깐만이라도 멈췄으면 하는 마음을 담아 갈망의 눈길을 분류자에게 던져보지만 물론 아무 소용도 없다. 잠깐이라도 레일이 멈추기라도 하면 물에 빠진 사람이 육지로 올라온 것처럼 숨을 토해낸다. 야속한 레일은 금세 다시 돌아간다. 힘들어서 토한다는 게 어떤 건지 알 것 같다. 욕지기가 올라올 정도로 움직이는 와중에 한 가지 깨달음이 마음을 편안하게 해준다. 나는 이 일은 못 한다. 계속하면 나는 죽는다. 까대기는 미련 갖지 말자. 시도했고 버티기는 했지만 내가 할 수 있는 일은 아니다. 고민하고 자시고 할 것도 없다. 내가 이 일을 할 수 없다는 건 너무나도 확실했기 때문에 차라리 홀가분했다.

아침 8시가 되면 까대기 작업이 모두 끝난다. 이때부턴 누가 시키지 않아도 다들 알아서 자기가 일했던 도크 주변을 쓸고 닦는다. 그다음으로는 깔판을 정리한다. 우리가 짐들을 실어 보낸 깔판은 레일을 타고 이동해서 상차반에 도착한다. 거기서 짐을 싣고 빼낸 깔판을 모아서 다시 하차반으로 돌려보내는데 롤테이너 서너 개 분량이다. 롤테이너는 일종의 카트다. 마트에서 쓰는 카트처럼 앞뒤로 긴 형태가 아니라 이건 위아래로 길쭉하다. 사용하지 않을 때는 바닥을 접어 네 면을 병풍처럼 펼칠 수 있어서 공간도 조금밖에 차지하지 않는다. 그래서 공장이나 물류센터에서 많이 사용한다. 그건 그렇고 롤테이너에 잔뜩 실려 온 이 깔판을 각각의 도크로 다시 옮겨야 한다. 롤테이너가 레일 사이를 통과할 수 없으므로 건물 맨 끝에 있는 레일에다가 올려놓는다. 그러면 해당 도크 작업자가 필요한 만큼 챙긴 다음 남은 깔판을 옆 레일로 옮긴다. 그런 식으로 깔판을 옆 레일로 옆 레일로 옮겨놓는다.

깔판 작업을 할 때는 왠지 모르게 신명이 난다. 그날의 마지막 작업이기도 하고 이 작업 자체에 어떤 음악성이 있다. 내 위치에서 기다리면 저 멀리 1번 도크부터 깔판이 물결 타듯 넘어온다. 깔판 하나의 무게가 상당해서 한 번에 열 개 이상 들기 힘든데 그런 깔판을 레일에 던져놓을 때마다 '팡!' '팡!' 소리가 경쾌하게 울려 퍼진다. 이 일은 까대기 일 중에서 유일하게 전체가 참여하는 협동 작업이다. 깔판을 건네고 받으며 쿵쾅대는 소음이 리드미컬하게 이어지는데 노동요라도 한 곡 흥얼거려야 할 만큼 흥겹다. 협동하는 노동의 즐거움이 이런 거구나. 깔판 작업까지 끝나면 휴게실 주변으로 모두가 모인다. 반장이 의자 위에 올라 간단하게 전달 사항을 알려주면 그날 근무가 공식적으로 끝이 난다.

"오늘 본사 직원들이 한 바퀴 돌았어요. 지금 잘못된 거 사진 찍어서 보내왔는데 우리 반은 없는 거 같아요. 절대로 휴게실에서 마스크 벗고 있으면 안 돼요. 제가 보니까 휴게실에 누워 있으면서 마스크를 무슨 안대처럼 눈 위로 끌어 올리고 주무시는 분들 많던데 그거 안 돼요. 절대로 마스크 벗지 마세요. 그리고 분류하시는 분들 컨트롤박스(레일 속도를 조절하는 장치) 위에 물병이나 간식 올려 두는데 그것도 안 돼요. 주머니에 넣거나 아님 그냥 바닥에 내려두세요. 그리고 쉬시다가도 파란 조끼 입은 사람들 보이면 본사 사람들이니까 적당히 눈치껏 행동하세요. 분류하시는 분들 아이스박스는 중소형 레일 태우지 마세요. 중소형은 레일이 지하로 뚝 떨어지는 데가 있어서 박스 깨질 수 있어요. 이거 중요해요. 아이스박스는 중소형 레일 태우지 마세요."

휴게실의 마스크 미착용 문제는 좀 더 길게 이야기할 만한 가치가 있다. 마스크를 안대처럼 쓰지 말라는 지시는 하차반 상차반 할 것 없이 물류센터 전체에 내려졌다. 이는 직원들의 수면에 적지 않은 난관을 초래했다. 안전사고 예방에 목을 매는 곳답게 곳곳에 조명이 무척 환하게 밝혀졌다(정작 컨테이너 안은 어두컴컴했지만). 이 문제를 우리는 마스크의 주름을 쭉 펼쳐 마스크가 아랫입술부터 눈썹 바로 아래까지 덮는 방식으로 해결했다. 실로 놀라운 순발력과 창의력의 증거가 아닐 수 없다.*

퇴근할 때는 탈옥수 못지않은 해방감에 젖어든다. 서늘한 아침 공기가 땀을 식혀주고 한창 예열 중인 아침 햇살은 눈부시다. 작업장을 나서는 사람들의 상의에는 허연 소금기가 맺혀 있다. 보안동을 빠져나오면 사람들의 움직임이 경쟁적으로 빨라진다. 주차장에는 셔틀버스들이 시동을 켜고 기다리고 있다. 수백 명의 사람이 일제히 각자의 버스로 향한다. 옆 사람보다 1초라도 먼저 도착하려는 조급함과 절박함이 짙게 밴 걸음걸이다. 이렇게 말하면 어떨지 모르겠지만, 난자를 향해 돌진하는 정자 떼라고 표현하고 싶어지는 광경이다. 하지만 나는 이런 속도전에 동참할 수가 없다. 첫 근무를 마친 사람은 누구나 마찬가지지만 포경 수술과 치질 수술을 동시에 받은 듯한 걸음걸이로밖에 움직일 수가 없다.

집으로 돌아오니 너무 지쳐서 뭔가 먹고 싶다는 생각도 들지 않고 간신히 샤워만 하고 잠이 들었다. 정신을 차렸을 땐 창밖으로 해가 뉘엿뉘엿 지고 있었다. 그렇게 간신히 하루 일하곤 일주일 내내 앓아누웠다. 정형외과에 가서 허리에 주사를 맞고 물리치료까지 받고 나서야 다시 일하러 갈 엄두라도 낼 수 있었다. 병원 대기실에서는 셔틀버스를 기다

* 나는 지금 이 순간까지도 이 안대 겸 마스크를 잽싸게 개발해 특허 등록을 해두지 않은 것을 후회한다. 내가 그렇게만 해두었다면 코로나 특수를 이용해 전 세계의 택배 물류센터에서 들어오는 '꿀잠 마스크TM'(내가 지은 이름이다)의 로열티로 지금쯤 '모히토에서 몰디브 한잔하면서' 벼락부자의 삶을 즐기고 있었을 터인데. 지금도 자려고 누우면 귓가에 '꿀잠 마스크TM'의 광고 문구가 들려온다. "이것은 안대인가? 마스크인가? 지금까지 이런 마스크는 없었다. 꿈꾸는 데 필요한 마스크, 꿀잠 마스크TM!"

리던 얼굴들을 여럿 볼 수 있었다. 물류센터가 자동화되면 전국의 **정형외과***들이 큰 타격을 입게 되리라고 예상할 수 있는 대목이었다.

첫날 근무가 끝나고 돌아가는 버스 안에서는 막장에 다다랐다는 기분을 떨칠 수가 없었다. '막장'은 본래 탄광에서 석탄층이 드러난 갱도의 끝을 가리키는 단어다. 암벽의 석탄을 떼어내야 하는 막장에서의 작업이 탄광에서도 가장 고된 일인 데다 그 위치도 가장 깊숙한 지점이다. 여기에 사회적인 추락의 맥락까지 더해져서 '갈 데까지 가버렸다'라는 의미로 굳어진 것이다. 까대기의 면면이 탄광의 막장을 떠올리게 한다. 한여름의 컨테이너는 그 자체로 굴이다. 철판은 한낮의 열기를 그대로 머금고 있어 자정이 넘어 문을 열었을 때도 후텁지근한 열기가 가득 차 있다. 내부엔 바람도 빛도 들지 않고 레일 끝에 달린 희미한 전등 빛에 기대 작업한다.

광부**들이 드릴로 암벽을 부수어 석탄이 붙은 돌덩어리들을 레일에 실어 보내듯 우리도 상자로 된 벽을 허물어 돌덩이만큼이나 무거운 짐들을 레일에 실어 보낸다. 짐을 옮길 때마다 탄층 못지않게 먼지가 피어오른다. 그나마 코로나가 물류센터에 미친 한 가지 긍정적인 영향은 일하면서 사람들이 마스크를 쓰기 시작했다는 점이다. 그전까지는 마스크 없이 일했다. 통계청에서 상하차 노동자와 진폐증 사이의 상관관계를 조사해 본다면 놀랄 만한 그래프를 얻게 되리라.

* 일반 의사: 대체확률 0.54 _《기술변화에 따른 일자리 영향 연구》

** 광원 채석원 및 석재 절단원: 대체확률 0.74 _《기술변화에 따른 일자리 영향 연구》

직접 이 일을 해본 사람 말고는 누구도 공감하지 않을 이 무리한 비유를 계속 고집하는 이유는 살기를 품은 듯한 노동강도 때문이다. 까대기 작업의 하루 강도를 대략 계산해 보면 이렇다. 작업이 끝나면 바코드 리더기의 모니터를 통해 해당 컨테이너에서 나온 화물의 개수를 확인할 수 있다. 대개 한 트럭당 1000개가 넘는다. 한 차를 끝내는데 한 시간 반 정도 걸리는데 회사에서는 도크별로 최소 아홉 대는 처리하길 바란다. 실제로는 하루에 열에서 열두 대 정도 작업한다. 우리 집 고양이가 5킬로그램에 약간 못 미치는데 들어 올렸을 때 평범하다고 느껴지는 화물들, '잔바리'처럼 특별히 가벼운 것도 아니고 쌀이나 음료수처럼 특별히 무겁지도 않은 화물을 들었을 때의 무게감이 대략 그 정도다. 화물 하나의 평균 중량을 5킬로그램이라고 하고 계산해 보자.

하루에 평균 열 대 작업하고 한 차에는 짐이 1000개, 평균 중량은 5킬로그램이다. 이걸 두 사람이 작업하면 한 사람당 하루에 운반하는 총 중량은 25톤이다. 전체 화물 중 3분의 1 정도는 옮길 때 몸을 굽혔다 일어서는 동작을 수반하므로 하루 전체에 걸쳐 그런 동작을 반복하는 횟수는 적게 잡아도 1500번이다. 즉, 하루에 25톤과 1500번이다. 한반도에서 하루에 이 정도 신체 활동량을 요구하는 곳은 물류센터를 제외하면 태릉 선수촌뿐이다.

사람들은 흔히 몸으로 하는 일과 머리로 하는 일을 구분하곤 한다. 내가 자신 있게 말할 수 있는 것은 까대기는 몸으로 하는 일이 아니라는 거다. 몸으로 하는 일은 이삿짐을 나르거나 자동차 부품을 조립하는 거다. 까대기는 남은 수명을 팔아서 돈을 버는 일이다. 자신의 육체 안에 품고 있던 생명력을 레몬즙 짜듯이 쥐어짜 내서 그 대가로 먹고사는 일이다. 그렇게밖에는 생각이 들지 않는다.

#3

두 번째 출근부터는 노랭이 신분에서 벗어나 주황색 헬멧을 썼다. 첫날, 다시는 까대기 안 한다며 학을 떼고 돌아가긴 했지만 일주일 정도 쉬고 나니 다시 해볼 수 있을 것 같았다. 이번에도 하차 2반에 배정받았다. 지난번에 함께 일한 사람들은 보이지 않았다. 이번 선배는 20대 후반의 쾌활한 남자였다. 재준 씨는 왜소한 체격이 맨 밑에 깔리는 대형 박스에 온몸을 집어넣을 수 있을 것 같았다. 그는 까대기 노동자의 평균적인 차림을 하고 있었다. 검은색 반소매 티의 목 부위는 목이 아니라 허리를 집어넣어도 들어갈 만큼 늘어나 있었다. 청바지의 무릎이 뜯어져 나간 데에는 패션 스타일 의도가 조금도 담겨 있지 않은 것이 분명해 보였다.

새벽에 까대기를 하는 사람은 둘 중 하나다. 묵언 수행 중이거나 수다쟁이거나.

"본업이 뭐예요?"

재미있게도 여기서는 처음 보는 사람과 한 조가 됐을 때 다들 이렇게 묻는다. 이 일은 진짜 직업이 될 수 없다고 믿는 것처럼. 레일 소음 사이로 긴긴밤 이어갈 대화는 이렇게 시작되곤 했다.

"저는 원래 **주얼리 케이스 만드는 데***서 일했어요. 결혼반지 같은 거 담는 작은 케이스 있잖아요? 겉에 벨벳으로 돼 있는. 그게 자그마해도 만들려면 손이 많이 가요. 빠르기도 해야 되고. 만들어서 백화점이나 뭐 보석상 그런데 들어가는 건데 이 일이 나쁘지 않았는데 코로나 터지고 거리두기 한다고 사람들이 결혼식을 다 미루잖아요? 그러면서 우리도 일감이 팍 줄었어요. 진짜 몇 달을 못 버티고 공장이 문을 닫더라니까요. 마지막엔 월급도 밀리고.

"많이 힘드셨겠어요."

"아녜요. 그래도 노무사 통해서 밀린 돈이랑 퇴직금도 다 받아서 제가 카드빚이 좀 있었는데 그때 그걸로 한 번에 다 갚았어요. 지나고 보니까 잘된 것 같아요. 일 편하게 해요, 형. 저도 여기 일한 지 두 달밖에 안 됐어요. 형은 버스 어디서 타요? 저는 지금 사당 원룸에 사는데 우리 7시 반 시작이잖아요? 근데 저는 5시 반에 타요. 그리고 여기서 아침에 9시에 출발하잖아요? 저는 버스 내리면 10시 반, 11시 이래요. 버스 내려서 집에 도착하면 더 늦어지고. 그러면 그사이에 잠이 다 깨서 집에 들어가면 잠이 안 와요. 그러다 밥 먹으면서 소주 좀 마셔요. 이 일 하고부터는 술을 안 마시면 잠이 안 오더라고요.

형은 얼마나 하실지 모르겠지만 꾸준히 일할 생각 있으면 지금처럼 하지 마시고 어디 한 군데 정해서 거기 고정으로 들어가요. 관리자한테 얘기하면 돼요. 그러면 자기네 단톡방에 넣어줘요. 여기가 어떻게 사

* 기타 비금속 제품 관련 생산직: 대체확률 0.75 _《기술변화에 따른 일자리 영향 연구》

람을 채우냐면 근무 전날 저녁에 먼저 자기네 고정 단톡방에 있는 사람 중에서 확보하고 남은 인원을 형처럼 근무 당일 들어온 사람들로 채우는 거예요. 조금이라도 오래 해볼 생각 있으면 고정이 나아요. 매번 다른 조 다른 사람들이랑 하면 그때그때 거기 분위기 맞춰야 하고 그것도 스트레스잖아요? 그리고 고정이 돼야 나중에 자리 났을 때 분류로 빠질 수 있어요. 여기 분류하는 형들 돈 진짜 많이 벌어요. 분류하는 건 힘들지가 않으니까 매일 나올 수 있잖아요? 그러면 주휴수당도 받고. 저는 일주일에 4일이 제일 많이 나온 거예요. 형들이 하루만 더 나오면 되는데 뭘 그러냐 하는데 아 진짜 5일 연속은 못 하겠어요. 4일만 나와도 죽어요. 죽어."

이야기를 나눠보면 재준 씨처럼 굉장히 젊은 축에 속하는 사람들도 놀랄 만큼 친절하고 사교적이다. 이 일을 오래 해본 사람은 바람도 안 통하는 컨테이너 안에서 열두 시간을 버티려면 초짜와도 좋은 관계를 유지하는 게 이득이라는 것을 안다. 구명정에 의지해 바다를 표류하는 두 사람이 살아남으려면 서로를 잡아먹고 싶어 하지 않아야 하는 것과 같은 이치다.

말수가 적은 사람과 함께 일하면 고달프다. 이런 사람들은 일하는 속도가 엄청 빠르다. 4반에서 만났던 20대 중반의 한 남자는 열두 시간 내내 딱 한마디만 내뱉었다.

"제 페이스 따라오려고 너무 애쓰지 마세요."

이 친구가 일하는 모습은 경탄과 공포를 자아냈다. 이 친구가 짐을 어떤 식으로 내리냐 하면 한 번에 상자를 대여섯 개 들어 올린 다음 그걸 그대로 레일 위에 쏟아버렸다. 그러고는 레일을 따라 걸으면서 송장이 위로 오게 상자를 뒤집는다. 손이 어찌나 빠른지 두세 걸음 걷기 전에 다 끝낸다. 이 친구가 짐을 옮기는 속도는 임종이 가까워진 사람의 머릿속에서 과거의 행복했던 순간들이 주마등처럼 스쳐 지나가는 속도와 비슷했다. 그 속도를 좇아가다간 내가 먼저 임종을 맞을 것 같았다.

이미 로봇의 수준에 다다른 젊은이들 사이에서 내가 작업 속도를 간신히나마 좇아갈 수 있었던 건 '잼' 덕분이었다. 물류센터는 작업의 중반을 넘어서면 변비에 시달린다. 곳곳의 레일이 앞뒤로 꽉꽉 막힌다. 이런 경우를 '잼 걸렸다'라고 한다. 중소형, 대형, 이형 중 하나만 잼이 걸려도 레일 전체가 멈춘다. 다시 돌아가는 데 짧게는 몇 초에서 길게는 5분 이상 걸리기도 한다. 잼은 화물이 증가하는 명절이나 기념일 시즌에 더 높은 빈도로 발생한다. 변비가 심해지면 당사자는 괴롭겠지만 적어도 식도는 일을 좀 쉴 수 있다.

체력이 받쳐주지 못해서 그렇지 일은 금방 는다. 까대기는 처음부터 끝까지 한 가지 동작만 반복하는 일이다. 급속도로 까대기 대가의 풍모를 갖춰가는데 어떤 때는 초자연적 직관이 발동한다. 예를 들어 송장 찾는 게 그렇다. 처음엔 윗면에 송장이 안 보이면 허둥댄다. 송장이 있는 면을 보고도 그냥 지나쳐서 몇 번이고 다시 찾는다. 경험이 한두 주만 쌓여도 다르다. 송장이 안 보이면 상자를 휙 돌려서 바로 찾아낸다. 어떻게 하는지 나도 모르겠다. 그냥 거기 있을 것 같은 느낌이 든다. 주소를 모르는데 가는 길을 알고 있는 장소로 찾아갈 때처럼.

내게는 모든 것이 힘들었지만 20대의 육체에도 버거운 것이 있다. 졸음이다. 야식을 먹고 나서 두 대 정도 끝내고 나면 어째서 잠을 안 재우는 게 가장 혹독한 고문인지 깨닫는다. 나를 업고서도 나보다 빨리 움직일 것 같은 재준 씨도 이때부턴 걷잡을 수 없이 느려졌다. 움직이는 기척이 없어 쳐다보면 상자에 손을 짚은 채 꾸벅꾸벅 졸고 있었다. 레일 소음마저 자장가처럼 들리는 시간은 두 시간 가까이 이어지는데 새벽 5시는 넘어야 정신이 좀 돌아온다. 졸음이 쏟아질 때는 아래위 눈꺼풀이 N극과 S극을 띤 것처럼 달라붙는다. 눈을 뜨는 데도 근육이 필요하다는 사실을 새삼스레 깨닫는다.

잠 얘기가 나와서 말인데 물류센터에서 불면증 클리닉을 병행해도 좋을 것 같다. 평상시의 잠, 11시 반쯤 불을 끄고 누워서 핸드폰 알람을 맞추고 편한 자세를 찾아 몸을 뒤척이다가 내일 뭐 입을지 고민하다가 12시가 넘어야 의식이 스러지는 잠이 일정한 격식과 절차를 갖춘 협상이라면, 까대기를 끝낸 후의 잠은 습격이자 납치다. 샤워를 끝내고 소파에 앉아 습관적으로 TV 채널을 돌리는데 갑자기 무의식의 검은 주머니가 머리 위로 뒤집어씌워지고 정신을 차려보면 한나절이 지나 있다.

하지만 모두가 나처럼 쉽게 잠이 드는 건 아니었다. 이곳에서 잠은 많은 이들에게 골칫거리였다. 사오십 대 중에는 집으로 돌아가는 중에 잠이 다 깨버려서 오히려 집에 있는 내내 깨어 있는 경우도 적지 않았다. 다음은 중년의 선배들이 나눴던 대화다.

"일 끝나면 잠자는 게 숙제야, 숙제. 가면 바로 자야 하는데 날은 환하지 또 버스에서 조금 잤더니 잠이 더 안 와. 그렇다고 버스에서 깨어 있으려고 해봤자 소용도 없고."

"그니까 나도 평일엔 자는 둥 마는 둥 하다가 주말에 진짜 밀린 숙제 하듯이 몰아서 자. 월요일 일하러 나오려면 시차 적응해야 돼."

잠에서 깨어 가장 먼저 확인하는 것은 입금 알림 문자다. 일당은 언제나 작업이 끝난 날 오후 5시에 입금됐다. 우리는 그해 최저 시급 8590원을 받았는데 야간수당이랑 오전 5시 반 이후부터는 연장수당을 추가해서 일당이 16만 3210원이었다. 여기서 세금이랑 업체 수수료를 떼고 14만 5000원이 입금됐다. 거기다 나는 받아본 적이 없지만, 일주일에 5일 일하면 만근수당 6만 7000원이 추가로 지급됐다. 일 끝날 때는 "이 일은 더는 못 해. 이건 사람이 할 수 있는 일이 아니야" 하다가도 자고 나서 이 입금 내역을 확인하면 마음이 바뀐다. 문자에 찍힌 금액을 확인하면 까대기는 내 일이 아니라는 생각도 희미해진다. 그러면 편의점 도시락을 저녁으로 챙겨 먹고 다시 일하러 나간다.

물질적 보상을 받는 것이 이때라면 영적인 보상을 받을 때는 작업장을 나설 때다. 열두 시간 동안 굴속에 갇혀서 내장이 빠져나올 것처럼 짐을 나르다가 마침내 철문을 열고 물류센터 밖으로 나서면 비로소 태양을 가로막는 어떠한 구조물도 없는 위치에 서게 된다. 문을 여는 순간 눈앞에서 카메라 플래시 수십 개가 터지는 느낌이다. 그런데 이 플래시가 그냥 '펑' 하고 끝나는 게 아니라 슬로모션으로 '퍼어어어어엉' 하며 계속해서 이어진다. 이때는 공기에도 맛이 있다는 걸 느낄 수 있었다. 밖으로 나와서 들이마시는 공기는 달콤하고 청량하다. 상한 우유를 입에 머금고 있다가 내뱉고 맑은 생수를 들이켜는 느낌이다.

대한민국 최고의 일출 명소를 고르라면 나는 조금의 망설임도 없이 택배 물류센터를 꼽겠다. **화가***들에게 까대기 새벽 근무를 권하고 싶다. 새벽 근무 마치고 접하는 아침 햇살은 일종의 개안開眼의 경험이다. 아침 햇살이라는 것을 난생처음 본 것 같다. 이때의 햇살은 내리쬐지도 쏟아지지도 않는다. 폭발한다. 비타민D와 꿀을 섞어 만든 조명탄을 바로 눈앞에서 터트리는 것 같다. 살아 있음의 충만함을 피부 깊숙이까지 전해주는 빛이다. 작업장 내부의 빛이 밥 달라고 우는 새끼 고양이의 울음소리라면 이때 아침 햇살은 경쟁자를 물리치고 누가 대장인지를 확인시켜 주는 우두머리 사자의 호령이다.

대부분의 사람에게 아침은 새벽 배송 상품 같은 것이다. 자고 일어나면 문밖에 놓여 있는 무언가 말이다. 우리에게 아침은 강렬하게 찾고 원해서 도달하는 목적지였다. 아침은 일부러 찾고 원했을 때만 희열을 안겨준다. 진정으로 인간을 잠에서 깨어나게 하는 아침은 그런 아침이다. 여기서 아침을 맞이하면 어째서 고대인들이 태양을 신으로 숭배했는지 이해하게 되리라. 한반도에서 우리만큼 아침 햇살의 아름다움을 이해하는 존재는 국립공원의 야생동물들뿐이었다.

#4

사람들이 이 일에서 못 벗어나는 이유 중의 하나는 일하는 날을 마음

* 화가 및 조각가: 대체확률 0.66 _《기술변화에 따른 일자리 영향 연구》

대로 정할 수 있어서다. 거기에는 단순히 출퇴근이 자유롭다는 것 이상의 심리적 이점이 있다. 까대기를 하는 동안엔 어떤 경계에 남아 있을 수 있다. 여기서는 일자리가 있으면서도 일반적인 직장이 요구하는 업무나 인간관계에서 오는 부담감도 시간에 얽매임도 없다. 힘들게 일해서 돈 버는 건 똑같지만 직장에 다닌다는 기분이 들지 않는다. 매일 같은 일터로 출근하면서도 꼴 보기 싫은 사람은 얼마든지 피할 수 있고 일하기 싫으면 아무런 눈치 안 보고 쉴 수 있다. 어제 왜 안 나왔냐, 오늘 나올 거냐, 눈치 주는 사람이 아무도 없다.

일당이 센 일용직으로 일하면 일정한 수입은 있으면서 마음만은 일이 없는 사람처럼 홀가분하게 살 수 있다. 많은 사람이 그런 맛에 일용직에 계속 남는다. 결혼에 비유해서 말해보자면 반려견을 키우는 정도의 부담만으로 결혼 생활이 주는 만족감을 얻을 수 있다. 일주일에 이틀씩만 일해도 월 120 정도는 벌 수 있다. 식비랑 월세 말고는 크게 지출할 일이 없는 사람에게는 그냥 한 달 살기 딱 맞는 돈이다.

물류센터에서 이것만큼이나 흔하게 발견할 수 있는 심리적 풍경은 20대 젊은이들의 테스토스테론 내뿜는 자신감이다. 20대 중에서도 경력이 아직 몇 개월 되지 않은 사람들이 그렇다. 나는 천하무적이다, 내가 이 세상에서 해내지 못할 일은 아무것도 없다고 외치는 자신감을 말투에서 표정에서 몸동작에서 드러내지 않는 순간이 없다. 까대기 작업 열두 시간을 온전하게 끝마친 사람은 자기 자신이 헤라클레스나 드웨인 존슨의 동급이라고 확신하게 된다.

이 자신감은 경력이 짧을수록 더 강렬해진다. 일한 지 한두 달 된 사람들은 작업 내내 일정 수준 이상의 흥분 상태에 있는데 거의 조증 수준이다. 이런 사람들은 작업장에서는 말할 것도 없고 식당에서 천하무적의 트림을 내뱉고 흡연장에서 천하무적의 연기를 내뿜고 화장실에서는 천하무적의 오줌을 싼다. 열두 시간 동안 옆에 붙어서 일하려다 보면 상당히 성가시다. 이들의 심리 상태를 정상 수준으로 가라앉히려면 하루종일 **라디오헤드***를 듣게 하고 식단을 맹물과 찐고구마로만 엄격하게 제한해야 할 것 같다.

반면 경력이 일이 년이 넘어가는 사람들은, 물론 자신감이 충만하지만 이때는 배경으로 물러서고 은연중에 문득문득 자신감을 비칠 뿐이다. 까대기가 힘들다는 건 이견의 여지가 없지만 어떤 의미에서는 자신들이 쉬운 결정을 내렸고 조심스레 귀환을 타진하는 '본업'의 세계가 결코 물류센터보다 호락호락하지 않다는 걸 그들도 조금씩 깨달아갔다.

돌아가야 할 (일터로서의) 본업이 없는 나는 비교적 여유로웠다. 밤새 상자를 나르고 이틀 정도 앓아누웠다가 다시 일하러 가는 날들이 이어졌다. 까대기를 오래 하면 체력이 늘 거라고 생각했는데 전혀 그렇지 않았다. 매번 그저 간신히 버틸 뿐이었다. 까대기하면서 느는 건 체력이 아니라 혼자서 등에 파스 붙이는 재주뿐이다. 내가 왼쪽 승모근 아래 부위에 한 점 주름 없이 파스를 붙일 때 취했던 자세는 장담컨대 현존하는 포유류 중 단 세 종류, 요가 마스터, 국가대표 체조 선수, 마지막으로 보

* 음악가(Musicians): 대체확률 0.074 _〈고용의 미래〉
—대체확률은 낮으나… 〈예술인 연수입 41.3%가 '0원'… 10명 중 8명 월 100만 원도 못 벌어〉 '문체부, 2021년 예술인 실태조사(2020년 기준) 결과 발표', 《뉴스핌》, 2021. 12. 31.

르네오의 밀림 속을 긴 팔을 이용해 휼쩍휼쩍 날아다니는 오랑우탄만이 가능한 자세였다.

고정 자리는 끝내 얻지 못했다. 하차 2반과 4반에 몇 번 말했는데 그때마다 이름과 전화번호를 남겨두면 연락을 주겠다고 했지만 그걸로 끝이었다. 고정이 아닐 때는 내 의도대로 일할 수 없을 때도 자주 생긴다. 하루는 집을 나서기 직전에 인력업체에서 전화가 왔다. 업체에서 인원 계산을 잘못해서 필요한 수보다 신청을 더 받았다는 것이다. 나 같은 뜨내기들이 전혀 필요하지 않은 건 아니었지만 어찌 됐건 나까지는 차례가 오지 않았다. 고정이 아니면 원치 않는 일을 해야 할 수도 있다. 한 번은 평소처럼 주황색 헬멧을 쓰고 대기 장소에 앉아 있는데 관리자가 다가왔다.

"혹시 배치받으셨어요?"

"아니요."

"그럼 되돌아가셔서 파란색 하이바로 바꿔쓰고 오세요."

파란색은 상차반이다. 상차와 하차의 가장 극적인 차이는 바로 속도다. 상차 작업은 하차처럼 속도에 대한 강박이 덜하다. 그런 차이가 극명하게 드러나는 부분이 레일이다. 여기는 레일이 안 돌아간다. 레일이 분류자 위치까지만 물건을 실어 나르고 짐을 쌓는 쪽으로는 사람 힘으로 밀어서 보내야 한다. 이유가 첫눈에 들어온다. 아무리 손이 빠른 사람일지라도 짐 쌓는 속도를 레일의 가장 느린 속도에도 맞출 수 없기 때문이다.

선배는 베테랑 분위기를 물씬 풍기는 40대 후반의 남성이었다. 그는 차에 짐을 실을 때는 두 가지만 명심하면 된다고 알려줬다.

"첫째, 무거운 짐은 밑에 가벼운 짐은 위에!"

"둘째, 상자의 앞줄이랑 수평을 맞춰!"

여기서 앞줄이란 짐을 쌓는 사람과 마주 보는 상자의 면을 가리킨다. 컨테이너 안쪽에서부터 한줄 한줄 쌓아 나오는 일이기 때문에 앞줄에 맞추는 건 어려울 게 없었다. 문제는 그 외의 모든 것들이다. 상자는 목적지를 분류해서 오지 무게나 부피를 분류해서 도착하지 않는다. 레일 위에 올려진 짐은 크기나 중량 폭이 다 제각각이다. 속도에 집착하지 않는 건 좋은데 막상 해보면 상차는 너무나 성가시다. 건물을 해체하는 것보다 짓는 게 훨씬 힘든 것과 같다. 하차할 때는 손에 잡히는 대로 레일에 던져놓기만 하면 된다. 조심할 필요도 없고 화물이 부서지지 않을까 걱정할 필요도 없다.

직접 상차를 해보니 하차반에서 욕하며 작업했던 차들을 이해할 수 있었다. 상차는 짐을 쌓는 것만으로는 부족하다. 매 순간 적재를 '설계'해야 한다. 가장 밑바닥에 쌓을 짐으로 손바닥만 한 상자를 쓸 수는 없다. 그런데 당장 앞에 놓은 짐 중에 적당한 크기의 상자가 있을 거라는 보장이 없다. 그러면 레일을 따라 걸으면서 적당할 걸 찾아내야 한다. 적당한 게 없으면 최대한 근사치에 가까운 걸 고르는데 그러다 보면 상자들 높이가 제각각이 된다. 반대로 높은 위치에 짐을 올려야 하는데 커다란 상자뿐이면 구석에 모아뒀다가 나중에 사용한다. 맨 밑바닥에 쌓기 좋은 큰 상자는 테트리스로 치면 길쭉한 네 칸짜리 블록이다. 상차는 짐을 쌓는다기보다는 오만가지 크기의 화물로 벽을 조립하는 일에 가깝다. 그리고 언제나 불완전하다. 이상적인 형태의 테트리스를 결코 할 수 없다.

상차 작업에 익숙해지면 고구려인 못지않은 축성의 대가가 될 것 같았다. 선배는 감탄스러울 만큼 잘 쌓았다. 내가 쌓은 쪽은 높이도 제각각이고 빈틈도 많았다. 선배가 쌓은 쪽이 대한치과협회 홍보 모델의 치열을 떠올리게 한다면 내 쪽은 '마이쮸'를 삼촌보다 사랑하며 동시에 치약을 '하얀 똥'이라고 부르는 내 다섯 살짜리 조카의 치아 상태를 재현한 것 같았다. 쌓여 있는 상태의 위태로움이 잠시 후 '젠가!'를 외쳐야 할 것 같은 분위기였다.

내 손으로 짐을 쌓다 보니 하차반에서 욕했던 차들은 정말 깔끔했다는 걸 알게 됐다. 둘 다 해본 사람은 대부분 하차를 선호한다. 내게도 하차가 편했다. 나는 일을 할 때는, 적어도 까대기를 할 때는 아무 생각 없이 일하고 싶다. 그냥 아무 생각 없이 짐만 나르는 거다. 상차는 그럴 수가 없다. 물론 고도의 지적 능력을 요구한다고 할 수는 없지만 매 순간 고민해야 한다. 해놓고 나서도 공든 탑이 무너지지 않을까 불안하다.

육체적으로도 하차보다 수월하지 않다. 하차 작업은 위에 있는 짐을 내려놓는 동작이 많지만 상차는 아래 있는 짐을 들어올려야 하는 동작이 많다. 무엇보다도 상차가 가장 곤욕인 점은 더디다는 데 있다. 하차할 때는 속도가 워낙 빠르다 보니 작업이 점점 끝으로 가까워지는 걸 확인하는 재미로 일한다. 벌써 이만큼 했구나, 또 이만큼 했구나, 이제 얼마큼 더하면 끝나겠다고 하면서. 하지만 상차할 때는 매번 제자리다. 정말 시간이 멈춘 것 같다. 상차의 유일한 장점은 조용히 이야기하기 좋다는 거다.

“형님은 일하신 지 얼마나 되셨어요?”

“나도 얼마 안 됐어. 1년 조금 더 됐어.”

“형님은 여기 고정이신 거예요?”

“그렇지. 내 나이 돼서 젊은 애들처럼 여기 갔다 저기 갔다 어떻게 해? 왜 고정 생각 있어?”

“예, 하차반에서 고정하고 싶다고 했거든요. 근데 연락해 준다고 하고선 아무 말이 없어요. 요즘 고정 잘 안 뽑아요?”

“요즘에는 사람 잘 안 뽑아. 코로나 터지고 이런 데로 사람들이 많이 몰려서 여기가 요즘 일할 사람이 많거든. 이럴 때도 잘 안 뽑고 또 겨울에도 잘 안 뽑아. 겨울에도 사람이 많이 몰려. 여름엔 너무 더워서 잘 안 온다고.”

“저는 나이 때문인가 했거든요. 저도 이제 마흔이라.”

“나이는 상관없어. 나도 올해 마흔아홉인데. 대신 사람 인상을 좀 보긴 하겠지. 내 말 기분 나빠하지 말고 들어. 자네가 좀 말라 보이잖아? 그래서 그냥 처음 봤을 때 이런 일 꾸준히 할 수 있을까 하는 생각이 들었어. 근데 정확한 이유야 그 사람들밖에 모르지. 여기서 계속 일할 생각 있어?”

“얼마나 일할지는 모르겠지만 그래도 있는 동안엔 한곳에 쭉 있는 게 좋죠.”

“아니야. 하루라도 젊을 때 딴 일 찾아. 내가 자네 왜 여기 일하고 싶어 하는지 맞혀볼까?”

"보여요?"

"일당 때문에 그러지? 늦지도 않고 빼먹지도 않고 바로 다음 날 딱딱 꽂아주니까. 그것도 일부러 그러는지 딱 일하러 나가기 전에 받으니까 그 맛에 힘들어도 나오는 거잖아? 안 그래? 일당이 한 10만 원만 넘어가도 중독이 돼. 농담 아냐. 그거에 맛 들이면 다른 일 찾을 생각이 안 들어. 여기 다 그래. 나도 그렇고. 일당 15만 원 받으면 돈 많이 번 것 같지만, 아니야. 그거 계산해 봤어? 그거 다 최저임금이야. 최저임금에서 10원도 더 준 것 없어. 여기에 야간수당이랑 연장수당이라 붙으니까 좀 커 보이는 거지. 우리가 하루에 열두 시간 일해. 오래 일을 해서 돈이 많은 거야. 여기가 임금이 후하고 그런 게 절대 아니야."

"듣고 보니 그렇네요."

"일당은 힘이 없는 돈이야. 훅 불면 고꾸라질 돈이라고. 얘네가 돈 안 밀리고 주니까 이런 거는 깔끔한 거 같지? 절대 안 그래. 얘네들이 얼마나 치사하게 군다고. 일하다가 열두 달째가 되면 나오지 말라 그래."

"왜요?"

"딱 열한 달 채우면 업체에서 그만 나오라고 해. 일을 안 줘. 1년 일하면 퇴직금 줘야 하거든. 나한테도 그랬어. 한 20일 쉬다 오시라고. 여기 업체들 다 그래."

"관리자들이 뭐라고 하는 거예요?"

"아니, 업체에서 전화가 와. 내가 일을 하려고 해도 안 잡아줘. 그리고 자기들도 알아 자기들이 퇴직금 때문이라고 까놓고 얘기해."

"그러는 걸 본사에서 알아요?"

그는 정말 한심하다는 듯 나를 쳐다봤다.

"알기야 다 알지. 왜 몰라 지들이. 그치만 그게 무슨 소용이야. 어디 뉴스라도 나오면 본사는 자기들은 모르는 일이라고 그럴 거고 업체는 아니라고 잡아뗄 거고 괜히 신고한 놈만 바보 되는 거지. 여기 일하는 사람 중에 그렇게까지 할 수 있는 사람이 어딨어? 그냥 알았다고 하는 거지. 그러니까 이 일당 받는 거에 너무 익숙해지면 안 돼. 하루에 15만 원 버니까 든든한 거 같지? 일당 받는 거로는 안정적으로 생계가 안 돼. 일당은 힘이 없는 돈이야. 훅하면 날아가 버린다고. 월급이 돼야 힘이 되지."

#5

이제부터는 공식적인 까대기 분류학을 펼쳐볼까 한다. 주목을 요하는 차들은 크게 세 가지로 구분한다. 꿀차, 똥차, 폭탄차.

'꿀차'는 가벼운 짐만 가득 찬 차다. "이거 완전 때땡큐죠!" 하고 외치게 만드는 차. 주로 의류 쇼핑몰에서 보내는 상자들이 그렇다. 상자는 큼지막한데 안에는 청바지나 티셔츠나 원피스, 신발 정도여서 한 손으로도 들어 올릴 만큼 가뿐하다. 가벼운데 부피까지 크면 더더욱 좋다. 한번은 짐볼만 가득 찬 차가 온 적이 있었는데 30분도 안 돼서 끝냈다. 한 종류의 짐만 들어 있는 차도 꿀차로 분류된다. 전체가 똑같은 크기의 상자뿐이면 짐을 꺼내기도 쉽고 옮기기도 쉽다. 작업에 열중하면 각각의 동작이 착착착 안무처럼 이어진다.

이런 꿀차는 명절에 자주 나타난다. 업체에서 대량으로 명절 선물 세트를 발송하는 경우다. 사과 상자, 배 상자, 홍삼 세트, 갈비 세트, 한우 세트 등등. 한번은 다이슨 진공청소기가 컨테이너 가득 나와서 다들 이 회사가 어딘지 궁금해했다. 꿀차 중에서도 가장 달콤한 차는 '반차'다. 대부분은 컨테이너 바닥부터 천장까지 짐이 미어터질 만큼 채워져 있다. 아주 드물게 짐을 절반 정도 채운 차가 걸릴 때가 있다.

'반차'는 컨테이너 문을 열자마자 전체 짐이 쌓인 정도가 한눈에 들어오고 무엇보다 저 끝에 맞은편 컨테이너 벽이 바로 보인다. 원래대로라면 상자들이 머리 높이 위로 꽉꽉 채워져서 이 벽은 짐이 대부분 빠져나가야 비로소 보인다. 짐 내리다가 가장 기쁠 때가 이 벽이 보일 때다. 노아에게 나뭇가지를 물고 온 비둘기처럼 이 맞은편 벽이 보인다는 것은 박스의 대홍수가 거의 다 끝나간다는 신호였다. 반차는 처음부터 이 벽을 보면서 시작하는 것이니 얼마나 홀가분하겠나? 다만 이런 차를 만날 확률은 로또와 산삼 사이 어딘가에 위치하는데, 북한산을 오르다 엘프와 마주칠 확률이라고 해두면 이해하기 쉬울 것 같다.

'똥차'는 작업하기 어려운 짐으로 가득한 차인데 이게 꼭 무거운 짐을 얘기하는 건 아니다. 사람들이 '잔바리'라고 뭉뚱그려 부르는 짐들이 있다. 주먹만 한 크기의 상자나 비닐 재질의 서류봉투 형태의 짐이 여기에 속한다. 후자는 '파우치'라고도 부른다. 잔바리가 많은 차는 무거운 짐만 가득한 차만큼이나 기피 대상이다. 왜냐하면, 크기가 작건 크건 하나하나 들어서 레일 위에 올려놓아야 하는 건 마찬가지이기 때문이다. 송장 때문에 뭉텅이로 던져 놓을 수도 없다. 잔바리가 많으면 몸을 굽혔다 일어서야 하는 횟수도 늘어나고 작업에 속도도 안 붙는다.

일할 때 그나마 재미를 느끼는 부분이 짐이 빠져나가는 정도를 확인해 보는 거다. 뒤를 돌아보고 '아, 이만큼 했구나. 이제 이만큼 더 하면 되겠구나' 하며 버틴다. 무거운 짐은 대체로 부피도 커서 짐이 뭉텅뭉텅 빠져나가는 게 보인다. 잔바리는 하염없이 숙였다 일어서도 제자리다. 짐이 줄어든다는 느낌, 일이 끝나가는 느낌이 들지 않는다. 원래 단조로운 일이지만 그런 느낌마저 들지 않으면 훨씬 더 지루해진다. 무거운 짐은 육체적으로 지치지만 잔바리는 정신적으로 지친다.

똥차의 하위 항목 중에는 '쓰레기차'가 있다. 쓰레기차는 손바닥만 한 파우치부터 말통, 'L' 자형 상자, 가구, 자전거, 기타 등등 온갖 무게와 형태의 짐들이 섞인 차다. 이런 차들이 왜 힘드냐 하면 짐의 크기와 포장 형태가 달라질 때마다 자세도 달라지기 때문이다. 까대기는 극단적일 만큼 동일한 동작을 반복하는 일이다. 자세가 자주 바뀌면 피로도 증가한다. 쓰레기차는 짐의 형태도 제각각이라서 쌓여 있는 상태도 불안정하다. 하나만 잡아 빼려고 해도 주변의 짐까지 우르르 쏟아져 버린다. 엉성하게 쌓아 올린 상자들 사이로 파우치들이 꽉꽉 끼워져 있어 조금만 건드려도 작은 상자들이 머리로 떨어진다. 그럴 때는 "머리 조심해요!"를 외치느라 정신이 없다.

한번은 무슨 생각으로 상차를 했는지 맨 꼭대기에 20킬로그램짜리 사과 상자가 올라가 있었다. 그런 걸 보면 누군가 하차하는 놈들 한번 엿 먹어보라고 악의를 품었다고밖에는 생각되지 않는다. 꿀차와 똥차의 차이는 일반적인 달리기와 장애물 달리기의 차이와 비슷하다. 그냥 달리기는 처음부터 끝까지 같은 리듬으로 쭉 나가면 된다. 하지만 오만 가지 짐들이 섞여 있으면 처음엔 평지였다가 조금 있다 자갈밭이 나오고 그다음엔 허들이 나오는 식이다. 그때마다 동작이 달라지고 들어가는 힘이 달라진다.

마지막은 '폭탄차'다. 폭탄차는 사람들이 꺼리는 짐들이 가득한 차다. 일반적으로 폭탄으로 분류되는 화물은 세 종류다. 책, 농산물, 액체. 폭탄차는 계절별로 나타나는 특징이 있다. 쌀이나 과일은 가을, 절인 배추와 소금 등 김장 재료는 초겨울, 음료수와 세제는 여름에 쏟아진다. 특히 김장철이 까대기 노동자에게 불러일으키는 두려움은 별도로 언급해 둘 만하다. 택배 상하차의 관점에서 절인 배추는 유산균과 식이섬유가 풍부하게 함유된 쇳덩이라고 할 수 있다.

하지만 폭탄 중에서 액체류의 파괴력에 버금가는 것은 없다. 베테랑도 음료수 트럭 앞에서는 몸을 사린다. 한번은 경력이 1년 이상 된 40대 후반의 선배와 한 조가 된 적이 있다. 음료수가 빠레뜨째로 들어가 있는 차가 도착했는데 캔, 작은 페트병, 큰 페트병 순으로 쌓여 있었다. 선배가 그걸 보더니 한숨부터 쉬었다.

"아, 작은 건 그래도 할 만한데 이거 보니까 안으로 들어가면 2리터짜리 페트병도 나올 것 같은데, 그거는 빠레뜨째 까면 진짜 죽는데. 아, 나 진짜!"

사람들은 'LG생활건강'이라고 하면 이를 갈았다. 여기서 거래하는 물류업체 중 하나가 이곳이었던 것 같다. 보통 폭탄차도 전부 한 가지로만 꽉 채워져 있지는 않다. 쌀이나 책이 절반에서 3분의 2 정도고 나머지는 평범한 짐들이 들어 있는데, LG에서 보내는 화물은 처음부터 끝까지 액체 세제로만 가득 차 있었다. 다른 차는 설령 폭탄차라고 해도 나중에는 좀 가벼운 짐이 나오겠지 하는 희망을 품을 수 있지만, LG 차는 그런 일말의 기대감조차 품어볼 수 없다.

여름에 빈도가 더 높을 뿐이지 음료수 차는 계절에 상관없이 꾸준하게 나왔다. 하루에 최소 한 번은 음료수 차가 걸렸다. 컨테이너 문을 연다. 캔과 페트병이 빼레뜨째 쌓여 있다. 맨 앞부터 끝까지 음료수만 꽉 차 있는 것처럼 보인다. 음료수 차라는 걸 확인하고 처음 드는 생각은 '힘들겠다'거나 '걱정된다'가 아니라 '비인간적'이라는 생각이다. 이걸 다 사람의 힘으로 옮기는 건 비인간적인 처사다. 음료수 차는 힘들다가 아니라 물리적인 위협으로 다가온다. 무섭다. 실제로 이 작업의 결과는 허리와 무릎에 멍이 남지 않는 자해를 가하는 것과 마찬가지다.

실제 폭탄처리반은 어떻게 일하는지 모르겠지만 우리가 이런 폭탄차를 처리할 때는 체념으로 작업한다. 체념하지 않으면 일하는 순간순간이 희망 고문이다. '이것만 빼고 나면 뒤에서 다른 짐이 나오지 않을까?' '이것만 빼고 나면 좀 가벼운 상자가 나오지 않을까?' 그런 생각이 이어지면 매 순간 희망이 박살 나는 걸 지켜봐야 한다.

그러거나 말거나 레일은 쌓여 있는 짐이 빈 상자라도 되는 것처럼 쌩쌩 돌아간다. 나는 음료수 차를 작업하면서 이곳 사람들이 짐을 집어 던지는 진짜 이유를 이해했다. 힘들어서 화가 난다. 너무너무 화가 난다. 그래서 집어 던진다.

음료수 차를 작업하는 것보다 더 힘들 때는 음료수 차를 연달아서 작업할 때다. 눈물이 쏟아질 것 같은 심정인데 한 방울도 나오지 않는다. 이 상황이 충분히 비극적이지 않아서가 아니다. 앞서 음료수 차를 작업하는 동안 체내의 수분이 몽땅 땀으로 배출됐기 때문이다.

나는 까대기를 하면서 노예라는 개념을 이해할 수 있었다. 지식으로서가 아니라 신체에 와 닿는 감각으로서 말이다. 노예라는 단어가 불러일으킬 오해를 피하기 위해 덧붙이자면 근무 중에 구타나 폭언은 없었다. 관리자들은 적당히 냉정했고 적당히 부드러웠다. 하지만 폭탄차를 끝내기 위해선 나 자신을 부정해야 했다. 누구나 육체를 가진 존재로서 버틸 수 있는 물리적 한계라는 게 있다. 하지만 이곳에선 매일같이 견고하지 못한 그 육체가 감당할 수 있는 이상을 요구받는다. 일을 마치려면 자신을 보호하려는 가장 기초적인 요구를 무시해야 한다. 우리가 들어야 할 짐의 무게, 양, 작업 속도 어디에도 인간이 어디까지 버틸 수 있는가에 대한 고려가 전혀 없었다.

까대기는 직설적이다. 보통이라면 결혼하고 첫애 태어날 때쯤 간신히 고백할 만한 비밀을 소개팅 자리에서 질러버린다. 다른 평범한 일들이 에둘러 암시하고 마는 것, 육아휴가니, 산업안전보호법이니 하는 것들로 어설프게 감춘 것을 까대기는 노골적으로 까발린다. 너는 도구다. 회사가 필요한 결과를 만드는 데 필요한 망치나 드라이버 같은 거다. 그것들보다 다루기 어렵고 망가지지 않게 조심해야 하지만 그럼에도 본질은 도구다. 이 일이 우리의 존재에 일깨우는 감각이 그것이다.

#6

사람들이 피하고 싶어 하는 짐만 있는 게 아니다. 피하고 싶어 하는 도크도 있다. 여기에도 그럴 만한 이유가 있다. 하루는 하차 3반에 배정받았다. 3반에서 내 사수는 마흔일곱 살의 키가 작고 단단해 보이는 남자였다. 분류자는 20대 후반 정도로 보였는데 직원이었다. 내가 배정받은 32번 도크는 바로 옆에 아주 넓은 빈 공간이 있었다.

"일 좀 해봤어요? 오늘 각오 좀 해야 할 거예요. 여기는 힘든 자리예요. 여기는 레일이 안 서요. 가끔 서고 하면 숨 좀 돌릴 수 있는데. 보면 알겠지만, 레일이 서면 옆의 공간이 넓어서 그냥 다 바닥에 내려요."

야식 먹기 전까진 간단한 옷 상자가 대부분이었다. 이 사람도 여기 사람들이 작업 시작할 때 항상 내뱉는 말을 잊지 않았다.

"첫차는 일찍 빼야 돼요."

"예. (압니다. 알아요.)"

"난 여기 온 지는 한 석 달 됐어요."

"그럼 상차 하차 다 하셨어요?"

"아니. 상차는 안 했어요."

"그럼 3반 계시는 동안 쭉 이 자리에서 일하신 거예요?"

"아니에요. 이 자리 있은 지는 한 3주 됐어요. 여기 조장이 네 명 있는데 그 사람들이 한 달씩 돌아가면서 인원 배정을 하거든요. 그래서 이번 달은 계속 여기서 하고 있어요. 여기서 나랑 재랑 그리고 아우님처럼 그때그때 새로 오는 사람이랑 그런 식으로 돌아가요. 분류하는 애는 여기 직원이에요.

이 자리가 왜 힘드냐면 옆에 빈 공간이 있는 것도 있지만 이 자리가 지랄 같은 게 반장 자리 바로 옆자리예요. 그니까 반장 눈치가 보여서 쉬엄쉬엄할 수가 없는 자리예요. 관리자들이 별 얘기 안 하는 것도 여기 사람들이 다 알아서 잘하니까 그런 거지 일 잘 못하는 애 걸리면 바로 뭐라고 해요."

작업은 짐 종류도 중요하지만 마음에 맞는 사람이랑 한 조가 되면 일하기가 좀 수월하다. 여기서 마음이 맞는다는 건 엄격한 직업윤리를 가진 사람이 아니라는 거다.

"일 잘하시네…. 근데 우리가 짐 빼는 속도가 좀 빠른데…. 이러면 또 열 대 이상하겠는데…."

"어제는 몇 대 하셨어요?"

"어제는 열두 대 했어요. 오늘은 딱 열 대만 하고 싶은데 이 속도면 열한 대 아니 열두 대까지 하겠는데…."

직원들이 인정하는 새벽 근무의 손익분기점은 하루 열 대였다. 그것보다 많이 하면 일당보다 더 많이 일한 거로 받아들인다. 덕분에 서둘러야 한다는 마음 없이 편하게 했다. 새벽 3시쯤 마대 차가 들어왔다. 작은 짐을 가득 담은 커다란 마대 자루로 가득 찬 차였다. 마대 하나는 빈백 소파보다 더 컸다. 마대 부피가 워낙 크다 보니 금방 끝낼 수 있는 꿀차였다.

"마대 올릴 때는 조심해야 할 게 뭐냐면 이제 상자는 한 번 쓰고 버리지만 마대는 계속 쓰잖아요? 그래서 송장 스티커 예전께 남아 있는 게 있어요. 이제 자루 가운데 송장이 두 개 붙어 있고 두 개 다 바코드가 살아 있는 건 따로 빼놨다가 나한테 알려줘요. 그런 건 처리가 안 되거든."

"바코드가 살아 있다는 게 무슨 말이에요?"

"그니까 사용한 송장을 제대로 안 뜯어서 바코드 부분이 온전하게 남아 있는 거. 우리끼리 그걸 살아 있다고 해요. 마대 차 할 때는 그것만 조심하면 돼요."

마대는 무조건 이형 라인으로 보내게 되어 있는데 마침 이형 레일이 짐으로 꽉 차서 멈춰버렸다. 서너 개 보내면 5분 쉬는 상황이 이어졌다.

"아우 잘됐네. 여기서 숨 좀 돌리고 시간 좀 끌면 오늘 딱 열 대만 해도 될 거 같은데, 이걸로 3시 한 30분까지 하면 딱 좋겠는데, 쉬고 와서 3시 40분쯤 다음 차 시작하면 오늘 딱 열 댄데…."

그렇지만 대기하는 시간이 길어지니까 분류자가 짐을 바닥에 내리기 시작했다.

"아우 씨발 새끼. 저거 또 저러네. 아… 나… 미안해요. 초면에 욕해서. 아 근데 저 새끼 하는 거 보면 진짜 짜증이 나서. 레일 멈추면 좀 기다리면 될 것이지 괜히 일을 두 번 하게 만들고 지랄이야."

"저 친구는 왜 저러는 거예요?"

"그게 사정이 좀 있는데 뭐냐면 이제 분류하는 애들이 짐을 크기 별로 레일에 태워 보내잖아요? 그런데 세 개 레일 중 하나가 잼이 걸렸어. 지금처럼 이형이 잼이 걸렸다 쳐요. 그러면 원래는 잼 풀릴 때까지 작업을 멈춰요. 하나만 잼 걸려도 다 멈출 수밖에 없는 게 왜 그러냐면 분류를 기다리는 짐 중에 이형 대형 중소형이 다 섞여 있잖아요? 그런데 이형이 지금 막혔다고 이형으로 보내야 하는 걸 중소형에 태울 수 없잖아요. 그래서 잼 풀릴 때까지 다 멈추는 거예요.

그런데 문제는 뭐냐면 이 트럭 기사들이 건당 돈을 받는 게 아니라 시간당 돈을 받아요. 여기서 기다린 만큼 돈을 받는다고. 그러니까 잼 걸려서 기다리면 회사 입장에선 안 써도 될 돈을 쓰는 거예요. 그래서 잼 걸린 게 오래가면 그냥 바닥에 죄다 쏟아부어 놓고 트럭만 먼저 보내는 거예요. 그러다가 잼 풀리면 다시 레일에 올려서 그때부터 또 크기에 맞게 분류를 하는 거지. 그런데 분류자가 알바냐 직원이냐에 따라서 또 달라요. 알바야 애써 서둘러 할 필요 없으니까 잼 걸리면 웬만해선 풀릴 때까지 기다린다고. 아니 가끔 이렇게 숨 돌릴 때도 있으니까 열두 시간 열세 시간 일하는 거지. 안 그래요? 이 일이 진짜 쉴새 없이 계속할 수 있는 일이 아니잖아요? 근데 직원은 조장 눈치, 반장 눈치 보는 거지. 그니까 잼 걸렸다 하면 바로 바닥에 내려버린다고. 그래도 쟤는 직원이라고 해도 너무 심해. 여기서 내가 이 사람 저 사람이랑 일해봤지만, 쟤랑은 안 맞아. 진짜 이번 달 끝나면 바꿔달라고 해야지. 어우 진짜."

분류자가 바닥에 짐을 내리면 적의를 담아서 노려보는 것 말고는 할 수 있는 게 없는데 상대가 어리면 조금 효과가 있었다. 짐을 내리는 빈도가 조금 줄어든다. 하지만 정체가 이어지면 다 소용없다. 잠시 후 반장이 다가와 짐 내리는 걸 거들었다.

"아유, 됐네. 반장이 내리면 뭐 끝난 거지. 그냥 내려요."

분류자가 내릴 땐 분노가 가득했지만 반장이 내릴 때는 무감각하게 어떠한 불만이나 적의도 생기지 않았다. 천재지변을 당한 것처럼 받아들였다. 마대는 전부 바닥에 내려놨다가 다음 차 하면서 올렸다. 사수가 새 짐을 까고 내가 분류자 옆에서 마대를 올렸다. 사람들의 특정 반에 대한 선호도가 여기서 갈렸다. 2반 같은 경우엔 바닥에 짐을 내리면 알바들이 쉬러 간 사이에 관리자들이 다 붙어서 짐을 올렸다. 그래서 2반 사람들은 바닥에 짐을 내리는 데 큰 거부감이 없었다.

화물 중에는 물리적 무게뿐 아니라 심리적 무게까지 더해지는 짐들이 있다. 사람들이 가장 거칠게 다루는 짐은 무거우면서 동시에 사람이 사용하지 않는 짐이다. 반려동물 용품이 여기에 속한다. 이날은 우려한 대로 열두 대를 했는데 마지막 차가 바로 고양이 모래였다. 그것도 빠레뜨째 들어왔다. 같은 중량의 물건일지라도 사람이 쓰는 물건보다 개나 고양이가 쓰는 물건이 훨씬 더 무겁게 느껴진다. 특히나 고양이 모래는 정말 쇳덩어리만큼이나 무겁다. 들어 올리는 순간부터 울컥하고 화가 난다. 고양이 모래는 정말 분노를 눌러 담아서 내던진다. 터지면 골치 아프기 때문에 그렇게 세게 던질 수도 없긴 하지만. 보통은 짐 간격을 다닥다닥 붙여놓지만, 이때는 1미터 이상씩 거리를 뒀다. 이 정도 속도도 간신히 버티고 있었는데 서너 줄 처리하자 분류자가 다가오더니 낭보를 전했다.

“저 그런데 이 차 긴급이래요. 좀 빨리 빼야 할 것 같아요.”

그가 떠나자 사수가 외쳤다.

“아우! 이제는 또 긴급이라고 지랄이네. 아, 진짜 오늘 안 되네. 그냥 죽었다 생각하고 해요.”

같은 일용직에 대해선 많이 이야기했으니 이번엔 관리자 얘기를 한번 해볼까 한다.

하차반 관리자들은 대부분 20대 남자들이었다. 물류센터는 애초에 나이를 봐주는 곳이 아니기 때문에 관리자로 어린 사람을 더 선호한다. 대부분 나이는 아주 많다고 해야 서른. 쉬는 시간이면 핸드폰을 붙들고 날개 달린 갑옷을 입은 기사가 몬스터를 때려잡는 게임을 하고 언제나 어깨의 문신이 살짝 드러나는 반소매 티를 입고 있었다. 물류센터는 목소리 큰 남자들의 세계였지만 이들은 자기보다 열 살 스무 살 이상 많은 걸걸한 남자들 사이에서 우두머리의 기운을 잃는 법이 없었다.

그중에서도 유난히 도드라지는 한 사람이 있었다. 나는 힙합 스타가 아니면서 몸에 그렇게 문신이 많은 사람은 처음 봤다. 얼굴, 목, 손을 제외한 모든 부위에 뭔가가 빼곡하게 그려져 있었다. 이 친구는 죽어서 이름을 남기기보다 가죽을 남기고 싶어 하는 건가 싶었다. 일은 누구보다 철저했다. 수시로 도크 사이를 오가며 속도가 느려지는 곳이 없나 확인하고 문제가 생기면 상대가 경력이 10년이건 나이가 50이건 상관하지 않았다.

"경고예요. 또 그러면 집으로 돌려보내요."

그렇지만 사람을 몰아세우면서도 절도가 있었다. 그래서 한 번 더 놀랐다. 화를 내는 법도 목소리를 높이는 법도 없었다. 해야 할 말만 하되 반복해서 지시를 어기면 경고했던 바를 반드시 실행에 옮겼다. 워낙 칼 같은 친구라서 다들 조장이나 반장보다 더 무서워했다. 그런데 작업이 끝나면 이 친구가 출구 앞에 서서 빠져나가는 사람들에게 인사를 건넸다. 얼굴은 땀으로 번들거리고 옷에는 허연 소금 자국이 밴 사람들을 향해 육사 생도만큼이나 깍듯한 태도로 허리까지 꾸벅 숙이며 소리쳤다. "수고하셨습니다." "수고하셨습니다." 방금 끝난 일이 얼마나 힘든지 아는 사람이 같은 일을 한 사람에게만 보일 수 있는 애정과 존경심이 담긴 목소리와 몸짓이었다.

그의 몸짓에서 세상이 나의 가치를 눈여겨봐 준다는 느낌이 전해졌다. 대단한 건 아니지만 인생이 조금 덜 외롭고 안심이 되는 느낌이었다. 물류센터에서 일한 시간을 통틀어 그 순간만큼 뭉클할 때가 없었다. 내게는 그 한마디가 삶의 의미를 비춰주는 거울이었다. 그 거울 안에서 나는 자신의 한계를 이겨낸 사람을 봤고 온전하게 자기 몫을 해낸 사람을 봤고 공동체의 일원으로서 당당하게 인정받은 사람을 봤다. 비록 연체동물처럼 흐느적거리긴 했지만.

무엇보다도 이 "수고하셨습니다" 한마디 속에는 인간으로서 갈구하게 되는 질문의 대답이 일정 부분 담겨 있었다. 여러분과 내가 심장 박동수만큼 묻게 되는 질문. "나는 누구입니까?" "세상에서 나는 어떤 사람입니까?" 나는 인간을 망망대해에서 날개를 다친 채 헤엄치는 바닷새라고 상상하곤 한다. 무한한 가능성을 지녔지만, 그 가능성은 저마다의 이유로 꺾여버렸고 이제는 방정맞다 싶을 정도로 발을 놀리지 않으면 익사하고 마는 바다 위의 하얀 점이라고 말이다. 그런데 이 새는 오직 바로 저 질문들의 답을 얻을 수 있을 때만 발길질을 할 수 있는 힘을 얻는다. 대답을 얻지 못하면 우리는 가라앉는다. 끝도 없이 가라앉는다.

#7

두 달 정도 지나면 일에서 뭔가 새로운 걸 배우는 경우는 지극히 드물어진다. 하루하루가 지독하게 뻔뻔스러울 정도로 전날과 똑같은 모습이다. 변하는 건 계절뿐이었다. 한여름에 시작했던 일은 겨울까지 이어졌다. 사람들은 덥지 않아서 차라리 겨울이 낫다고 하지만 나는 추위를 많이 타서 겨울이 더 힘들었다. 여름철에 열기를 품은 컨테이너는 겨울에는 냉기를 품었다. 영하의 날씨라도 차 한 대를 끝내고 나면 땀이 흥건해진다. 난방 시설이라곤 찾아볼 수 없는 물류센터에선 땀이 금방 얼어붙는다. 그래서 땀이 많이 흐르는 걸 막기 위해 옷을 얇게 여러 겹 입고 일한다. 나는 추위가 힘들어서 그나마 일주일에 두세 번 일하는 것도 버거웠다. 마침내 월급을 받는 일자리를 찾아야 할 때가 된 것이다.

마지막 날 함께 일했던 사람은 내가 물류센터에서 만난 사람 중 이력이 가장 특이했다. 석구 형님은 당시에 나이가 50이었는데 함께 일하기 전부터 눈에 띄는 사람이었다. 그는 왼쪽 다리를 살짝 절었는데, 나는 처음 마주쳤을 때 그를 좀 측은하게 바라봤다. 얼마나 급했으면 몸도 불편한데 여기까지 일하러 왔을까 하고. 실제로는 내가 최상의 몸 상태로도 될 수 없었던 하차반 고정 자리를 그는 2년 전부터 해오고 있었다.

그는 50이라고는 믿기지 않을 만큼 몸도 좋아서 20대보다 손이 빨랐다. 그렇게 손을 놀리면서도 끊임없이 말을 이어갔다. 대화를 좋아하는 사람들도 처음부터 말이 많은 건 아니다. 상대가 일을 웬만큼 해야 입도 열린다. 첫차는 조립식 가구가 많이 있었는데 부피가 크다 보니 힘은 들어도 금방 마쳤다. 두 번째도 크기만 크고 무겁지 않은 짐이어서 두 대를 마쳤는데도 한 시간 정도밖에 지나지 않았다.

"일 잘하네. 우리 지금 한 시간 정도 안에 차 두 대 끝낸 거 알아요? 우리 옆은 지금 첫차 절반도 못 끝냈어요. 우리 좌우로 다 속도가 안 나.

만근하려면 월요일은 무조건 나와야 하거든. 그래서 어제는 2반 사람들 한 50명 나왔어요. 주휴수당 받으려면 어제까지는 꼭 나와야 하거든. 그런데 오늘은 한 20명 정도 나왔더라고. 그러니까 오늘은 라인이 순 노랭이투성이지. 아까 얘기해 보니까 옆 라인 형님은 오늘은 도 닦는 마음으로 일하겠다고 그러더라고. 노랭이들이랑 같이 하면 속도가 안 나. 이게 같이 일하는 사람이랑 호흡이 맞으면 금방금방 한다고. 그런데 일 못하는 애들은 차 바뀔 때마다 이건 이렇게 해야 한다, 저건 어떻게 해야 한다, 가르쳐줘야 하고. 그리고 또 그런 애들은 아무리 얘길 해도 시키는 대로 안 해. 내가 방금 이건 이렇게 하면 안 된다고 했는데도 바로 그렇게 또 하고 있어. 나 뭐 엿 먹으라는 건지….

내가 한번은 하루 동안 노랭이가 세 번이나 바뀌었어요. 첫 번째 애는 시작하니까 땀을 뻘뻘 흘리면서 죽을상을 하더라고. 걔는 첫차 끝나고 쉬러 간 다음에 안 오더라고. 두 번째 애는 야식 먹고 나서 또 가버리고. 마지막으로 온 애는 3시쯤 되니까 일하다가 중간에 못 하겠다고 가버리고 그렇게 세 명이 하루 만에 그만뒀어요.

내가 **노가다*** 체력이야. 요즘은 일주일에 5일만 일하잖아요? 나 스무

* 건설 및 광업 단순 종사원: 대체확률 0.94 _《기술변화에 따른 일자리 영향 연구》

살 때 노가다하면 일주일 내내 일했어요. 토요일에 퇴근하는데 팀장이 내일 7시까지 나오라고 하는 거야. 그래서 나는 농담하는 거다, 하고 넘어갔는데 그냥 혹시나 해서 가봤어. 한 9시쯤. 가니까 왜 이제 왔냐고 이 새끼 저 새끼 욕을 해대는데 그런 데서 어떻게 버텼지 싶어. 그때 같이 일하던 아저씨들이 나 일 못한다고 엄청 욕을 하고 그랬는데 지금 생각해 보면 내가 지금 노랭이들 보는 심정이 그때 아저씨들이 나 일하는 거 보던 심정인가 싶기도 해요.

내가 공고에서 용접 자격증 따고 그걸로 노가다 뛰면서 돈 모아서 스물두 살 때 중국에 이민을 갔어요. 거기서 옷 장사를 했는데 사드 터지고 나서 사업하기 너무 힘들어서 2년 전에 한국으로 돌아왔어요."

비록 사업이 망해서 귀국했다지만 한국으로 돌아와서 좋은 점이 없는 건 아니었다. 그는 전형적인 야구광으로 1년 365일 모든 날씨를 야구 경기가 가능한가, 아닌가로 구분했다.

"내가 중국에 있는 동안 아무것도 아쉬울 게 없었거든요. 나는 음식도 입에 맞고 내가 살던 데는 날씨도 나쁘지 않았어요. 근데 그거 하나 딱 아쉽더라고. 야구 못 보는 거. 내가 장사 망하고 한국 돌아오면서 딱 하나 좋았던 게 그거예요. 아, 이제 야구 직접 볼 수 있겠구나. 하하.

나는 원래 항상 50번에서 일했어요. 거기가 여기서 제일 힘든 데에요. 50번 거기는 옆 라인이랑 떨어져 있어서 빈 공간이 널찍이 있잖아요. 그래서 부피 큰 짐 같은 건 항상 50번으로 들어와요. 레일 잼 걸리면 그 옆에 전부 쌓아둘 수 있게. 또 거기로 자주 오는 게 양복 트럭. 트럭에 슈트케이스만 한 3000개 들어 있어요. 그러면 그거 다 깔판 깔아서 보내야 돼요. 깔판 깔 게 그렇게 많으면 바로바로 할 수 없으니까 그냥 내려놨다가 나중에 다시 깔면서 하거든요. 50번으로는 항상 자전거, 가구 이런 거 들어와요. 여기서 그런 자리가 50번이랑 60번이에요. 그래서 이 두 자리가 제일 힘들어요. 한 번은 세 차 연속으로 세제 트럭이 걸린 거예요. 그거는 나도 너무 지치더라고. 그래서 반장한테 가서 불평을 좀 했더니 다음에는 반차가 오더라고. 그거 하려고 서 있으니까 반장이 옆으로 쓱 오더니 '좋은 차 드렸어요' 하고 가더라고.

봐봐요, 지금 우리처럼 밥 먹기 전에 다섯 대 해놓으면 그날 하루가 편안하다고. 이게 딱히 공식적으로 정해진 건 없지만 하루에 최소한 아홉 대는 처리해 줘야 돼요. 그게 안 되면 관리자들이 와서 쪼아대. 빨리 하라고. 근데 이제 우리는 다섯 대 했으니까 밥 먹고 와서 네 대만 더하면 되는 거잖아요? 그렇게 하면 좀 천천히 해도 뭐라고 안 한다고. 막차로 갈수록 좀 느긋하게 하는 게 좋거든. 막차 너무 빡세게 하면 그날 하루 일이 엄청 힘들게 느껴져. 그래서 일해본 사람들이 초반에 막 열을 올려서 하는 거예요. 후반에 좀 느긋하게 하려고. 나 같은 경우엔 하루에 최고 많이 한 게 열네 대예요.

이 컨테이너가 원래 아홉 칸이에요. 천장에 보면 고리가 띄엄띄엄 달려 있잖아요? 이 고리 두 개 사이를 한 칸으로 치고 보통 이게 아홉 칸이 나온다고. 그리고 이제 짐을 막 까다가 일곱 번째 칸 바닥에 보면 쇠가 일자로 쭉 지나가요. 이제 이거 보면 다 끝나간다고 생각하는 거예요. 앞으로 남은 게 뭐가 됐던 물이건 쌀이건 이제 곧 끝난다 생각하고 기운 내는 거지.

그런데 여기 사람들이 다 싫어하는 '한마음물류'라고 있어요. 다른 데는 다 아홉 칸인데 얘네 차는 열두 칸이야. 차도 '하이탑'이라고 해서 일반 컨테이너보다 천장이 높아요. 펄쩍 뛰어도 천장에 손이 안 닿아. 그 차 걸림 진짜 죽어요, 죽어. 여기 오래 있으면 가끔 받을 일 있을 거예요. 한마음물류. 걔네들은 이 레일이 끝까지 닿지가 않아. 이게 아홉 칸짜리 컨테이너에 맞춰진 거라 끝까지 땡겨도 한두 칸 남아요. 게다가 이런 차들은 또 무거운 짐만 다룬다고. 세제나 절인 배추 이런 거. 한마음물류 차 들어와 봐. 진짜 그거는 죽어 죽어. 두 시간 해도 안 끝나.

또 일산 차들이 힘들어요. 일산가구단지 차들. 한 차 가득 가구만 잔뜩 들어 있는데 그런 게 또 엄청 무겁거든. 동대문 차도 짜증 나지. 짐은 그렇게 안 무거운데 대신에 짐이 잡다해. 잔바리가 엄청 많아.

지금 우리 같이 일하는 형님, 이 사람이 여기서 제일 오래 일한 사람이에요. 2년 반인가 3년 정도 됐을 거예요. 여기 반장님이랑 같이 들어왔어요. 그래서 이 형님보고 반장 하라고 몇 번인가 얘기했는데 자기가 싫다고 해서 그냥 계시는 거예요. 나도 여기 고정하고 첫 달 만근하니까 관리자들이 여기 직원 하라고 그러더라고 나도 됐다고 했어요. 직원 하면 20대 애들 밑으로 들어가는 건데 그러면 내 맘대로 쉬지도 못하고 그냥 알바 하고 말지. 혹시 직원 하고 싶으면 한 달 진짜 죽었다고 생각하고 만근해 봐요. 한 달 만근 채운 사람한테는 한 번씩 직원 할 생각 있냐고 물어봐요."

이 사람은 말도 많았고 정도 많았다. 마침 김장철이라 한번은 25킬로그램짜리 소금이 몇 빠레뜨가 나왔다. 그가 나에게 깔판을 가지고 오라고 하더니 소금은 다 자기가 옮기고 나는 깔판만 깔게 했다.

"내가 왜 해주냐면 이런 거 포대나 말통 걸리면 일한 지 얼마 안 된 사람들은 금방 퍼진다고. 그렇게 한 번 퍼지고 나면 그다음부터는 너무 느려져서 같이 할 수가 없어요."

천장이 낮은 차는 괜찮지만 하이탑은 평상시처럼 짐을 쓰러뜨릴 때 위험하다. 내가 쓰러뜨릴 때 상대가 허리를 숙이고 있거나 다른 데를 보고 있으면 상자가 머리에 맞을 수도 있고, 실제로 종종 그렇다. 그래서 그렇게 상자들을 쓰러뜨릴 때는 조심하라고 얘길 해주는데 상대가 열 살 넘게 많다면 이렇게 소리친다.

"선배님, 조심하세요!"

"상자 넘어가요, 조심하세요!"

그러다 보니 말이 길어져서 내가 조심하라는 말을 끝맺기도 전에 상자가 먼저 떨어져서 선배가 맞았다.

"이럴 때는 그냥 '머리요!' 하면 돼. 조심하세요. 뭐 그렇게 얘기할 겨를이 어딨어? 당장 피해야 하는데. 존댓말 선배 이런 거 신경 쓰지 말고 그냥 '머리요!' 해요. 그런 건 여기 사람들이 다 이해해. 언제 그 말 다 하고 있어? 119에 전화해야 하는데 번호가 12345678910 뭐 이래 봐. 도와달라고 하기 전에 죽겠네. '머리요' 들으면 쳐다보지 말고 바로 뒤로 빠지는 거야."

까대기가 끝났을 때 솟아오르는 감정은 강렬한 승리감이다. 일이 끝나서 즐겁다는 것과는 다른 차원의 기분이다. 외부의 장애물뿐 아니라

나 자신의 한계도 이겨냈다는 기분, 까대기는 일당 15만 원과 함께 그 승리감을 가슴이 뻐근해질 만큼 전해준다. 어쨌거나 일을 버틸 수만 있다면 말이다. 건장한 남자들이 골골대며 쓰러져 나가는 걸 웃으면서 지켜보는 건 덤이다.

물류센터에서 내가 가장 놀란 점은 까대기하는 사람 중에 우울해하는 사람이 없었다는 거다. 이것이 내가 일터를 전전하는 동안 경험한 최고의 미스터리였다. 석구 형님은 까대기를 뒷걸음치다 하게 되는 일이라고 말했다. 아무도 까대기하고 싶다, 생각하고 간판 보고 찾아오진 않는다는 거다. 하던 일이 꼬여서 어찌할 바를 모르고 뒷걸음질 치다가 마지못해 붙잡는 게 이 일이다. '본업' 이야기를 해보면 다니던 회사나 공장이 문을 닫았다거나 정리해고를 당했다거나 해서 방황하던 차에 물류센터를 찾았다는 사람들이 정말 많았다. 그런데도 우울해하거나 실의에 빠진 사람이 없었다. 나이 상관없이 다들 밝고 자신감이 넘쳤다. 이 일을 통해 그려볼 수 있는 미래가 너무 빤한데도 그랬다.

처음에는 사람들이 물류센터를 떠나지 않는 이유가 자유로움 때문이라고 생각했다. 어딘가에 얽매이기 싫어하는 사람들이 이곳에선 아무리 들락날락해도 눈치 주지 않기 때문에 남아 있다고 말이다. 하지만 지금은 그것이 까대기만이 전달해 줄 수 있는 성장의 감각 때문이라고 믿는다.

오래전 온라인 게임에 빠져 지낸 적이 있다. 지금도 있는지 모르겠지만 〈뮤MU〉라는 게임이었다. 나는 '다덤벼!'라는 이름의, 뇌쇄적인 눈빛, 강인함 속에 감춰진 부드러움을 암시하는 쇄골, 킬리만자로산 정상의 만년설처럼 새하얀 머리칼이 매력적인 여성 검사였다. 그녀의 칼날 아래 쓰러진 몬스터의 수가 잔 다르크가 물리친 영국군의 수보다 많다는 전설이 일부 유저들 사이에서 지금까지 회자되는 거로 안다. 게임 스토리도 재미있고 컴퓨터 그래픽도 멋있었지만 가장 좋았던 건 성장하는 재미였다. 열심히 몬스터를 잡으면 그때마다 돈이 쌓이고 경험치가 쌓인다. 그렇게 경험치를 쌓아 레벨을 올리고 모은 돈으로 비싼 아이템으로 바꾸면 캐릭터는 더 아름다워지고 더 강해진다. 외롭고 돈 없고 무엇보다 출판사에서 아무런 기별도 없던 시절이었다. 당시 내 삶에서 일말의 성취감을 느낄 수 있는, 내 무언가가 점점 발전하고 있다는 느낌을 얻을 수 있는 곳은 뮤 대륙뿐이었다.

일당을 받는 육체노동은 인생을 고체화시킨다. 물류센터에선 매일매일 내가 한 일의 성과를 바로 눈으로 확인할 수 있다. 내가 쓸모 있는 무언가를 한다는 느낌을 한순간도 잃지 않는다. 이 일을 하는 동안 인생은 모호하기로 악명 높은 시간 개념이 아니라 손에 잡히는 무언가, 두 손으로 꼭 붙들고서 집고 휘두를 수 있는 단단하고 구체적인 무언가였다. 그렇게 일을 끝내면 일당이 통장에 차곡차곡 쌓이더니 잔고의 앞자리 숫자가 변하는 것이 보인다. 마치 하루하루 레벨업을 하는 느낌이다. 물론 까대기가 성장시켜 줄 삶에는 지극히 현실적인 한계가 있다. 하지만 온몸의 관절을 박살 내버리려는 듯 돌아가는 작업 속에서도 그 감각, 내 삶이 전진하고 있다는 감각만큼은 분명하게 전해진다.

이곳에선 하루하루 넘어야 할 산이 워낙 높고 험하기 때문에 일이 년 후의 지평선을 바라보며 애태울 기운도 애초에 남아나지 않았다. 그렇게 산 하나를 넘고 나면 통쾌한 노곤함과 절대적인 숙면만이 남았다. 누구도 의도하지 않았지만 까대기는 우리가 오직 현재, 오늘 하루에만 집중하도록 도왔다. 그것은 미래를 방기하는 삶이 아니었다. 지금 이 순간에 모든 것을 쏟아붓는 것 말고 미래를 준비하는 더 나은 방법이 어디 있겠는가?

여러분은 사람들이 수영을 하다 어떨 때 포기하는지 아시는지? 숨이 찰 때? 팔에 힘이 없을 때? 아니다. 더 숨이 가쁠 때도 더 기운이 없을 때도 완주한 적은 얼마든지 있다. 하지만 물속에선 반드시 이런 순간이 찾아온다. 아무리 팔을 돌려도 아무리 발차기를 해도 몸이 조금도 앞으로 나아가지 않는 것 같을 때가. 숨쉬기를 몇 번 하는 동안에 손바닥 한 뼘만큼도 전진하지 못한 것 같을 때가. 단순히 힘이 없을 때는 몇 번만 더 하면 끝이야, 저기까지만이라도 가자, 하는 생각으로 버틴다. 하지만 내 몸이 나아간다는 느낌을 받을 수 없을 때는 남은 거리가 멀다, 힘들다가 아니라 불가능으로 다가온다. 해도 소용없다는 생각밖에 들지 않는다. 그러면 사람들은 남은 거리가 얼마가 됐든 상관없이 포기한다. 지체 없이 포기한다.

물류센터에서 한 장면만을 고르라고 한다면 석구 형님의 아침 해를 선택하겠다.

까대기라는 일과 석구 형님은 전혀 안 어울릴 것 같은데 막상 만나니 너무 잘 맞는 커플 같았다. 육체노동이 개인적 불행에 대한 해결책이 될 순 없겠지만 하차 2반이 석구 형님을 필요로 하는 것보다 석구 형님이 이 일을 필요로 하는 게 더 커 보였다. 석구 형님이 처한 상황은 우울증이 생기고도 남았다. 몸은 불편하고 50이 넘었는데 사업은 망했고 나 같으면 이 중 하나만으로도 정신과 약을 달고 살았을 거다. 하지만 그는 매사에 희망적이었고 자신이 넘쳤다. 만약 똑같은 상황에서 석구 형님이 편의점 알바나 콜센터 상담사였다면 상황은 많이 달랐을 거다.

"나 처음 일한 날이었는데 새벽 내내 땀 뻘뻘 흘리면서 일하다가 다 끝나고 밖에 나왔는데…. 어떤 건지 알죠? 진짜 그지꼴로 간신히 서 있을 힘만 남아서…. 근데 나가니까 햇빛이 막 쏟아지는데 가슴이 뻥 뚫리는 것 같은 게, 와아아 세상이 어떻게 그렇게 달라 보이냐. 오기 전엔 나도 걱정 많이 했어요. 20대 때 노가다 좀 뛰었지만 그거야 30년 전 일이고 젊은 애들도 골골댄다는데 내가 할 수 있을까, 처음엔 좀 버벅댔지만 끝날 때쯤 되니까 할 수 있겠더라고. 나는 거뜬히 하는데 등치 막 이따만 한 노랭이들이 힘들다면서 집에 가는 거 보니까 기분도 좋고 흐흐.

그러면서 밖에 나왔는데…. 노오오오란 해가 떠 있는 걸 딱 보고 있는데…. 그걸 뭐라고 할까, 아… 뭐라고 하면 좋을까…. 나 살 수 있겠다…. 충분히 살 수 있겠다. 그런 기분이 들어요. 그게 참 희한해. 밤새 술 퍼마시다가 해 뜨는 걸 볼 때는 세상에 그렇게 비참한 게 없는데. 내가 너무 별 볼 일 없고 쓰레기 같고 이렇게 또 하루 사느니 그냥 콱 뒤져버리는 게 낫겠다 싶은데, 일 끝나고 해 뜨는 걸 보면 나도 뭔지 모르겠는데, 보고 있으면 그냥 잘 살 수 있을 것 같은 그런 기분이 들더라고. 그때가 중국에서 돌아온 지 얼마 안 됐을 때였어요. 나도 내 사업체 있던 사람인데 오죽하면 이런 데 나와서 일했겠어요? 핏덩이들한테 이래라저래라 소리 들으면서. 내가 그날 진짜 한강 가서 빠져 죽으려고 했어요. 내 꼴이 너무 빙신 같아서. 근데 그때 땀에 푹 쩔어서 내가 무슨 생각을 했는지 알아요? 여기서 해 뜨는 거 다시 보고 싶다. 그래, 내가 저 해 뜨는 거 보러 다시 온다. 내일 또 오자. 그래서 또 나왔어요. 그렇게 지금 2년째 나오고 있는 거예요."

3부
요리하다

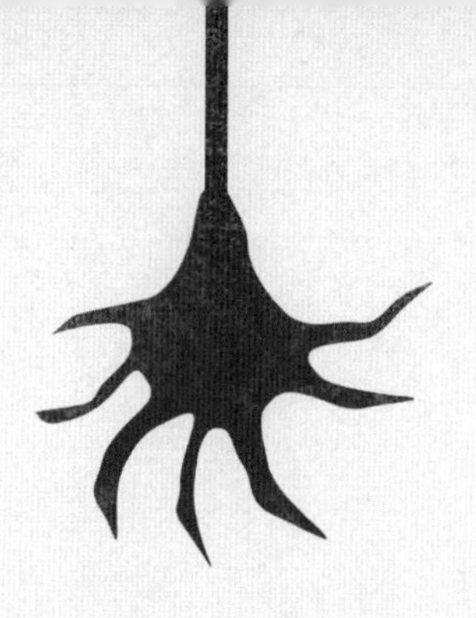

레스토랑 요리사 대체확률 0.96

미래에 사라질 가능성이 높은 직업들

_〈고용의 미래〉 보고서

주방 보조 대체확률 1.00

인공지능·로봇의 직업별 업무 수행 능력 대체 비율

_《기술변화에 따른 일자리 영향 연구》, 박가열·천영민·홍성민·손양수, 고용정보원, 2016. 10.

패스트푸드원 대체확률 0.89

인공지능, 로봇의 직업별 업무 수행 능력 대체 비율

_《기술변화에 따른 일자리 영향 연구》

*대체확률: '1'에 가까울수록 대체되거나 사라질 가능성이 높다.

#1

여러분은 면봉이 두렵게 느껴졌던 적이 있으신지? 필자에겐 이쑤시개만 한 면봉이 존재의 근원까지 박살 낼 수 있는 몽둥이처럼 보인 적이 있다. 그리고 이것은 결코 나 혼자만의 두려움이 아니다. 지금부터는 요식업계 전반에 퍼져 있는 면봉 트라우마를 이야기해 볼까 한다.

주방에서 일하려면 보건증이 필요하다. 이것을 받기 위해선 폐결핵, 장티푸스, 감염성 피부질환 등이 없는지 검사를 받아야 한다. 이 검사에는 대단히 안타깝게도 주사를 맞지 않는데도 불구하고 **간호사*** 앞에서 바지를 내려야 하는 과정이 포함된다(당연히 서로에게 안타까운 상황이라는 말이다). 장티푸스 검사는 배설물로 가장 확실하게 판별할 수 있기 때문이다.

뉴스에서 '보건복지부'라는 말만 들어도 얼굴이 달아오르게 만드는, 그 영혼을 쪼개는 듯한 민망함 탓에 나는 보건증 검사를 1년 가까이 미뤘다. 하지만 더 이상 미룰 수 없는 시기가 왔다. 대기하는 사람 중에 중년 남자는 나 혼자뿐이었고 대부분이 20대 초중반 정도로 보이는 여성이었다. 그들은 아마도 여기서 보건증을 받고 롯데리아나 스타벅스에서 일할 것처럼 보였다.

먼저 엑스레이를 찍었다. 그다음이 장티푸스 차례였다. **접수처****에

* 간호사(조산사 포함): 대체확률 0.66 _《기술변화에 따른 일자리 영향 연구》

서류를 내자 길쭉한 원통형의 플라스틱 관과 비닐 포장된 면봉 두 개를 받았다. 내 인생에서 면봉이 그토록 불길하게 보인 적은 처음이었다.

"화장실에 가셔서 항문에 면봉을 삽입하셨다가 여기 별도로 드린 용기에 꽂으셔서 가지고 오시면 돼요."

나는 조금 안심했다. 아, 다행히 혼자서 하는 거구나. 하지만 내 옆 사람은 이 상황을 다행이라고 여기지 않는 게 분명했다. 아마도 보건증 검사에 대해 자세하게 검색해 보지 않았는지 검사의 실체를 파악하고 나서 큰 충격을 받은 듯했다.

"항…문…이요?"

'정문'이나 '산문'을 잘못 말한 게 아니냐고 묻는 것 같은 말투였다.

"예. 항문이요. 확실하게 집어넣었다가 빼셔야 돼요. 제대로 안 묻어 있으면 다시 하셔야 할 수도 있어요."

이 말을 어찌나 명랑하게 하던지… 의료계에 만연한 사디즘의 한 면을 보는 것 같았다. 제대로 묻어 있어야 하는 게 무엇인지는 물을 생각도 못 했다.

피검사자에 대한 공감 능력이 심히 떨어지는 안내서에는 "면봉을 항문 속으로 2~3센티미터 정도 집어 넣으세요"라고 적혀 있었다. 이게 얼마나 힘든 일인지는 해본 사람만이 안다. 이런 면에서 인체의 신비에 또 한 번 놀라고 감탄했다. 괄약근이 얼마나 튼튼한지 면봉을 조금도 집어넣을 수가 없었다. 항문도 어찌 됐건 문은 문인 것이다. 화장실에 단 두

** 접수 담당자·안내데스크 직원: 대체확률 0.96 _〈고용의 미래〉

개뿐인 변기 중 하나는 꽤 오래전부터 사용 중이었는데 짐작건대 옆 칸에서도 이 빈틈없는 관문을 통과하느냐 마느냐가 걸린 사투가 벌어지고 있음이 분명했다. 검사 전까지만 해도 내 가장 큰 걱정은 하반신을 너무 깨끗이 씻어서 항문 주변에 검사체가 하나도 남아 있지 않으면 어쩌나 하는 것이었다(쓸데없는 걱정이란 이런 걸 두고 하는 말이다).

안내서에서 요구한 2~3센티미터는 도저히 충족시키기 어려운 기준이었다. 이대로 제출했다가 제대로 안 됐다고 다시 해오라고 하면 어쩌나? 사람들 보는 데서 다시 똥 묻혀 오라고 빠꾸 먹으면 정말 죽고 싶을 것 같은데. 오만가지 생각이 들 무렵 면봉을 살펴보니… 마냥 하얗지만은 않았다. 아직 이력서도 넣기 전이었지만 이미 기운이 확 꺾였다. 요식업계 종사자들에게 느껴지는 피로와 짜증의 한 줄기를 파악한 기분이 들었다. 앞으로 식당에서 일하는 사람을 보면 반사적으로 면봉이 떠오를 것 같았다. 그나저나 '존 윅'이라는 양반은 연필 하나로 사람을 죽인 적이 있다고 했던가요? 음… 여러분, 간호사들은 면봉 하나로 차라리 죽어버리는 게 낫겠다 싶게 만들 수 있습니다. 보건소에서 까불지들 맙시다.

#2

식당은 유난히 경력자를 편애하는 업종이다. 면접을 보러 오라는 식당을 찾기까지 두 달 가까이 거절만 당했다. 간신히 대형 쇼핑몰 지하에 자리 잡은 한식 뷔페에서 연락을 받았다. 식당은 인원 부족으로 허덕이는 게 분명했다. 15분 정도 이야기하고 나서 바로 채용이 결정됐다. 게다가 단순 보조가 아니라 직접 요리를 해야 하는 자리였다. 나는 주방이라는 경기장에서 엄청난 야심을 품었을 때조차 라면이나 3분 카레 이상으로 높이 뛰어올랐던 적이 없던 사람이다. 그때까지 내 손으로 직접 만들어본 음식 중에 요리라고 부를 만한 건 이름 속에 재료와 조리법이 모두 들어간 종류뿐이었다(김치볶음밥, 참치비빔밥, 계란프라이). 나는 뭐든지 빨리 배울 수 있다고 약속했고 나에 대한 사전 정보가 부족했던 식당 측에서는 내가 정말로 빨리 배울 수 있을 거라고 믿었던 것 같다.

"근데 저는 요리를 해본 적이 없는데 괜찮나요?"

"여기는 레시피가 다 정량화되어 있어요. 레시피대로 계량해서 넣고 끓이기만 하면 돼요. 처음부터 바로 요리하라고 하는 거 아니니까 너무 걱정 안 하셔도 돼요. 저희가 어떻게 하면 되는지 다 가르쳐드려요. 그런데 솔직히 말씀드리면 여기 일 힘들다고 하루 만에 도망가는 친구들 많아요. 어느 정도 각오는 하셔야 할 거예요. 주방 일이 원래 좀 힘들어요."

면접관은 이곳 주방 책임자인 조윤진이라는 여성이었다. 그녀는 30대 후반으로 나보다 조금 어렸지만 내가 노트북 앞에 앉아 글을 쓴 것보다 훨씬 더 오랜 시간을 도마 앞에서 칼질하며 보내온 사람이었다. 그녀는 조금 전 주방에서 일하다 빠져나온 사람이라고는 보이지 않을 만큼 옷매무새에 흐트러짐이 없었다. 동그란 철제 안경을 쓰고 있었는데 땀이 주르륵 흘러내리는 데도 안경을 벗어서 땀을 닦거나 할 생각이 전혀 없어 보였다. 아무래도 이 사람은 안경을 벗으면 벌거벗었다고 느끼는 부류의 사람인 것 같았다.

나는 '핫파트 마감조'로 들어갔다. 평일엔 2시, 주말엔 12시에 출근하고 퇴근 시간은 손님이 얼마나 들어오느냐에 따라 달랐다. 대개 11시 반 정도였다. 저녁 식사는 30분이었는데 사복으로 갈아입은 다음 음식을 담아서 식당 맨 구석 자리에서 먹었다. 놀랍게도 영업이 끝나고 남은 음식을 적당히 눈치껏 가져가는 건 크게 문제 삼지 않았다. 식도락가로서 나는 코끼리의 위장과 여왕의 혀를 모두 가진 매우 보기 드문 조합인데 엥겔지수 측면에서 보자면 밑 빠진 독에 물 붓기 같은 존재라고 할 수 있었다. 뷔페의 부엌데기로 자리 잡는 것이 수입지출이라는 항아리의 구멍을 메꾸는 데 도움이 되리라 기대해 봄 직했다.

주방은 세 팀으로 나뉘었다. 핫파트, 콜드파트, 멀티파트. 핫파트에선 불을 사용해서 만드는 요리를 준비하는데 수프, 국, 밥, 튀김, 찜, 기타 등등 주요 메뉴 대부분을 만들었다. 콜드파트에선 샐러드, 나물, 과일, 그리고 이곳의 인기 메뉴인 게장을 만들었다.

핫과 콜드 사이의 구분이 명확한 건 아니어서 작은 그릇에 담아내는 냉면이나 잔치국수, 부침개는 콜드에서 만들었다. 이곳은 일정 금액을 추가로 지불하면 고기 뷔페를 이용할 수 있었다. 여기에 쓸 고기를 썰고 양념에 재우는 일과 디저트, 유부초밥 만드는 일을 멀티파트에서 맡았다. 멀티파트는 인원에 여유가 있을 때만 직원이 있었고 그렇지 않을 때는 정육은 관리자가 맡고 나머지는 핫파트에서 처리했다.

근무 첫날에도 조윤진 씨가 나를 맞았다. 그녀는 두꺼운 하얀색 면 서

츠, 검은 바지, 줄무늬 앞치마, 하얀 주방 모자에 하얀 마스크를 쓰고 있었다. 주방에서 입는 일반적인 유니폼이었지만 왠지 조윤진 씨가 입고 있으면 중세 기사들이 입는 전신 갑옷을 착용한 것처럼 보였다. 이 사람이 일을 대하는 태도가 전투적이기는 했다. 주방의 격무가 그녀의 심리 상태에 조울증의 흔적을 깊숙이 남겼고 기분이 좋아졌다가 나빠졌다 하는 변화가 메트로놈 바늘이 양쪽을 오가는 것만큼이나 빈번하게 일어났다.

감정 기복의 전장에 투입되기 전에 나 역시 전투복으로 갈아입었다. 탈의실에는 소형차가 한 대 정도 들어갈 수 있는 정도의 공간에 칠이 벗겨진 2단 사물함이 양쪽 벽을 따라 늘어서 있었다. 출입문 맞은편 구석에는 커다란 종이 상자에 유니폼이 마구잡이로 쌓여 있었다. 벽지부터 앞치마까지 이 방 안의 모든 것이 처음 만들어졌을 때의 색깔을 잃어버린 지 오래되어 보였다. 이 안에서 유일하게 원래의 색을 잃지 않은 존재는 우리가 들어서자 급하게 사물함 사이로 몸을 숨긴 바퀴벌레뿐인 것 같았다. 옷 무더기에서 강렬하게 피어오르는 쉰내를 맡고 이곳을 찾은 게 분명했다. 유니폼을 반납하기 전에 빨아야겠다고 생각한 사람이 단 한 명도 없는 것 같았다.

나는 갈색 베레모, 하얀 셔츠, 갈색 앞치마, 검은색 안전화를 받았다. 셔츠는 겨드랑이와 팔꿈치가 누렇게 변해 있었고 모자도 이마가 닿는 부분에 때가 절어 있었다. 입기 전에 파상풍 주사라도 맞아야 하는 게 아닌가 싶었다. 전부 갖춰 입고 나니 조윤진 씨 같은 기사급은 아니어도 말 탄 기사 뒤를 따르는 시종 정도는 되어 보였다. 아무래도 주방의 드레스 코드는 '전투 준비'인 듯싶다.

서두르는 바람에 발 치수보다 작은 안전화를 골랐는데 한두 시간 정도 지나자 발가락이 으스러지는 것 같았다. 신발 바닥도 너무 딱딱해서 맨발로 다니는 것이나 다름없었다. 주방에서 일할 때 신발이 얼마나 중요한지를 과격한 수업을 통해 깨달았다. 잠수부에게 산소통이 필수적인 만큼 주방 직원에겐 편한 신발이 필수품이다. 나중에 보니 오래 일한 직원들은 모두 21세기의 고무신, 크록스를 신고 있었다.

식당은 남북으로 길쭉한 직사각형 구조였는데 주방은 북쪽 끝에 'ㄱ'자 형태로 놓였다. 기역의 시작점에는 세 사람 정도가 앉으면 꽉 차는 작은 사무실이 있었다. 사무실을 지나서부터가 주방이었다. 술과 음료수를 보관하는 냉장고들 사이를 통과하면 'DMO'가 나온다. DMO는 Dish Machine Operator의 약자로 '식기세척기를 운영하는 사람'이라는 뜻이다. 여기에 들어서면 시큼한 음식 쓰레기 냄새와 후끈한 수증기가 안면을 강타한다. 성인 남자 하나 정도는 몸을 구겨 넣을 수 있을 만한 크기의 싱크대가 두 대 붙어 있고 그 옆에는 업소용 음식물처리기가 24시간 쉬지 않고 돌아간다. 싱크대 뒤에는 설거지할 그릇들을 쌓아두는 길쭉한 철제 테이블이 놓여 있었다. 여기에는 식당 문을 닫기 직전까지도 계속 그릇들이 쌓였다. 북쪽 벽을 따라서는 컨베이어 벨트가 연결된 대형 식기세척기가 설치되어 있었다.

식기세척기 맞은편에는 '드라이렉'이 세워져 있다. 드라이렉은 상온에서 보관하는 재료들을 넣어두는 철제 선반이다. 여기에는 면, 분말 수프, 기름, 각종 가루, 조미료 등이 쌓여 있었다. DMO를 지나면 '워크인'

과 '프리저'가 나온다. 각각 방 형태의 두꺼운 철문이 달린 냉장고와 냉동고다. 워크인에는 채소와 고기, 개봉한 양념, 소스, 우유, 크림 등이 보관되어 있었다. 프리저에는 냉동식품, 해동하지 않은 고기, 해산물이나 케이크 등이 들어 있었다.

기역의 꺾어지는 지점부터가 멀티파트 주방이다. 이곳에는 일반적인 크기의 싱크대 세 개와 대형 전기밥솥, 칼과 도마를 보관하는 적외선소독기가 설치되어 있었다. 두 싱크대에서는 늘 고기와 해산물을 해동했기 때문에 설거지는 남은 싱크대 하나로만 할 수 있었다. 멀티 주방까지가 직원들이 일하면서 사적인 분위기를 누릴 수 있는 경계였다. 이후부터는 오픈 주방이어서 요리 이외의 행동을 하는 데는 어느 정도의 위험이 뒤따랐다. 직원들끼리 잡담을 나누거나 물이라도 마실라치면, 홀에서 틀어놓는 싱겁기 짝이 없는 BGM 말고 좀 더 자극적인 맛의 음악을 듣고 싶을 때는 멀티 주방으로 옮겨야 했다.

멀티 다음이 핫파트인데 여기서부터가 본격적인 전투가 벌어지는 지역이었다. 핫파트가 제일 넓고(다시 말해 청소할 영역도 제일 넓다) 사용하는 설비도 가장 많았다. 싱크대 두 개, 튀김기가 두 대, 화구가 네 개, 찜기 한 대, 조리한 음식을 따뜻하게 보관하는 워머가 한 대, 크고 작은 냉장고가 여섯 대 있었다. 콜드파트는 가열 기구가 많이 필요하지 않아서 핫파트에 비해 주방이 작았다. 대신 이곳에는 면탕기와 부침개를 구울 때 쓰는 철판이 올려진 화구가 있었다.

주방 맨 끝에는 육절기와 고기뷔페용 고기를 보관하는 냉장고가 있었다. 오픈 주방과 홀 사이에는 엉덩이 높이까지 오는 벽이 세워져 있고 그 앞으로 음식을 늘어놓았다.

핫파트의 시작은 튀김기다. 네모 난 기계 안에는 원래 황금색이었지만 급속도로 커피색에 가까워지는 뜨겁고 걸쭉한 액체가 담겼다. 이 튀김 기름은 일상생활에서 접할 수 있는 액체 중 활화산에서 뿜어져 나온 용암에 가장 가까운 물질이다. 실수로 물방울을 떨어뜨리기라도 하면 정말 생명에 위협이 느껴질 정도로 튀어 오르는데 살짝이라도 피부에 닿으면 그날 일은 다했다고 생각해야 한다.

튀김기 옆에는 화구가 총 네 개 설치되어 있다. 화구는 이곳이 오픈 주방이라는 사실에 오히려 감사하게 해준다. 하나만 켜놔도 온몸이 화끈거리는데 주문이 밀려서 서너 개를 동시에 켜놓고 일하면 아무도 조심하라고 일러주지 않은 한 가지 사실을 깨닫게 된다. 주방에선 요리뿐만 아니라 사람도 함께 익는다는 사실을.

열과 관련해 의외의 복병이 찜기다. 다른 가열 기구들 사이에서 찜기는 온순해 보인다. 뜨거운 기름이 튀어 오르지도 않고 거센 불길을 내뿜지도 않는다. 이 기계에서 배출되는 것이라곤 기껏해야 뜨거운 수증기뿐인데, 이건 피부 관리 받을 때도 사용하는 것 아닌가? 하지만 주방에서 증기를 물로 보면 응급실에 실려 간다. 주방에서 증기는 축축한 불길이다. 온도, 고통 모든 면에서 그렇다. 업소용 찜기는 전자레인지 네다섯 배만 한 크기에 온도는 110도까지 올라간다. 선배들은 찜기 문 열 때 바로 앞에 서 있지 말라고 당부했다. 반드시 옆으로 피해 있다가 증기가 빠져나간 다음 음식을 꺼내야 한다. 바쁠 때는 급한 마음에 문 열자마자 달려드는데 수증기가 피부에 닿는 순간 깜짝 놀라 뒷걸음질 친다. 열기가 사라지고 나서도 수증기에 닿았던 부위가 욱신거린다. 수증기에 흠씬 두들겨 맞은 것 같다.

주방에서 진정으로 조심해서 다뤄야 할 기구는 콜드파트까지 통과한 다음에야 나온다. 육절기는 관리자만 다루는데 사용할 때는 사슬 갑옷의 일부인 것 같은 쇠 장갑을 낀다. 하지만 원형 날이 돌아가는 걸 보고 있으면 그걸로 손가락을 보호할 수 있을까 싶다.

근무 첫날은 어디서나 정신이 없는 법이지만 식당 근무 경력이 전혀 없는 사람에게 주방에서의 첫날은 어느 정도는 생과 사를 오가는 경험이다. 칼질과 불길이 난무하는 가운데 한쪽에선 기름이 끓고 바닥은 미끈거리고 어디 하나 긴장을 풀 구석이 없었다. 똑같이 요리하는 공간이라고 해도 가정 주방과 업소 주방은 엄연히 달랐다. 업소 주방에서는 오감이 극대화됐다. 이 말이 결코 과장이 아닌 게 각종 재료며 양념을 항상 대용량으로 사용하고 칼은 집에서 쓰는 것보다 훨씬 큼지막하고 화구의 불길은 가정용보다 두세 배는 강력했다. 사방이 맵고 뜨겁고 날카로운 것투성인데 깔끔하게 정리한 서커스 차력 쇼의 한 귀퉁이 같았다.

당신이 일터로서 주방에 첫발을 디뎠을 때 목표로 삼을 것은 단 하나다. 거치적거리지 않는 것. 칼을 잡고 불을 다루는 것은 결승선 근처에서나 벌어질 법한 일이다. 당장은 어렸을 적 저녁을 준비하는 엄마에게서 들었던 핀잔을 또 듣지 않기 위해 성인이 되고 나서 습득한 모든 정신적, 육체적 에너지를 쏟아부어야 한다. 선배가 소금을 집는다거나 끓는 냄비를 옮길 때, 길을 막지 않으려고 현대 무용의 한 대목을 시연하듯 벽으로 철썩 붙었다, 풀썩 주저앉았다, 턴을 한다. 그것 말고는 당장 작업에 보탬이 될 방법이 없다.

주방은 기본적으로 미로다. 이제 막 들어선 사람은 뭐가 어디에 있는지 알 수가 없다. 원하는 재료와 도구를 찾으려면 그 안에서 몇 주는 헤매봐야 한다. 선배는 당신이 일하는 데에 적어도 방해는 안 된다고 생각하면 양파를 가져다 달라 소스를 가져다 달라는 식의 간단한 심부름을 시켜볼 텐데 결국엔 스스로의 무능함을 증명하는 꼴밖엔 되지 않는다. A 물류센터에서 까대기를 해본 사람은 B 물류센터에서도 바로 근무할 수 있지만, 주방은 다르다. 각각의 주방은 저마다 고유한 영토이고 일류요리사라 할지라도 처음 들어선 주방에서는 이국의 공항에 도착한 외국인이나 다름없는 처지다. 아무리 가까운 곳에 간다고 해도 현지인에게 묻지 않고는 찾아갈 수가 없다.

초보자에게는 주방의 모든 업무 속에 숨은그림찾기 과정이 내포되어 있다. 처음엔 재료 찾는 것 때문에 정말 힘들었다. 분명히 이쯤에서 본 것 같은데 찾아보면 없었다. 선배가 분명 여기 있다고 했는데 내가 찾을 땐 보이지 않던 것이 결국 선배를 불러와서 찾아보면 내가 서 있던 자리 바로 그 앞에 있다. 정말 환장한다. 드라이렉, 워크인, 프리저는 이 숨은그림찾기의 배경이 된다. 이 배경의 온도가 낮아질수록 높은 인내심이 필요하다. 프리저 안에서 재료를 찾을 때는 봉지에 하얗게 얼음이 끼어 있어서 하나하나 털어봐야 한다. 너무 추워서 오래 있기도 힘들다. 프리저 안에서 재료를 찾는 건 물속에 떨어뜨린 물건을 찾는 것과 비슷하다. 죽지 않으려면 중간중간 밖으로 나와야 한다.

첫날 근무는 평일이었다. 내가 출근하고 얼마 지나지 않아 20대 후반으로 보이는 키 큰 남성이 들어왔다. 한석 씨는 기존의 핫파트 담당자였다. 말수는 적었지만 친절한 사람이었다.

"요리하는 건 지금 당장 외워서 하겠다고 생각하지 마시고 일단 봐두기만 하세요."

이곳은 모든 조리법이 계량화되어 있어서 레고를 조립하듯 조리법만 그대로 따라 하면 뭐든지 만들 수 있었다. 튀기거나 볶는 요리는 서너 단계만으로 끝날 만큼 간단하지만, 해산물이 들어가는 경우나 국물 요리는 좀 더 복잡했다. 손님들이 가장 많이 찾는 닭강정은 이렇게 만들었다.

"닭강정을 만들 건데요. 일단 플레이트에 떡이 많이 남아 있잖아요? 손님들이 닭강정 떡을 잘 안 드세요. 그래서 지금은 닭만 만들 거예요. 닭튀김은 프리저에서 가지고 오시면 돼요. 닭튀김은 한 봉지가 한 타임인데 지금은 손님이 많지 않으니까 반 타임만 만들게요. 원래 닭튀김은 4분 튀겼는데 최근에 나오는 건 크기가 좀 커져서 4분으로 부족해요. 그래서 7분 튀겨요. 튀김기에 넣고 타이머 7분 입력하면 알람이 두 번 울릴 거예요. 처음에 울리는 건 조리 시간이 절반 지났다는 신호예요. 이때는 한 번 들어 올려서 들러붙지 않게 털어주세요. 그다음에 울리는 게 시간 다 됐다는 건데 이때는 꺼내시면 돼요.

그다음에 소스를 데울 건데 여기 보면 양념 팬들이 쭉 있잖아요? 밑에 닭강정이라고 쓰여 있어요. 닭강정 소스를 16온스 넣는데 이게 한 국자예요. 이걸 웍에 넣고 끓이는데 웍 중앙 부위까지 소스가 끓어오르면 다 된 거예요. 그럼 닭 튀긴 거 웍에다 붓고 버무려주기만 하면 돼요. 마지막으로 여기다 땅콩 가루 뿌려서 나가면 끝이에요."

이 정도가 전형적인 튀김 요리 만드는 방식이었다.

뷔페에서는 요리할 때 '타임'이라는 단위를 쓴다. 여기서는 일반 식당처럼 한 번에 1인분씩 만드는 게 아니기 때문에 1회 조리 분량을 '한 타임'이라고 부른다. 한 타임은 대략 오륙 인분 정도다. 마감 시간이 가까워지면 한 번에 반 타임이나 3분의 1타임만 만들기도 하는데 이때는 재료나 양념을 타임에 비례해서 줄인다. 반대로 주말에는 한 번에 두 타임씩 만드는 데 이때는 재료를 타임에 비례해서 늘린다.

견학만 하던 시기는 금방 끝났다. 한석 씨랑은 4일 정도 함께 일했는데 그다음부터는 혼자 핫파트를 맡아야 했다. 조리법이 간단하긴 했지만 그것도 요리를 어느 정도 아는 사람한테나 간단한 거지 나처럼 아무것도 할 줄 모르는 사람에게는 그것마저도 버거웠다. 나는 재료 위치뿐 아니라 양념도 구분이 안 됐다. 어디 있는지 잘 찾지도 못하겠는데 또 비슷하게 생긴 것들은 왜 그렇게 많은지. 설탕, 소금, 맛소금은 전혀 구분이 안 돼서 사용하기 전에 매번 찍어 먹어봐야 했고 액상 마가린과 액상 달걀을 구분 못 해서 버터구이옥수수(들어간 재료로만 치자면 마가린구이옥수수였지만) 한 타임을 스크램블옥수수구이로 만들어버렸다(나는 맛있었다). 들깨와 참깨도 구분을 못 해서 들깨버섯국에 참깨를 쏟아부어 한 냄비를 고스란히 버려야 한 적도 있었다. (주방 직원으로서 내가 얼마나 일취월장했는지 궁금한 분들을 위해 근무 2개월여 만에 혀를 대지 않고도 소금과 설탕을 구분하게 되었다는 사실을 자랑스럽게 알려드리는 바이다.)

처음으로 혼자 음식을 만들어야 할 때 주방은 요리하는 공간으로 다가오지 않는다. 그 순간의 심리적 부담감은 **집도의***로서 처음 수술실에 들어선 느낌에 가깝다. 할 줄 아는 거라곤 상처 소독하고 거즈 가는 것밖에 없는데 당장 개복해서 맹장을 들어내야 하는 처지인 셈이다. 내가 음식을 만드는 건지 식중독균을 제조하는 건지 감독해 줄 사람이 없어지자 내 결정 하나하나가 사람을 살릴 수도 죽일 수도 있을 것 같았다(주로 죽이는 쪽일 것 같았다). 일터로서 주방만큼 익숙함과 낯섦이 혼재된 공간도 드물다. 모든 게 낯선 물류센터와는 딴판이었다. 사용해 본 적 없는 도구도 용도를 모르는 설비도 없었다. 전부 라면 끓일 때 써봤던 것들이다. 그렇지만 자연스럽게 와 닿는 것은 아무것도 없었다. 칼을 들고 서 있어도 양파를 썰려면 어떻게 해야 하는지 가스레인지 앞에 서 있어도 불을 켜려면 어떻게 해야 하는지 생각해 내기 위해 한참을 멍하니 서 있어야 했다. 아무래도 이 주방에서 가장 큰 생명의 위협을 느껴야 할 사람은 나 자신인 것 같았다.

혼자서 처음 만든 요리는 유니짜장이었다. 조리법 첫 줄부터 막혔다.

"팬에 고추기름을 두르고 양파, 소고기 파지, 스위트 콘, 양배추 슬라이스를 넣고 1분간 소테한다."

소테? 소테가 뭔데? '솥에'의 오타인가? '솥에서 요리한다'를 잘못 쓴 건가? 솥 같은 건 여기 없는데? 달리기 출발선에 섰는데 나한테 다리가 없다는 걸 깨달은 기분이 이런 걸까? 소테의 정체는 인터넷 사전에서 찾을 수 있었다.

* 외과의사: 2053년 AI가 대체할 직업 _(손정의 소프트뱅크 회장 강연 2018)

sauté　　프랑스어. 명사. 서양 요리의 하나. 버터를 발라 살짝 튀긴 고기로 치킨소테, 포크소테 따위가 있다.

이건 명사잖아? 그래서 소테가 뭐 하라는 거냐고?! 요리하는 수준에 단계가 있다면 이게 가장 밑바닥이지 싶다. 요리하기 위해 국어사전이 필요한 수준. 답답한 건 나만이 아니었다. 바라보는 것만으로도 화상을 입힐 수 있는 눈빛이 있다면 신입 직원이 요리하는 꼴을 쳐다보는 주방장의 시선이 그럴 듯싶다. 느닷없이 살기가 느껴져 뒤를 돌아보니 조윤진 씨가, 눈에 조금만 더 힘을 줬다간 관통상까지 남길 법한 눈빛으로 나를 보고 있었다. 그녀는 사극에서 성난 왕이 주변의 신하들을 물리칠 때 사용하는 손짓을 해 보이며 주방으로 들어섰다. 전문가가 요리하는 모습을 지켜보는 것은 절망감과 즐거움을 동시에 안겨주는 경험이다. 불과 칼을 이토록 자유자재로 다룬다는 점에서 요리사들은 현대 사회에서 간달프에 가장 가까운 존재라고 할 수 있다.

특히 나 같은 요리 초보를 사로잡는 광경은 웍질이다. 이곳에선 뭐든지 많은 양으로 조리하기 때문에 조리 도구도 지름이 40센티미터 정도 되는 웍만 사용했다. 옆에서 지켜보는 것과 실제로 하는 것 사이의 간극이 요리만큼 큰 영역도 드문데 웍질이 특히 그렇다. 웍을 별로 힘들이지 않고 설렁설렁 움직이는 것 같은데 재료들이 파도처럼 솟아올랐다가 고스란히 웍 안으로 들어간다. 주걱으로 뒤섞는 것보다 웍질이 훨씬 힘이 덜 들고 무엇보다 이걸 하면 요리를 잘하는 것처럼 보인다. 안타깝게도 내가 하는 웍질은 웍 손잡이를 붙들고 술에 취해 실랑이를 벌이는 꼴이었다. 가지 마! 이거 놔라. 가지 마! 이거 놔라.

웍질을 제대로 하면 밑에 있던 재료가 위로 위에 있던 재료가 아래로 들어가며 소스도 버무려지고 가열도 골고루 된다. 내 딴에는 선배랑 똑같이 한다고 하는데도 소스는 한쪽에 뭉쳐 있고 재료만 밖으로 다 튀어나올 뿐이었다.

"처음 할 때는 앞뒤로 흔들기만 하는데 그러면 안 되고요, 앞으로 밀 때는 천천히 갔다가 뒤로 뺄 때 확 잡아 빼듯이 해보세요. 웍도 수평으로 왔다 갔다 하는 게 아니라 앞으로 밀 때는 손잡이를 45도 정도 들었다가 잡아 뺄 때 확 내리면서 해보세요.

그리고 국물 있는 거는 웍질하면 안 돼요. 뜨거운 물이 확 튈 수 있어요. 파스타 소스라든가 찜닭, 떡볶이 같은 건 웍질하지 마세요. 잘못하면 다쳐요."

주말 뷔페는 평일과는 다른 장소라고 해도 될 만큼 북적였다. 다행히 첫 번째 주말 근무 때는 한석 씨의 도움을 받을 수 있었다.

이곳 주방 업무는 크게 세 가지였다. 첫 번째가 요리, 두 번째가 프렙, 세 번째는 청소다. 요리하는 틈틈이 재료들을 프렙해 두어야 한다. 포장지 안에 들어 있는 재료들을 바로 요리에 쓸 수 있는 수준으로 준비해 놓는 것을 '프렙'이라고 한다. 이날은 프렙한 재료들을 점심 장사 때 다 써버려서 한 사람은 요리하고 한 사람은 프렙하는 식으로 일했다. 프렙은 파스타면이 가장 손이 많이 간다. 한꺼번에 500그램짜리 파스타면 일고여덟 봉지를 삶는데 파스타 삶을 때는 평상시에 사용하지 않는 초대형 웍을 쓴다. 이건 요리 도구라기보다는 손잡이가 달린 욕조에 가까웠다. 잘하면 내 몸도 여기다 삶을 수 있을 것 같았다. 삶은 면은 굳지 않게 참기름으로 버무린 다음 한 타임 분량씩 소분해서 냉장 보관 했다.

"면 삶는 게 제일 귀찮기도 하고 힘들어요. 당면은 그냥 물에 불려놓기만 하면 되는데 파스타면은 끓였다 식혔다 기름 넣고 섞었다 나눠야 하고 일이 많아요. 그래도 지금 정도면 한가한 거예요. 원래 주말에 바쁘면 이렇게 얘기도 못 해요. 게다가 그때는 사람이 없어서 저 혼자서 일했어요."

"지금도 둘이서 간신히 일하는데 혼자서 가능해요?"

"도와주는 사람도 없는데 해야지 어떡해요? 그러니까 주방 일이 그래요. 사람이 없으면 전부 내가 해야 돼요. 저는 예전에 저녁도 안 먹고 일하고 새벽 1시 넘어서 끝난 적도 있어요."

"그런데 손님이 많아도 8시 반에 영업 끝나는 건 마찬가지잖아요? 그렇게까지 늦게 끝날 일이 있어요?"

"손님이 적으면 한 7시 반까지 음식을 다 충분히 준비해 놓고 주방 정리를 미리 할 수 있잖아요? 국자 같은 것도 미리 씻어두고 팬 갈이도 해두고 그런데 손님이 많으면 그럴 시간이 아예 없어요. 그리고 요리를 그렇게 많이 하면 주방 더러운 정도가 달라요. 싱크대에 웍이랑 팬이랑 잔뜩 쌓여 있고 본격적으로 청소 시작하기 전부터 치워야 하는 양이 엄청나요. 거기다 매일 하는 청소 말고 가끔씩 하는 특수 청소도 있고. 오늘 마감할 때도 그런 거 몇 가지 할 거예요. 이거는 제가 하자고 한 게 아니라 관리자가 승태 씨 혼자 일 시작하기 전에 미리 다 가르쳐주라고 한 거니까 너무 저 원망하지 마세요."

이날의 특수 청소는 '화구 태우기'였다. 화구라는 단어가 생소한 사람이라면 가스레인지라고도 할 수도 있겠다. 하지만 가스레인지라고 하면 주방에서 쓰는 불의 위력을 온전히 잡아낼 수가 없다. 나는 이 단어를 분화구의 줄임말로 이해하고 있다. 내가 주방에서 관리자 다음으로 두려워하는 존재가 화구였다. 불을 최대치로 높이면 탄도미사일 뒤꽁무니처럼 불길이 솟아오르는데 화구를 뒤집어 놓을 수 있으면 천장도 뚫고 날아오를 것 같았다. 가정에서 쓰는 것처럼 자동으로 점화가 안 되고 매번 라이터로 불을 붙여야 하는 점도 무시무시했다. 게다가 열기는 얼마나 뜨거운지 한여름에 화구 앞에서 일하면 아무리 물을 들이켜도 갈증이 사라지지 않았다. 마치 식도와 땀샘을 이어붙인 것처럼 땀이 흘렀다.

이 화구의 삼발이에는 새까만 더께가 잔뜩 말라붙어 있었다. 흘러내린 소스나 음식 부스러기가 처음에는 타버렸다가 오랜 시간 계속 열을 받으면서 단단하게 굳어버린 것이다. 이런 건 물로는 닦이지 않는다. 이것이 너무 더러워지면 삼발이를 뒤집어 놓은 다음 센 불로 15분 정도 가열한다. 이걸 '화구 태운다'라고 하는데 관리자 지시가 있을 때만 한다. 화구를 태울 때는 웍처럼 불길을 막아주는 것이 없어서 가뜩이나 더운 주방이 위협적이라고 느껴질 만큼 달아오른다.

마지막으로 한석 씨는 고객들이랑 싸우지 말라고 당부하고 떠났다. "여기가 오픈 주방이라 술 마시고 우리한테 와서 시비 거는 손님들이 있어요. 그런 사람들이랑 싸우지 마세요. 오픈 주방은 요리하면서 동시에 서비스하는 공간이기도 해요. 그래서 오픈이 힘들어요. 술 취해서 욕하는 사람도 있고 별별 사람 다 있어요. 그래도 절대 싸우지 마세요."

한석 씨, 이력서에 적지 않았지만 저는 콜센터에서 고객에게 화를 낼 수 없는 인간으로 인격 개조를 당했답니다. 저는 고객 응대 지옥 훈련을 받고 살아남은 사람이에요. 제가 화내거나 흥분하는 걸 보시려면 시체를 준비하셔야 돼요. 그것도 제가 얼굴을 알아볼 수 있는 시체 여러 구를요. 요즘에도 내시가 있었으면 저는 대성했어요.

#3

어느 일터나 버뮤다 삼각지대가 존재한다. 멀쩡한 직원도(물론 사회생활에서 '멀쩡하다'라는 평가가 악명 높을 만큼 상대적인 개념이긴 하다) 그 자리에 배치해 놓기만 하면 어느 날 갑자기 흔적도 없이 사라져버린다. 연락도 없이 출근도 안 하고 전화도 안 받는다. 이 식당의 경우엔 핫파트 마감조가 공인된 버뮤다 삼각지대였다. 내 전임자도 그런 식으로 일주일 만에 홀연히 행방불명 처리된 경우였다. 그가 콜드파트 동료와의 마지막 교신에서 남긴 한마디는 "핫파트 청소 너무 빡세!"였다고 한다. 핫파트 사람들이 남아나지 않는 이유는 마감 청소 때문이었는데 이 일은 요리 이상으로 진을 빼놓았다. 내가 일했던 시기에는 코로나 때문에 영업시간이 짧아져서 8시 반에 영업이 끝났다. 그때부터 주방 청소 시작이었다. 마감 청소 할 때는 각자가 자기 파트 주방을 청소하는데 하필이면 주방도 제일 넓고 설거지할 기물도 제일 많은 핫파트에서 음식 쓰레기를 치워야 했다.

홀 정리는 주방 직원을 우울하게 만드는 작업이다. 멀쩡한 음식을 대량으로 버려야 하기 때문이다. 뷔페는 음식 낭비가 유달리 많은 형태의 식당이다. 일반 식당은 손님이 먹다 남긴 것만 버리면 되지만 뷔페는 설령 마감이 30분도 안 남았다고 해도 모든 메뉴가 일정량 이상 준비되어 있어야 한다. 그리고 8시 반이 되는 순간 서른 가지가 넘는 요리를 전부 버려야 한다. 경력이 오래된 사람들은 마감까지 남은 시간과 현재 남아 있는 손님 수를 고려해 주문을 조절한다. 그런데 경험이 부족한 사람들은 불안한 마음에 언제나 음식을 어느 정도 채워놓으려고 한다.

일이 힘든 것과는 별개로 멀쩡한 음식을 쓰레기통에 쏟아부을 때마다 답답함이 솟구친다. 손이 많이 가는 꽃게나 찜닭을 버릴 때 특히 그렇다. 내 노력뿐만 아니라 멀쩡한 음식이 무의미하게 낭비되는 꼴에 화가 난다. 이런 식사법을 전파시킨 바이킹에 대한 깊은 짜증이 솟아오른다.

카트에 커다란 플라스틱 바구니를 싣고 남은 음식을 모두 쏟아붓는다. 조심해도 고기 기름이나 떡볶이 국물, 샐러드 드레싱 같은 것들이 옷이며 바닥에 계속 튄다. 가장 조심해야 할 때는 홀에서 주방으로 넘어갈 때다. 주방은 하수도 설비 때문에 홀보다 바닥이 40센티미터 정도 높았다. 그래서 주방으로 들어가는 경사로를 오를 때면 바구니에서 벌건 음식 쓰레기 국물이 출렁하며 앞치마와 신발 위로 쏟아지기 일쑤였다. 신발이야 안전화로 갈아신어서 상관없었지만, 국물이 신발 속으로 들어가면 양말까지 젖어버려서 청소하는 내내 김칫국물로 축축해진 발로 뛰어다녀야 했다. 유일한 해결책은 짬밥을 조금씩 여러 번 옮기는 것이었지만 그러면 홀 정리 작업이 하염없이 길어졌다.

당장 먹어도 아무 문제 없는 음식을 버릴 때는 뭔가 해서는 안 될 짓을 하는 참담한 기분이 들었다. 한 해에도 수백만 명이 굶어 죽는 시대에 이렇게 멀쩡한 음식을 필요 이상으로 만들어서 버리는 건 범죄다. 하지만 뷔페라는 공간이 그렇다. 마감되기 전까지 빈 접시가 있어서는 안 된다. 이래저래 낭비할 수밖에 없다. 만약 현명한 소비가 불가능에 가까울 만큼 어려운 일이라면 최소한 상식적으로 낭비할 수는 없을까? 주방에서 일하기 부적합한 사람은 위생 관념이 부족한 사람이 아니라 멀쩡한 음식이 버려지는 꼴을 두고 보지 못하는 사람이다. 베이비부머들을 손가락 하나 대지 않고 정신이상으로 몰고 갈 만큼 고문하고 싶다면 뷔페 짬밥을 처리하는 알바를 시켜보라.

짬밥을 처리할 때 과일이나 샐러드 일부는 다음 날 쓸 수 있게 콜드파트로 가져다준다. 채소나 과일을 살릴 때는 신선하고 양도 많아야 한다. 그렇지 않은 경우는 버린다. 짬밥을 다 빼면 기물 차례다. 핫파트 요리는 무쇠 냄비나 주물 팬에 담겨 있었고, 콜드파트 요리는 하얀색 플라스틱 접시에 담겨 있었다. 쇠로 된 기물은 설거지하는 곳에 플라스틱 기물은 콜드파트에 가져다준다. 무쇠 기물은 역기 끝에 매달아서 써도 되겠다 싶을 만큼 무겁다. 설거지를 끝내고 다시 주방에 수십 개씩 옮겨놓을 때는 정말 웨이트 트레이닝 하는 것 같았다.

여기까지 끝마쳐야 실제 주방 청소를 시작할 수 있다. 주방 청소는 국자에서 시작한다. 모든 조미료통 양념통마다 다양한 크기의 국자와 계량스푼이 꽂혀 있다. 이것들을 모두 거둬들여 씻는다. 이것들만으로도 싱크대 안이 가득 찬다. 다음은 팬 갈이다. 양념이나 각종 재료를 보관하는 투명한 플라스틱 통을 '푸드팬'이라고 하는데 보통 줄여서 '팬'이라고 부른다. 팬 중에서 더러운 것들은 깨끗한 것으로 바꿔준다. 이걸 '팬 갈이'라고 한다. 각각의 팬에는 보관 중인 재료의 생산일자와 유통기한을 기록한 라벨을 붙여두는데 팬 갈이를 한 다음에는 이 라벨도 교체해 준다. 마지막으로 팬에다 비닐랩을 씌워서 냉장고에 넣어둔다. 여기까지 끝내야 쓸고 닦는 청소를 시작할 수 있다.

싱크대부터 화구, 튀김기, 찜기, 냉장고까지 철로 된 모든 설비를 주방세제로 닦아낸다. 멀티파트의 고정 인원이 없을 때는 멀티 주방도 내가 청소해야 한다. 다음이 바닥 청소다. 본격적으로 비위가 상할 차례다. 주방 설비를 닦을 때 씻겨 내려간 음식 찌꺼기들이 싱크대나 냉장고 틈 사이에 끼었고 바닥에도 잔뜩 남아 있었다. 틈이 비좁아서 손이나 기구를 써 끄집어낼 수 있는 건 얼마 되지 않았다. 안쪽 깊숙한 곳에선 고기 찌꺼기, 채소 부스러기 등등이 사이좋게 썩어갔다. 호스 물줄기로 씻어내 보려고 해도 뒤가 막혀 있어서 전부 빼내는 데에는 한계가 있었다. 설비를 들어내지 않고는 완벽하게 치우는 게 불가능했다.

바닥 청소가 막바지에 이르면 주방 바닥에 물이 차올랐다. 하수구가 막힌 것이다. 주방 하수관 중 두 곳에 음식 찌꺼기를 걸러내는 장치가 있었다. 덮개를 열고 이 안에서 찌꺼기를 손으로 직접 퍼내야 했다. 밥알들이 둥둥 떠다니는 핑크빛 음식 쓰레기 국물 속에 어깨가 잠길 만큼 손을 집어넣고 바닥에 깔린 떡, 과일, 닭 껍질 등을 퍼냈다. 물이 빠지고 나면 하수구 덮개 주변에 역류할 때 올라왔던 밥알과 채소 부스러기가 잔뜩 들러붙었다. 하수구 덮개는 전부 들어내서 싱크대에 놓고 주방세제로 씻어낸다. 덮개를 빼낸 자리에는 머리카락을 뭉쳐놓은 것 같은 검은 오물 찌꺼기가 끼어 있는데 이것들도 다 손으로 걷어낸다. 주방에 비치된 모든 쓰레기통(음식물, 일반, 재활용 등등)을 비우고 쓰레기통에 새 비닐을 씌운 다음 물기를 짜낸 행주로 주방 설비에 튄 물기를 모두 닦아내야 청소가 끝난다. 9시 반 퇴근은 순수한 이론의 영역 안에 있었고 평일 마감조는 요리하는 시간보다 청소하는 시간이 더 길었다.

청소가 끝났다고 바로 퇴근할 수 있는 날은 운이 좋은 날이었다. 그리고 운이 좋은 날은 조윤진 씨가 쉬는 날과 같았다. 직원들은 조윤진 씨를 '총사령관'이라고 불렀는데 그녀가 주방 안에 들어서면 발산하는, 자기보다 덩치 큰 남자도 가뿐히 씹어 먹어버릴 듯한 아우라를 담아내려면 '총통 각하'가 더 어울릴 것 같다. 이 자그마한 여성이 주방의 사내들을 달달달 떨게 만드는 모습은 황조롱이가 30센티미터 남짓한 크기에도 최상위 포식자로 군림한다는 사실을 떠올리게 만든다.

숨은그림찾기는 재료 찾기 할 때만 하는 게 아니다. 청소를 마무리할 때도 필수 과정이다. 분명히 내가 확인했을 때는 아무 문제 없어 보였는데 총사령관님이 검사하면 항상 더러운 게 나왔다. 하수구 구멍에 걸린 콩나물 줄기, 냉장고 문에 튄 간장 방울 등등 오케이 사인이 내려지기 전까지 이 과정을 몇 번이고 되풀이했다. 계약서상의 퇴근 시간은 9시 반이었지만 그 시간에 퇴근한 건 폐업이라는 단어를 떠올리게 했던 어느 장마철의 하루뿐이었다.

#4

지구상에 내전을 겪어보지 않은 식당은 없다. 홀과 주방 사이의 전쟁이다. 내가 일하던 식당도 두 세력 사이에 끊임없이 국지전이 벌어졌다. 홀에서는 음식이 빨리 안 나온다고 신경질을 내고 주방에선 바빠죽겠는데 왜 저것들까지 지랄이냐며 화를 낸다.

5일째부터는 오롯이 혼자서 핫파트를 맡았다. 사수가 없어서 아쉬운 점은, 좋게 말해도 예측 불가인 나 자신의 불, 칼 다루는 솜씨로부터 나를 보호해 줄 감독이 없다는 것뿐만이 아니었다. 이제는 홀과 주방 사이의 비무장지대마저 사라져버렸다. 공식적으로 홀과 주방 간 권력 다툼에선 주방이 우세하다고 분석하지만 그것도 어디까지나 주방이 주방다울 때 얘기다. 한석 씨는 손도 빨랐고 홀 직원들과 두루두루 친해서 문제가 생겨도 적당히 넘어갈 수 있었지만 나는 아니었다. 나는 홀 직원들의 분노에 찬 십자포화를 오롯이 받아내야 했다.

"언제 나와요!"

"얼마나 더 기다려요?"

"15분 지났어요. 아직 멀었어요?"

"빨리빨리!"

"아, 빨리 좀!"

갈등의 주요 원인은 음식 나가는 속도지만 원인이 그것만 있는 건 아니었다. 부딪치기 시작하면 오만가지 이유로 싸운다. 주방에서 분리수거를 똑바로 안 했다고 싸우고 홀에서 설거지를 제대로 안 했다고 싸우고(DMO는 홀 직원들이 돌아가며 맡았다. 다만 각 파트에서 사용하는 웍이랑 주걱, 국자 등은 파트 담당자가 처리했다) 어떨 때는 유부초밥의 바닥을 편편하게 만들지 않았다고 싸웠다(바닥이 편평하지 않으면 초밥이 넘어지면서 토핑이 흘러나왔다).

그중에서도 가장 공격적이었던 사람이 김선준*이라는 20대 중반의 남자였다. 그는 보통 키에 호리호리한 체격으로 뽀얀 얼굴엔 울긋불긋한 여드름 자국이 남아 있었다. 이 친구는 매사에 요식업계 종사자들의 심리적 기본값이라 할 수 있는 짜증과 피로가 배어 있었다. 그는 이곳에서는 3년 동안 일해왔는데 관리자를 제외하면 가장 오래 일한 직원이었다. 이제는 일이라면 다 지긋지긋한지 업무의 거의 모든 측면이, 누군가가 그의 얼굴에 대고 방귀를 뀐 것 같은 표정을 짓게 만들었다(2022년 여름 어느 금요일, 퇴근 시간대 이태원 방면 421번 버스의 출구 옆 좌석에 앉은 필자에게 실제로 벌어졌던 일이다. 당시의 후각적 트라우마로 인해 요즘도 421번 버스를 탈 때는 빈자리가 있어도 서서 다닌다). 그다지 밝지 않은 인상을 더 구길 때는 역시나 음식이 제때 안 나올 때였다. 그럴 때면 주방 안으로 들어와선 내 옆에 바싹 붙어 팔짱을 끼고 발을 까딱거리고 손목시계를 들여다봤다. 독기 서린 한숨을 푹푹 내쉬면서.

앞서도 얘기했지만, 싸우는 이유는 다양하다. 설거지는 분명히 홀에서 하기로 되어 있는데 그것 가지고도 문제로 삼는다. 하루는 설거짓거리를 몰아서 DMO에 가져다줬다. 마침 이 친구가 그릇을 닦고 있었다.

* 마동석 테스트 23회 실시.

그릇을 한꺼번에 쏟아놓고 가는 게 기분이 나빴는지 돌아서는 나를 불러 세웠다.

"이런 거는 물로 대충 씻어서 할 수 있잖아요? 이런 걸 일일이 가져와야 돼요? 아니 이 식당에서 나만 일해요?"

쓰레기는 9시에 홀 직원이 모아서 지하 쓰레기장으로 가지고 갔다. 그 친구는 쓰레기 봉지 쌓은 꼴이 마음에 안 들면 일하던 사람을 불러내서 다시 쌓게 만드는 일이 허다했다. 쓰레기를 버리는 건 자기 일이지만 쌓는 건 주방 몫이라는 거였다.

"이거 처음부터 다시 쌓아요. 이렇게 흔들거리면 나중에 쓰러지잖아요? 그때 내려와서 다시 쌓아줄 거예요? 그 정도 생각 못 해요?"

그는 자신의 영역이 침범당한다고 느끼면 사납게 달려드는 것이 본성이라는 측면에서 진돗개 같은 존재라고 할 수 있었다(다만 여기서 직장 선배를 개에 비유함으로써 발생하는 한국어 특유의 모욕적인 효과는 결단코 내 의도가 아님을 밝혀둔다. 나는 누군가가 마음에 안 든다고 개에 비유할 만큼 생각 없는 사람이 아니다. 온갖 설치류와 파충류를 내버려두고 굳이 똑똑하고 아름다운 개에 비유할 만큼 생각 없는 사람은 결코 아니다). 이 친구는 자신의 영역 본능을 긍정적으로 사용하려면 주방이 아니라 국방부에서 일해야 할 것 같았다.

이 문제 때문에 주방에서 일하는 친구에게 조언을 구한 적이 있다.

"그 자식이 또 그러면 쳐다도 보지 말고 아무 말 않고 가만히 있다가 뭐가 이렇게 앵앵대?! 하면서 식칼을 도마에 콱 꽂아. 너 주방에서 한번 얕보이면 그거 평생 가는 거야. 특히 홀 애들이 까불지 않게 잘해. 이건 너 혼자로 끝나는 게 아니야. 니가 이렇게 밀지고 들어가면 너 다음에 오는 애들도 계속 그래야 한다고. 이거는 주방의 명예가 걸린 일이야!"

나는 친구가 이렇게 얘기해 줄 거라고 기대했다.

실제로는 이랬다.

"그거는 당연한 거야. 홀에서는 그렇게 할 수밖에 없어. 결국엔 손님들 눈치 보고 욕먹고 사과하는 건 주방이 아니라 홀이야. 그리고 그게 홀, 주방 생리야. 홀 애들은 주방장 이런 사람들한테 함부로 못 하거든. 그렇다고 얘기를 안 할 수도 없고. 손님들이랑 주방 중간에서 발 구르고 똥줄 타는 건 홀이니까. 그러면 그냥 막내 갈구는 거야. 주방은 진짜 나이 이런 거 없어. 일 못하면 욕먹는 거는 당연한 거야. 특히 홀 애들은 주방 사람들 보라고 너를 더 갈굴 수 있지. 빨리하게 가르치든 아님, 선배들이 직접 빼든 어떻게든 하라고.

그러니까 연습해. 레시피 보면서 머릿속으로 어떻게 할까 그려봐. 팬에다 뭐 담고 불을 켜고 볶고 또 다른 재료 담고 하는 그 과정 하나하나 머릿속에 그리면서 연습해. 재료 위치는 어디 있고, 써는 거는 어느 정도 크기로 하고 이런 것들. 그냥 레시피를 외우기만 하는 거랑 머릿속으로 그려보면서 연습하는 거랑 완전히 달라. 요리는 이미지트레이닝이 진짜 도움이 많이 돼. 주방은 니가 빨리빨리 하기만 하면 아무도 너 안 건드려. 오히려 니가 일찍 빼놓고 빨리 안 가져가냐고 음식 식는다고 홀 애들 갈구지. 그니까 결론은 이거야. 니가 욕을 먹는 건 니가 일을 존나 못해서 그래. 다른 이유 없어."

참고로 말씀드리자면, 눈치채신 분들도 계시겠지만 이 인물은 친구라고 할 만한 존재가 오로지 나 하나밖에 없는 사람이다. 내 직업윤리에 심각한 의문을 제기한 그는 오랫동안 요식업계에 종사하기는 했으나, 감자튀김을 마요네즈에 찍어 먹어야 맛있다고 생각하는, 다시 말해 기초적인 사리 판단이 제대로 되지 않는 사람이라는 점을 추가로 언급할 필요가 있겠다.

홀과 주방 사이의 전선에서 주방은 내 이마 헤어라인처럼 하염없이 뒤로 물러서고 있었다. 당신이 공격한다고 내 요리 속도가 갑자기 빨라질 리도 없으니 거국적인 차원에서 상호 불가침 조약을 체결하자고 선준 씨에게 점잖게 요청했지만, 미처 조약의 세부 사항을 논의하기도 전에 상대 쪽에서 3년 일한 자신에 비해 3주 일한 나는 협상의 상대로서 '격'이 심하게 떨어진다는 점을 명확히 했다. 나 같은 건 상대할 필요조차 없다는 단호함에 놀라 쓸쓸히 회담장에서(핫파트 재활용 쓰레기통 옆) 물러설 수밖에 없었다. 다시 한번 어째서 우리나라 국방부나 외교부에는 저런 강철 같은 인재가 없는 건가 한탄스러웠다.

주방은 정글 다음으로 서열이 엄격한 곳이다. 조윤진 씨는 이곳에서 주방장 격의 존재였고 그의 말이 갖는 무게감은 홀 직원들과는 체급이 달랐다. 선준 씨도 조윤진 씨 앞에선 아무것도 아니었다. 주방에서 조윤진 씨가 내린 결정은 대법원 판결 정도의 권위를 가졌다. 직원 모두가 조윤진 씨 앞에서 숨을 죽였다. **선원***들이 바다 날씨를 확인하듯이 직원들은 그녀의 기분을 파악하려고 애썼다.

* 선원·항해사(Fishers·Sailors): 대체확률 0.83 _〈고용의 미래〉

주방에서의 홀로서기는 태어나자마자 바로 일어나서 뛰어다니는 가젤이나 누의 그것과 비슷하다. 당장 그렇게 하지 못하면 살아남을 수 없다. 주방에서는 개인 사정 같은 건 봐주지 않는다. 당신이 경력이 없고 혼자 일한 지 얼마 안 됐다는 것은 아무도 신경 쓰지 않는다. 유난히 느린 손 때문에 이곳에서 나는 풍전등화 신세였고 내 가냘픈 불길에 후후 바람을 불던 사람이 바로 총사령관님이었다.

"앞치마에 손 닦지 말아요. 보기 안 좋아요. 국자로 소스 퍼 담을 때는 흐르는 건 밑에 주걱 대요. 그러라고 있는 거잖아요? 지저분하게 그게 뭐예요?"

"죄송합니다."

"칼질 그렇게 하는 거 아네요. 칼질 누가 가르쳐줬어요?"

나는 찜닭에 쓸 닭고기를 자르고 있었다. 닭고기 정육을 한 입 크기로 나눠야 했는데 닭 껍질이 너무 미끄러워서 잘리지 않았다. 칼을 이리저리 움직이면 결국 껍질은 그냥 떨어져 나가고 살만 잘렸다.

"가르쳐준 사람 없는데요."

"그럼 물어봐요. 냅다 저지르지 말고. 그렇게 하면 껍질이 미끄러워서 칼이 안 들어가잖아요? 그럼 뒤집어서 살 드러난 부분부터 자르면 되잖아요? 아니 그 정도도 생각 못 해요? 그리고 이것도 너무 커요. 여기서 한 번 더 잘라요. 작게 잘라야 음식 나가는 속도도 줄 거 아네요?"

칼질뿐 아니라 웍질도 문제였다.

"그만! 그만! 웍질 누가 그렇게 하래요? 웍으로 화구를 막 긁듯이 그렇게 하는 게 아니에요. 그러면 화구 다 망가져요. 힘쓰지 말고 살짝살짝 잡아당기기만 하면 되는데 왜 그렇게 하지… 아… 답답하네! 진짜."

주방에선 연인, 부부 사이의 고질적인 문제가 재현된다. 누구도 소리 내어 말하지 않은 것을 상대가 알고 있기를 기대한다. 이곳에선 명시적으로 표현되지 않는, 행간을 읽어내야 한다. 아무도 위치를 알려준 적 없는, 이름도 표시되어 있지 않은 소스를 바로 찾아낼 수 있어야 하고 누구도 사용법을 가르쳐준 적 없는 조리 기구도 쓸 줄 모른다고 하면 혼부터 났다.

"아니 일주일이 지났는데 소스 위치 하나 몰라서 쩔쩔매면 어떡해요?"

"아니 아직도 찜기를 돌릴 줄 모르면 어떡해요?"

아무도 가르쳐준 적이 없다고 항변해 봐야 소용이 없었다. 그저 상대의 부아만 돋울 뿐이었다.

"나도 누가 그거 가르쳐준 적 없어요. 여기 재료가 몇 개고 일이 몇 갠데 그걸 어떻게 일일이 다 설명해 줘요? 선배들 하는 거 보면서 눈치로 아는 거지. 아 진짜 답답하네."

어디에서나 신입에겐 눈치가 가장 긴요한 작업 도구다. 특히나 주방에선 신입이 눈치로 절반 이상은 배워나가길 바란다. 스파이라면 주방에서 멋지게 살아남을 수 있을 것 같다. 비록 나는 많이 버벅대고 많이 뒤처지긴 했지만, 그래도 쏟아지는 주문들을 어떻게든 완성은 해냈다. 주방이라는 바다 위에서 내 목표는 초지일관 침몰만은 면하자는 것이었고 내 나름대로 그것만큼은 성공했다고 자부했으나 조윤진 씨 입장에서는 물에 떠 있는 것만이 능사가 아니었다. 그녀의 관점에서 말해보자면, 시체도 물에는 떴다.

조윤진 씨가 지적하는 사항들은 대체로 납득할 수 있는 것들이었지만 가끔은 너무 한다 싶을 때도 있었다. 하루는 조윤진 씨가 닭고기 프렙을 지시했다. 프렙은 파스타면과 닭고기 손질이 제일 손이 많이 가서 시간이 날 때마다 해두는 편이었다. 그날은 조윤진 씨가 지시한 분량을 마치고 나서 시간이 남아서 더 하고 있었다. 잠시 후 조윤진 씨가 와서는 그걸 가지고 문제 삼았다.

"아니, 이거 아직도 다 못 했어요?"

"아니에요. 다하고 조금 더 하는 거예요."

"내가 아까 하라고 한 것만 하면 되는데 왜 또 하는 거예요?"

"시간이 좀 남아서…."

"어차피 그쪽 속도로는 마감까지 계속해도 다 못 해요. 하라고 한 것만 하지 왜 시키지도 않은 일을 해요?"

"아니… 그게 시간이 좀 많이 남아서… 가만히 있기 그래서…."

"이거는 지금 어느 정도 해뒀으니까 그러면 파스타 소스나 좀 더 만들어두지 일을 그렇게 해야지 어느 게 필요하겠다 생각을 좀 하면서."

분명 자초한 일이지만 어느 시점부터 조윤진 씨는 나를 화장실 훈련시키는 강아지처럼 가르쳐야 한다고 결심한 것 같았다. 틈만 나면 내 옆에 붙어서 동작 하나하나를 점검했다. 나는 나대로 그녀가 옆에 있으면 혈관이 긴장해서 머리 쪽으로는 피를 보내지 못하는 건지 사고 과정이 멈춰버리기 일쑤였다. 그러면 뇌가 언제 다시 오픈한다는 안내문 한 장 없이 개점휴업 상태에 들어갔다.

"지금 뭐 만들 거예요?"

"유니짜장이요."

"그럼 뭐부터 해야 돼요?"

"기름을 두르고 채소를 볶아서…."

"아뇨! 제일 먼저 뭐해야 돼요?"

"팬을 달궈놓을까요?"

"제일 먼저 뭐해요?"

"양념을 미리 준비…."

"제일 먼저 뭐해요?!"

'**창문 열고 뛰어내려요!**' (마음의 소리마저도 얼토당토않았던 것이 여기는 지하였다.)

"면부터 물에 담가서 해동시켜야죠!"

주방에서 살아남으려면 뼈를 깎는 노력이 필요하다. 만약 노력이 충분치 않다고 여겨지면 같이 일하는 사람들이 당신 뼈를 깎아내려고 달려든다.

"뭐부터 준비해야 돼요?"

"이다음에 뭐해요?"

"지금 그렇게 하는 거 맞아요?"

"죄송한 게 아니라 이 정도는 알고 있어야죠. 일 안 할 거예요?"

"왜 이렇게 안 늘지…. 아 답답하네! 진짜…."

그럴 때면 조윤진 씨는 상대를 지그시 쳐다보는데… 아… 여러분도 그런 눈빛을 받아보신 적이 있으신지 모르겠다. 자신을 제외한 지구상의 모든 인간이 불필요한 존재라고 확신하는 듯한 눈빛. 만약 모종의 이유로 평생 조윤진 씨 밑에서 일하던가 아니면 평생 변기 물로 세수를 해야 하든가 둘 중 하나를 선택해야만 한다면 피부 미용이 내게 얼마나 중요한지 심각하게 고민하게 될 것 같다.

하루는 같이 저녁을 먹는 콜드파트 직원에게 하소연했다. 그는 이곳 직원들 대다수가 그렇듯 수업이 끝나고 출근하는 대학생이었다.

"주방이 어디나 군기, 텃세 같은 게 엄청 심해요. 그 자리 하루만 일하고 그만둔 사람 엄청 많아요. 핫파트가 일도 힘들지만, 관리자가 옆에 붙어서 그렇게 쪼니까 스트레스받아서 못 견디고 나가요."

"근데 제가 이해가 안 가는 게 사람들이 금방 그만둬서 힘들다 그러면서 왜 그렇게 몰아대는 거예요? 어떻게든 데리고 있으려고 애를 써야 하는 거 아녜요?"

"아니죠. 어차피 그만둘 사람이면 그래서 막 대해도 상관없는 거고. 계속 있을 사람이면 누가 서열이 높은지 확실하게 보여줘야죠. 주방은 워낙 일이 많고 힘드니까 위아래가 확실하게 잡혀 있지 않으면 굴러가지 않아요. 여기선 핫파트가 제일 심해요. 저도 사람 없다고 해서 핫파트 몇 번 불려 간 적 있는데 너무 힘들어서 핫파트 계속해야 하면 그만둔다고 해서 다시 콜드로 옮긴 거예요. 아마 지금 많이 힘드실 거예요."

인원 부족으로 힘들어하면서도 사람에 미련이 없는 데에는 주방 사람들의 자부심도 한몫했다. 경력이 오래된 사람들은 '화'가 중심에 자리잡은 자부심이 가득했다. '그래, 할 수 있어!'가 아니라 '씨발 다 덤벼!' 류의 자신감이다. 이들은 오랜 시간 동안 과로와 야근으로 점철된 주방

생활을 '나 아니면 식당이 안 돌아가!' 하는 자부심으로 버텼다. 오래 일한 사람은 누구나 가슴 한편에 이 생각을 품고 일한다. 심지어는 나조차도 한두 달 지나자 그런 생각이 들었다. 뜨내기 한둘이 사라지는 건 크게 신경 쓸 일이 아니다. 그들이 있건 없건 어차피 내가 여기서 제일 힘들고 일도 제일 많이 하는 건 달라지지 않는다. 신입 직원에게 살갑게 대할 이유도 없다. 결국엔 내가 다 하게 될 테니까. 겸손한 래퍼를 힙합 세계에서 찾아보기 힘들듯이 일당백이 아닌 요리사도 요식업계에서 찾아보기 힘들다.

자신감 얘기가 나와서 말인데, 요리사는 작가 저리 가라 할 정도로 질투심이 강한 직군이다. 이는 기상청에서도 귀 기울여야 할 만한 사안인데 글 쓰는 사람들이 모인 자리에서 베스트셀러 이야기가 나오면 근방에서 지진이 감지된다. 그 '형편없는 놈팽이'가 또 대박을 터트렸다는 소식에 분노한 작가들이 리히터지진계에 기록이 될 만큼 요란하게 발을 굴러대기 때문이다(아니, 그게 책이야? 그것도 책이냐고?!). '동족 혐오' 하면 작가지만 그런 작가조차도 머쓱하게 만들 만큼 요리사는 동종 업계 종사자에 대한 평가가 박하다. 요리하는 사람들이 모인 자리에서 맛집 소개하는 방송이 나오기라도 하면 그곳 음식의 문제점을 분자 단위로 분석하지 않고서는 넘어가지 않는다. 이들이 동종 업계 종사자들에게 느끼는 질투심은 자신의 예술에 품고 있는 자부심과 비례하는데 비극은 이 자부심이 실력과 비례하는 것은 또 아니기 때문이다. 그리하여 지금, 이 순간에도 수많은 작가와 요리사가 어째서 세상은 날 이리도 몰라주는지에 대한 해답을 찾아 세상을 헤맨다.

#5

식당 일을 쓰면서 음식 이야기를 하지 않을 순 없겠다. 한 가지 내가 이 식당에 감사한 게 있다면 여기서 일한 덕분에 뷔페를 두고 하는 환상을 떨쳐버릴 수 있게 된 점이다. 이곳은 비싼 재료라고 할 만한 건 하나도 사용하지 않았다. 게딱지볶음밥에는 대용량으로 파는 전복소스가 두 숟가락 들어갈 뿐이지 실제로 게는 하나도 들어가지 않았다. 전복내장죽 역시 볶음밥에 썼던 것과 같은 전복소스가 들어갔고 전복은 조금도 들어가지 않았다. 이곳 양념 선반에서 해결사 역할을 도맡은 전복소스는 화학조미료의 바닷속에 전복 추출물이 살짝 몸을 담갔다 나오고 남은 무언가였다.

식자재 대부분은 이곳의 본사가 베이징에 있는 게 아닌가 싶을 정도로 중국산 일색이었다. 한동안은 멸치육수를 사용하다가 그마저도 멸치다시다로 바꿨다. 많은 요리에는 대량생산된 소스를 썼고 그러다 보니 맛이 다 달짝지근했고 개성이라고 부를 만한 건 없었다. 가장 대표적인 예가 찜닭인데 조리 과정에서 소스랑 콜라를 일대일 비율로 섞어서 만들었다. 소스 2킬로에 콜라 2리터를 섞는데 숟가락으로 찜닭 국물을 퍼 먹는 사람은 따뜻하게 데운 콜라를 먹는 거나 마찬가지였다. 공장 양념에 싼 재료만 들어가는 곳이니 누가 요리하든 맛에는 한계가 뚜렷했다. 요리 솜씨가 숙련된다 해도 속도가 빨라지는 거지 맛이 특별나게 달라지지는 않았다.

이런 한계에도 불구하고 식당은 성공적이었다. 주말이면 길게 대기

줄이 늘어설 만큼 사람들로 붐볐다. 아마도 인기의 비결은 이곳 특유의 손맛 덕분이 아닌가 싶다. 무슨 말이고 하니… 내가 일하는 동안 화장실에서 마주친 직원 가운데 볼일을 보고 손을 씻는 사람이 단 한 사람도 없었다.

여기는 재료만 싼 걸 쓰는 게 아니라 사람도 싼 종류만 찾았다. 세 명의 관리자를 제외한 직원의 90퍼센트가 대학생이었고 나머지가 전업주부였다. 후자의 경우에는 주말에만 근무했는데 주말에는 남편이 아이들을 데리고 있어서 일을 할 수 있다고 했다. 이 식당이 인력난에 시달리는 시기는 대학의 시험 기간과 대체로 일치했다. 의도하진 않았지만 내가 채용된 것도 1학기 중간고사가 가까워졌을 때였다. 놀랍게도 이들 중에 휴학생은 없었다. 홀, 주방 할 것 없이 다들 학기 중이었다. 이들이 모여 나누는 얘기는 대개 비슷했다.

"나 마지막 수업 끝나고 밥도 못 먹고 바로 왔어."

"나 이거 끝나면 밤새워서 과제해야 돼."

나는 과거에 자동차 부품 공장에서 저녁 8시에 퇴근하고 나서 밤새 밀린 집안일을 해야 한다고 걱정하던 여성들과 일했다. 이제는 그 사람들이 집에 돌아가서 밤새 과제하는 학생들로 바뀌었다. 왜 그렇게까지 일하냐고 물어보면 대답은 한결같았다.

"학자금 대출받은 거 조금이라도 갚아야죠."

20대가 자주 찾는 최저 시급 일자리는 비싼 대학 등록금 덕분에 굴러갔다. 주방에서 일해보니 비싼 등록금의 수혜자가 누구인지 분명했다.

식당 일이란 게 원래 그렇지만 주문은 적당한 시간을 두고 하나씩 들어오는 게 아니라 한꺼번에 몰렸다가 뜸해지곤 했다. 특히 주말에는 프렙된 재료도 다 떨어졌을 때가 많아서 재료 준비까지 같이 하다 보니 시간이 더 길어졌다. 허둥대는 꼴을 가만히 보고 있을 조윤진 씨가 아니었다.

"지금 나가야 할 게 뭐예요? 이렇게 한 번에 하나씩 하면 안 돼요. 바쁠 때는 화구 네 개 동시에 쓰면서 할 수 있어야죠!"

조윤진 씨 말대로 하려면 화구 사이에서 저글링을 해야 한다. 주말 단체 손님들의 티라노사우루스 같은 식욕을 당해내려면 화구 저글링은 필수다. 이때는 그 나름대로 순서가 있다. 국이나 수프를 가장 먼저하고 닭강정이나 탕수육처럼 튀김류를 가장 나중에 한다. 국물류는 방치형 메뉴였다. 처음에 물이랑 재료를 몽땅 쏟아부은 다음 팔팔 끓이기만 하면 됐다. 대신 끓이는 시간이 꽤 걸리는 편이라 가장 먼저 하는 게 좋았다. 튀김류는 조리 절차가 간단했다. 튀기고 소스만 버무리면 끝났다. 튀김은 급한 일들 다 끝낸 다음 마지막에 후다닥 처리하면 충분했다.

국물과 튀김 사이에 손이 많이 가는 요리를 한다. 토요일 저녁의 전형적인 화구 저글링은 이런 식으로 진행된다. 주방 스피커로 주문이 들어온다.

"아, 아, 감사합니다. 핫파트, 핫파트. 닭강정, 찜닭, 유니짜장, 옥수수수프, 한 타임씩 만들어주세요. 대기 손님 많습니다. 빠르게 좀 부탁드릴게요."

옥수수수프, 유니짜장, 찜닭, 닭강정 순으로 작업하기로 한다. 맨 먼저 수프 가루, 크림, 물을 계량해서 웍 안에 때려 붓고 불을 올린다. 다음은 유니짜장이다. 면을 따뜻한 물에 담가 해동시키는 사이 채소와 소고기를 소테한다. 볶는 틈틈이 수프 분말이 뭉치지 않게 저어야 한다. 곧이어 찜닭을 준비한다. 대체로 세 번째가 손이 제일 많이 간다. 닭고기에 소금 간을 하고 겉이 하얗게 익을 만큼만 볶는다. 그러는 사이 두 번째 웍에서 연기가 피어오른다. 소고기가 타지 않게 웍질을 하면서 수프도 젓는다. 잽싸게 재료를 모아 해동한 면과 짜장소스, 우스터소스, 물을 넣고 끓인다. 수프는 조금씩 끓기 시작하고 짜장도 거의 자리를 잡아간다. 마지막으로 가장 간단한 음식을 한다. 냉동 치킨을 튀김기에 넣고 알람을 맞춘다. 이것만으로 닭강정 작업의 절반이 끝났다. 볶은 닭고기를 흐르는 물에 씻은 다음 소스와 당면 채소를 넣고 끓인다. 사이사이 짜장과 수프를 젓는다. 이때 사용한 주걱들이 섞이지 않게 조심한다.

어느새 수프는 냄비 중앙까지 끓어오른다. 불을 끄고 배식구에 올려놓는다. 여유 있게 찜닭과 짜장으로 돌아간다. 당면이 투명해지고 흐물흐물해졌다. 양파, 대파, 고춧가루를 넣고 한소끔 더 끓인다. 짜장은 완성이다. 남은 요리는 두 개다. 튀김기 알람이 울린다. 닭튀김을 꺼내 웍에 넣고 소스와 섞는다. 네 개의 공으로 곡예를 부리던 저글링도 이제 끝이 보인다. 조윤진 씨의 만족해하는 미소가 주방 저편에서 신기루처럼 피어오른다. 가슴이 뿌듯함으로 터져오려는데 전형적인 주말 주방의 혼돈이 고개를 든다. 홀에서 난데없이 공 두 개를 또 던져 넣는다.

"아, 아, 감사합니다. 핫파트, 핫파트. 게딱지볶음밥이랑 국물떡볶이 한 타임씩 부탁드립니다. 속도감 있게 부탁드릴게요."

웍 하나에는 날치알, 전복소스, 볶음밥 베이스를 넣고 다른 웍에는 떡 어묵, 떡볶이소스, 물을 넣고 불을 올린다. 닭강정을 배식구로 옮기려는데 떡이 빠져 있는 걸 눈치챈다. 떡을 튀김기에 넣고 기다린다. 떡은 20초만 튀기면 되기 때문에 알람을 맞추지 않고 그대로 지켜본다. 튀긴 떡을 닭튀김과 함께 소스와 섞어준다. 닭강정을 내놓고 한숨 돌리려는데 볶음밥에서 연기가 난다. 급하게 웍질을 한다.

이때 잊고 있던 공 하나가 땅바닥에 떨어져 버린다. 찜닭 국물이 다 졸아버려서 갈색 양념 자국만 웍에 말라붙어 있다. 떡볶이는 다행히 무난히 마무리된다. 다시 찜닭만 남았다. 홀에서 찜닭을 보채는 소리가 커진다. 조금만 기다리면 끝이라 생각했는데 다시 공 세 개가 더해진다. 계란찜, 바비큐순대, 크림파스타. 설상가상으로 계란찜은 프렙된 게 없어서 달걀물부터 다시 만들어야 한다. 재료를 찾아 냉장고를 뒤지는 사이 찜닭의 존재는 다시 잊힌다. 달걀을 한 아름 들고 주방에 돌아와 보니 공은 바닥에 떨어져 굴러다니고 있다. 주방에는 찜닭 타는 냄새가 진동하고 홀 직원이 웍의 불을 끈 상태다. 이번엔 고기까지 타서 처음부터 만들지 않으면 안 된다. 새로 더해진 요리를 손도 못 댄 상태인데 그러거나 말거나 새 공들이 늘어난다. 탕수육, 달걀볶음밥, 비빔만두. 어느 시점부터는 새 공이 더해지는 속도를 도저히 쫓아갈 수가 없다. 홀 직원들은 어느새 주방으로 들어와 자기가 주문한 요리가 완성되길 팔짱을 끼고 기다리고 있다. 손님들은 주방을 향해 찜닭은 언제 나오냐고 소리치고 나는 쏟아지는 손님들과 동료들의 비난을 멈출 수만 있다면 튀김 기름에 손이라도 집어넣을 수 있을 것 같다.

위태로운 화구 저글링은 화상과 절단 사고의 경계를 넘나드는 슬랩스틱 쇼로 변한다. 사달이 난 걸 그제야 알아챈 조윤진 씨가 달려오고 나는 여기 말로 '강판'당한다. 그렇다 해도 손님들이 팔팔 끓인 콜라로 양념한 닭고기를 먹으려면 한참을 기다려야 할 것 같다. 이런 식의 혼란이 마감까지 이어진다. 덤블링, 저글링처럼 서커스에서 사용하는 용어가 난무하는 것 역시 이 일의 특성을 잘 보여준다.

그러다 하루는 주방에서 가장 두려워하는 일이 벌어졌다. 손님들이 맛이 이상하다며 음식을 주방으로 돌려보냈다. 돌려보내진 음식을 받아들었을 때의 당혹감과 부끄러움은 온전히 표현할 수가 없다. 홀 직원은 음식만 내려놓고 갈 뿐이지만 쌍욕을 들은 것처럼 온몸이 화끈거린다. 게다가 그것이 전적으로 내 잘못이기 때문에 더더욱 부끄럽다. 기껏해야 시간제 알바인 내가 요리에 그만한 자부심을 품을까 싶지만 신기하게도 그렇게 된다.

문제는 수프였다. 수프는 이곳에서 내가 가장 많이 망친 음식이었다. 일한 지 얼마 되지 않았을 때는 수프가 국처럼 방치형 메뉴라고 생각했다. 처음에 물이랑 모든 재료를 넣고 팔팔 끓이기만 하면 된다고 말이다. 국은 어느 정도는 그렇다(이곳의 레시피로는 그렇다는 말이다). 같은 국물 요리지만 수프는 정반대였다. 국이 공 하나 던져두고 나가서 놀게 하는 거로 충분한 초등학생 같다면 수프는 아기 같았다. 계속 어르고 달래야 한다. 수프는 불을 올린 다음부터는 눌어붙지 않도록 계속해서 저어야 한다.

되돌아온 수프는 조윤진 씨의 정밀한 부검을 거쳤다. 부검 결과 역시나 수프를 제때 저어주지 않아서 바닥에 눌어붙은 수프가 타버린 상태였다. 수프를 때 이른 죽음으로 몰아넣은 나 역시 가슴이 바짝 타버릴 만큼 혼이 났다. 수프는 계속해서 문제를 일으켰다. 타는 정도까지는 아니었지만 계속 눌어붙었다. 계속 저어주는데도 그랬다. 결국, 몇 차례 더 수프를 때 이른 죽음에 이르게 한 뒤에야 문제를 찾아냈다. 원인은 불이었다. 빨리 완성해야 한다는 부담 때문에 뭐든지 제일 센 불로만 요리한 탓이었다. 불 조절을 안 했다면 이곳을 대한민국 외식업계 유일무이의 '탄 맛의 성지'로 만들 뻔했다. 중간중간 음식을 담는 손님들의 반응을 살피기라도 했다면 뭔가 문제가 있구나 눈치채기라도 했을 텐데 그러지도 못했다. 비록 오픈 주방이긴 하지만 정작 그 안에 있으면 손님들의 반응을 살피기 쉽지 않다.

하지만 식당에서 일하다 보면 주변의 눈길을 블랙홀처럼 빨아들이는 손님과 반드시 마주치게 된다. 어느 토요일 저녁에 들어온 20대 커플이 기억난다. 이들은 연애 초기인 게 분명했는데 뭐라고 해야 할까? 음식을 접시가 아니라 상대방의 입 속에 담아온 것처럼 밥을 먹었다. 저렇게 저녁을 먹고 나면 모텔 가서 할 일이 없겠다 싶었다. 어린아이를 동반한 가족이 많은 시간대라 매니저가 경찰을 불러야 할지 음식을 접시에 담아 먹는 시범을 보여줘야 할지 망설이게 만들었다. 사랑에 취한 연인이라면 탄 맛이 나는 수프도 맛있게 먹었을지 모르지만 손님을 상대하면서 그런 요행을 기대해선 안 되는 법. 해결책은 하나였다. 불을 줄일 것. 이로써 주방에서의 내 목표가 명확해졌다. 손님이 음식을 주방으로 돌려보내는 일이 없게 하자. 그것만으로 내게는 대성공이었다.

#6

주방은 극단적인 습관의 장소다. 모든 것이 내가 평소에 하던 대로 굴러가야 한다. 소금은 어디 놓여 있고 마른행주는 어디 보관하고…. 이런 것들이 언제나 평소와 다름없어야 한다. 행여나 누군가 그걸 건드리면 지극히 개인적인 공간을 침범당한 것처럼 받아들인다. 누군가 겁도 없이 물건을 옮기면 엄마가 집 정리를 하고 나서 집 안에 몰아치는 것과 같은 종류의 폭풍이 주방에도 몰아친다.

"아니 내 신문(또는 서류 또는 책) 어딨어? 내 물건 옮기지 말라니까 왜 자꾸 건드려!"

주방에서 저런 식으로 뭔가를 옮겼다가는 모가지가 절반쯤 날아가는데 사무실에서 한글 폰트 바꿨다고 지랄하는 건 댈 것도 아니다. 나도 이런 교훈을 비싼 대가를 치르고 깨달았으니 발단은 김가루였다. 김가루는 튀김기 옆에 놓인 3단 선반 중간에 분말수프와 함께 보관했다. 선반이 너무 비좁아서 내가 바로 아래 칸으로 옮겼는데 그것 때문에 다음 날 주방에 불이라도 낸 것처럼 욕을 먹었다. 김가루 봉지가 바로 밑에 보이는데도 그랬다. 사용하는 데에는 아무런 차이도 없는데 하도 화를 내서 나를 해고할 구실을 찾는 건가 싶었다. 길고 긴 비난의 요지는 '네가 뭔데 그걸 바꿔?'였다. 주방에선 재료나 도구 위치를 바꾸는 게 권위의 상징으로 받아들여진다.

주방에서 재료, 도구의 위치는 조리법의 일부다. 내가 생각하기에 이게 더 편하고 효율적이라서 물건의 위치를 바꾸는 것은 내 입맛엔 이게 더 낫다면서 내 마음대로 조리법을 바꿔서 음식을 만드는 것과 같은 행위다. 요리사처럼 자기 손으로 뭔가를 만들어내는 사람들은 도구가 손에 바로바로 잡히지 않으면 당황하고 짜증부터 난다. 그렇게 위치를 바꿔서 얻는 효과가 무엇이든 간에 길게 보면 불필요한 에너지의 낭비가 더 크다.

주문이 밀려드는 주방은 그 위태로움과 아슬아슬함이 물이 새는 배와 비슷하다. 멀쩡하게 잘 돌아가는 식당도 마찬가지다. 모두가 달려들지 않으면 전체가 가라앉는다. 나는 잠수함 영화를 볼 때마다 작업 분위기가 주방과 너무 흡사해서 깜짝깜짝 놀란다. 어뢰 공격을 받고 나서 선원들이 불을 끈다, 누수를 막는다, 비좁은 통로 사이로 뛰어다니고 소리 지르는 모습은 주말 저녁 주방에서 벌어지는 광기와 소란, 긴장을 고스란히 재현한다. 잠수함 영화를 준비 중인 감독이 있다면 반드시 인기 있는 식당의 주말 주방을 체험해 보라고 권하고 싶다(농담 아니다!).

문제는 주방 일이 내 일과 남의 일이 명확하게 구분되지 않을 때가 많다는 데 있다. 기본적으로 자기 일이 있지만 각자의 영역이 피자 조각처럼 깔끔하게 나눠지지는 않는다. 그보다는 치즈가 늘어지듯 이 일과 저 일이 이리저리 걸쳐 있을 때가 많다. 게다가 저쪽에서 못 하면 내 쪽에서 어떻게든 해야 한다. 그런 곳에서 '어? 그건 제 일 아닌데요?' 하는 말은 대체로 방귀 소리만도 못한 취급을 받는다. 만약 선배가 그 말을 듣고 당신이 방귀를 뀐 정도의 반응만 보인다면 그 사람은 성인군자다.

주방에선 서로가 서로를 끊임없이 감시한다. 저쪽에서 제대로 하지 않으면 내가 하게 된다는 걸 모두 안다. 국경선이 명확하게 정해지지 않은 인접 국가들 사이에서 벌어지는 일이 주방에선 수시로 일어난다. 명령 체계가 잘 잡혀 있으면 큰 문제 없지만 그렇지 않으면 주방은 만인과 만인이 투쟁하는 현장이다. 위생 관념이 희박한 사람이 주방에서 대성하는 데는 아무 문제가 없다. 하지만 무임승차를 즐기는 사람은 결코 주방에서 살아남을 수 없다.

동시에 우리는 자기 쪽 일을 다른 쪽으로 떠넘기려는 권모술수를 멈추지 않았다. 핫과 콜드는 대체로 평형을 이루었지만 홀과 주방 사이 경쟁에선 관리자들과 가까웠던 홀이 언제나 게임의 승자였다. 여기에는 그럴 만한 이유가 있었는데 전반적으로 주방보다는 홀 직원들이 오래 버텼다. 보아온 시간이 홀 쪽이 길다 보니 관리자들과도 주방보단 홀이 더 가까웠다. 주방은 어떨 때는 하루이틀 만에도 그만두지만 홀은 웬만해서는 계속 나오는 편이었다.

음식 쓰레기 처리 문제는 실제로 물리적 전투를 불러일으킬 뻔했다. 쓰레기를 지하 1층에 버리는 일은 홀에서 담당했다. 주방 청소에 비하면 홀 청소는 간단한 편이어서 그렇게 균형을 맞춘 것이다. 그런데 홀 직원들이 총사령관님을 어떻게 설득시켰는지 어느 날부터 일반 쓰레기와 재활용 쓰레기는 홀에서 버리지만 음식물 쓰레기는 주방 직원들이 버리는 것으로 바뀌었다. 홀 청소와 주방 청소는 강도가 전혀 다른데 쓰레기 버리는 것 정도는 홀에서 해야 하는 거 아니냐고 아무리 얘기해 봐도 소용이 없었다. 그래서 퇴근 시간은 좀 더 길어지고 홀을 향한 원망은 아주 많이 더 깊어졌다. 우리는 무쇠 팬이나 냄비를 필요 이상으로 자주 교체해서 무거운 기물의 설거지 양을 대폭 늘리거나 퇴근 시간이다 되어 쌓아뒀던 설거짓거리를 DMO에 갖다주는 식으로 홀 측의 배려에 보답했다.

#7

오랫동안 주방에서 함께 일하면 가족이 되거나 원수가 된다. 중간은 없다. 민재*는 첫 만남부터 나와 가족이 될 마음이 없음을 분명히 했다. 그간의 사회생활이 경험적으로 증명해 주는바, '쌍노무쉐끼덜'에도 급수가 있으며 이 친구는 그중에서도 '1티어'로 분류해야 마땅한 수준의 불쾌지수를 자아냈다. 나와 인사를 나누자마자 대뜸 내뱉은 첫마디가 "모태솔로 아니에요?"였다. 나중에 보니 이 친구가 만만한 상대를 골라내는 방법이었다. 그렇게 던져보고 상대가 정색하고 달려들면 농담이라며 얼버무리고 넘어갔다. 물론 나는 정색을 하고 달려들지 못했다. 어떤 사람은 운전을 잘하고 어떤 사람은 외국어를 잘하듯이 내 주특기는 아무에게나 만만하게 보이는 것이다. 물론 이 특성을 민재처럼 충실하게 활용한 경우도 없었다. 내가 이 친구에게 얼마나 시달렸는지는 내 심혈관질환 기록들이 알고 있다.

민재를 보면 가장 먼저 눈에 들어오는 것이 근육이었다. 그는 20대 후반으로 '에픽하이'의 '타블로'가 이 시대 남성들에게 건넸던 조언, "남

* 마동석 테스트 334회 실시.

자는 몸 대신 사상을 키워! 치워! 식상함 집어치워!"*를 들려주고 싶은 어깨와 가슴을 뽐내며 서 있었다. 근육의 주요 구성 성분이 단백질 보충제가 아니면 스테로이드임을 암시하듯 지나치게 빵빵했다. 몸이 주는 느낌이 워낙 인위적이어서 마치 근육으로 만든 분재 같았다. 오른쪽 팔뚝에는 엑스칼리버풍의 문신이 새겨져 있었다. 이 친구가 하는 온라인 게임의 아이템이라는 데 이 책의 1년치 예상 인세를 걸 수 있다. (그러니까 한 100만 원 정도?)

그는 허구한 날 이 근육을 발달시키려면 뭘 해야 한다, 이 근육을 나오게 하려면 뭘 해야 한다는 몸 타령이었는데 근육 자랑만 할 수 있으면 끓는 기름 앞에서도 삼각 수영복만 입은 채로 일할 위인이었다. 그는 극단적인 이분법적 세계관의 소유자로 세상의 절반은 병신이었고 나머지 절반은 머저리였다. 그중 나는 이 세계관에서 흔치 않은 부류, 즉 두 집단의 교집합으로서 병신이자 머저리였다. 반면 민재 본인은 나와는 다르게 굉장히 흔치 않은 부류, 즉 병신도 머저리도 아닌, 본인의 표현을 빌리자면 '존나 쌔끈한 애'였다.

나는 민재를 보면서 질량 불변의 법칙이야말로 만고 불변의 진리임을 다시금 깨달았다. 얘는 뇌세포 만드는 데 쓸 단백질을 끌어다가 죄다 가슴근육으로 바꾼 게 분명했다. 그는 말도 거칠고 체격도 우람해서인지 선준 씨가 한 번도 시비를 걸지 않은 유일한 주방 직원이었다. 나는 이이제이以夷制夷를 떠올리며 선준이와 민재가 서로 치고받고 싸우다 둘

* 에픽하이 2집 〈High Society〉의 수록곡 〈평화의 날〉 중에서.

다 사이좋게 동반으로 그만두는 날을 고대했지만 놀랍게도 두 사람 사이의 분위기는 시종일관 화기애애했다. 사이코는 사이코끼리 통한다는 슬픈 진실이 다시 한번 빛을 발하는 순간이었다. 별수 없이 그간의 선례를 따라 부검 시 검출되지 않는 독약을 수소문하기 시작했는데, 안타깝게도 민재는 이미 내가 만든 요리를 입에 대지 못할 음식으로 평가했기 때문에 내가 그 사랑스러운 물질을 손에 넣는다 하더라도 사용할 기회는 없었을 거다. (그나저나 그런 마법 같은 약이 정말 존재하긴 하는 거예요? **화학자*** 여러분, 독약이 필요한 선량한 사람들 괴롭히지 말고 대답해 주세요!)

민재는 핫파트 오픈조였고 나와는 근무시간이 두 시간 겹쳤다. 내가 출근하면 그가 멀티파트로 옮겼다. 그는 인사를 나눈 바로 다음 날부터 이거 해, 저거 해, 하며 반말로 지시를 했다. 주방장도 그러지는 않았다. 관리자가 없을 때는 고기 해동 같은 멀티파트 일까지 내게 시켰다. 민재를 겪어보면서 조윤진 씨의 소중함을 깨달았다. 그녀가 엄격한 선생님이라면 민재는 동네 일진이었다.

주방은 골목대장 콤플렉스를 지닌 이들이 활개 치기에 이상적인 공간이다. 그런 특성을 민재처럼 잘 보여주는 예도 없었다. 마음에 안 드는 게 있으면 뒷덜미를 잡고 끌고 가서는 소리를 지르다가 관리자가 나타나면 그 옆에 붙어서 생글생글 웃으며 농담을 한다. 그러고는 주방에선 이렇게 거칠게 사람을 다룰 수밖에 없다는 이야기를 반말과 존댓말을 섞어가며 읊어댔다.

* 화학기술자(Chemical Technicians): 대체확률 0.57 _〈고용의 미래〉

"나는 제대로 못 하면 두들겨 맞으면서 요리 배웠어. 군대에서도 사격할 때랑 수류탄 던질 때는 교관들이 욕하고 때려. 알 거 아냐? 그만큼 위험하니까 정신 차리라고, 안 그러면 크게 다치니까. 칼 쓰고 불 쓰고, 환경으로 치면 주방이 군대 다음으로 위험한 데야. 기분 나빠요? 뭐? 하고 싶은 말이 있는 얼굴인데 하고 싶은 말 있음 해봐요."

그런 논리면 제철소는 실미도 특수부대처럼 굴러가겠다. 요리에 뜻을 둔 젊은이들에게 한 가지 귀띔해 주자면 주방에서 일하다 보면 젓가락이나 돈가스 망치를 흉기로 휘두르고 싶게 만드는 사람들과 함께 일하게 된다. 통계청에서 주방에서 발생한 폭력, 살인 사건을 별도로 집계한다면 놀랄 만한 그래프를 얻게 되리라.

민재에게 해줄 말이 없었던 것은 아니지만 안타깝게도 내가 진심을 담아 하고 싶었던 말 중에서 구타를 유발하지 않을 만한 게 하나도 없었다(물론 내가 얻어맞을 거라는 말이다). 저렇게 떵떵거려 놓고서 정작 민재 본인은 관리자가 없을 때면 워크인에 숨어서 핸드폰으로 카마수트라의 삽화가들도 얼굴을 붉히게 만들 영상을 조급한 손짓으로 넘겨 보곤 했다. 재료 찾으러 들어갔다 마주치기라도 하면 사춘기 아들을 키우는 부모들 사이에서 '야동 은폐 반응'으로 알려진 일련의 동작을 능숙하게 펼쳐 보이며 밖으로 빠져나갔다.

민재는 요리랑 청소에서 빠질 수 있으면 뭐든지 마다하지 않았는데 새로운 직원이 들어오면 자원해서 교육을 맡았다. 그러고는 교육을 해야 할 시간에 선배인 자신이 후배인 너희들을 왜 함부로 대할 수밖에 없는지에 대한 우둔하기 짝이 없는 설교를 몇 번이고 늘어놓았다. 이어지는 시간 동안 민재의 영향력이 티백에서 우러나온 찻물처럼 새 직원들의 말과 행동에 스며드는 걸 지켜봐야 했다. 찻잎에서 우러나온 물과 맹물을 분리할 수 없듯이 그의 병적인 논리도 머릿속에 들어간 이상 떼어낼 수 없을 터였다. 이렇게 허름한 일자리라도 민재 같은 양아치보다는 나은 교사를 만날 자격이 있는 친구들이었는데 (모태솔로이건 아니건) 조금 서글펐다.

교육의 내용뿐 아니라 교육자로서의 태도에서도 민재는 압도적으로 저질이었다. 상대가 남자면 해병대 교관처럼 굴다가도 여자면 분위기가 다중인격을 의심하게 할 만큼 달랐다. 한번은 이 친구가 주말 멀티파트를 맡은 새 직원을 교육했다. 인상이 귀여운 20대 초반 여성이었다. 유부초밥 만드는 걸 가르칠 때였는데 영화 〈사랑과 영혼〉의 도자기 빚는 장면을 재현하는 수준으로 찰싹 달라붙어서는 시답잖은 농담까지 내뱉는 꼴이("오리고기를 생으로 먹는 걸 뭐라고 하는 줄 알아요? …회오리") 정말 눈 뜨고 봐주기 힘들 정도였다. 예술계의 오래된 금언, '하지 말라는 것도 꾸준히 반복하면 스타일이 된다'를 떠올리게 하는 그 한결같은 소인배스러움에 존경심이 솟아날 정도였다. (한 사람에게서 부정적인 모습이 이렇게나 많이 나타날 수 있냐고 생각하시는 분들이 계실지도 모르겠네요. 자고로 현실은 픽션보다 극적인 법. 제가 과장한다고 생각하신다면 여러분이 최악의 직장 상사로 꼽는 인물에 대한 자신의 평가가 어떤지 천천히 곱씹어 보세요. 그러면 제가 절제의 미를 추구하는 작가라는 걸 아시게 될 겁니다.) 그건 그렇고 공평을 기하기 위해 한 가지 덧붙이자면 내가 이 남자를 유난히 박하게 평가하는 이유는 그가 끝끝내 내가 모태솔로가 아니라는 사실을 믿기 거부했기 때문과 연관이 아주 없는 건 아니다.

민재가 원수였다면 송주는 가족이었다. 송주 씨는 핫파트 오픈조로 나와는 이틀 정도 근무시간이 겹쳤다. 그는 20대 중반으로 제대한 지 얼마 안 됐다고 했다. 나이와 덩치는 민재와 비슷했는데 민재처럼 인위적인 멋은 없었다. 송주는 내가 일을 시작하고 한 달 정도 후에 들어왔다. 나는 그 역시 요리를 처음 해보는 사람이려니 짐작하고 소금과 설탕, 참깨와 들깨를 구분하는 법 등을 자세하게 가르쳐줬다. 그러자 배시시 웃으면서 듣는 둥 마는 둥 해서 민재랑 비슷한 놈이라고 짐작했다.

무언가 다르다고 느낀 건 웍을 잡았을 때였다. 주문이 밀려서 송주에게 간단한 요리 하나를 해보라고 시켰다. 막히는 게 있으면 꼭 물어보라고 신신당부하면서. 송주가 웍에다 고기랑 채소를 담고 웍질을 하는데 재료들이 그 안에서 춤을 췄다. 그다지 힘을 들이지도 않고 살짝살짝 움직이는데도 재료들이 가슴 높이까지 솟아올랐다가 하나도 빠져나가지 않고 웍 안으로 쏙 들어갔다. 그러다가 웍을 불 쪽으로 살짝 기울여서는 불맛까지 입히는 것이 여지없는 고수의 솜씨였다. 바로 옆에서 웍으로 화구를 벅벅 긁어대고 있는 나와는 극적인 대조를 이뤘다. 나는 너무 민망해서 웍질은 포기하고 주걱으로 휘저었다. 송주는 취사병 출신이었다. 1년 반 동안 매일 1500명의 삼시 세끼를 만들던 사람이었다. 아… 내가 김연아한테 스케이트 끈 묶는 법을 가르치고 있었구나. 송주야 왜 미리 얘기 안 했어?

첫 대면 때 보여준 뭐랄까, 호랑나비가 뽕잎 위에서 꼬물거리는 누에를 바라보는 듯한 눈빛은 어디까지나 내 요리 실력에 대한 지극히 객관적인 반응이었다. 그 이후로는 송주와 자연스럽게 사제 관계를 맺었다. 그는 신입 직원들에게 헛소리나 지껄이는 민재와 달리 요리하면서 알아두어야 할 기초적인 지식을 친절하게 가르쳐줬다. 칼질하는 법을 나에게 가르쳐준 사람도 송주였다. 그전까지는 집에서 하듯이 되는 대로 썰었다. 칼질할 때 힘이 많이 들어가다 보니 칼을 쥘 때 칼등 위에 엄지를 올려놓곤 했다.

"형 그러다 손가락 다쳐요. 손가락을 그렇게 칼 위에 올려놓지 말고 손잡이랑 칼등 이어지는 부분을 꽉 움켜쥐고 해보세요. 형처럼 하면 나중에 손가락 다쳐요. 손가락 들지도 못해요."

"칼을 그렇게 높이 들어 올렸다 내려치지 말고… 그러면 진짜 크게 다쳐요. 이 칼끝은 도마에 고정되어 있다고 생각하고 작두로 썬다는 그런 느낌으로 해보세요. 천천히 서두르지 말고 대신 힘을 제대로 줘서 맨 밑까지 확실히 잘리게. 칼질 익숙해질 때까지 그런 식으로 해보세요."

민재랑 다른 사람이라면 누구든지 사랑할 준비가 되어 있었던 나에게 송주는 모든 면에서 민재와 정반대인 사람이었다. 그는 미시간에서 날아온 교포 오빠를 떠올리게 할 만큼 박식하고 상냥했다. 어딘가 모자란 형을 돌봐주는 조숙한 동생 같았다. 주방에 조금만 파도가 쳐도 금방 사색이 돼서 안절부절못했던 나와 달리 송주는 초대형 유조선처럼 웬만한 소란에는 꿈쩍도 하지 않고 묵직하게 항로를 유지했다. 함께 일하면 듬직한 여유가 느껴지고 주문이 얼마나 많이 들어오든 충분히 감당할 수 있다고 믿게끔 해주는 사람이었다. 내가 그만두면 총사령관님이 내 빈자리를 절감하며 통한의 눈물을 흘리는 모습을 상상하곤 했다. 송주를 보니 내가 그만두면 총사령관님이 눈물을 흘리긴 흘리겠지만 결코 슬퍼서 흘리는 건 아닐 것 같았다.

"송주 씨는 조리학과 전공이에요?"

"아니에요. 과는 경영학과인데 군대 가기 전에 알바할 때도 한식 뷔페였거든요, 올반이라고."

"거기는 어땠어요? 어디나 여기랑 비슷하죠?"

송주의 대답은 굉장히 의외였다.

"아녜요. 형, 이렇지 않은 데 많아요. 여기는 저도 보면서 정말 이상하다고 생각되는 게 식당 규모에 비해서 체계가 너무 안 잡혀 있어요. 알바들 들락날락하는 것도 심하고. 민재 저런 애들한테 교육 맡기면 안 되는데. 그냥 대충대충 하는 법이나 가르치고, 이상한 소리나 하고. 저는 식당 오래 일해봐서 웬만큼 보이거든요. 여기는 문제가 관리자들이 일을 안 해요. 조윤진 씨 혼자 다 해요. 제가 오픈조라서 아침에 오면 이제 지하 주차장으로 재료들 오거든요. 그럼 그거 이제 여기 옮겨다 놓고 검수하고 냉장고에 넣는데 그때 보면 항상 조윤진 씨 혼자 있어요, 사장은 전 얼굴도 못 봤어요. 아직.

원래 여기 오기 전에 중식당에서 홀 아르바이트했거든요. 거기가 일 자체는 별로 안 빡센데 거기는 알바들을 너무 함부로 대해요. 여기서 딱 민재가 하듯이 해요. 전부 다. 그만둔다고 했을 때도 왜 그만두냐고 묻지도 않아요. '어 그래' 하고 말아요."

"그러면 복학은 안 하세요?"

"복학하긴 해야 하는데 지금은 어떡해야 할지 잘 모르겠어요. 요즘은 애들 하는 얘기가 비슷해요. 졸업해서 평생 일해도 서울에서 집 한 채 살 수 있는 것도 아니고 공부하는 게 무슨 소용이 있나, 그렇다고 취직을 마음대로 할 수 있는 것도 아니고…."

하지만 아무리 송주가 친절하게 칼질을 가르쳐줘도 진짜 가족은 따로 있었다. 일한 지 두 달쯤 됐을 때 웍을 교체했다. 웍은 원래 모두 일곱 개가 있었다. 조리용이 다섯 개, 대량으로 면을 삶거나 육수를 만들 때 쓰는 대형 웍이 두 개. 이 중에서 일반 웍을 새 걸로 바꿨다. 쭉 쓰던 것은 바깥쪽이 새까맣게 변했고 안쪽에는 손톱으로 긁어도 잘 벗겨지지 않는 기름때가 달라붙어 있었다. 바닥에는 코팅이 벗겨진 자국이 숭숭 나 있었다. 웍은 총알도 뚫을 수 없을 것같이 두꺼운데도 군데군데 우둘투둘하게 찌그러져 있었다. 이 정도 두께면 사람 힘으로 아무리 내리쳐도 끄떡없을 것 같은데 말이다. 아마도 그만한 식욕을 감당해 내기가 그토록 험난한 일이기 때문이 아닌가 싶다.

이런 웍은 일단 바닥이 고르지 않다 보니 일정하게 가열되지 않고 음식이 바닥에 쉽게 눌어붙는다. 가장 심각한 문제는 웍 안쪽 표면에 말라붙어 아무리 손톱으로 긁어도 떨어지지 않던 검은 따까리가 음식이 끓는 상태에서 떨어져 나갈 때가 있다는 점이다. 그런 부스러기가 요리에 들어갈 수도 있어서 오래된 웍으로 조리할 때는 내내 불안했다. 그런데 웍을 새 걸로 교체하고 나니까 정말로 일손이 하나 늘기라도 한 것처럼 너무 편했다.

웍 안에서 재료들이 얼마나 부드럽게 움직이는지 그냥 살짝만 웍을 흔들어도 마치 재료들이 빙판 위에서 스케이트를 타는 것처럼 부드럽게 빙글빙글 돌며 섞이고 버무려졌다. 새 웍이 일손을 보태준다는 느낌을 안겨줄 때는 설거지할 때였다. 예전에는 기본적으로 조리하고 나면 뭐가 됐든 바닥에 덕지덕지 재료가 눌어붙었다. 그걸 일일이 손톱으로 긁어서 닦아내다 보면 요리하기도 전에 이미 지쳐버린다. 그런데 새 웍은 아무것도 달라붙지 않았다. 따뜻한 물에 잠깐 불려두면 그냥 쓱 닦기만 해도 깨끗해졌다. 한번 좋은 도구에 손이 익으면 예전으로 돌아갈 수 없다. 식당에서 구해주지 않는다면 아들딸과 바꿔서라도 갖추고 싶다. 내 자식들에게 그만한 가치가 없을까 봐 그게 걱정이 될 뿐이다.

이 웍을 보고 있으면 정말 마음에 쏙 드는 자식을 보는 기분이었다. 이 녀석은 시키는 건 뭐든지 완벽하게 해낼 뿐 아니라 잘못을 해도 금방 반성하고 곧 새사람이 된다. 하루는 출근해 보니 새 웍에 생채기가 여러 개 나 있었다. 날카로운 것에 긁힌 자국이었는데 너무 화가 나서 아무나 멱살이라도 붙잡고 누가 그랬는지 따지고 싶었다. 내 아이의 얼굴에 상처가 난 걸 보는 기분이었다. 주방에서 진정한 내 편은 내가 아끼는 도구뿐이었다. 내 칼, 내 웍이 내 가족이고 친구였다.

#8

개들이 '산책'이라는 단어에 반응하듯 우리는 '퇴근'이라는 단어만 들으면 흥분으로 몸을 떨었다. 그토록 듣고 싶은 말이었지만 실상은 퇴근 시간이 다가올수록 불안했다. 집에 가고 싶은 직원은 그전에 총사령관님이 주재하는 법정에서 결백을 입증해야만 했다. 입증에 실패하면 퇴근 시간이 하염없이 밀려나는 형벌을 받았다.

청소 검사 맡을 때의 BGM은 〈TV쇼 진품명품〉에서 골동품 감정할 때 나오는 음악이 적당할 것 같다. '두두두 둥둥 두두둥' 하며 스타카토로 듣는 이의 목을 졸라오는 그 음악 말이다. 총사령관님은 정말 골동품 감정하듯 바닥 상태부터 냉장고 문에 튄 물기는 없는지까지 검사하는데, 이럴 때면 밀수품을 숨기고 공항 검색대 통과하는 게 이런 기분이지 싶었다.

"개수대 물기 제거 상태 엉망!"

"튀김기 청결 상태 엉망!"

"행주 빨아서 펴놓지도 않고 엉망!"

"쓰레기통 뚜껑 안 덮고 엉망!"

"냉장고 마감 상태 엉망!"

이 정도면 거의 무기징역 감이다. 청소 상태를 지적하는 총사령관님의 눈빛에는 종교재판소의 이단 심문관을 상상하게 만드는 열정과 살기가 가득했다.

"예전보다 많이 바쁜 거 아닌데 요즘 마감 상태 너무 엉망입니다. 다시 날파리 늘어나는데 이런 식으로 마감하고 퇴근할 거예요? 주방은 청결 정리 기본입니다. 앞으로 다시는 이런 마감 상태 보고 싶지 않습니다."

일을 시작한 지 얼마 안 됐을 때였다. 한번은 채소가 담긴 팬을 비닐랩만 씌우고 냉장고에 넣지 않은 채로 퇴근한 적이 있었다. 나는 평소에 집에서 그렇게 해서 그게 문제가 될 거라는 개념 자체가 없었다. 마침 총사령관님이 출근하시지 않으셔서 말리는 사람도 없었다. 다음 날 출근하자마자 사령관님이 나를 불러 세웠다.

"아니, 채소를 상온에 놔두고 가면 어떡해요?"

"채소를… 밖에 놔두면 안 되는 건가요?"

"아니 지금 제정신이에요?!"

그제야 조윤진 씨는 자신이 직접 뽑은 새 직원의 아이큐가 세 자릿수가 아닐 수도 있겠다고, 심지어는 그 두 자릿수마저도 '9'로 시작하지 않을 수 있겠다고 의심하기 시작한 것 같았다. 조윤진 씨가 자살 예방 핫라인 상담사로 부적절한 만큼 나 역시 주방에서 요리하는 사람으로서 부적절한 존재였다. 이곳에서 나는 밥은 제일 많이 먹으면서 일은 제일 못하는 직원의 전형을 확립했다. 가장 바쁠 때도 나는 전력 외 자원으로 분류됐다.

마감 청소마저도 핫파트는 하루도 무사하게 넘어간 적이 없었다. 나는 이것이 관리자 측에서 기준을 잘못 정했기 때문이라고 주장하고 싶다. 여기서는 언제나 "바닥에 떨어진 음식을 주워 먹어도 될 정도로 청소하세요"라고 강조했는데 이것이 내게는 위험한 발언이었다. 나는 멀쩡한 음식이 버려지는 꼴을 보지 못하는 사람이고 하이에나 버금가는 소화력의 도움으로 뭐든 웬만하면 다 주워 먹을 수 있기 때문이다. 총사령관님이 끔찍하다고 평가한 주방 바닥에서도 티라미수 케이크나 김말이튀김을 주워 먹는 데 별다른 어려움이 없었다. 한창 식욕이 왕성할 때는 그나마 이렇게 매일 청소라도 하는 주방이 아니라 아스팔트 위에 떨어진 소시지를 주워 먹은 적도 있었다. 그것도 실은 불과… 아니…이건 그냥 그런 적이 있었다고만 해두자.

총사령관님이 쉬는 날이면 조용히 넘어갈 수 있었지만 완벽하게는 아니었다. 다음 날 아침이면 주방을 찍은 분노의 사진들이 직원 단톡방에 쉴 새 없이 올라왔다. 직원들 사이에서 유명한 '마지막 경고'와 함께.

"핫파트, 멀티파트 지적 사항 즉시 개선하세요! 채소 프렙하고 다시 채울 때 안에 남아 있는 식자재 위에 넣지 마세요. 푸드팬 새로 가져와서 프렙 자재 채워 넣고 그 위에 헌 자재 올리면 됩니다. 지금 짓무름 때문에 폐기가 너무 많습니다. 마지막 경고입니다!"

이 경고를 무시하면 총사령관님은 직원들이 이미 충분히 잘 알고 있는 사실, 즉 지옥이 반드시 사후 세계에만 국한되는 것은 아니라는 사실을 상기시켜 주기 위해 최선을 다했다. 이곳에서 청결 상태를 문제 삼지 않는 것은 유니폼뿐이었다. 땀, 얼룩, 양념이 옷 속에 깊숙이 배어 있었다. 주방에서 양념이 떨어졌을 때 끓는 물에 유니폼을 살짝 담갔다 빼기만 해도 간을 맞출 수 있을 것 같았다. 나는 쉬는 날마다 세제 물에 담가놓기도 하고 락스 물에 담가놓기도 했지만 아무리 빨아도 콧물에 담갔다가 꺼낸 듯한 미끌거리는 감촉이 사라지게 하지는 못했다. 총사령관님이 원하는 대로 청결에 완벽을 기하자면 이곳 유니폼은 국기와 같은 방식으로 다뤄야 했다. 더러워지면 세탁기에 넣는 대신 태워버리는 식으로 말이다.

일하는 내내 총사령관님을 원망만 하지는 않았다. 아무리 우리를 시험에 들게 할지라도 매일 제일 먼저 출근해서 제일 늦게 퇴근하는 건 그녀였다. 이 대목은 정확하게 짚어둘 필요가 있겠다. 퇴근 시간이 늦어진다고 툴툴대긴 했지만 나 같은 파트타임은 크게 고달플 게 없었다. 평일보다 두 시간 일찍 출근하는 주말에도 정오가 훌쩍 지나서야 출근했으니까. 정말 힘든 사람들은 식당 오픈부터 마감까지 남아 있어야 하는 직원들이었다.

이곳에서 출퇴근 시간을 결정하는 권한은 계절 메뉴에 있었다. 계절 메뉴는 재료 수급 사정에 따라 사라졌다 생기기를 반복했다. 그해 여름의 특별 메뉴는 꽃게였다. 사장이 운 좋게 값싼 중국산 꽃게 수백 상자를 구했다고 했다. 이 때문에 핫파트 저녁 메뉴에 꽃게찜이 추가됐다. 꽃게찜은 대성공이었다. 한 번에 사오십 개를 쪘는데 그렇게 해도 30분을 못 버텼다. 꽃게찜을 시작하면서부터 퇴근 시간도 점점 늦춰졌다.

꽃게 때문에 핫파트는 다른 일을 제대로 할 수가 없었다. 웍을 잡고 있지 않을 때는 계속 꽃게만 쪘는데도 소진되는 속도를 따라갈 수가 없었다. 열다섯 개 정도 되는 한 판을 새로 채워 넣으면 5분도 안 돼서 동이 났다. 나중엔 손님들이 대놓고 짜증을 냈다.

"아니 먹을 만한 건 아무것도 없어. 이럴 거면 뷔페 뭐 하러 와?"

"아, 꽃게 언제 나와요? 아니 아까부터 기다리는데 올 때마다 없어. 무한 리필이라고 해놓고 이러면 돈을 돌려주든지 해야 하는 거 아냐?"

꽃게 나가는 양이 워낙 많아서 나중엔 다른 찜 요리를 빼버리고 꽃게만 한 번에 스무 마리씩 준비해 놓았다. 하지만 꽃게가 띄엄띄엄 나오다 보니 한두 사람이 기다리다가 싹쓸이를 해버렸다. 허탕 친 손님에게 5분 후에 와달라고 하면 그 사람은 넉넉하게 10분 정도 지나서 온다. 그러면 그사이에 누군가 게를 몽땅 가져간다. 이런 상황이 한두 번 반복되다 보면 손님들의 분노가 폭발한다.

"아니 아까는 5분이라고 했다가 기다렸다가 오니까 이제는 또 15분을 기다려야 된다 그러고… 도대체 언제 나와요?!"

방금 스무 마리 쪄서 내놨는데 잠깐 사이에 다 가져갔다고 얘기해도 소용이 없다. 뷔페 가면 항상 음식이 준비되어 있어야 하는 게 아니냐고 하는데 반박할 말이 없다. 그저 사과하는 수밖에. 게가 빠져나가는 속도에 비해 게를 손질하는 데 시간이 오래 걸려서 나와 조윤진 씨는 숨 돌릴 여유도 없었다. 게는 흐르는 찬물에 해동시킨 다음 배 딱지를 열고 더듬이와 아가미 기타 부위를 제거해야 했다. 꽃게가 등장하고 나서부터는 퇴근 시간은 기약 없이 늦춰지고 출근 시간은 앞당겨졌다. 20대 때에도 꽃게잡이 배에서 고생했건만 꽃게와 나의 악연은 남해에서 한참 떨어진 서울 한복판에서도 끝을 볼 수가 없었다.

#9

주방 근무의 손익분기점은 퇴근 시간을 기준으로 정해지는데 철저하게 상대적이다. 무조건 남보다 먼저 퇴근해야 한다. 주방은 홀보다, 핫은 콜드보다. 내가 '신데렐라증후군'이라고 부르는 증상이 있다. '이곳에서 가장 힘들게 가장 늦게까지 일하는 사람은 항상 나'라는 기분에서 벗어나지 못하는 상태다. 다른 사람들은 죄다 농땡이만 부리는 것 같고 무언가 나만 박해받는 느낌? 잔업과 야근의 형태로 두들겨 맞는 느낌이 사라지지 않는다. "누군가 내 삶으로 나를 때리고 있는 것 같다."* 이 시절엔 수시로 신데렐라증후군에 시달렸다. 이 증상은 실제 근무 정도와는 크게 상관이 없어서 가끔 이야기를 들어보면 제일 먼저 퇴근하는 사람들도 드물지 않게 신데렐라증후군 환자라는 사실을 발견하곤 했다.

꽃게의 등장과 함께 바뀐 재활용품 배출 규정은 마감 작업을 더욱더 더디게 만들었다. 이전까지는 종이를 제외한 재활용품은 한 봉지에 담았는데 바뀌고 나서는 종류별로 모두 분리하고 박스에 붙은 이물질도 제거해야 했다. 총사령관님은 꽃게 담았던 스티로폼 상자에서 스티커와 테이프를 떼어내는 데 시간을 한참 허비했다. 영업이 끝나면 그녀는 냉장고를 확인하곤 "다 털렸네, 다 털렸어" 하고 중얼거리는 게 버릇이 되어버렸다. 그렇지만 그녀는 다른 직원들 앞에서 절대로 힘든 기색을 보이지 않았다. 하루는 재료를 찾으러 워크인 문을 열었다. 냉기와 함께 등골을 오싹하게 만드는 목소리가 새어 나왔다. 총사령관님이었다.

"…어제 7시 반에 출근해서 재고 조사하고 2시 넘어서 집에 갔어. 너무 배고프고 힘들어서 진짜 울고 싶더라…. 나 진짜 소원이 앉아서 일하는 거야…."

신데렐라증후군에 대처하는 방법은 여러 가지가 알려졌지만, 실제로 본인이 가장 힘들고 가장 늦게까지 일하는 사람이라면 치료 방법은 퇴사 말고는 없다.

* 《불안의 서》, 페르난두 페소아, 배수아 옮김, 봄날의책, 2014.

주방은 독점욕이 강한 연인이다. 잠시라도 한눈을 팔면 사달이 난다. 일을 망치는 건 물론이고 칼에 베이고 불에 덴다(《폭풍의 언덕》의 히스클리프와 《미저리》의 애니 윌크스의 유전자를 5 대 5로 섞어놓은 수준이라고 보면 되겠다). 내가 억울한 건 단 한 번도 한눈을 판 적이 없었음에도 불구하고(적어도 의도적으로 그런 적은 없다) 매 맞는 남편 신세를 벗어난 적이 하루도 없었다는 점이다.

작업이 끝나고 돌아와 보면 손에 어떻게 생겼는지 기억도 나지 않는 상처들이 남아 있었다. 그걸 미처 파악 못 하고 소독 젤을 바르기라도 하면 평소에 민재에게 해주고 싶었던 말들이 쏟아져 나왔다. 문제는 요리할 때다. 요리하다 소금을 집는다던가 고추장을 만진다든가 하면 상처에 소금을 뿌린다는 것이 어떤 것인지 피부 속 깊숙이 깨닫는다. 느껴보지 못한 사람은 알코올로 소독하는 것과 비슷하지 않냐고 하겠지만 절대로 그렇지 않다. 알코올로 소독하는 게 따끔하다면 염분기가 닿으면 상처를 지지는 기분이다. 지독하다고밖에 표현할 수 없는 느낌이다.

끓는 기름은 액체로 된 말벌이다. 베이는 것 다음으로 많은 상처가 기름에 덴 상처다. 쏘이면 사마귀만 한 물집이 잡혔다가 터진다. 빨간 상처는 오랫동안 사라지지 않는다. 기름만큼이나 조심해야 할 게 당면이다. 하루는 잡채를 만들었던 웍을 설거지하고 있었다. 웍 안쪽에 말라붙은 당면 조각들이 들러붙어 있었다. 여유가 있었다면 물에 불려서 닦았겠지만 웍을 바로 써야 했다. 수세미로 아무리 문질러도 소용이 없었다. 어쩔 수 없이 엄지손톱으로 긁어서 떼어냈는데 힘을 좀 세게 줬더니 당면이 떨어져 나가면서 손톱 밑으로 쑥 박혀버렸다. 굵은 철사로 팔을 관통당한 듯한 고통이었다. 주방에서 일하다 보면 조선 시대 대역죄인들에게 자백을 강요하며 가하던 일련의 외과적 조치를 매일같이 스스로에게 하게 된다.

재정적으로 식당을 떠받치는 것이 인터넷 리뷰라면 물리적으로 식당을 떠받드는 것은 직원들의 손목이다. 하루하루 늘어나는 상처와 별개로 직원들을 힘들게 하는 부위가 손목이다. 이 손목으로 칼질을 하고 웍질을 하고 설거지를 하고 접시를 나른다. 전완근은 주방에서 가장 많이 혹사당하는 근육이다. 주방에서 근육은 음식 재료이기도 하지만 작업 도구이기도 하다. 나는 물류센터에서 일할 때보다 오히려 주방에서 근육을 더 많이 인식하게 됐다. 우리는 대개 잊고 지내지만 노동의 가장 중요한 도구는 언제나 근육이었다.

근육은 산속에 난 길과 비슷하다. 자주 사용할수록 더 또렷해지고 또 단단해진다. 인적이 드문 길로 다니면 부상당할 확률이 높아지는 건 산이나 주방이나 마찬가지다. 하지만 주방에서는 예상치 못한 부위에 잔뜩 힘을 줘야 하는 일이 계속 생긴다. 나는 손끝에도 이렇게까지 힘을 주면서 일을 한 적은 처음이었다. 냄비 닦을 때 손가락 끝에 잔뜩 힘을 줘서 닦고 긁어내다 보니 그렇다. 까대기가 허리나 무릎 같은 관절 부위를 과도하게 사용한다면 주방은 관절부터 손끝까지 구석구석 안 쓰는 데가 없다. 요리라는 일은 육체라는 산 전체에 빠짐없이 길을 내는 작업이라고 할 수 있다.

내가 주방에서 입은 부상은 '놀이터에서 시소 타다가 아야 했어요' 수준이었다. 베테랑들의 부상 에피소드는 신체 주요 부위가 잘리고 썰리고 튀겨지는 등 웬만한 독립투사 못지않게 오싹하다. 대한민국에서 근무 중에 이 정도로 다치는 일자리는 UDT나 경찰특공대밖에 없지 않을까 싶다. 다만 주방에서 입은 정신적 내상만큼은 총사령관—선준—민재, 이 공포의 삼각편대가 쏟아붓는 언어 폭격 탓에 여느 경력자 못지않게 심각했다는 점은 밝혀둘 필요가 있겠다.

주방에서 살아남으려면 포로수용소에서도 살아남을 수 있을 체력과 정신력이 필요하다. 손님 수까지 걱정해야 하는 사람이라면 더더욱 그렇다. 식당 일이 인간에게 안겨줄 수 있는 가장 지독한 고통은 화상도 자상도 아닌 매출 압박이다. 이거야말로 사람을 골병들게 한다. 나는 제때 요리만 내놓으면 끝이었다. 우리 같은 알바들은, 물론 힘들게 일하긴 하지만 퇴근하면 끝이었다. 매출까지 걱정해야 하는 사람들에게 진정한 의미의 퇴근은 존재하지 않았다. 조윤진 씨가 한 말 중에 기억에 남는 게 있다. "알바가 왜 알바냐면 식당이 살건 죽건 자기는 알 바 아니라고 한다고 해서 알바예요." 들었을 땐 기분이 언짢았지만 왜 그렇게 말하는지는 조금 이해할 것 같다. 매출 압박은 내성 발톱 같은 것이다. 주방에 있든 버스에 있든 자기 집 화장실에 있든, 한 걸음 한 걸음 내디딜 때마다 고통이 피부 속으로 날카롭게 파고든다. 몸이 식당을 벗어났다고 해도 고통이 사라지지 않는다. 어디에 있든 떨쳐버릴 수가 없다. 발톱을 뽑아버리지 않는 이상.

나는 지금도 매출 스트레스가 어떤 것인지 잘 모른다. 세상에는 직접 그 상황에 부닥쳐 보지 않으면 이해할 수 없는 고통이란 게 있는 거니까. 다만 그게 가볍게 넘길 수 없는 것이라고 짐작만 할 뿐이다. 내게는 19년 동안 한자리에서 치킨집을 운영한 친구가 있다(앞서 내가 일을 못해서 홀 직원들한테 욕먹는 거라고 말해준 친구와는 다른 인물이다. 내가 이 점을 밝히는 이유는 그 친구와 달리 나는 친구라고 부를 수 있는 존재가 여럿이라는 점을 분명히 해두고 싶어서다). 그는 코로나가 한창일 때 가게 문을 닫았는데 그때 내게 해준 말이 있다.

"너는 내가 이렇게 말하면 기분 나쁠지 모르겠지만 알바는 정말 몰라. 안 겪어본 사람은 알 수가 없어. 내가 〈동물의 세계〉 이런 거 보는 거 좋아하거든. 거기 보면 아프리카 초원에서 표범이 토끼나 새끼 가젤 같은 거 잡으려고 전속력으로 막 달려가. 그러면 조그만 동물이 눈에 핏발 세우고 도망을 친다고. 목숨을 걸고 도망가. 내가 그걸 보고 있으면 무슨 생각이 드는 줄 알아? 쟤네들은 내 마음 알 거라고. 온 세상에서 딱 쟤네들만 지금 내 기분 이해할 거라고. 장사하는 사람 심정이 딱 그거야. 사자가 등 뒤에서 입 벌리고 쫓아오는데 어떻게든 안 잡히려고 도망치는 거. 인건비에 배달비에 재료비에 대출에 적자에 어? 어? 하다가 따라 잡히면 그대로 끝장나는 거거든. 그러니까 똥구멍에서 피가 나게 뛰어다니는 거지. 그나마 야생은 편한 거야. 사자는 한 5분 따라오다 안 된다 싶으면 포기라도 하지. 우리는 안 끝나. 혀가 입 밖으로 빠져나와서 너덜거릴 정도로 도망을 치는데 그게 안 끝나. 계속 쫓아오고 계속 도망가. 그렇게 19년을 살아봐. 식당 하는 게 그런 거야."

과로로 점철된 일상 속에서 이들은 죄수가 가석방을 기다리듯 휴일만 바라보며 산다. 하지만 주방 일은 스토커 같은 성질이 있어서 쉽게 사람을 놓아주는 법이 없다. 영업을 하지 않는 날일지라도 재료 준비 때문에 잠깐이라도 주방에 들러야 할 일이 꼭 생긴다. 일이 많으면, 갑자기 빠지는 사람이라도 생기면 쉬는 날에도 나와야 한다. 급하게 당장 달려가야 해서 쉴 때도 식당 반경 몇 킬로 이상은 벗어나지 못한다. 이들은 주방에 묶인 죄수나 다름없다.

#10

처음으로 요리가 즐겁다고 느꼈던 것은 웍질이 제대로 되기 시작했을 때였다. 처음에 나는 중량을 재고 굽고 튀기고 끓였다 하는 기본적인 조리 행위에 익숙해지는 것만으로도 만족스러웠다. 내 목표는 변함없이 손님들이 음식을 주방으로 돌려보내지 않는 것이었고 대체로 성공했다. 하지만 한 달이 넘어가도록 웍질은 나아질 기미가 없었다. 방법은 알고 있고, 아는 그대로 하는데도 달라지지 않았다. 그런데 어느 날 갑자기 성공했다. 특별한 계기가 있었던 것도 아니고 평소와 다른 방식을 시도한 것도 아니었다. 여느 날과 마찬가지로 절반쯤은 체념한 채로 웍을 움직였는데 그냥 됐다. 마침 볶음밥을 만들고 있었다. 배운 대로 웍을 살짝 든 채로 밀어 올렸다가 내리면서 잡아당겼다. 그런데 놀랍게도 출렁 솟아오른 밥알들이, 분명히 밖으로 다 넘쳐서 치우느라 진땀 빼게 하던 밥알들이 마치 자석에 이끌리듯 고스란히 웍 안으로 되돌아왔다. 집 나간 자식이 되돌아온 게 이런 기분일까? 할 수만 있다면 밥알들 하나하나를 전부 꼬옥 끌어안고 싶었다. 이리 와라. 내 자식들아, 어서 사랑하는 아비의 품에 안겨다오!

나는 주방에서의 미래를 조금씩 낙관하기 시작했다. 무력하고 아무것도 모른다는 기분은 희미해져 갔다. 많이는 아니었지만, 속도도 빨라졌고 홀과의 교전은 거의 사라졌다고 할 만큼 줄어들었다. 맛에 있어서도 분명 한계는 있었지만 나아졌다. 서울 중심지에 즐비한, 아무것도 모르는 외국인 관광객들이 오냐, 오냐 다 받아준 탓에 맛이며 서비스 모두 망나니로 자라버린 이른바 '핫플 맛집들'보다는 음식을 신중하게 만들었다(아무것도 모르기 때문에 신중할 수밖에 없었다).

식당 일이란 게 당연히 힘들고 짜증 나지만 요리하는 데 푹 빠져 있다 보면 드물지 않게 인생을 정의할 수 있는 어떤 순간들과 마주친다. 기본적으로 요리하는 재미라고 한다면 맛을 창작하는 것이지만 그것보다 내 가슴에 와 닿았던 즐거움은 '연결의 감각'이다.

"아, 아, 핫파트 국물떡볶이 한 타임 바비큐순대 한 타임 부탁드립니다."

지직거리는 소음과 함께 주방 스피커가 일거리를 한 아름 안겨준다. 워크인부터 드라이랙까지 한 바퀴 돌며 재료들을 두 팔 가득 안아 들고 주방에 돌아온다. 재료들을 도마 위에 풀어놓고 자르고 다지고 섞는다. 웍으로 옮겨서 삶고 지지고 볶는다. 간신히 늦지 않게 완성한 요리를 배식구에 올려놓으면 기다렸다는 듯 새 주문이 들어온다.

"핫파트 주문이요."

주문에 맞춰 음식을 만들고 또 다른 주문에 맞춰 음식을 내놓는다. 단순 반복 작업처럼만 보이는 이 안에도 마음 맞는 친구와 이야기를 나누거나 함께 운동할 때처럼 서로 의미 있는 무언가를 주고받는 즐거움이 있다. 음식이라는 언어로 손님들과 끊임없이 대화를 주고받는 느낌이다. 사람들이 눈치채지 못하지만, 식당은 작업장으로서는 굉장히 특이한 공간이다. 이곳에서는 생산과 소비가 동시에 이루어진다. 일종의 공연장이다. 가수들이 콘서트장에서 느끼는 희열을 요리사들은 주방에서 느낀다(공연이 끝난 후의 공허함도…). 내가 만든 음식을 잔뜩 기대하는 표정으로 담아가는 아이들을 볼 때마다, 누군가 핫파트 음식을 가리키며 "이거 맛있더라 너도 먹어봐"라고 말할 때마다 뿌듯함으로 가슴이 벅차올랐다. 온몸이 붕 떠오르는 것 같았다. 싹 비워진 접시나 같은 음식을 두 번째로 담는 손님만 봐도 일하면서 욕먹었던 걸 다 보상받는 기분이었다.

내게는 영화 일을 하는 친구가 있다. 박식하고 유쾌하고 무엇보다 내가 만나본 사람 중 가장 똑똑한 사람이다. 그가 한동안 몸담았던 영화사는 IPTV 시장용 에로 영화를 만드는 곳이었다. 야외에서 촬영한 장면이 거의 없고 끝나면 정사 장면 말고는 아무것도 기억에 남지 않는 그런 영화 말이다. 그가 촬영에서 돌아오면 나는 게걸스럽게 질문을 던졌다. 돈은 얼마나 지급되냐, 연기 지도는 어떻게 하냐, 투자는 어떻게 받냐 등등. 하지만 내가 가장 궁금했던 것은 '**스태프***들이 무엇을 제일 힘들어하는가'였다. 이력서에 적어 넣을 수도 없는 영화를 만든다는 자괴감과 박봉의 밤샘 작업 중에서 어느 쪽을 더 괴로워하는지, 나는 그게 너

* 기타 연극 영화 및 영상 관련 종사자: 대체확률 0.77 _《기술변화에 따른 일자리 영향 연구》

무 알고 싶었다.

"촬영하다 모여서 다들 그 얘기 하거든. '이렇게 찍어도 이거 어차피 아무도 안 봐.' 나도 하다 보면 그런 생각 자주 드는데 그때가 제일 비참해. 진짜 그 기분은 말로 다 못 해. 이런 데가 오히려 돈은 꼬박꼬박 잘 챙겨줘. 근데 그런 게 문제가 아니야. 이런 현장 오래 있으면 진짜 폐인 돼. 사람이 망가져."

나는 막연히 이들이 이 업계에서의 경력을 부끄러워하고 있을 거라고 짐작했다. 다들 쉬쉬하며 숨기고 싶어 할 거라고 말이다. 상황은 완전히 달랐다. 사람들이 봐주기만 한다면, 보고서 즐거워한다는 확신만 든다면 그들은 더 적은 돈, 더 긴 시간도 얼마든지 감내할 용의가 있었다. 하지만 그들의 노고는 철저히 낭비되어 버렸다. 그들은 자신들의 노동이 누구에게도 가 닿지 않는다는 사실 때문에, 자신들의 노력이 이 세상 어디로도, 어느 누구에게도 연결되지 못하고 흩어져 버린다는 사실 때문에 가장 괴로워했다.

몇 년 전 약속이 있어서 당일치기로 지방의 작은 도시에 다녀온 적이 있었다. 시간이 애매하게 남아서 근처의 도서관을 찾았다. 들어가자마자 인터넷에 접속하면 빼먹지 않고 하는 일을 거기서도 되풀이했다. 다시 말해 내가 쓴 책을 검색해 봤는데 마침 첫 책이 사회과학 코너에 한 권 비치되어 있었다. 별다른 생각 없이 청구기호를 따라 책을 꺼내 들었다가 순간 멍해졌다. 글을 쓰는 동안에는 외롭고 답답한 기분에서 벗어나기가 힘들다. 이렇게 쓴다고 한들 읽을 사람이 있기나 할지 항상 걱정스럽다. 하지만 가끔 그런 불안에서 자유로워지는 순간이 찾아온다.

그날이 그런 순간이었다. 내 책 좌우로 비슷한 시기에 출간된 책들이 빼곡히 채워져 있었다. 그런데 책장에서 빼내 보니, 다른 책들은 새 책이나 다름없는 상태인 반면 내 책은 손때가 잔뜩 묻어 있었다. 여러분 《수학의 정석》 옆면을 살펴보면 첫 번째 집합 부분만 누렇게 손때가 묻어 있는 걸 본 적이 있으신지? 말하자면 그 책이 그 서가의 집합 챕터였다. 내가 말하고자 하는 것은 사람들이 내 책을 읽어서 기분이 좋았다는 게 아니다. 그날 작은 도서관의 가장 인기 없는 코너 구석에서 느꼈던 것은 내가 여전히 유의미하게 세상과 연결되어 있다는 감각이었다. 이것이 얼마나 중요한 것인지는 강조하지 않아도 되겠다. 이 감각이 결핍되면 사람들은 곧잘 세상을 떠나버리겠다는 결심을 하곤 한다.

그 순간 내가 도서관에서 느꼈던 감정과 주방에서 요리를 만들면서 느꼈던 감정이 결코 다르지 않았다. 그것은 얼굴도 이름도 모르는 사람들과 내가 통하였다는 느낌, 그들과 내가 교감을 이루었다는 충만감이었다. 나는 좋은 일이란 궁극적으로 인간을 덜 외롭게 만든다고 믿는다. 요리가 그렇다. 홀로 주방을 지키는 날에도 정신없이 음식을 만들다 보면 누군가와 만족스러운 대화를 이어가는 기분이 든다. 서울 변두리 지하 주방에 처박혀 있어도 세상의 한복판에서 나를 이해해 주는 사람들과 내 기술을 필요로 하는 사람들과 시끌벅적하게 어울리고 있는 것 같다.

이 과정에서 총사령관님에게 인정 '비스무리한' 것을 덤으로 받았다. 속도가 어느 정도 붙고 나서는 홀 직원들이 말하기 전에 내가 먼저 매장을 둘러보고 부족한 음식을 만들었다. 마침 잡채가 떨어져서 만드는데 갑자기 등골이 오싹해졌다. 곧이어 등 뒤에서 심장판막을 오그라들게 만드는 목소리가 들렸다.

"지금 잡채 다 떨어져 가는데 왜! … 어? 다했어요?"

그 순간 나는 사막에서 신기루를 목격한 사람의 얼굴을 봤다. 그것은 실망과 환희가 서로 분리할 수 없는 방식으로 엉겨 붙은 모습인데 적도 근처에는 발을 디딜 일이 없는 독자들을 위해 조금 더 구체적으로 설명해 보자면, 오르가슴을 느끼기 직전에 낭심을 걷어차인 듯한 얼굴이라고 할 수 있겠다. 주방에서 쌓인 온갖 설움과 분노가 일시에 해소되는 참으로 감동적인 순간이었다. 잡채 만세! 할렐루야! 요리는 분명 사랑에 빠질 만한 일이었고 인생을 걸어봄 직한 기예였다. 주방에서 감수해야 할 온갖 스트레스에도 불구하고 주방의 열기가 주는 희열을 인정하지 않는다면 배은망덕한 짓이 되리라. 요리 말고 내게 이런 느낌을 주는 일은 글쓰기뿐이다.

#11

주방에서 맺는 인간관계에는 가족과 원수만 있는 게 아니다. 중간은 없지만 제3의 유형은 있다. 우리의 실제 가족이 종종 그렇듯이 가족인 줄 알았는데 나중에 보니 원수로 판명되는 경우다. 준혁 씨는 콜드파트에 새로 온 직원이었다. 어느 날 근무 스케줄 표를 보니 나랑 같은 시간대에 처음 보는 이름이 적혀 있었다. 드디어 내 밑으로도 한 명 들어오는구나. 총사령관님을 따라 아장아장 걸어오던 이 친구가 콜드파트로 갈 때는 매우 허탈했다. 거울을 보면서 "오늘은 제가 다 할 테니 그냥 보고만 계세요"라고 말하는 연습까지 했었건만.

준혁 씨는 20대 초반의 휴학생이었다. 1학년을 마치자마자 입대할 계획이었는데 입대를 몇 개월 늦추면서 시간이 생겼다. 준혁 씨는 어디선가 많이 본 인상이었는데 어디서 봤을까 곰곰이 생각해 보니 물류센터였다. 짐 내리다 중간에 집으로 돌아가는 사람들과 묘하게 닮았다. 20대 초중반의 검은색 뿔테 안경을 쓰고 항상 프라이탁 가방을 메고 다니며 동작은 느리지만 성실한 사람들. 힘든지 어떤지 아무런 내색도 없다가 갑자기 사라져 버리는 사람들. 준혁 씨는 그 시점에서 내가 유일하게 나와 동급이라고 생각하는 위치의 주방 직원이었다. 같이 일할 때 적당히 농땡이도 부릴 수 있고 함께 선준이나 민재 흉도 볼 수 있는 상대 말이다. 그래서 이 사람이 어떻게든 주방에 계속 남아 있게 하고 싶었다. 일하는 틈틈이 내가 도와줄 수 있는 건 뭐든 거들었다.

그는 학과가 조리학과였지만 1학년 때는 실습이 없어서 직접 요리를 해보는 건 처음이었다.

"저는 캔 따개를 태어나서 처음 봤어요. 어제는 유튜브에서 〈캔 따개 쓰는 법〉 영상 보고 공부도 했어요. 저는 파인애플 한 통 따는 데 5분은 걸리는데 조윤진 씨는 한 5초 만에 따더라고요."

내가 유난히 준혁 씨를 좋아한 진짜 이유는 그 친구가 이 주방에서 유일하게 나보다 요리를 못하는 사람이기 때문이었다. 같이 있으면 내가 요리 고수가 된 것 같은 기분이 들었는데 도와주기도 편한 사람이었다.

준혁 씨는 업종 구분 없이 초보자들이 일터에서 누구나 짓게 마련인 얼굴을 하고 있었다. 이걸 물어볼까, 말까, 지금 물어볼까, 덜 바빠 보일 때 물어볼까, 이 사람한테 물어볼까, 저 사람한테 물어볼까, 망설이는 표정 말이다.

조리법이야 관리자가 옆에 붙어서 가르쳐주지만 그 외 온갖 잡다한 것은 스스로 파악해야 했다. 준혁 씨는 재료 위치를 모를 때마다 나를 찾아왔고 그때마다 나는 그를 프리저로, 드라이랙으로 이끌었다. 총사령관님이 마감 청소하는 법을 설명해 주지 않아서 내가 처음엔 뭐하고 나중엔 뭐하고 쓰레기는 어디다 모으고 하는 것을 다 가르쳐주었다. 핫파트 마감을 다 끝냈을 때도 준혁 씨가 할 게 많이 남았을 때는 내가 콜드파트 쓰레기통도 비워주고 닭고기나 디저트 케이크를 만들어주기도 했다. 그러면 준혁 씨는 갓 만든 부침개나 과일을 조금 챙겨줬고 모든 면에서 우리는 훈훈한 사이였다. 그렇기는 했지만 여전히 준혁 씨는 총사령관님 기준에 한참 못 미쳤다.

"그게 아니지? 내가 뭐부터 하라고 했지?"

"캔 하나 따는데, 몇 분이 걸리니? 오늘 이거 하나만 할래?"

"그게 아니지! 내가 방금 얘기했는데 왜 그걸 기억을 못 해."

"너 계속 이런 식이면 여기서 일 못 해!"

"너 진짜 일하려고 온 거 맞아?"

총사령관님은 운이 좋은 사람이었다. 이 사람에게는 첫날부터 자신의 본색을 숨기지 않았는데도 고용주—고용인 관계를 유지하게 만드는 재주가 있었다. 하지만 업계 평균에 비하면 우리 총사령관님은 평범한 수준이었다.

"여기 많이 힘들죠? 혼도 많이 나고."

준혁 씨와 같이 저녁을 먹으며 물었다.

"아니에요. 저 여기 말고도 고깃집 알바 하나 더 하거든요. 거기에 비하면 여기는 고만고만해요. 거기는 조금만 늦어지고 실수하면 바로 욕하고 소리 지르고 장난 아니에요. 거기 비하면 조윤진 씨는 평범한 편이에요."

준혁 씨와 나의 공생 관계는 그가 주말 멀티파트까지 맡기 시작하면서 산산이 조각났다. 처음에는 좋았다. 제일 바쁜 시기에 마음 맞는 동료가 멀티파트를 맡아주니 사람이 몰리는 시기에도 무리 없이 일할 수 있었다. 문제는 마감이었다. 그는 멀티파트 청소를 너무 대충대충 했다. 쓰레기는 버리지도 않고 남은 재료들을 냉장고에 넣지도 않았다. 개수대에는 음식물 쓰레기가 그대로 남아 있었다. 주방 일이 다 그렇듯이 이 사람이 안 하면 내가 해야 한다. 처음에는 아주 바빴나 보다 하고 넘어갔지만 매번 반복되니 너무 짜증이 났다. 그간 둘이서 같이 총사령관님 흉을 보던 게 있어서 나도 대놓고 이거 똑바로 하세요, 하고 지적은 못 했다. 대신 준혁 씨가 보고 있을 때 이 친구가 놓친 것들을 요란하게 소리를 내며 다시 처리했다. 그렇게 하면 무언의 메시지가 전달되리라는 헛된 믿음을 품고서. 그런 날들이 이어지자 끈끈했던 동료애는 금세 사라졌다. 최초의 유대감은 사라지고 짜증과 불만만 남았다. 식사 시간에 한 테이블에 앉지도 않았고 각자가 만든 음식을 주고받지도 않았다. 준혁 씨가 청소하면 내내 그 친구를 주시하면서 감시했다. 나는 그를 힐끔거리면서 오만가지 생각을 했다. 쟤는 원래 저렇게 어리숙한 걸까, 그래도 주방 일을 몇 주는 했는데 저러면 안 된다는 걸 진짜 모르는 걸까.

그 후로 우리는 각자의 주방 경계를 네트 삼아 치졸한 도발과 보복의 랠리를 주고받았다. 준혁 씨가 멀티파트 쓰레기통을 비우지 않으면 그가 자주 오가는 동선 한가운데에 뚜껑까지 가득 채운 음식물 쓰레기통을 옮겨다 놨다. 그러면 준혁 씨는 그 쓰레기통을 옮기면서 떨어뜨린 음식 쓰레기들을 그대로 내버려뒀고 그러면 나는 그것들을 소중히 보관했다가 준혁 씨가 자리를 비웠을 때 콜드파트 냉장고 밑에 깊숙이 쑤셔 넣었다. 그 음식 쓰레기들은 마감 청소 점검 시간에 세관밀수적발팀 저리 가라 하는 수준의 눈썰미를 자랑하는 총사령관님이 발견하게 될 시한폭탄이었다.* 악마는 디테일에 있다고 했던가? 폭탄의 설치를 마무리하기 전에 나는 음식물 쓰레기 중에서 핫파트에서만 사용하는 재료는 골라내야 한다는 데까지 생각이 미쳤다. (머리가 이렇게 잘 돌아가는데 어째서 나는 여태껏 출세를 못 했을까? 지금도 모르겠다.) 조리법을 외울 때는 지독

* 이때를 생각하면 소설 한 대목이 떠오른다.

"하지만 그 기간에 나는 길에서 자네를 우연히 만났잖아? 그때 자네는 아주 잘 지내고 있다고 하지 않았나?"
"예, 거리 청소부 일을 하며 잘 지냈죠. 길에는 쓰레기가 끔찍스러울 정도로 많았거든요. 평생 그 일을 하며 먹고살아도 될 정도로요. 그래서 다른 청소부의 담당 구역으로 쓰레기를 밀어 놓았다가 해고당하고 말았습니다."
리즈는 고개를 절레절레 흔들었다.
"자네한테는 맞지 않는 직업이었군. 남한테 쓰레기를 떠다밀고 고속 승진할 수 있는 직업이 얼마나 많은데." —《더크 젠틀리의 성스러운 탐정사무소》, 더글러스 애덤스, 공보경 옮김, 이덴슬리벨, 2009.

주방도 그렇다.

스레 안 돌아가던 머리가 잠시나마 나와 가장 가까웠던 동료에게 일생 일대의 굴욕을 안겨주고 싶다고 마음먹으니 어찌나 잘 돌아가던지. 다시 한번 인간의 잠재력 발휘에 있어 동기부여의 중요성을 깨닫게 해주는 경험이었다. 마침내 우리는 오랜 세월을 함께 한 부부 같은 사이가 되었으니, 상대의 실수와 약점을 발견하면 그것을 최대한으로 착취하기 위한 음모와 함정을 꾸미는 데 조금의 망설임도 없어졌다.

결국, 어느 날 마감 청소 중에 주고받은 날 선 대화를 통해 드러난 사실은 이렇다. 나는 준혁 씨가 콜드와 멀티를 맡았으니 마감도 준혁 씨가 끝내는 게 맞다고 생각한 반면, 준혁 씨는 자기는 어디까지나 콜드 담당이고 멀티는 그냥 거들어주는 것일 뿐이라고 생각했다. 마감 때마다 네가 맞네, 내가 맞네, 언성을 높였지만, 우리 중 누구도 이걸 가지고 총사령관님을 찾아갈 배짱이 없었기 때문에 결국은 내가 멀티 청소를 한 번 더 하는 거로 마무리됐다. 하지만 수동적 공격성의 대가인 내가 이 정도로 물러섰다고 생각하면 오산이다. 그간 밉살스러운 동료와 함께 일할 때마다 고수해 온 전통에 따라 나는 밤마다 '부검 시 검출되지 않는 독약'을 검색하기 시작했다. 하지만 내가 손에 넣을 수 있는 물질 중 가장 독약에 가까운 것은 내가 직접 끓인 옥수수수프뿐이었고, 그것은 안타깝지만 사랑하는 손님들 몫이었다.

준혁 씨는 첫 월급을 받은 이후부터 나오지 않았다. 자기가 전공을 잘못 선택했다는 걸 뒤늦게 깨달은 것 같았다. 조윤진 씨와 매니저는 준혁이가 전화도 안 받는다며 화를 내다 결국은 두 사람이 번갈아가며 준혁 씨 자리를 맡았다. 모두에게 힘든 계절이었다. 날은 더워지고 손님은 늘어나고 거기다 일까지 늘었다. 망조의 냄새를 맡은 것처럼 때마침 주방에 날파리가 출몰하기 시작했다. 퇴근 시간은 점점 늦어지는데 사정없이 시달리는 건 그대로였다. 홀, 주방 할 것 없이 그만두는 사람들이 속출했다.

어떤 직장에서건 마음에 담아두었던 "그만두겠습니다" 한마디를 입 밖으로 꺼내게 만드는 건 사람이다. 일은 거들기만 할 뿐이다. 준혁 씨가 빠지고 맞는 첫 번째 주말이었다. 오히려 핫파트는 무난하게 지나갔는데 콜드파트는 온종일 주문이 밀렸다. 준혁 씨의 대타로 들어온 유정 씨는 40대 초반으로 유치원 다니는 아이가 둘 있었다. 주말에는 남편이 아이를 보고 자기가 일을 한다고 했다.

유정 씨는 뱀파이어보다 더 열심히 햇빛을 피하며 살아온 사람처럼 피부가 뽀얬다. 인도 고행 승을 떠올리게 할 만큼 마른 데다 자세도 항상 등에 어린아이를 업고 있기라도 한 것처럼 구부정했는데 수난이 닥쳐와도 끝끝내 버티고야 마는 사람의 전형 같아 보였다. 그녀가 입을 열 때는 언제나 유치원에 다니는 두 아들을 이야기할 때뿐이었다. 주말에는 남편이 아이를 봐줘서 일하러 나올 수 있었다. 육아만으로도 벅차서 아이들 학원비만 아니면 일은 당장 그만두고 싶다고 했다. 그녀는 근무가 끝나면 손님들에게 나가고 남은 자투리 고기나 부침개를 포일에 싸서 아이들 준다며 가져가곤 했다. 유정 씨가 일하는 내내 등에 어린아이를 업고 있었다는 건 심리적인 차원에서 보자면 객관적인 사실에 가까웠다.

이 당시는 홀이나 주방이나 많이 힘들던 시기였다. 오래 일하던 직원들이 일제히 그만두면서 사람도 부족했고, 새 직원들은 아직 일에 익숙지 않아서 기존 직원들과 손발이 안 맞았고, 홀과 주방 사이의 해묵은 갈등은 최고조로 올라 있었다. 유정 씨는 음식을 빼는 속도가 느리다 보니 계속 홀 직원에게서 잔소리를 들었다. 내가 처음 일을 시작할 때 나를 한창 갈구던 바로 그 친구가 수시로 주방으로 들어와선 유정 씨에게 화를 냈다.

"아니, 쌈무 같은 건 바로 앞에 보이니까 그런 건 그냥 보고 알아서 채워 넣으면 되잖아요? 그런 것도 일일이 얘기해야 해요?"

그 친구가 그렇게 몰아붙이면 유정 씨는 모른 체하고 자기 일만 할 뿐이었다.

"제가 아까부터 순두부샐러드 빼달라고 세 번을 얘기했는데 아직도 안 나왔어요. 아, 준혁이 빠지고 사람 없고 하는 거 알겠는데 그래도 그 정도 얘기했으면 지금쯤은 나왔어야죠. 아우, 진짜 답답해서 돌아버리겠네. 콜드파트 지금 주문 잔뜩 밀려 있어요. 정신 좀 차려요."

그러다 결국은 일이 터졌다.

"아, 확실히 얘길 해요. 똑바로 할 거예요, 말 거예요? 아니 어린애도 아니고 한 번 얘기하면 나와야죠. 도대체 몇 번씩 불러요? 아 대답을 해요, 똑바로 할 거예요, 말 거예요?"

"아, 방송이 잘 안 들리는데 어쩌란 말이에요?"

"그럼 이거 마이크 귀에 꽂는 거 이걸 껴요."

"우리는 그런 거 받은 거 없어요."

"달라고 해서 차요. 아니 잘 안 들리면 들리는 방법을 찾아야지. 일 안

할 거 하는 거예요? 나도 바빠서 돌아버리겠어요. 지금 내가 그런 것까지 챙겨줘야 돼요?"

이 친구가 한바탕 쏟아부으면 유정 씨가 못 들은 척, 무시하는 척, 가만히 있다가 대충 알겠다고 얼버무리고 끝내는 식이었다. 그런 실랑이가 2주 연속 이어지자 드디어 사달이 났다. 매번 유정 씨가 이 친구를 무시하자 이 친구도 결판을 내야겠다고 생각했던 것 같다. 주문이 밀렸는데 유정 씨가 별다른 반응을 보이지 않자 이 친구가 이렇게 나왔다.

"저기요, 지금 내 말 듣고 있어요? 저기요! 잠깐 일루 좀 와봐요. 잠깐 나와보라고요. 일루 와봐요."

자기 딴에는 오픈 주방이니 손님들 안 보는 데서 얘기하자는 거였는데, 유정 씨한테는 화가 잔뜩 난 남자가 따라 나오라고 말하는 게 얼마나 무섭게 들리는지 몰랐던 것 같다. 유정 씨는 아무 말도 하지 않고 고개를 푹 숙이고 있다가 울기 시작했다. 조윤진 씨가 뭔가 이상하다는 걸 파악하고 다가왔다. 이 친구는 뭔가가 여전히 불만인 채로 자리를 떠났고 유정 씨는 조윤진 씨를 붙잡고 한참을 울었다. 유정 씨가 눈물을 닦으면서 한 말이 기억난다.

"나… 그만둘까 봐요. 애들도 싫어하고."

유정 씨는 그만두지 않았다. 후에 조윤진 씨가 주의를 줬는지 어떤지는 모르지만, 이 친구도 예전처럼 공격적으로 나오진 않았다. 이후로 그는 사람들 사이에서 '여자 울리는 놈'이라는 합당한 명성을 얻었다.

그 일이 있고 며칠 후 유정 씨의 재계약 날이었다. 사람들의 예상과 달리 유정 씨는 사인했다. 내가 재계약 안 하실 줄 알았다고 하자 그녀가 처음으로 내게 긴 대답을 들려줬다.

"보면은 직장에서 젊은 사람들 힘센 남자들, 이런 사람들만 뽑으려고 하잖아요? 그게 뭘 모르는 거예요. 그런 젊은 애들, 덩치 좋은 남자들은 언제든지 내키지 않으면 그만둬요. 우리 남편만 해도 누구랑 싸웠다고 누가 기분 나쁘게 했다고 그만둔 게 몇 번째예요. 그치만 결혼해서 애까지 있는 여자들은 가게가 망하기 전까진 절대 안 그만둬요. 그런 사람들은 정말 필사적이에요. 절대 중간에 일을 그만두지 않는 사람들은 애 있는 엄마들이에요. 직원들이 자꾸 들락날락해서 골치가 아픈 사람은 애 키우는 엄마들만 뽑아야 돼요."

주방에서 한 장면만을 고르라고 한다면 총사령관님의 저녁 식사를 선택하겠다.

주방은 정서장애를 유발하는 공간이다. 만족과 분노의 곡선이 주식 시세마냥 널뛰기하는데 이런 증상은 직급이 올라갈수록 뚜렷해진다. 그녀는 만성조울증에 걸린 사람 같았다. 일이 원활하게 돌아갈 때는 더할 나위 없이 다정하다가도 밀리기 시작하면 인육에 굶주린 한니발 렉터 같았다. 홀, 주방 할 것 없이 조윤진 씨에 대한 원성이 쌓여갔다. 나도 이를 바득바득 갈면서 그만두겠다는 통보가 가장 치명적인 시기를 계산하고 있었다.

어느 날 우연히 조윤진 씨가 저녁 먹는 모습을 보았다. 끝내 일을 그만두게 만드는 건 사람이지만 참고 버티게 하는 것 역시 사람일 때가 있다. 새로운 직원이 며칠 일하다 그만두길 반복하던 시기였다. 그렇게 생긴 빈틈을 메우는 책임은 돌고 돌아 대개 그녀에게 떨어졌다.

이날도 새로 들어온 주말 직원이 이틀 일하고 그만뒀을 때였다. 그녀는 육절기로 고기를 썰기도 했다가 유부초밥을 만들기도 하면서 주방의 끝과 끝을 쉴 새 없이 오갔다. 내가 고기 써는 작업을 너무 간단히 표현한 것 같은데 실제로는 '썬다'라는 동사 하나만으론 부족한 작업이다. 문제는 해동이다. 고기를 완전히 녹이는 게 아니라 육절기에 넣었을 때 적당히 부드럽게 썰리면서도 단단한 상태를 유지하는 정도여야 한다. 고기가 많이 해동돼서 말랑말랑해지면 언 상태일 때처럼 일정한 크기로 잘라낼 수가 없다. 고기를 썰었다고 끝나는 것도 아니다. 갈비용은 양념을 만들어서 재워야 했다. 이런 작업을 다른 일을 하는 틈틈이 처리해야 한다.

7시쯤이었는데 조윤진 씨가 멀티 주방 구석에 서서 커다란 스테인리스 그릇을 든 채로 밥을 먹고 있었다. 그릇에 밥을 잔뜩 담고 다른 건 아무것도 없이 고추장만 비벼서 꾸역꾸역 삼켰다. 반찬은 아무것도 없었다. 밥 말고 다른 음식은 단 하나, 종이컵에 담은 콜라 한 잔뿐이었다. 그녀가 밥을 먹는 모습을 봤을 때 이것이 이 사람이 오늘 처음 먹는 끼니라는 확신이 들었다. 그러다가 콜드파트에서 주문이 밀렸다는 말이 나오자 즉시 그릇을 내려놓고 달려갔다. 상황이 정리되면 다시 돌아와 몇 술 뜨다가 이번엔 또 고기가 모자란다고 하면 육절기로 달려갔다. 그렇게 자리를 뜰 때면 키친타올을 그릇 위에 올려놨다. 띄엄띄엄 밥을 먹다가 전화로 혼까지 나고 있었다.

"그 친구가 송주 친구라서 송주한테 얘기해 봤는데요, 송주도 연락이 안 된대요…. 그게 송주 친구라서 믿고 채용하기로 한 거였는데…. 송주는 워낙 성실해서 그 친구도 그럴 거라고 생각했는데…."

그녀는 전화를 끊고는 입맛이 떨어졌는지 숟가락질을 멈췄다. 그릇은 내가 마감 청소를 끝낼 때까지 그대로 남아 있었다.

지금도 주방을 떠올리면 그 그릇이 가장 먼저 떠오른다. 키친타올이 올려진, 고추장 비빈 밥 한 덩이가 남은 커다란 스테인리스 그릇. 음식이 넘쳐나는 벽 뒤에서, 한 끼도 제대로 먹지 못하고 남겨둔 주방장의 시뻘건 밥 그릇.

4부
청소하다

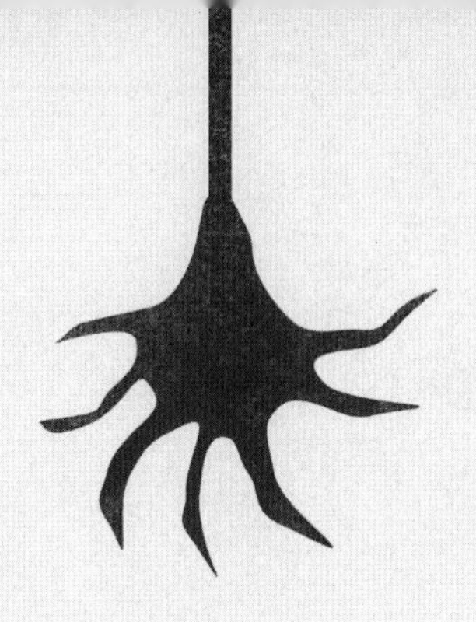

청소 **대체확률 1.00**

인공지능, 로봇의 직업별 업무 수행 능력 대체 비율

_《기술변화에 따른 일자리 영향 연구》

* 대체확률: '1'에 가까울수록 대체되거나 사라질 가능성이 높다.

#1

인간은 누구나 헨젤이자 그레텔이다. 머물렀던 자리마다 자신의 부스러기를 떨어뜨리며 산다. 눈, 비가 오는 날이면 두세 배로 더 그렇고 속이 안 좋을 때는 기하급수적으로 더 그렇다. 이러한 조건은 지구상에서 가장 오래된 직업 하나의 존재 가능성을 열어주었다. 바로 쓸고 닦고 정리하는 일이다. 현실과 동화가 다르다는 맥락에서 한 가지 덧붙이자면 이 부스러기는 각종 체모, 소변, 대변, 토사물뿐만 아니라 감정적 찌꺼기까지 포함한다.

어떤 일은 채용의 기준선이 전혀 의외의 지점에 그어져 있다. 주방은 당장 써먹을 수 있는 사람을 원하기 때문에 경력이 없는 사람은 웬만해선 거들떠보지도 않는다. 이런 경우는 충분히 납득이 간다. 그런데 청소는 그 선을 '노년'에 긋는다. 청소 일을 구할 때도 주방처럼 숱하게 퇴짜를 맞았는데 전부 나이 탓이었다. 40대인 내가 '너무 어리다'는 게 이유였다. 스무 군데 이상 전화를 돌렸지만 다들 내 나이를 듣자마자 전화 끊기 바빴다. 대부분 60대를 원했고 최소한 50대 중반은 넘기를 바랐다. 직업의 경계선이 나이를 기준으로 이렇게 선명하게 그어진 경우는 처음이었다. 간신히 성사된 면접에서도 몇 번 허탕을 치고 나서야 자리를 구할 수 있었다.

면접 분위기는 한마디로 요약하자면 "이거밖에 못 주는데 괜찮겠어요?"라고 할 수 있었다. 윤 과장으로 불리는 40대 후반 남성과 이야기를 나눴다.

"저희는 월급이 173만 원이에요. 지금 벼룩시장 보고 오셨다고 하셨죠? 거기는 178만 원이라고 나와 있는데 죄송한데 그게 잘못 나간 거예요. 173만 원이 맞아요. 그리고 저희가 원래는 격주로 토요일 근무가 있었어요. 격주로 토요일 날 여덟 시간 반을 일하는 건데 이게 한 달에 한 번 열두 시간 근무로 바뀌었어요. 그리고 일요일 연장 근무는 의무는 아니지만, 이것도 해주셔야 돼요. 그리고 연차는 1년 이상 근무하면 15일이 쌓이는데 이 중에서 3일만 사용할 수 있어요. 나머지는 돈으로 드려요. 그리고 이 173만 원에 연차수당이 포함된 거예요. 3일은 대개 여름 휴가로 쓰세요. 그리고 저희가 식비는 따로 지원이 안 돼요. 그래서 여기 일하시는 분들은 대개 도시락 싸서 와서 드세요. 식사는 아마 그렇게 하시면 될 거예요. 근무시간은 아침 7시부터 오후 3시 반까지인데 중간에 쉬는 시간이 많아서 일이 힘드시진 않을 거예요.

지금 일하시는 분들은 승태 씨보다 다 나이가 많아요. 다 60이 넘었으니까. 그런데 다 좋은 분들이라 같이 지내시는 데 어렵지는 않을 거예요. 사실 저도 여기 스물아홉 살 때 야간 청소로 들어왔어요. 그러니 어린 사람이 이거 한다고 해서 나쁘다고만은 못 하죠. 제가 왜 이렇게 말이 길어지냐면, 사실 여기 젊은 친구들이 청소 일 한번 해보겠다고 왔었어요. 왔는데… 여기 일 뭐 힘들 거 없어요. 청소기 돌리고 유리 닦고 그런 건데 이제 어린 친구들이 이런 일 하기가 좀 부끄럽고 쪽팔리고 그랬던 거겠지. 하루이틀 하고 안 나오는 경우가 많아서…. 승태 씨는 아직 이런 일 하기 좀 어린 편이어서 그런 게 좀 신경 쓰여서 그래요."

시작하기 전에 질문 하나, "여자 친구 있어요?" 이삼십 대가 주를 이루는 일터에 새 직원이 들어오면 이걸 가장 먼저 묻는다. 기본적인 서열 정리를 마무리하고 처음으로 묻는 사적인 질문은 언제나 이성에 관한 것이다. 연령대가 높아지면 이 질문은 "결혼은 했냐"라는 질문으로 바뀐다. 그렇다면 여기서 문제, 육칠십 대가 주를 이루는 일터에서 새 직원이 들어왔을 때 가장 먼저 던지는 사적인 질문은? 다시 말해 "여자 친구 있어요?"의 60대 버전은?*

내가 일할 곳은 서울 중심가에 자리 잡은 고층 빌딩의 별관이었다. 대형 금융사가 이 건물을 소유했다. 건물에는 이 회사 말고도 다양한 회사나 기관이 입주해 있었다. 이 빌딩에 연결된 별관에는 사무실뿐 아니라 다양한 크기의 연회장이 있어서 주말이면 결혼식이 열리곤 했다. 본관의 경우는 층마다 담당 여사님이 한 분씩 계셨고 나는 별관 소속이었다.

'대한민국 근무지 3대 뽕'이라는 게 있다(어느 선배가 해준 얘기다). 그 지역으로 출근하는 것만으로 어깨에 힘이 들어가게 만드는 동네가 있다는 거다. 등장인물들의 신변 보호를 위해 빌딩의 정확한 위치는 공개하지 않겠지만 이곳이 뽕 기운이 쑥쑥 뿜어져 나오는 동네 중 한 곳이라는 점만 밝혀두겠다. 참고로 문제의 뽕 맞은 지역은 종로, 여의도, 강남이다. (선배는 강남에서 근무하는 건설 회사 직원이다.)

출근은 6시 반까지였다. 그런데 비질, 걸레질 하러 출근할 때도 뽕 기운이 올라와야 하는 걸까? 전철이 한강을 지나가는 동안 내 어깨는 들

* 정답은 297쪽에.

썩여야 할지 움츠러들어야 할지 갈피를 잡지 못했다. 6시가 조금 지나 역에서 나왔다. 날씨가 어깨의 향방을 결정지었다. 움츠러들기로 했다. 때는 1월 중순이었고 너무 추웠다. 역에서 나오자마자 온몸이 얼어붙었다. 한겨울의 새벽바람은 주민등록번호를 부여해 줘도 되겠다 싶을 만큼 존재감이 뚜렷했다. 맞바람이 불 때는 투명 인간이 두 팔로 나를 막아서고 있는 게 아닌가 싶을 정도였다. 롱패딩이란 존재가 한국인의 의복 생활에 도입되기 전에 겨울을 보낸 모든 이들에게 격한 존경심이 솟아오르게 만드는 추위였다.

동트기 전 도심의 가장 특징적인 모습은 빌딩 테두리를 따라 반짝거리는 항공 장애 표시등이다. 불이 꺼져 회색빛 윤곽만 남은 건물에 빨간 등만 선명하게 빛났는데 콘크리트에 부스럼이 잔뜩 돋은 듯한 모습이었다. 내가 일해야 할 건물도 어둠 속에서 벌건 종기를 빛내며 우뚝 서 있었다. 거리는 텅 비어 있었다. 미화팀보다 일찍 출근하는 사람은 신문 배달부와 야쿠르트 아주머니뿐이었다.

1층 남자 화장실 앞에서 서윤제 반장을 만나 지하 1층에 있는 남자 직원 휴게실로 향했다. 청소하는 시간 못지않게 많은 시간을 보내게 될 휴게실은 실내장식부터 인적 구성까지 딱 옛날 복덕방을 떠올리게 했다. 내부는 예상했던 것보다 훨씬 넓었다. 유리판을 깐 나무 탁자 주위로 노인들이 믹스 커피를 마시며 담소를 나눴다. 안쪽에는 바닥에 열선이 깔린 방이 있어서 몇몇 사람은 베개용 서적을 베고 쪽잠을 잤다. 조용한 방 안에서 노인들 코 고는 소리만이 부드럽게 진자 운동을 하고 있었다 (딥디쉬피자마냥 두툼한 '코스닥 상장기업 상세자료집'이 수면의 동반자로 애용됐다. 주식 관련 정보가 숙면에 도움을 준 거의 유일한 경우라고 해야겠다). 숨기는 데 실패한 것으로 짐작되는 담배 냄새와 태평한 분위기가 나른하게 섞여 있었다. 입식 공간에는 벽을 따라 싱크대, 에어컨, 냉장고, 선풍기가 설치됐다. 방 안에는 길쭉한 철제 사물함이 세워져 있었는데 문이나 손잡이가 멀쩡한 게 몇 개 없었다.

휴게실의 아늑함을 깨뜨리는 유일한 단점은 낮은 천장이었다. 이곳을 설계한 사람은 한국인의 신장이 180을 넘는 일은 생물학적으로 불가능하다는 확신에 차 있었던 것 같다. 특히 방으로 된 공간은 바닥이 꽤 높았는데 거기에 서 있을 때는 허리를 거의 기역 자로 구부려야 했다. 사람들은 휴게실에서 보내는 시간 대부분을 드러누워 지내는 것으로 건축학적 한계를 극복했다.

휴게실에서 시선을 가장 집중시키는 것은 입구 옆에 걸린 커다란 화이트보드였다. 보드의 오른쪽 절반에는 남자 직원 전원의 이름이 한 명씩 위에서부터 아래로 적혔고 왼쪽 절반에는 동일한 이름들이 세 명씩 네 개의 조로 나뉘어 적혔다. 내 이름은 강준희, 이명일과 함께 있었다. 이 조는 토요일 근무조였다. 토요일 근무는 의무적으로 하게 되어 있어서 조를 짰고, 일요일이나 공휴일 근무는 의무가 아니었기 때문에 일렬로 이름을 적고 위에서부터 차례대로 순번이 돌아가게 했다.

사람들과 간단하게 인사를 나누고 옷을 갈아입었다. 아직 '여자 친구는 있어요?' 타입은 도래하지 않았다. 유니폼은 노란색 회사 로고가 가슴에 박힌 검은색 점퍼와 주머니가 수북이 달린 같은 색 조끼, 그리고 흰색 티였다. 바지는 개인 옷을 입었고 반드시 검은색이어야 했다. 휴게실 밖에 있을 때 티는 반드시 바지 속에 넣고 점퍼는 목까지 지퍼를 채워야 했다. 입고 나면 세상에 아직 교련 과목이 남아 있던 시절의 남자 고등학생 교복처럼 보였다. 게다가 아저씨들이 비질하면서 흥얼거리는 노래도 전부 그 시절에 발표된 것들이었다. 아무래도 이곳의 드레스 코드는 '7080'인 듯싶었다.

내 정확한 소속은 '별관 남자팀 조출조'였다. 조출조는 새벽 6시 반까지 출근했고 후출조는 12시까지 출근했다. 조원은 나, 이성재, 강준희, 김동준, 박무성. 모두 다섯 명이었고 현장직 관리자로 정일만 감독과 서윤제 반장이 있었다. 나를 제외한 모두가 60이 훌쩍 넘은 사람들이었다. 가장 연장자는 준희 아저씨로 70이 넘었고 그다음이 정 감독으로 69였다. 동준 아저씨와 무성 아저씨는 조선족 출신의 중국인이었다. 옷을 갈아입고 작업 시작을 기다리는데 준희 아저씨가 말을 걸어왔다. 그의 첫마디는 걱정하지 말라는 거였다.

"승태 씨 지금 괜찮아. 마흔이면 아직 시작도 안 한 거야. 백세 시대에 마흔이면 이제 출발선인 거지. 아무 걱정할 거 없어. 이제부터 하는 게 남은 인생이 되는 거야. 여기 오는 사람들 어떤지 알아? 여기 마흔 되기 전에 큰돈 만졌던 사람들 수두룩해. 그러다 망해서 하다 하다 못해 여기까지 온 거지. 여기가 돈 없는 사람들 오는 데가 아니야. 여기는 과거 있는 사람들이 오는 데야. 그런 사람들에 비하면 승태 씨는 아주 좋은 거지. 빚도 없고 아직 젊잖아. 나는 아직 승태 씨 잘 모르지만, 한편으로는 대단하다고 생각해. 돈은 없고 뭐든 해야지, 뭐라도 해야지 생각은 하기 쉽지만 실제로 청소 일 할 용기 가진 사람 없어. 얼마가 됐든 여기 있는 동안 몸 건강하게 즐겁게 일하고 가. 승태 씨처럼 하는 게 잘하는 거야. 인생에서 좋은 것만 있으면 그것도 이상한 거지. 밑바닥이 뭔지도 알아야지. 그래야 제대로 사는 거지. 여기 있는 동안엔 즐겁게 건강하게 지내고 더 좋은 데 생기면 뒤도 돌아보지 말고 가."

그는 미화팀 최고령 직원으로 관리자를 제외하면 근속 3년으로 경력도 제일 길었다. 아저씨는 이 일이 산에 오르는 것과 비슷하다고 생각하는지 매일 아침 등산복 차림으로 출근했다. 희끗희끗한 머리에 유난히 불룩한 복부 때문에 등산복을 입은 산타클로스 같았다. 산타클로스급은 아니었지만 인심도 후한 편이어서 밥도 잘 사주고 간식거리도 자주 나눠주곤 했다. 말도 많고 정도 많은 사람이어서 새 직원이 들어오면 가장 먼저 다가가고 조언도 아끼지 않았다. 흥이 많은 만큼 욱하는 성질도 강해서 싸우는 일도 종종 있었다. 하지만 뒤끝은 없었다. 무슨 이유이건 싸우고 난 다음 날은 꼭 화해했고 우리에게도 윌 요구르트를 하나씩 돌리며 소란스럽게 해서 미안하다고 사과했다. (대신 요구르트값은 싸웠던 상대를 어떻게든 꼬셔서 반반씩 냈다.) 준희 아저씨가 요구르트를 사러 가면 요구르트 아주머니가 '아이고 이 양반 또 한판 했구나' 하고 알아차릴 정도였다.

#2

처음 이틀 동안은 성재 아저씨를 따라다니며 일을 배웠다. 나는 이곳에서 성재 아저씨와 가장 가깝게 지냈다. 친절하고 일 잘하고 무엇보다 같이 있으면 편안한 사람이었다. 60대 초반으로 170에 가까운 키는 나를 제외한 남자 직원 중에서 가장 컸다. 그는 경기도 광주에 있는 **가구 공장***에서 30년 넘게 일했다. 정년을 몇 년 앞뒀을 때 회사는 인사부장으로 정리 정돈의 달인 '곤도 마리에' 씨를 초빙이라도 한 것처럼 직원들을 정리했고(예상되는 인력 감축의 원칙: 사장님을 설레게 하지 않는 직원은 모두 내보낸다) 아저씨도 그렇게 회사를 떠났다. 이어지는 시간은 그의 삶에서 가장 괴로운 시기였다. 휴가도 3일 이상 쉬어본 적이 없는 사람이 1년 내내 집에만 있자 연금보다 먼저 우울증이 찾아왔다("퇴직하고 집에만 있는 애들은 다 어디가 아파"). 아침에 일어나서 할 일이 없는 것만큼 그를 참담하게 만드는 것이 없었다. 그에게 은퇴는 꿈꿔왔던 '인생 2막'이 아니라 일종의 임사 체험이었다. "사람은 두 번씩 죽는다. 자신의 인생을 정의하던 일을 더 이상 할 수 없어 삶의 의미가 사라졌을 때 사회적 죽음이 온다."**

자신을 추스르고 다시 일을 구하기 시작했지만 나이 탓에 받아주는 곳이 없었다. 나이를 밝히자마자 끊어버리는 전화가 퇴사 통보만큼이나 비참했다. 그런 그를 시큰둥하게나마 반겨준 것이 청소였다. 지금도 친구들은 자신이 예전과 같은 일을 하는 거로 알고 있다. 다른 아저씨들도 '은퇴를 받아들이는 5단계'라고 이름 붙이고 싶은 규칙성을 보이며

* 가구 조립원: 대체확률 0.970 _〈인공지능에 의한 일자리 위험 진단〉

** 《아침에는 죽음을 생각하는 것이 좋다》, 김영민, 어크로스, 2018.

(퇴직—절망—재구직—냉대—청소) 이곳에 들어왔다. 힘든 시기를 거쳤지만 성재 아저씨는 즐거워 보였다. 이런 고난도 아저씨의 매력을 움츠러들게 하지는 못했다. 성재 아저씨는 꾀죄죄하고 후줄근해 보이는 청소부들 사이에서 가장 깔끔하고 고풍스러운 멋이 살아 있는 사람이었다. 머리는 항상 젤을 발라 뒤로 넘기고 출근할 때는 언제나 빳빳하게 다린 양복 차림이었다.

성재 아저씨는 유리를 닦을 때도 머리 모양에 신경을 쓸 정도로 외모에 민감했다. 덕분에 직원들 사이에서 인기가 좋았고 사람들 대하는 태도는 나긋나긋했다. 특히 미화팀 여사님들 대하는 태도로 말할 것 같으면 당뇨가 있는 사람이라면 아저씨와 가까워지는 걸 경계해야 할 정도로 달콤했다. 그 결과 그는 르포 문학계의 '셀럽'인 나조차도 꿈꿔보지 못한 '사생팬'을 거느렸다. 어느 층에서나 그를 보면 멀리서부터 "오빠!"라고 외치며 달려오는 여사님들이 있었고 휴게실에서 전화를 받고 나가서는 간식거리가 한가득 든 봉지를 들고 돌아오곤 했다. 모두가 그를 사모하는 여사님들이 건네준 '조공품'이었다. 그는 좀처럼 언성을 높이는 일이 없었고 누구에게나 친절했다. 근무 기간이 긴 편은 아니었지만 일도 가장 잘한다고 인정받아서 여기저기서 찾는 데가 많았다.

일을 시작하기 전에 반드시 들러야 할 곳이 있다. 1층 남자 화장실 옆에 '공조실'이 있는데 이곳에 미화팀에서 사용하는 모든 장비를 보관했다. 이곳은 원래 보일러실이다. 한순간도 쉬지 않고 굉음을 내는 원두막만 한 보일러들이 설치되어 있고 천장에는 굵직한 파이프들이 복잡하게 얽혀 있었다.

내가 도무지 이해할 수 없는 부류의 사람들, 그러니까 스트레스를 청소로 해소하는 사람들이라면 공조실에서 격한 오르가슴을 느낄지도 모르겠다. 보일러와 파이프를 피해 세 개의 공간에 걸쳐 쌓아둔 각종 도구와 약품 사이를 통과하다 보면 그 종류와 양에 압도당한다. 이 안에는 인류에게 알려진 모든 얼룩과 때를 제거할 수 있는, 인류에게 알려진 모든 약품과 도구가 구비되어 있었다.

이 중에서 내가 명칭을 파악한 것만 열거해 보자면 진공청소기, 습식 카펫 청소기, 리스킹, 마포, 걸레, 유리칼(크기별로 다양), 돌돌이, 물차, 코랄 65, 플라스틱 빗자루, 싸리 빗자루, 먼지떨이, 솔, 스크래퍼(껌 떼는 칼), 2단봉, 3단봉, 눈삽, 쇠삽, 리프 블로워, 분무 소독기. 약품은 코팅 박리제, 백화 제거제, 카펫 세척제, 기름때 타이어 자국 제거제, 유리 세정제, 중성 세제, 변기 전용 세제, 스티커 제거제, 금속 광택제 등등. 약품들은 하나같이 맨손으로 만지면 유전자 변형이 생길 것 같은 강렬한 원색에 콧속을 지지는 듯한 강산성 냄새를 풍겼다.

첫 번째 할 일은 뷔페 청소였다. 지하 1층에 내가 일했던 곳과 비교할 수 없을 정도로 고급스러운 뷔페가 있었다. 이곳 청소가 미화팀 담당이었다. 뷔페 청소는 이런 식으로 진행된다. 서 반장이 먼저 물차로 뷔페의 통로를 청소하고 나면 남자팀에서 두 사람이 진공청소기로 식당을 한 바퀴 돈다. 물차는 야쿠르트 여사님들이 끌고 다니는 전동차처럼 생겼는데 크기는 그것의 딱 절반만 하다. 바닥 앞부분에는 원형 솔이 돌아가고 뒷부분에는 흡입구가 있어서 구정물을 곧바로 빨아들였다. 넓은 구역의 바닥을 물청소할 때 항상 이 기계를 사용했다. 그다음에 여자 직원(여기서는 나이에 상관없이 '여사님'이라고 부른다) 세 명이 테이블 아래처럼 물차가 닿지 않는 부분을 마포로 닦는다. 뷔페 청소는 8시까지 끝마쳐야 했다.

고정 업무는 뷔페 청소와 화요일 오후마다 하는 직원 식당 청소뿐이었고 이후에는 그때그때 서 반장의 지시에 따랐다. 이곳은 본사인 금융사와 기타 여러 회사가 입주한 본관과 이곳에 붙은 길쭉한 형태의 4층짜리 건물인 별관이 있었다. 우리가 담당하는 구역은 지상 주차장을 포함한 건물 외곽 전체 그리고 본관 건물의 1층과 별관 전체와 3층까지 있는 지하층 전체였다. 지하 주차장 역시 우리 담당 구역이었다. 빌딩 내에 입점한 매장 일부도 우리가 청소했다. 뷔페가 그런 경우였다. 별관 지하 1층과 1층에는 은행, 식당, 편의점 같은 매장이 들어서 있고 2층부터 4층까지는 크고 작은 연회장이 있다. 이곳에서는 주말에 결혼식이 자주 열린다. 이 연회장을 청소하는 것도 우리 일이었다.

쉬는 시간에는 성재 아저씨를 따라 흡연장으로 갔다. 흡연장은 빌딩 서쪽 입구 옆에 있었다. 사람들이 오가는 통로 쪽은 높은 벽으로 막혀 있고 맞은편 주차장 쪽은 소나무 사진이 들어간 플라스틱 벽으로 가려져 있었다. 주차장에서 흡연장을 바라보면 나무 사진 위로 연기가 모락모락 피어오르는 모습 때문에 숲에 불이 난 것처럼 보였다. 사시사철 뿜어져 나오는 연기와 냄새 때문에 모르는 사람이 보면 소각장이라고 착각할 만한 수준이었다. 건물 전체에 흡연장은 이곳 하나뿐이었고 항상 사오십 명의 남자들이 경쟁적으로 담배를 빨아댔다. 만약 흡연장 이용료를 거둬들인다면 회사의 수익률 개선에 극적인 변화를 줄 수 있으리라 기대해 봄직한 수준이었다. 흡연장은 담배를 피우지 않는 사람들 사이에선 '폐암 카페'로 불렸다. 복도까지 풍겨오는 담배 냄새에 치를 떠는 사람들은 폐암과 카페 사이에 '3기'라는 단어를 덧붙이곤 했다.

흡연장 담당은 무성 아저씨였다. 네모난 돋보기안경을 쓰고 틀니를 꼈는데 커다랗게 확대된 눈과 입만 열면 번뜩거리는 철제 이빨 때문에 만화 캐릭터처럼 보였다. 쉬는 시간이면 언제나 핸드폰으로 스도쿠 퍼즐을 풀었다. 매사에 느릿느릿하고 여유가 넘치는 사람이었다. 안타깝게도 흡연장은 그렇게 일할 수 있는 곳이 아니었다. 이곳엔 모래가 채워진 재떨이와 원통형 철제 쓰레기통이 한 묶음으로 여덟 쌍씩 설치되어 있었는데 재떨이 차는 속도가 너무 빨랐다. 무성 아저씨는 재떨이 넘친다는 연락을 받고 쉬고 있다가도 급하게 흡연장으로 뛰어가곤 했다.

무성 아저씨가 일하는 걸 보고 있으면 바이킹 배에 관해 읽었던 구절이 떠오른다. 바이킹의 배는 가볍고 날렵해서 빠르게 이동하는 데는 좋았지만, 내구성이 좋지 않아서 항해하는 중에 계속 바닷물이 새어 들어왔다. 그래서 선원 중에는 배에 들어찬 물을 밖으로 퍼내는 일만 하는 선원이 꼭 포함되었다. 흡연장 담당이 꼭 그런 처지였다. 흡연장은 이곳 사무실 직원들 눈에 청결 상태가 가장 쉽게 눈에 띄는 곳이었기 때문에 다른 곳보다 더 깨끗하게 관리해야 했다. 여러 가지로 흡연장은 고달팠다. 1년 내내 밖에서 일해야 했고 겨울엔 재떨이에 뱉은 침이나 가래가 얼어붙어서 꽃삽으로 깨부숴 가며 일했다.

이후 매일같이 흡연장을 들락날락하며 새롭게 알게 된 사실은 흡연장이 단순히 담배만 피우는 곳이 아니라는 거다. 흡연장은 고해소이자 심리 상담소였다. 요즘처럼 건강을 중시하는 시대에 함께 발암물질을 들이마시는 것으로도 동지애가 싹 트는지, 다들 옆 사람이 뻔히 듣고 있는데도 주변에 알려지면 신분 세탁이 필요할 만한 이야기들을 거리낌 없이 털어놓았다. 놀랍게도 억대 연봉을 자랑하는 이 금융 엘리트들의 삶은 얼마 전 중성화 수술을 마친 우리 집 고양이의 고환과 비슷한 상태였다. 즉, 텅 비어 있었다. 그들은 무리한 코인 투자로 수억대 빚을 졌거나, 해외 출장을 빙자한 섹스 관광이나 동창회에서 만난 학창 시절 친구와의 불륜으로 결혼 권태기를 해소했다. 대기업이나 관공서 흡연장에 **도청 장치를 설치***하면 억대의 협박거리를 얻을 수 있으리라.

아저씨들이 관절 다음으로 힘들어하는 부분이 담배였다. 나와 서 반장을 제외한 모두가 흡연자였는데 이들은 금연운동협의회에서 존재 자체를 부정하고 싶어 하는 부류의 사람들이었다. 다들 수십 년간 하루 한 갑 이상 담배를 피우고도 폐가 멀쩡했다(본인들의 주장은 그랬다). 아저씨들에게 영하의 계절은 혹독했다. 칼바람은 쌩쌩 부는데 흡연장은 남국의 해변처럼 멀기만 했다. 그래서 택한 방법이 관리자가 없는 틈을 타 휴게실 환풍구 아래서 담배를 피우는 것이었다. 이는 미화팀이 저지를 수 있는 가장 심각한 범죄에 해당했다. 이따금 들르는 용역업체 소장은 마약 탐지견 수준의 후각을 가진 사람으로 반나절 지난 담배 냄새도 잡아냈다. 걸리는 날에는 사달이 났다. 소장은 무섭고 흡연장까지 가기는 귀찮을 때 아저씨들이 찾는 장소가 있었으니 하역장이었다.

* 사설탐정(Private Detectives and Investigators): 대체확률 0.31 _〈고용의 미래〉

하역장은 지하 3층 주차장 구석에 있었는데 주차장 한쪽 구석을 전부 차지할 만큼 넓었다. 이곳으로 빌딩 안에서 발생한 모든 쓰레기가 모였다. 플라스틱 폴딩 도어가 주차장과 하역장을 가르고 있었다. 내부는 봉고차가 드나들 수 있는 중앙 통로 좌우로 역시 폴딩 도어로 구획이 나뉘었다. 각각의 구역에 일반 쓰레기, 플라스틱, 스티로폼, 유리, 음식물 쓰레기, **폐가전제품 등을 쌓아 두었다***.

하역장은 겉보기와 실제가 가장 많이 차이 나는 공간이었다. 처음 들어서면 냄새나는 고물상 같다는 인상을 피할 수 없다. 안에는 늪지처럼 언제나 습하고 눅눅한 공기가 가득했다. 바닥은 초록색 페인트로 칠해졌고 구획을 나누는 하얀색 선이 그어져 있었다. 중앙엔 배구공 정도 지름의 배수구가 뚫려 있었다. 여기선 수시로 심각하게 더러운 무언가를 씻어내야 해서 항상 바닥이 젖어 있었다. 하역장 전체에 BGM처럼 은은한 음식 쓰레기 냄새가 흘렀다. 여기서 담배를 피우면 도베르만 부럽지 않은 소장의 후각도 갈피를 잡을 수 없었다.

하역장은 언뜻 보면 합법에서 불법으로 넘어가는 관문처럼 보였다. 비자금이나 기밀 서류를 주고받거나 잘 갖춰진 배수 시설을 이용해 공익 제보자의 시체를 처리할 것 같은. 하역장 직원들은 덩치도 크고 유달리 우락부락한 인상이어서 특히 더 그랬다. 미화팀 직원들이 '어젯밤 있었던 일을 아내나 친구가 알게 되면 어떻게 생각할까?'를 걱정할 것 같은 부류의 사람들이라면, 하역장 직원들은 일부러 외모를 보고 뽑은 것

* 재활용품 수거원: 대체확률 0.81 _《기술변화에 따른 일자리 영향 연구》

도 아닐 텐데 하나같이 '어젯밤 있었던 일을 검사나 판사가 알게 되면 몇 년을 때리고 싶어 할까?'를 걱정할 것 같은 분위기의 남자들이었다.

막상 이야기를 나눠보니 하역장 아저씨들은 누구보다 상냥했다. 무엇보다 손님 접대가 확실한 사람들이어서 누구든 찾아오면 아무리 괜찮다고 해도 커피와 간식거리부터 내놓았다. 하지만 사람들이 하역장을 자주 찾는 이유는 손님 접대나 실내 흡연이 아니라 전리품에 있었다. 쓰레기 중에서 쓸 만한 것이 나오면 아저씨들이 쓸고 닦고 고쳐서 나눠 가졌다. 말하자면 아저씨들 세계의 부의 재분배가 이곳 하역장에서 이뤄졌다. 어느 층에서 사무실이 철수라도 하면 하역장에선 장터가 열렸다. 가습기, 소파, 바퀴 달린 의자, 커피포트, 소형 스피커, 화분 등등. 쓸모가 조금이라도 있는 물건은 열띤 토론을 거친 후 목소리가 큰 사람이 가지고 갔다. 비록 냄새가 조금 나긴 했지만 이곳은 실내 흡연장보다 중고 장터로서 인기가 더 좋았다.

점심시간엔 지하 직원 식당에 갔다. 사무실 직원들과 겹치지 않기 위해 우리 점심시간은 10시 반부터 11시 반까지였다. 직원 식당의 경우엔 식당 직원들이 매일 청소했는데 우리는 매주 화요일 오후에 가서 대청소를 했다. 평소에는 휴게실에 앉아만 있는 정 감독이 이때는 직접 물차를 끌고 바닥을 밀었고 나머지 사람들도 구석구석 쓸고 닦았다. 식당 사람들은 다들 우리에게 친절했지만, 문제는 가격이었다. 식권 한 장 가격이 보통 직원 복지 차원에서 운영하는 구내식당치고는 대단히 부담스러운 8000원이었다. 월급이 세후 150만 원인 사람에게는 더더욱 그랬다. 직원 절반 정도는 식당에서 먹었고 나머지는 집에서 도시락을 싸왔다. 나는 편의점 김밥으로 때우다가 한 달 정도 지난 후부터 식당에서 먹기 시작했다. 하지만 비싼 돈 주고(어디까지나 내 기준으로 그렇다는 거다) 먹는 밥도 편안히 먹을 수가 없었다. 나이가 들면 다들 소화력이 떨어진다는데 어째선지 아저씨들은 먹는 태도가 너무 공격적이었다. 옆에서 깍두기를 씹고 있으면 목제 분쇄기에 조각난 합판을 왕창 집어넣은 것 같은 소리가 났다. 그렇다고 막내인 내가 다들 일어날 때 계속 앉아 있기도 뭣해서 급하게 먹을 수밖에 없었다. 미화팀원 중에서 기근을 겪어 보지 않은 듯한 태도로 밥을 먹는 건 나 하나뿐이었다.

#3

짧은 적응 기간을 끝내고 나는 '스댕조'로 들어갔다. 스댕은 스테인리스의 아저씨들 용어였다. 이곳은 청소 구역별이 아닌 재질별로 조를 나눴다. 크게 스댕조와 유리조가 있었다. 스댕조는 나와 김동준 아저씨였고 유리조는 성재 아저씨와 서 반장이었다.

동준 아저씨는 청소 일은 이번이 처음이었지만 운전, **미장***, **용접**** 등등 현장 일이라면 거의 모든 분야에 통달했다. 그는 집에서 직접 뭔가를 만들거나 수리하다 막혔을 때 제발 살려 달라는 심정으로 찾는 그런 종

* 미장공(Plasterers): 대체확률 0.94 _〈고용의 미래〉

** 용접공(Welders): 대체확률 0.94 _〈고용의 미래〉

류의 사람이었다. 동준 아저씨의 또 다른 특징이라면 투철한 애국심이라고 할 수 있었다. 보통이라면 아저씨들 사이에서 대단히 환영받을 특성이지만 문제는 동준 아저씨의 조국이 한국이 아니라는 데 있었다. 이곳 아저씨들은 내가 '과잉개성장애'라고 부르는 증상을 달고 살았다. 조그만 일에도 핏대를 세우고 "아니, 김형 그게 아니지!" 하며 삿대질을 날리곤 했다. (하지만 악의는 없다. 그냥 이야기를 그렇게 하는 것뿐이다.)

이 과잉개성장애 증상을 자극하는 주제 하나가 중국이었다. 누군가가 뉴스를 보고 중국을 비난하면(대개는 준희 아저씨였다) 언제나 동준 아저씨가 발끈해서 역시나 대륙식 과잉개성장애로 맞섰다. 나는 평소에 우리가 중국 욕을 그렇게 많이 하며 지내는지 몰랐다. 하지만 동준, 무성 아저씨들을 의식하며 듣고 있으니 아저씨들이 나누는 대화 대부분이 지뢰밭이었다. 김치부터 미세먼지까지 양국의 자존심을 건 대결은 대개 홈팀의 승리로 끝났다. 목소리가 너무 높아지면 무성 아저씨가 동준 아저씨를 슬쩍 찌르면서 그만하라는 눈짓을 보냈다. (동준 아저씨는 무성 아저씨의 소개로 입사했다.)

그래도 준희 아저씨는 함께 있으면 흥겨운 사람이었다. 사람들이 휴게실로 돌아오면 그중 한 명은 항상 불만거리가 있었다. 이런 사람들을 다독이는 게 준희 아저씨였는데 그의 전략은 미화팀 모두가 각국의 최고 엘리트와 견주어도 손색이 없는 인재라는 사실을 상기시키는 것이었다.

"이번 주에 비 온다고 하는데도 기어코 외벽 유리를 닦으라네! 아 참, 그거 비 오면 말짱 도루묵인데 하여간 만만한 게 미화야!"

"아이고 우리 성재 씨한테 유리 닦는 거나 시키고 이래서야 쓰겠어. 우리 성재 씨가 일이 잘 풀렸으면 지금 청와대에 계셨을 분인데."

"청와대에서 유리 닦고 쓰레기통 비우고 있겠지. 하하하!"

"아니, 누가 자꾸 음료수 다 마시고 냉장고에 넣어두는 거야? 다 마셨으면 쓰레기통에 버려야지. 이거 분명히 후출조 놈들이라고. 하여간 이 새끼들은 생각이 없어. 내가 여기 숨어 있다가 잡을 수도 없고 아우 잡히기만 해봐, 이 새끼들!"

"아이고 중국 계속 있었음 지금쯤 공산당 간부 했을 사람이 그런 거로 화내면 안 되지. 하하."

스댕조에선 스테인리스나 기타 철로 된 재질은 그게 바닥이든, 문이든, 벽이든, 천장이든, 장식물이든 가리지 않고 닦고 광을 냈다. 스테인리스는 사실 이름이 잘못 붙은 물질인데 명칭이 정확하게 붙여졌다면 '스테인 투 머치stain too much'라고 불렸을 거다. 그만큼 때가 잘 묻었다. 스댕 작업할 때는 '뉴엑센트'라는 화학 약품과 밀대를 사용했다. 밀대는 길이를 조절할 수 있는 플라스틱 봉에 파란색 걸레 패드를 붙여서 사용하는 도구다.

스댕조 첫날에는 동준 아저씨를 따라 소형 연회장으로 갔다. 이곳의 대형 연회장에서는 주말마다 결혼식이 열렸고 소형 연회장에서는 평일의 경우, 자주는 아니었지만, 기업 관련 행사들이 열렸다. 그중 기억에 남는 행사가 하나 있다. 연회장 내부 세팅은 연회팀에서 알아서 하기 때문에 우리는 끝나고 청소만 하면 됐는데 딱 한 번 미화팀이 세팅을 부탁받은 적이 있었다. 요청한 물품들이 특이해서 다들 무슨 일인가 궁금해했다. 눈삽 꽂아둘 때 쓰는 커다란 플라스틱 통 세 개에다 물을 가득 받아서 단상 위에 올려놔 달라는 거였다. 각각의 통 옆에는 대량의 수건과 의자도 준비해 두었다.

회사 기밀을 경쟁사에 팔아넘긴 스파이에게 CIA 스타일로 물고문이라도 가하려는 건가 싶었는데 알고 보니 세족식이었다. 이곳 빌딩에 입주한 작은 회사 한 곳에서 신입 사원을 상대로 하는 행사였다. 직급은 알 수 없지만, 임원 세 명이 물통 옆에 꿇어앉고 신입 사원들이 그 앞 의자에 양말을 벗고 앉았다. 젊은이들은 자신에게 발이 있다는 사실이 너무나도 괴롭다는 듯한 몸짓으로 발을 내밀었다. 긴장한 탓인지 유난히 땀을 많이 흘리던 한 남자 직원은 셋 중에서 누가 봐도 '대빵'으로 보이는 가운데 임원 앞에 자리 잡았는데, 임원이 발을 닦자 발가락 틈 사이에 끼어 있던 검은색 털양말 부스러기가 풀려나면서 물이 검은 잉크가 떨어진 것처럼 탁하게 변했다. 다른 직원들은 남자 여자 할 것 없이 출근 직전까지 **페디큐어***를 받다가 온 것 같은 상태였기에 더더욱 극적인 대비를 이뤘다. 이 친구는 그다지 이 회사에 오래 다닐 마음이 없었던 것 같다.**

* 손톱관리사·발톱관리사(Manicurists and Pedicurists): 대체확률 0.95 _〈고용의 미래〉

** 우리나라에서 성행하는 세족식은 노골적인 개신교의 문화유산이다. 2000년 전 예수님이 손수 제자들의 발을 씻겨주신 일 때문에 이 친구가 이런 굴욕을 당했다. 하지만 일이 더 나쁘게 흐를 수도 있었다. 역사에 가정이란 무의미하다지만 만약 예수님이 좀 더 쿨한 분이셔서 죄를 씻어낸 제자들이 홀가분한 마음으로 갈릴리 호숫가에서 일광욕이라도 즐길 수 있게 손수 브라질리언 왁싱을 해주셨다면 어땠겠는가? (음… 베드로는 털이 좀 많아서 시간이 걸리겠구나…. 유다에게 내가 꼭 전할 말이 있다고 좀 더 기다리라고 일러두어라….) 그러니까 내 말은 발가락 때 정도에서 끝난 게 다행일지도 모른다는 거다.

그건 그렇고, 전통적으로 연회장은 스댕조에서 '걸레질 사관학교'로 이용되는 곳이었다. 우리는 불 꺼진 연회장을 통과해 뒤편의 직원용 복도로 갔다. 직원용 복도는 어둡고 낡았고 지저분했다. 양쪽 벽 아래쪽 절반에는 스댕 철판이 부착되었다. 평일에는 이곳을 드나드는 사람이 별로 없어서 새 사람이 오면 여기서 숙달된 조교의 입회하에 쉴새 없이 걸레질 연습을 하곤 했다. 이 직원용 복도의 철판을 닦는 것이 스댕조에겐 가장 큰 일이었다. 이 철판은 2층에만 있는 게 아니라 지하부터 지상 4층까지 직원용 복도 전체에 설치되었다.

이 철판은 고깃집에 구비된 앞치마의 건물 버전이라고 할 수 있다. 이곳으로 음식과 식기를 담은 철제 카트가 오가는데 복도가 좁아서 자주 벽에 부딪혔다. 그럴 때마다 음식이 튀고 벽타일이 부서졌다. 나이가 서른이 넘은 빌딩이 매번 음식을 질질 흘리는 꼴이 안쓰러워서 시설팀에서 말하자면 철제 앞치마를 달아준 거다. 이 철판이 생긴 건 비교적 최근이었다. 시설팀에서야 할 일을 한 것뿐이지만 이들의 의욕이 지나쳐서 딱히 문제도 없는 다른 층에도 전부 철판을 설치하는 바람에 갑자기 광을 내야 할 스댕판 수백 미터가 생겼다. 이 탓에 미화팀 대표 땡보직이었던 스댕조가 인원도 늘고 모두가 기피하는 조가 되고 말았다. 그래서 미화팀 사람들은 시설팀이라면 이를 갈았다. (한껏 기울어진 업보의 저울은, 훗날 막힌 변기 뚫는 작업이 시설팀으로 이관되면서 간신히 평형을 되찾는다.)

아무리 익숙한 일일지라도 그걸 직업으로 삼으면 기초부터 다시 배워야 할 때가 있다. 이전까지는 '기술'이라든가 '학습'이라는 개념과 단 한 번도 연관 지어 생각해 본 적 없는 일을 프로 스포츠처럼 대해야 한다.

걸레질 사관학교에서의 첫날은 여느 군사 훈련 못지않게 혹독했다.

"아니, 아니 그렇게 힘 세게 주지 말고 그렇게 하면 부드럽게 스윽 안 넘어간다고. 중간에 버벅대면서 멈췄다가 나가. 그렇게 턱턱 걸리면 멈췄던 자리에 자국이 남아. 층이 져 보인다고. 그렇게 층이 지면 지저분해져. 자 다시 해봐."

"아냐, 아냐 한 번에 일직선으로 쭉 내려갔다가 옆으로 옮겨서 끝 선 맞춰서 또 일직선으로 내려가야지. 지금처럼 중간에 휘어지고 그러면 걸레 안 닿은 부분이 달라 보인다고. 모든 면이 균일하게 나오게 해야지. 다시 해봐."

스댕에 자국은 물론 걸레질한 흔적 역시 남지 않게 닦는 게 핵심이었다. 걸레질하다 보면 걸레가 움직인 부분마다 살짝 결이 달라 보이는데 그런 것도 눈에 띄지 않도록 신경 써야 했다. 천의무봉은 **의류제조업***뿐만 아니라 청소업계에서도 추구하는 업무적 이상향이었다.

"또 하나 중요한 게 스댕은 닦다 보면 이쪽부터 저쪽까지 다 닦을 때가 있고 급하게 얼룩이나 손자국 있는 데만 닦을 때도 있거든. 그렇게 부분만 닦을 때도 그 얼룩만 닦으면 안 돼. 얼룩이 묻은 철판은 다 닦아야 해. 얼룩만 닦아내면 한 데랑 안 한 데랑 차이가 나서 오히려 닦은 데가 얼룩처럼 보인다고. 어떤 철판이든 일단 걸레를 댔으면 그 판은 다 닦아야 해. 그래야 깔끔해 보여."

"스댕은 뭐든지 결대로 닦으면 돼. 이게 익숙해지면 이런 철판에도 결

* 기타 의복 제조원: 대체확률 0.85 _《기술변화에 따른 일자리 영향 연구》

이 보인다고. 어떤 거는 아래위로 되어 있고 어떤 거는 옆으로 나 있는데 그 결 따라 천천히 왔다 갔다 그렇게 닦아주면 돼. 보다 보면 결이 없는 것도 있어. 그런 건 편한 대로 하면 되고. 스댕도 그렇고 유리도 그렇고 그렇게 닦아주고 나서 이렇게 선이 안 남게 하는 게 중요해."

한참을 그렇게 걸레질을 하다가 4층으로 가서 역시나 똑같은 훈련에 임했다. 4층에서의 훈련은 한석봉 이야기를 떠올리게 하는 신비로운 분위기가 흘렀다. 층 전체에 우리 말고는 돌아다니는 사람이 없어서 불이 꺼져 있었는데 불을 켜지 않은 채로 작업을 했다. 사부는 내게 걸레질을 백만 번 정도 시킨 후에 홀연히 자리를 비웠다가 돌아왔다. 곧이어 내 걸레질에 대한 총평이 이어졌다. 그렇지만 나는 아무리 봐도 걸레질이 잘됐다고 하는 부분이랑 그렇지 않은 부분이랑 차이가 느껴지지 않았다. 내가 아저씨 말에 대꾸도 안 하고 뚱하니 있자 아저씨가 불을 켰다. 그러자 잘한 부분과 잘못된 부분이 확연히 차이가 났다.

"여기가 왜 이런지 알겠어? 지금 여기는 약을 너무 많이 뿌린 거야. 그러면 이렇게 닦고 나서도 물기가 남는다고. 이게 마르면 다 그냥 얼룩지는 거야. 아니지 그런다고 또 너무 적게 뿌리면 걸레가 뻑뻑해져서 안 움직여. 적당히 뿌려야 해. 딱 필요한 만큼만. 그러다 걸레 움직이는 게 좀 뻑뻑하다 싶으면 다시 뿌리고. 다시 해봐."

서먹서먹하던 사람들도 같은 조가 되어 하루 종일 붙어 다니다 보면 나중엔 몰래 방귀 뀌려고 한쪽 엉덩이를 살짝 들어 올릴 때 짓는 표정까지 알아차릴 만큼 가까워진다. 하지만 동준 아저씨와 나는 많이 삐거덕거렸다. 그는 일에 있어선 자기 기준이 분명한 사람이었고 오랫동안 현장에서 일한 사람들이 자주 그렇듯이 그 기준에 못 미친다고 생각하면 버럭 소리부터 질렀다. 하도 고함을 치니 나도 일하는 내내 기분이 상했다. 이 양반이랑 멱살잡이라도 한번 해야 하나? 실력 한번 보여줘? 임박한 '원 펀치 쓰리 강냉이 시추에이션'을 막아준 것은 원청사의 신입 사원 면접이었다(당연히 세 개 모두 내 강냉이일 거라는 사실에는 의심의 여지가 없다).

하루는 4층에서 스댕을 닦았다. 그런데 소형 연회장 안에 기다란 테이블과 의자가 세 개 놓였고 그것들을 마주 보는 의자도 있었다. 복도에도 의자들이 쭉 놓였다.

"여기 무슨 면접 보나 보네요."

그 말을 확인이라도 해주듯 1층에는 이곳 증권사의 신입 채용 안내 표지판이 세워져 있었다.

"아니, 그럼 얼른 저기 원서 넣어봐."

동준 아저씨가 너무나도 진지한 태도로 말했다.

"제가요? 아니 제가 여길 어떻게 들어가요? 저 같은 사람 안 뽑아줘요."

"아, 그걸 넣어보지도 않고 어떻게 알아? 이러고 있지 말고 얼른 가봐. 여기는 걱정하지 말고. 내가 안 들키게 잘할 테니까."

"제가 지금 마흔인데 어림도 없어요."

"아, 마흔이 뭐가 많아? 이제 일 좀 제대로 해볼 나인데. 내 말 듣고 얼른 넣어. 아직 한창땐데 여기 평생 있을 거야? 좋은 일 있으면 득달같이 달려들어서 낚아채."

아저씨는 그날 내내 이력서를 넣으라며 성화였다. 이곳은 설령 내가 대학을 수석으로 졸업하고 바로 지원했어도 서류 통과를 장담할 수 없는 곳이었기에 조금 황당했지만 어쩌다 함께 일하게 된 동료가 조금이라도 더 나은 일자리를 얻길 바라는 마음은 나에게 또렷하게 전해졌다. 그날 이후로는 아저씨가 구박해도 예전처럼 거슬리게 들리지 않았다.*

#4

걸레질 사관학교가 연회장 복도였다면 유리 닦기 신병 훈련소는 1층에 입점한 은행이었다. 어디서나 비슷하겠지만 가장 영향력 없는 직원의 어려움 하나는 정해진 업무만 할 수는 없다는 점이다. 유리 닦기는 미화팀에서 가장 손이 많이 가는 일이었고 제대로 못 하면 티가 확 나는 일이기도 했다. 그래서 직원 중에서 가장 일을 잘하는 사람이 맡았는데 그게 성재 아저씨와 서 반장이었다. 문제는 서 반장은 관리자다 보니 다른 일 때문에 빠질 때가 많았다. 서 반장이 빠지면 동준 아저씨 혼자 스댕을 닦고 내가 유리조를 거들었다.

유리를 닦을 때는 먼저 바닥에 물받이용 대형 타올을 유리와 바닥이 만나는 면에 맞춰 깔아둔다. 한 명이 유리에 비누칠하면 다른 사람이

* 다만 이 가슴 훈훈해지는 일화에는 안타깝게도 섬뜩한 반전이 숨어 있다. 훗날 우리가 가까워진 뒤에 그가 고백하길 그때는 내가 일을 하도 못해서 어떻게든 보내버리고 싶은 마음에 강권했다고 한다.

'스퀴지'라고 부르는 유리칼로 비눗물을 닦아낸다. 칼질이 끝나면 마른 걸레로 가장자리와 유리 곳곳에 남은 물기를 제거한다. 유리 닦기는 스댕 닦기에 비해 훨씬 까다롭고 섬세한 작업이다.

유리조의 특징은 **모델이나 배우***처럼 끊임없이 자신의 외모를 의식하며 일한다는 거다. 계속해서 유리에 비친 자신의 모습을 확인하고 정돈한다. 성재 아저씨는 작업을 시작하기 전에 유리의 먼지를 제거하는 데 꼭 필요한 일인 것처럼 유리를 거울삼아 2 대 8 가르마를 신중하게 정돈한다. 여기에는 작업의 성공을 기원하는 어떤 주술적인 의미가 있는 것 같았다. 가르마 의식이 진행되는 동안에는 서 반장도 일절 재촉하지 않았다.

"봐봐. 어디서 유리를 닦느냐에 따라 비눗물 묻히는 양도 칼질하는 방식도 달라져야 돼. 지금 여기 VIP룸은 난방을 엄청 세게 틀어놓았단 말이야. 여기는 뜨거운 바람이 천장에서 나와서 비눗물이 금방 말라. 그러니까 물도 좀 충분히 적시고. 미리 여러 장 적셔놓을 필요도 없어. 딱 한 장씩만 해. 두 개씩 하면 내가 칼질하기도 전에 다 말라서 얼룩만 남아.

이런 사무실 내부, 방 구조로 된 데서는 그렇게 하고 또 외부에서 할 때는 바람도 세고 춥기 때문에 또 그때는 거기 맞춰서 다르게 해야 돼. 알겠어? 비누칠해서 닦는다고 다 똑같이 벅벅 미는 게 아니야. 실내냐 실외냐, 복도냐 방이냐, 기온이 높냐 낮냐에 따라 다 다르게 해줘야 한다고."

* 배우 및 모델: 대체확률 0.61 _《기술변화에 따른 일자리 영향 연구》

처음에 나는 비누칠만 하다가 나중에 직접 유리칼을 잡았다.

"유리가 길 때는 위에서 아래로 밀고 옆으로 길 때는 오른쪽에서 왼쪽으로 밀고. 중간에 휘어지면 안 돼. 일직선으로 곧바르게 쭉 내려와야지. 그리고 칼날이 난간을 타고 올라가면 안 돼. 유리 끝에 실리콘 발린 데 있잖아? 칼날이 그 실리콘 위로 올라가면 안 된다고. 칼질할 때는 첫 번째가 밀착이야. 그런데 이렇게 난간을 타면 날이랑 유리 사이가 뜬다고. 그러면 그 사이로 물기가 안 닦이고 그대로 남는 거야. 칼날이랑 유리랑 완전히 밀착되게 붙여서 중간에 끊기지 말고 한 번에 쭉 밀어. 그래야 층이 안 지고 자국이 안 남아.

유리에 글자, 로고 같은 게 시트지처럼 붙은 데가 있어. 그럼 그 붙은 것 테두리로 물기가 남아. 그런 데는 걸레로 싹 닦아. 그리고 바닥에 떨어진 물방울도 다 닦고 거기까지 다 끝내줘야 유리 한 장 끝낸 거야."

오랜 세월 글쓰기를 가르쳐온 문학 교수들이 조사 하나만 다르게 써도, 콤마 하나만 잘못 찍어도 문장의 의미며 분위기가 완전히 달라진다고 강조하는 것처럼, 성재 아저씨도 조그맣게 남은 지문, 살짝 그어진 물 자국만으로도 청소 상태에 대한 인상이 완전히 달라진다고 말했다. 그만큼 세심하게 공들여서 처리해야 했다.

유리가 위나 옆으로 너무 길면 끝까지 한 번에 쭉 나가기가 무척 힘들다. 밀 때 힘 분배를 하지 못하면 처음엔 기세 좋게 나가다 3분의 2쯤에서 멈추거나 덜커덕거린다. 이 단순한 동작을 문제없이 한 번에 끝마치기 위해서는 테니스의 포핸드나 골프 스윙 자세를 연습하는 것처럼 오랜 시간 훈련이 필요하다. 유리를 닦고 스테인리스에 광을 내는 데도

1만 시간의 법칙이 적용되는 것이다.

새 사람이 들어오면 정 감독이 습관적으로 건네는 질문이 있다. "청소에 기술이 필요할 것 같아, 없을 것 같아?" 필요하다. 그냥 필요한 게 아니라 선배들의 말을 그대로 믿는다면 무지막지하게 필요하다. "청소 제대로 하려면 10년을 해도 다 못 배워." 물론 수사학적 표현이겠지만 이들이 1년도 아니고 5년도 아니고 10년이라는 시간을 내세우는 데에는 그만큼 자신이 하는 일에 대한 자부심이 담겨 있었다.

이곳의 근무시간은 넷으로 나뉘었다.

① 07:00~09:00 (두 시간)

② 09:30~10:30 (한 시간)

③ 11:30~01:00 (한 시간 반)

④ 01:30~03:00 (한 시간 반)

이 각각의 시간대를 첫 번째 타임, 두 번째 타임 이런 식으로 불렀는데 이 타임을 정확하게 지키는 건 아니다. 정해진 시간보다 짧게는 15분에서 길게는 30분 정도 먼저 끝내고 휴게실로 돌아오는 일도 있었다. 관리자들이 돌아다니기는 했지만 우리는 야생동물들이 밀렵꾼을 피하듯 관리자를 피해 다녔다. 오래 일한 사람일수록 이 관리자 회피 본능이 고도로 발달해서 미리 전화하고 찾아오지 않는 이상 근무 중에 관리자와 마주치는 일이 거의 없었다.

이곳은 일하기 나쁘지 않았다. 여기는 "오늘 여기까지 다해야 돼" 이런 게 없었다. 오늘 어디까지 하다가 시간이 되면 그럼 그다음 날부터 이어서 하면 됐다. 우리가 관리해야 할 영역 자체가 워낙 넓어서 여기를 전부 하루에 한 번씩 청소한다, 이런 식의 목표를 잡을 수가 없었다. 하루 중 유일한 부담은 새벽에 일어나는 것인데 그건 40대 이하에게만 해당하는 사항이었다. 아저씨들은 청소 일을 하기 전부터 기상 시간이 참새나 까치보다 빠른 사람들이었다.

일하는 데 큰 부담은 없었지만 그렇다고 회사가 직원들에게 너그러웠다는 건 아니다. 이곳은 말만 주 5일제였고 4주에 한 번은 의무적으로 토요일에 열두 시간씩 근무해야 했다. 순번제로 공휴일 근무도 한 달에 두 번에서 명절이 끼어 있으면 서너 번까지도 있었다. 무엇보다 시급은 점심과 쉬는 시간을 제외한 실제 작업한 시간에 따라 지급됐기 때문에 총 근무시간은 하루에 여덟 시간 반이었지만, 시급은 여섯 시간만큼만 지급됐다. 그런데도 직원들이 여기서 일하는 이유는 그들 나이에 취직이 가능한 곳이 청소 일 하나뿐이기 때문이다. 자연스럽게 미화팀 조출조 근무의 손익분기점은 정해진 쉬는 시간보다 더 쉬었느냐 아니면 근무시간을 꽉꽉 채워서 일했느냐로 나뉘었다.

정 감독이나 서 반장 같은 현장직 관리자들은 우리와 똑같은 일을 하다가 승진한 사람들이라 규정보다 많이 쉬는 걸 가지고 뭐라고 하지 않았고 무엇보다 본인들이 우리보다 많이 쉬었다. 별관팀 최고 책임자인 정 감독이 입버릇처럼 하는 말이 "추운데 (또는 더운데) 오래 있지 말고 얼른 들어와서 쉬어"였다. 그는 60대 후반으로 준희 아저씨 다음으로 나이가 많았다. 미화업계 경력이 가장 긴 사람이었는데 이곳에서 일하기 전에는 백화점 미화팀 감독으로 일했다. 무릎이 안 좋아서 몸을 살짝 좌우로 흔들면서 걷는데 건들대는 걸음걸이에서 우두머리 포유류 특유의 여유와 허세가 전해졌다.

그는 일종의 고수 같은 존재여서(쌀국수 위에 올려놓는 채소 말이다) 겪어 본 사람들 사이에선 호불호가 극명하게 갈렸다. 정 감독이 생각하는 훌륭한 리더의 기준은 본인이 자주 사용하는 표현을 빌리자면 "거지 왕초 노릇하려면 동네 제삿날은 죄다 꿰고 있어야" 하는 것이다. 그는 이 기준에만큼은 부합하는 리더였다. 구내식당 식권부터(이후에 얘기하겠다) 어느 사무실에서 직원들 나눠주고 남은 사은품, 음료수, 도시락 같은 것들을 어떻게 알았는지 얻어 와서는 나눠 주곤 했다. 그런데도 공짜 좋아하는 미화팀 직원들이 정 감독의 수완과 인품을 침이 마르도록 칭찬하지 않는 이유는 그가 '모이 쪼는 순서'에 유난히도 엄격했기 때문이다. 그는 자신이 만족할 만큼 전리품을 챙긴 후에만 다른 사람들이 넘볼 수라도 있게 했다. 양이 충분하지 않은 날에는 정 감독 혼자 전리품을 챙겨서 퇴근하는 날도 많았다. 이곳 관리자들의 분위기는 전반적으로 '노블레스 오블리주'보다는 '트리클 다운'에 방점이 찍혔다.

서 반장은 60대 중반으로 **무역 회사***에서 부장까지 하다 퇴직한 사람이었다. 퇴직하고 1년 반 만에 이곳에 들어왔다. 그는 중간 관리자의 표본이었다. 무슨 지시를 맡든 알겠다고 대답하고 지시를 어기는 일도 기

* 무역 사무원: 대체확률 0.985 _〈인공지능에 의한 일자리 위험 진단〉

한을 넘기는 일도 없었다. 그는 평생을 사무직 관리자로 일했고 남은 평생을 현장직 관리자로 보낼 채비를 마친 상태였다. 다른 미화팀 직원들이 중증 과잉개성장애에 시달리는 반면 서 반장은 갓 태어난 듯한 밍밍함을 유지했다. 다른 사람들처럼 한창때 얘기를 꺼내는 법도 없었고 떠들썩한 이슈에 대해 의견을 물어도 "내가 뭐 그런 거를 아나…" 정도의 대답만 돌아올 뿐이었다.

그를 보고 있으면 20대 때는 과연 어떤 사람이었을지 궁금해졌다. 원래부터 이렇게 맹물 같았을지 아니면 수십 년간 중간 관리자로 살아온 피로와 권태가 분명 그의 성격에도 존재했을 뿔과 모서리를 당구공마냥 맨들맨들 깎아낸 것인지. 원인이야 뭐가 됐든 서 반장은 묘사하기 가장 힘든 부류의 사람이었다. 그는 마치 다른 사람과 마주 앉아 밥을 먹고 나서도 전혀 기억에 남지 않는 모습을 연구해 온 사람 같았다. 옷도 회색만 고집하는데 복도 저편에서 다가오는 걸 보고 있으면 사람이 아니라 흐릿한 회색 연기가 불어오는 것 같았다. 서 반장은 이 글에 직접적으로 언급되지 않는 장면에도 그 특유의 무색무취한 방식으로 거의 모든 현장마다 함께했음을 밝혀둔다.

여기까지 소개한 사람들이 나와 같이 일하는 사람들 전부다. 실제 TO는 두 명 더 있었는데 남은 자리는 좀처럼 채워지지 않았다. 아저씨들은 두 세기를 관통하는 연륜에서 나온 지혜로 이 인원이 최적의 업무량을 유지할 수 있는 균형점이라는 사실을 파악했다. 실제 TO가 다 차면 벌어지는 상황은 사람이 많아져서 할 일이 줄어드는 게 아니었다. 사무실에선 이제는 인원이 충분하다는 자신감에서 공격적으로 업무를 늘려버린다. 이럴 때는 현장에서 만병통치약처럼 통용되는 사람이 부족하다는 핑계도 댈 수가 없다. 일곱 명이 별관 미화팀에는 가장 완벽한 인원수였다. 여기서 인원을 추가하는 것은 체스를 두면서 기존에 없던 말을 추가해서(이를테면 '대장장이'나 '음유시인' 같은) 시합을 하자는 얘기나 마찬가지였다.

나 이후에도 새 직원이 몇 사람 들어왔지만 다들 술 때문에 문제가 있었다. 새벽부터 술을 마신 건지 전날 마신 술이 깨지 않은 건지는 모르겠지만 첫 출근부터 소주 냄새를 폴폴 풍기더니 며칠 지나지 않아 지각도 잦아지고 쉬는 시간이 끝나도 일하러 갈 생각도 않고 잠만 자기 일쑤였다. 그럴 때마다 아저씨들은 사무실 윤 과장의 사람 보는 눈 수준에 치를 떨었다. 정말 바르르 떨었다.

하지만 모든 생태계에는 그 자체로 균형을 유지하는 해결책이 있는 법. 미화팀의 경우는 그것이 짬밥 처리였다. 직원 식당과 뷔페, 푸드코트에서 나오는 음식 쓰레기를 수거하고 처리하는 일은 하역장에서 담당했다. 만약 새 직원이 생태계 교란종으로 판명 나면 '하역장 지원'이라는 명목으로 이 짬밥 업무를 맡겼다. 마피아 영화를 보면 같은 조직원을 제거해야 할 때 어느 외진 동네에 가서 간단한 일 하나만 처리하고 오라며 보내는 장면이 나온다. 그곳에서 그를 기다리는 것은 갓난아기도 안심하고 맡길 수 있을 것 같은 인상의 암살자들인데 이 짬밥 업무가 '어느 외진 동네에 가서 처리해야 할 간단한 일'의 미화팀 버전에 해당했다. 그러면 산전수전 다 겪었고 안 해본 일이 없다며 큰소리치던 사람들도 일주일을 못 견디고 때려치웠다. 짬밥 지원 나왔다고 하면 하역장 사람들도 아, 저쪽에서 이 양반 보내려고 하는구나, 하고 알아차렸다.

음식 쓰레기는 무겁기도 엄청 무겁지만 하역장에서 보관할 때 쓰는 커다란 플라스틱 통에 옮겨 담을 때는 필연적으로 시큼한 음식 쓰레기 국물이 옷이며 얼굴에 튄다. 이건 아무리 닦아내도 냄새가 좀처럼 사라지지 않았다. 평범한 일만 하던 사람들이 옷에 남은 울긋불긋한 얼룩을 바라보며 거기서 풍겨 오는 쓰레기 냄새를 맡으면, 자신이 밑바닥에 떨어졌다는 생각을 떨치기 쉽지 않은 노릇이었다. 하지만 놀랍게도 어떤 사람들은 끝끝내 버틴다. 자기 연민에 무너지지 않고 어떻게든 살아남는다. 그렇다면 그다음은? 월급 150 받겠다고 무릎이 바스러지도록 짬밥 통을 들어 올리고 온몸에 음식 쓰레기 국물을 묻혀가며 일하는 사람을 그들이 어떻게 하겠는가? 같은 배를 탄 동료로 받아들이는 수밖에.

#5

휴게실에서는 이쑤시개가 **안경*** 정도의 수명을 지닌다. 직원들이 하루 대부분을 보내는 휴게실은 놀랍게도 한반도에서 가장 친환경적인 공간이었다. 내가 일했던 곳이 대체로 연령대가 높긴 했지만 60이 넘은 사람들만 있는 곳은 이곳이 처음이었다. 이곳 아저씨들은 일회용품을 반영구적으로 사용했다. 아저씨들은 믹스 커피를 하루에도 서너 잔씩

* 안경사: 대체확률 0.78 _《기술변화에 따른 일자리 영향 연구》

마시는데 커피를 마시고 나면 입이 닿았던 부분은 쪽쪽 소리가 나게 빨아 먹고 종이컵을 냉동실에 넣었다가 다시 쓴다. 종이컵은 이쑤시개에 비하면 양호한 편이었다. 점심 먹고 이쑤시개를 쓴 다음 역시나 한번 야물 차게 빤 다음 이번엔 지갑에 넣었다가 다음 날 다시 쓴다.

이곳과 이삼십 대가 주를 이루는 직장을 비교해 보는 것도 재미있다. 물론 가장 큰 차이점은 이곳에서는 쓸 만한 물건을 버리는 법이 없다는 거다. 별관에서 발생한 쓰레기는 모두 공조실에 모았다가 마지막 타임에 하역장으로 가지고 간다. 이 중에서 쓸 만한 건 다들 알뜰하게 챙겨 간다. 포도주 잔은 작은 꽃 심는 화분으로 쓴다고 하고 인터넷 선은 빨랫줄로 쓴다. 담배는 항상 '에쎄'를 피우고 술을 마실 때는 교촌이나 노랑통닭에서 '치맥'을 하지 않는다. 대신 안대를 씌워주고 싶은 마음이 간절해지는, 눈을 부릅 뜬 돼지 머리가 손님들을 바라보는 시장 순댓국집에서 '대포'를 한잔한다. 이 중에서도 가장 인상적인 차이점은 신입 직원에게 던지는 첫 질문이다. 젊은 사람이 많은 일터에선 처음 묻는 사적인 질문이 "여자 친구 있어요?"인 반면 이곳에선 새 사람이 들어오면 이렇게 묻는다. "양친은 살아 계시는가?"(267쪽 문제의 정답.)

청소와 농사 사이에는 깜찍한 평행 이론이 성립한다. 농사와 마찬가지로 청소도 종사자의 절대다수가 육칠십 대다. 노동 인구의 고령화가 가능했던 이유도 비슷하다. 요즘은 트랙터나 콤바인 덕분에 노인 혼자서도 넓은 논을 어렵지 않게 경작할 수 있는데, 청소 역시 예전 같다면 사람이 하나하나 쓸고 닦았을 일을 이제는 보행차(여러분이 쇼핑몰에서 본 앞부분에 대걸레를 장착한 전동차를 말한다)의 도움으로 넓은 구역을 힘들이

지 않고 청소할 수 있다.

무엇보다도 청소 역시 농사처럼 날씨에 반응하는 일이다. 특히나 장마철처럼 온 세상이 거대한 폭포수 아래 놓인 것처럼 비가 쏟아질 때면 미화팀 전체가 부산해진다. 건물 청소를 하면서 새롭게 깨닫게 된 사실이 하나 있다. 세상에 건물 밖에만 머무르는 비는 없다는 점이다. 비는 저돌적인 **방문판매원***처럼 어떻게든 건물 안으로 들어오는 방법을 찾아내고야 만다. 차에 묻어서 우산에 묻어서 옷에 묻어서 구두에 묻어서 배달 음식에 묻어서 빗물은 건물 내부로 꾸역꾸역 반입된다.

비가 오는 날이면 남자들은 출입구마다 발판 매트, 우산 비닐통을 설치하고 지상 주차장의 배수로 안에 쌓인 나뭇잎이나 쓰레기를 건져야 한다. 여사님들도 정신없기는 마찬가지다. 로비는 흙탕물에서 놀던 개가 발도 닦지 않고 집 안에서 뛰어다닌 것처럼 발자국투성이가 된다. 그러면 여사님들은 한순간도 가만히 있지 못하고 계속 마포 걸레를 밀며 사람들 뒤를 종종걸음으로 따라다닌다.

겨울이 되면 미화팀 직원들은 선원만큼이나 자주 일기예보를 확인한다. 눈 때문이다. 겨울철 업무 중 가장 큰 일이 눈 쓸기다. 눈이 내리면 지상 주차장, 화단, 건물 외곽까지 눈을 쓸어야 한다. 이때는 미화팀만으론 감당이 안 돼서 시설팀, 운영팀에서도 온다. 커다란 플라스틱 바구니에 눈을 쓸어 담은 다음 리어카에 실어 근처 공원 구석에 쏟아놓는다. 눈 쓸기가 신경 쓰이는 이유는 손이 많이 갈뿐더러 임원들 눈에 많이 띄

* 방문판매원: 대체확률 0.84 _《기술변화에 따른 일자리 영향 연구》

는 일이기 때문이다. 미화팀에 오랜 세월 동안 내려온 금언이 있었으니 사원들이 주로 사용하는 구역은 너무 더럽지만 않으면 되지만 임원들 눈에 자주 띄는 곳은 결벽증 환자 수준으로 깨끗해야 한다는 거다. 모든 업무 중에서 임원에게 지적받은 부분을 처리하는 것이 최우선 과제였다. 아저씨들 모두가 진절머리를 내는 게 이상하지 않을 정도로 눈 쓸기는 지치는 일이었다. 눈 쓸기는 자연에 대항해 싸우는 것이 얼마나 무모한 일인지 깨닫게 해준다. 쓸고 돌아서면 다시 쌓여 있고 쓸고 돌아서면 다시 쌓여 있다. 제설 작업보다 눈을 그치게 해달라고 하늘에 제사를 지내는 편이 더 빠를 것 같았다.

유리나 스댕 닦기처럼 일상적인 작업도 날씨가 달라지고 기온이 달라지면 다른 방식이 필요했다. 황사나 꽃가루가 심한 봄철에 외부 스댕을 닦을 때는 약품을 쓰지 않고 따뜻한 수돗물만 써야 한다. 동준 아저씨의 설명이다.

"스댕 닦는 게 먼지 쌓인 정도 따라 달라져. 먼지가 많이 쌓여 있는 데다가 약품 쓰면 더 지저분해져. 그런 데는 비눗물도 말고 그냥 깨끗한 수돗물에 걸레 빨아서 물기 없게 꽉 짠 다음 닦아주는 게 제일 좋아. 먼지가 잔뜩 낀 데는 물로만 닦아주는 게 제일 깨끗해."

겨울에 건물 내부 유리를 닦을 때는 비눗물이나 약품을 더 많이 발라야 한다. 난방을 해서 건조하기 때문이다. 반대로 외부 유리를 닦을 때는 유리가 아닌 걸레에 약품을 살짝만 묻혀서 닦는다. "추우면 유리가 물을 안 먹어. 닦아내도 물기가 그대로 남아." 그런 물기마저 얼어붙을 만큼 추울 때는 마른걸레로만 닦는다.

모든 일터에는 '아틀라스의 업무'가 있다. 거인 아틀라스는 신들로부터 하늘을 떠받치라는 형벌을 받는다. 자신에게 배정된 일이자 형벌이 너무나 '빡세기' 때문에 그렇다고 상사가 시킨 걸 안 할 수도 없어서 어떻게 이 일에서 벗어날 수 있을까 머리를 굴린다. 그러다 우연히 그곳을 지나가던 헤라클레스를 꾀어 그가 대신 하늘을 떠받치게 만든다. 비슷하게 모든 일터마다 아무것도 모르는 신입 직원에게 은근슬쩍 떠넘기고 싶어 하는 고난도 업무가 있다.

모두가 인정하는 이곳의 아틀라스의 업무는 외벽 유리 닦기였다. 외벽 유리는 전문업체가 옥상에 설치된 곤돌라를 타고 닦았다. 여러분이 텔레비전에서 본 고층 빌딩 유리 닦는 작업이 이거다. 외벽 유리는 전문업체가 닦는 게 원칙이긴 한데 그쪽에서는 딱 3층까지만 닦았다. 로비층과 2층의 외벽 유리는 미화팀에서 닦았다. 로비는 일반적인 층보다 천장이 두 배 정도 높아서 2층까지 높이는 실제로는 3층 높이였다. 우리는 전문가들처럼 곤돌라를 타는 건 아니고 끝까지 늘리면 5미터 정도 되는 3단 봉에 걸레 패드를 부착해서 닦았다.

외벽 유리 닦기는 미화팀 업무 중 가장 힘이 많이 드는 일이었다. 유리조 사람들만으로는 부족해서 후출조의 도학찬 조장이 함께 작업했다. 그래서 외벽 유리는 후출조가 출근한 이후인 오후에 닦았다. 유리 닦는 작업을 어느 정도 배운 후부터는 나도 투입됐는데 눈 쓸기를 제외하고 이만한 인원이 필요한 작업은 이것뿐이었다. 학찬 아저씨는 이 일을 나에게 넘기려고 벼르고 있었다. "승태 씨 이리 와봐요. 이것만 할 줄 알면 이 빌딩에서 못 하는 일 없어. 내가 가르쳐줄 테니까 한번 해봐요."

봉이 워낙 길어서 그냥 들고 서 있는 것만으로도 힘들었다. 비누칠하는 건 평범했지만 문제는 칼질이었다. 유리칼의 날 끝을 모서리에 맞추고 쭉 한 번에 내려와야 하는데 내가 봉을 쥐고 있는 지점과 칼날이 워낙 멀리 떨어져 있어서 아주 세게 힘을 주어서 누르지 않으면 칼날이 유리 표면에 밀착되지 않았다. 봉 끝까지 힘이 전달될 만한 세기로 봉을 계속 붙잡고 있는 게 너무 힘들었다. 힘이 조금만 빠져도 칼날이 뜨면서 물기가 흥건하게 남았다.

유리 한 장이 너무 커서 위에서부터 아래까지 내려오려면 제자리에 선 안 되고 쭉 뒷걸음쳐야 한다. 아저씨들도 밑부분에선 힘이 떨어져서 물기가 그대로 남는 경우가 많았다. 이럴 때 물기가 남은 부분만 칼질할 수가 없다는 게 문제였다. 그렇게 하면 중간에 칼을 댄 지점에 물 자국이 남는다. 물기가 남으면 그 부위가 크든 작든 비누칠부터 새로 해야 한다. 또 다른 장애물은 화단이다. 주차장과 건물 중간중간에 1미터 정도 높이의 단을 만들고 그 위에 화단을 조성해 두었다. 칼질하면서 뒷걸음치다 보면 이 화단 위로 올라서야 한다. 화단 위에선 정교하게 칼질을 하기가 너무 어려워서 관리자들도 웬만해선 다시 하라고 하지 않았다.

어쨌거나 나도 엉겁결에 아틀라스의 형벌을 떠맡았는데, 이럴 때는 몇 가지 단계를 거친다.

1단계: 이 일이 별거 아니라는 점을 강조한다. "이거 조금만 해보면 금방 해. 별거 아냐. 여기 오는 사람들도 다 한 번씩 해봐 운동 삼아."

2단계: 그냥 잠깐 연습해 보는 것뿐이라며 지금 하는 건 일시적일 뿐이라는 점을 강조한다. "오늘 내가 손목이 좀 아파서 그러니까 오늘만 해봐. 내 또 하라고 안 할 테니까."

3단계: 너무 잘한다며 부추긴다. "아이고 승태 씨는 키가 커서 이거 닦는 게 딱이네. 이야, 이거는 99점! 이거는 97점! 내가 유리 닦는 거 점수 박하게 주는 사람인데 엄청 잘하네. 반장님이랑 성재 씨는 이제 보따리 싸야겠어. 승태 씨가 너무 잘해서. 내가 저 버스 타는 데까지 배웅해 줄게."

4단계: 이제 내 일이 됐다 싶으면 잔소리를 한다. 이제부터 형벌의 시작이다. "칼날을 끝에 가지런히 맞추고 한 번에 쭉 내려와야지. 중간에 멈추면 자국이 남잖아? 저기 봐, 저기! 저기 다시 해야 돼." "아 젊은 사람이 그렇게 힘이 없어서 어떡해! 더 꽉 눌러!" "아 참, 그렇게 봉을 흔들면 다 닦은 유리에 또 물방울이 튀어서 다시 해야 하잖아?!"

하지만 이 작업이 시종일관 형벌이기만 한 건 아니다. 그렇게 힘들었기 때문에 청소의 쾌감이 유리칼을 쥔 두 손에 펄떡였다. 두세 시간 땀을 뻘뻘 흘리며 유리를 닦고 나면 깨끗한 상태로 더 오래 보존하고 싶은 마음이 강렬해진다. 유리를 닦고 나서는 남은 물기를 확실하게 제거해 줘야 하는데 유리에 아주 작은 물방울이 하나 맺혀 있다가 스윽 흘러내리면 이제 막 닦은 창에 길게 자국이 남는다. 내가 힘들어서 유리를 닦고 나면 그런 결점들을 그대로 내버려둘 수가 없다. 이때의 찝찝함은 의사가 수술용 가위를 환자의 간과 십이지장 사이에 놔둔 채로 상처를 봉합해 버렸다는 사실을 깨달은 순간에 비교할 수 있다. 아저씨들이 그냥 내버려두라고 해도 내가 먼저 다시 닦겠다고 나서게 된다.

외벽 유리를 닦을 때처럼 일상 업무 외의 작업을 할 때는 반드시 사진을 찍어야 한다. 이때는 관료제가 연출해 내는 우스꽝스러움을 만끽할 수 있다. 사무실에서 코로나 확진자가 발생하면 정 감독과 내가 해당 층을 분무 소독 했다. 이때는 세 사람이 사진을 찍는다. 정 감독이 소독하면 내가 찍고 운영팀에서 한 명 나와 찍고 그 해당 층의 담당자가 나와서 찍는다. 나는 사진을 우리 사무실 관리자에게 보내고 다른 사람들도 각자의 보고 체계에 따라 보낸다.

한쪽에선 정 감독이 방진복에 페이스 실드까지 끼고 땀을 뻘뻘 흘리면서 소독을 한다. 나를 포함해서 남자 세 명이 그 뒤를 졸졸 따라다니면서 다른 구역으로 이동할 때마다 "잠깐만요!"를 외친다. 정 감독은 바로 알아듣고 이집트 상형문자식으로 옆으로 보이게 선 다음 분무기를 45도 각도로 들어 올려 분무가 천장을 향하게 한다. 우리는 레드 카펫에선 영화배우를 찍는 기자들처럼 경쟁적으로 셔터를 누른다. 그러다 "됐어요" 하면 상형문자 상태에서 풀려난 정 감독이 다시 소독하다가 또 다른 구역으로 넘어가면 "잠깐만요!"를 외친다. 그렇게 소독 작업 하는 내내 사진을 찍으며 따라다닌다. 사무실, 회의실, 탕비실, 남녀 화장실, 그리고 마지막으로 층수가 표시된 엘리베이터 문 앞에서 찍는다. 사진은 분무가 잘 보여야 하고 화면을 세로로 잡고 소독하는 사람의 전신이 나와야 한다. 하반신만 찍힌 건 못 쓴다. 방진복을 입지 않은 사람이 같이 찍히면 안 된다. 그렇게 땀을 뻘뻘 흘리며 소독하는 60대 노인을 무슨 모델 찍듯이 건장한 남자 셋이서 셔터만 누르며 쫓아다녔다.

#6

도널드 트럼프가 리더의 기준을 한껏 낮췄음에도 불구하고 정 감독은 미화팀을 이끌어가기에는 여러모로 부족한 사람이었다. 서 반장은 힘든 작업은 하지 않았지만 수시로 현장을 돌아다니며 일을 거들기는 했다. 반면 평상시에 정 감독은 휴게실에 누워서 꼼짝을 하지 않았다. 대신 작업하는 모습을 사진 찍어서 보고해야 할 때는 언제나 자신이 나섰다. 일을 닦달하지는 않았지만 그것마저도 주위에 현장직들만 있을 때뿐이었고 사무실 관리자가 함께 있거나 본사에서 지적 사항이 내려오면 고함부터 질러댔다.

능력도 없고 인망도 없는 정 감독이 오랫동안 미화팀을 지배해 온 비결은 식권이었다. 일주일에 한 번 미화팀 전체가 구내식당을 청소했다. 정 감독은 식당 소독까지 했기 때문에 식당 책임자와 가까웠다. 이런 관계 덕분에 정 감독은 매일 식당에서 공짜 식권을 대여섯 장 받았다. 이 식권을 자기와 가까운 사람들에게 나눠 주었다. 이 식권을 받느냐 못 받느냐는 이곳 생활에 큰 영향을 미쳤다. 우리 월급은 세금을 제하고 나면 150 정도였는데 식권 한 장 값이 8000원이었다. 식당에서 먹지 못하면 매일 도시락을 싸 와야 했다. 60이 훌쩍 넘은 사람들이 매일 새벽 도시락을 싸는 일이 쉽겠는가? 식권을 받지 못한 사람들은 점심을 그냥 컵라면으로 때우는 경우가 많았다.

식권을 주고 안 주고는 정 감독 마음이었다. 조출조에선 두 명의 중국인과 준희 아저씨가 제외됐는데 준희 아저씨 같은 경우엔 여러 차례 정 감독과 말다툼을 벌인 적이 있었다. 나도 열심히 굽실댄 것이 효과가 있었는지 3주쯤 됐을 때부터 식권을 받았다. 매일 먹다 보니 식권 덕분에 가계 수입이 풍족해졌다는 느낌이 들 정도였다. 그렇지만 정 감독이 워낙 일도 못하고 소리만 빽빽 질러대다 보니 그를 향한 원성도 주기적으로 높아졌다. 다들 참는다고 하지만 불만이 은연중에 새어 나오고 누구보다도 정 감독이 그런 낌새를 금세 눈치챘다.

그러면 정 감독은 식권을 나눠 주는 시간을 늦춘다. 그는 매일 쓸 만큼만 식권을 받아 오는데 평소에는 이걸 첫 타임 근무 나가기 전에 한 사람씩 따로 불러내서 준다. 그러던 걸 두 번째 쉬는 시간에 줬다가 점심시간 직전에 줬다가 나중엔 점심시간이 시작하고 한참 지나서야 주곤 했다. 밥때가 늦어지기 시작하면 다들 식당 입구에 모여 정 감독만 기다린다. 공짜 점심을 먹는 게 떳떳한 일이 아니어서 대놓고 식권을 달라고는 못 한다. 가끔은 누군가 결단의 칼을 뽑듯 신용카드를 꺼내 들고 식권 판매기 앞에 서곤 했다.

나도 그 자리에 서본 적이 있는데 정말 오만가지 생각이 다 든다. 그까짓 거 안 받아도 좋다, 그동안 눈치 보는 게 더 힘들었다, 나도 이제부터 속 시원하게 사 먹을 거다, 그래, 그냥 내 돈 내고 사 먹고 말지…, 근데 지금 몇 시지? 35분? 어제는 정 감독이 40분에 왔는데 지금 샀다가 5분 후에 식권 받으면 겁나 억울할 것 같은데 5분만 더 기다려볼까? 하기야 정 감독이 식권을 주려고 가지고 왔는데 내가 필요 없다고 하면 그것도 좀 뻘쭘하잖아? 그리고 아저씨들이 밥을 안 먹고 기다리는데 제일 어린 내가 먼저 먹으면 그것도 예의가 아니지, 그래 5분만 더 기다려보자, 근데 아저씨들이 보고 있는데 어떡하지…, 아…, 그래 전화 온 척하자, 아… 씨… 40분인데 왜 안 와? 에이 쌍 몰라 사 먹고 말아…, 아이씨 근데 이거 사자마자 왠지 정 감독 올 거 같은데 그냥 오늘 하루만 더 참을까? 그래 하나에 8000원이고 한 달이면 15만 원인데 이걸 아끼면 한 달에 책이 몇 권이고 피자가 몇 판이냐…, 아…, 예수 재림을 기다리던 사도들도 우리처럼 애가 타지는 않았을 거야…. 오만가지 생각을 다 하고 있는데… 갑자기, 사내 축구 대회에서 부장님이 공을 잡았을 때처럼 사람들이 양편으로 일제히 물러서고 가운데로 정 감독이 식권을 흔들며 걸어 나온다. 나는 살아 있는 사람에게서 후광이 빛나는 모습을 이때 처음 봤다. 정말로 정 감독의 머리 뒤에서 패밀리 사이즈 피자만 한 후광이 눈이 부시게 번쩍이고 있었다. 아아! 하나님 감사합니다! (여기에서 하나님은 식권을 가리킨다.) 이어지는 식사 자리에선 가능한 한 정 감독과 눈을 마주치려 하고 최대한 밝게 웃어 보이려고 애쓴다. 어느새 식탁 어디서도 정 감독을 향하던 불만이나 악감정은 감지되지 않는다. 그래 이 사람이 좀 툴툴대서 그렇지 원래는 정도 많고 자기 사람은 확실하게 챙겨주고 의리가 있는 사람이야.

이렇게 간단한 파워 게임만으로 정 감독은 강호를 평정했다.

#7

직장 생활에서 밥만큼 중요한 게 똥이다. 여섯 살짜리 내 친구 아들은 매일 아침 어린이집에 출근해서 변기에 앉아서 똥을 누면 칭찬 스티커를 받는다. 어째서 동일한 탁월함의 기준을 직장 생활에는 적용할 수 없을까? 그렇게만 할 수 있다면 이달의 우수사원 표창 열두 개는 모두 내 차지인데. 화장실 잘 가는 게 뭐 대단한 일이냐고 따지는 분들에게는 내가 화장실에서 순식간에 임무를 완수하고 돌아올 때마다 변비가 있는 직원들이 질투와 선망이 뒤섞인 눈빛으로 나를 바라보는 모습을 보여드리고 싶다. 나도 청소 일을 하기 전까진 몰랐던 사실인데 노인 중에는 변비로 고생하는 사람이 많았다. 이들에겐 화장실에 가서 시원하게 볼일을 보는 일이 개기일식만큼이나 드물게 벌어지는 자연현상이었다. 변비 환자들 사이에서 나는 일종의 초능력자였다.

쾌적하고 자유로운 화장실 사용이 일하면서 얼마나 중요한지는 알 만한 사람은 다 안다. 내 긴 이직의 역사는 기이한 화장실을 찾아 떠난 여행의 역사라고 할 수 있다. 기억나는 화장실 몇 곳을 얘기해 보자면, 먼저 양계장에서 일할 때 사용했던 간이 변소가 있다. 여기는 주저앉은 사람과 바닥에 쌓인 배설물 사이에 견고함이 의심스러운 플라스틱 판 하나만 있었다. 그 안의 냄새는 화학무기 사용을 금지한 제네바 협정을 위반한 수준이었다. 화장실에 들어가면 자연스레 숨을 참게 되는데 재래식 변소가 강요하는 특유의 배변 자세가 원활한 배설 활동을 방해하는 탓에 일을 그만둘 때쯤에는 **해녀*** 수준의 폐활량을 갖추게 된다.

좀 더 최근의 예로는 물류센터가 있다. 이곳 화장실은 매일같이 나 같

* 연근해·원양 어부 및 해녀: 대체확률 0.82 _《기술변화에 따른 일자리 영향 연구》

은 뜨내기 수백 명이 들락날락했고 정기적으로 청소하는 사람이 있는지도 알 수 없었다. 그곳의 변기 속에는 물이 빨려 들어가는 구멍 주위에 달팽이 같기도 하고 따개비 같기도 한 작은 수중 생물들이 군락을 이루어 살았다. 맹세코 살아 있는 생물이었다. 도저히 지구의 생명체라고 보이지 않는 외양 때문에 화장실에 들어간 목적은 잊어버리고 CESCO에 연락해야 할지 아니면 NASA에 이메일을 보내야 할지 한참을 고민하게 만들었다.

한편 이곳 빌딩의 화장실 환경은 내가 기대할 수 있는 최상의 환경이었다. 화장실은 언제나 깨끗했고 우리는 건물을 돌아다니면서 일했기 때문에 화장실에 간다고 눈총을 받을 일도 없었다. 하지만 여기에도 그 사건 이전까지는 내 계산에 없었던 난제가 숨어 있었으니 바로 그 화장실을 깨끗하게 관리하는 사람들이 바로 동료였다는 점이다. 불행히도 화장실 관련 사고는 이곳에서 가장 많았다.

어느 날 출근길에 아랫배에서 허리케인이 생성됐다. 대장과 십이지장 사이에서 무언가 천둥 번개와 비바람을 일으키는 주문을 외우기 시작했다. 마침 1층 화장실 앞이었다. 변기는 총 세 칸이었는데 첫 번째 칸에는 사람이 있었다. '급똥'으로 고통받는 영혼이 나 혼자만이 아닌 듯 칸막이 너머에서 들려오는 소리를 들어보니 바지 내리는 속도가 에로 영화 정사 장면 수준이었다. 중간을 건너뛰고 세 번째 칸으로 들어가 배 속의 폭풍을 잠재웠다. 그런데 물 내려가는 소리가 시원치 않았다. 나는 물을 내릴 때 레버를 내내 누르고 있어야 하는 그런 종류의 변기라고 생각하고 다시 물을 내렸다. 그 뒤에 벌어진 일은 상세하게 묘사하지 않겠다. 그냥 내가 청소부로서 동료에게 저지를 수 있는 최악의 범죄를 저질렀다고만 해두자.

그 뒤에 내 행동은 영화에서 우발적으로 살인을 저지른 사람이 보이는 행동을 고스란히 재현했다. 어… 어… 어, 하며 허둥대다가 부들부들 떨리는 손으로 옷을 챙겨 입고 범행 현장을 뛰쳐나갔다. 정면에 거울이 없었으면 바지가 무릎에 걸린 채로 나갔을지도 모르겠다. 하필 이럴 때 손은 왜 그렇게 떨리며 또 지퍼는 왜 그렇게 안 잠기는지. 정신없이 그곳을 빠져나온 다음부터는 온갖 의문이 꼬리에 꼬리를 물고 이어졌다. 그 화장실 담당은 누구지? 내가 아는 사람인가? 내가 칸 안에 놔두고 온 건 없나? 지문은 닦고 나왔나? 내가 화장실에서 나오는 모습을 누가 보지 않았나? 내 옆 칸에 있었던 사람은 내가 나가기 전에 나갔나? 아니면 남아 있었나? 그러다 시간이 돼서 아침 뷔페 청소에 들어갔다. 원래는 우리가 청소를 절반 정도 했을 때쯤 별관 여자팀 직원 세 명이 와서 바닥을 마포질했는데 이날은 두 명만 들어왔다. 나머지 한 사람은 한참 후에 와서는 동료들에게 연신 미안하다고 사과를 하며 급하게 걸레질했다. 사건 현장 처리를 맡은 불운한 직원이 누구인지 드러나는 순간이었다.

그녀가 동료들과 나누는 얘기를 엿들었는데 그 사람은 역시나 미화팀을 의심하고 있었다. 7시 이전에 출근하는 사람은 보안팀이랑 미화팀밖에 없는데 보안팀은 업무 성격이 미화와는 달라서 휴식 시간이 아니면 자리를 비우지 않는다. 남는 건 미화팀뿐이었다. 미화팀이 용의 선상에 올랐다는 사실을 알고부터는 더욱 불안해져서 평생 다시는 그 화장실로 되돌아가지 않겠다고, 설사 거기에 복권 당첨 번호가 적혀 있다 하더라도 다시는 찾아가지 않겠다고 다짐했다. 그랬건만 그때부터 다시 한 번 그 화장실 그 칸에 가봐야 할 것만 같은 생각이 들었다. 내가 거기에 어떤 흔적을 남기고 온 것은 아닐까? 내가 일부러 거기를 피하면 나를 범인이라고 의심하지 않을까? 결국엔 점심 먹고 돌아가 봤다.

새벽의 사고를 떠올리게 하는 건 변기 칸 문에 붙은 '고장'이라는 종이 한 장뿐이었다. 범죄자는 반드시 범행 현장을 다시 찾는다는 속설이 사실임을 입증한 것 말고는 새롭게 드러난 사실은 아무것도 없었다. 나중에 확인한바 꽉 막힌 변기를 뚫는 일은 여사님이 아니라 시설팀에서 했다. 업무 분장의 마법이 화장실 청소는 당연히 미화팀 담당으로 하고선 막힌 변기는 시설팀 관할로 분류해 놓은 덕분이었다. 그래도 여기가 인원이 많으니까 그렇게 처리할 수 있었던 거다. 그게 아니었으면 그 여사님은 정말 험한 꼴 볼 뻔했다. 이래서 변기를 막아도 대감집 변기를 막아야 하나 보다.

불행하게도 화장실 관련 사고는 이게 끝이 아니었다. 이번에도 근무 시작 전이었다. 1층 화장실로 들어갔는데 마침 여사님이 변기를 청소하고 있었다. 나도 염치라는 게 있는 사람이고 비밀이긴 했지만 '동종 전과'가 있는 마당에 어찌 신경이 안 쓰였겠는가? 눈치만 보다 화장실을 나왔다. 문제는 이미 뇌가 괄약근에 문을 열라는 신호를 보낸 뒤였다는 거다. 다시 지하 1층으로 내려갈 배짱은 없었고 2층으로 올라갈 때까지 참을 자신도 없었다. 나는 어떻게든 진행을 멈춰보고자 복부에 총을 맞은 것처럼 격하게 몸을 수그렸는데 이것이야말로 대실수였다. 이런 상태에서 배를 접는 자세를 취하면 복부에 심각한 압박이 가해진다. 해부학적으로 이렇게 복부에 압박을 가하는 자세가 배변 작용에 미치는 효과는 전투기 파일럿이 비상 탈출 버튼을 눌러 조종석이 기체 밖으로 튕겨져 나가게 만드는 것과 동일하다고 할 수 있다. 무언가가 거세게 항문을 뚫고 나올 것 같은 압박이 느껴졌다. 급똥으로 고통받는 영혼들에게 애정이 어린 조언 한마디를 건네자면, 거역할 수 없는 자연의 부름이 느껴질 땐 꼿꼿하게 허리를 펴시라. 그것이 임박한 재앙을 지연시킬 가장 좋은 자세다.

1층 화장실로 발걸음을 돌렸다. 여사님이 여전히 변기를 청소하는 중이었지만 어쩔 수가 없었다. 내가 문을 연 칸이 청소할 칸인지 끝난 곳인지도 확인할 수가 없었다. 잠시 후 생리 작용이 주는 희열이 사라지자 문밖의 분노가 느껴졌다. 여전히 옆 칸에서 청소 중인 여사님은 나를 겨냥한 게 분명해 보이는 말들을 쏟아냈다. "눈치 없이 노네." "싸가지가 없어." "버르장머리가 없어." 이 사람의 분노는 멈추지 않았다. 그리고 이유가 곧 드러났으니….

오호통재라! 휴지가 없었다! 여사님이 휴지 교체하고 있을 때 내가 비집고 들어간 모양이었다. 화장실 문을 넘어선 이후에는 제정신이 아니었다. 그렇다고 이제 와서 휴지 좀 건네 달라고 부탁할 배짱도 없었다. 적이 몰려오는데 총알이 하나도 없는 게 이런 기분이구나. 기어코 백병전을 준비해야 하나? 휴지심에는 한 칸 정도의 종이가 달라붙어 있었다. 고상함과는 거리가 먼 나의 사춘기 시절 교우들이 솥뚜껑 같다고 표현한 내 엉덩이에 비교하자면 있으나 마나 한 양이었다.

그 여사님과는 1층 화장실에서 마주칠 때마다 욕을 먹었다. 지난번엔 화장실을 똥 바다로 만들고도 아무 일이 없었건만 이번엔 변기를 막은 것도 아닌데 이런 봉변을 당하다니 운명의 장난에 어리둥절하지 않을 수 없었다. 아아… 세상에 정말로 정의로운 신이 존재한다는 말인가?

물론 나도 할 말은 있었다. 당시 상황은 미안했지만, 화장실은 그런 목적으로 있는 곳이고 무엇보다도 내가 변기를 막은 것도 아니지 않은가? 하지만 그 여사님과 부딪치기 싫어서 1층 화장실을 자꾸 피하게 됐다. 내가 이런 상황을 얘기하자 아저씨들은 껄껄 웃으며 좋아했다.

"너 배짱 좋다. 여자들 변기 청소할 때 을마나 무서운데. 나도 지하 1층, 1층에선 똥 안 싸."

"에이 무슨 말이에요? 제가 아저씨 화장실 가는 거 얼마나 많이 봤는데요."

"그래. 거기서 오줌만 싸지 똥은 안 싸. 청소하다 마주치면 얼마나 눈치 보인다고. 우리도 똥 쌀 때는 4층이나 연회장 구석에 있는 데 가."

배설 만족도에서만큼은 최고라고 생각한 이곳에도 여기 나름대로 어두운 면모가 있었다. 다들 자연이 부를 때마다 배설의 디아스포라가 되는 줄은 몰랐다. 많이 알려지지는 않았지만 엘비스 프레슬리는 극심한 변비가 사망 원인 중 하나였다. 인간사의 얼마나 많은 비극이 제때 화장실에 가지 못해 벌어지는지 생각해 보면 변기 물 내리는 소리 앞에서 숙연해지지 않을 수 없다.

#8

남녀를 가리지 않고 직원들이 입에 달고 사는 말이 있다. “내가 청소하고 살 줄 몰랐다.” 그중에서도 가장 할 말이 많은 사람은 준희 아저씨였다.

“여기 성재 씨도 그렇고 반장님도 그렇고 나도 내가 청소 일 할 줄 몰랐어. 나는 원래 내 사업을 했지. 큰돈 벌고 또 망하기를 여러 번 하고 그러다 내 나이가 올해 70인데 나는 여기 온 지 3년 됐어. 나는 이런 회사 생활은 여기가 처음이야. 내가 저 경상남도 산골에 살다가 중학교까지밖에 안 나왔는데 그래 갖고 뭘 하겠노? 그런데 마침 어찌어찌해서 내가 운전을 배웠어. 그래서 부산으로 가서 운전 일을 했다고. 그때 내가 어디서 일했냐면 이제 그 당시에 우리나라에 막 아파트가 지어지기 시작했을 때라. 이제 내가 일하던 데가 그런 아파트 들어가는 문 만들던 데야. 그래서 이제 문짝을 트럭에 싣고 공사장에 배달했어. 그런데 하루는 이제 배달을 해두고 거기 함바집에서 밥을 먹다가 내가 그때는 아무 의도도 없었어. 그냥 지나가다 생각이 나서 거기 함바집 사장님한테 물었어. 여기 땅이 한 평에 얼마요, 하고 물으니까 한 평당 3만 원 한다 그러더라고. 그래서 뭐 그런갑다 하고 지나갔어. 그러다가 또 한 석 달 지나서 또 가서 밥을 먹다가 생각이 나서 물었어. 지금은 한 평에 얼마냐고 그러니까 뭐라 카는 줄 아나? 한 평에 9만 원이라는 기라. 아파트 짓는다고 그 서너 달 사이에 세 배가 뛴 거야. 그때 뭔가 머리에 싹 스치더라고. 그래서 그다음부터는 내가 거 갈 때마다 물었어. 그러고 보니까 두 달 석 달 지날 때마다 가격이 펑펑 오르는기라. 그다음에 물을 때는 15만 원이었다가 네 번째로 물을 때는 18만 원이 됐어. 그게 1년이 지났을까 말까 했을 때라 내 그때 생각이 들더라고 아 돈 벌려면 이거구나. 땅이다. 그때는 이런 부동산 같은 게 없고 복덕방이었어. 그냥 동네 노인들이 수고비 받고 동네 빈집 알아봐 주고 그런 식이었지. 이제 그때 나라에서 공인중개사 제도를 한다고 그랬어. 그래서 내가 퇴근하고 와서 책을 구해다가 공부를 했지. 근데 그게 책 내용이 순 한자라 내가 중학교까지밖에 안 나왔는데 뭐 한자를 아나? 그라노니 공부를 해도 진도가 안 나가. 이래서는 합격은 택도 없겠다 싶은데 그게 제도가 시행이 연기가 되는 기라. 무슨 제도든지 처음 시행할 땐 그래. 그래서 연기가 몇 년 됐어. 그래서 시험을 보니까 딱 붙었어. 그래서 내가 85년 제1회 공인중개사 시험에 붙은 거야."

준희 아저씨가 가장 좋아하는 대화 주제는 돈이었다. 어떤 이야기를 해도 결국은 돈이었다.

"승태는 그럼 노후 준비 같은 것 좀 하고 있어? 이제 준비할 나이잖아?"

"저야 뭐 있나요. 그냥 국민연금 하나 믿고 사는 거죠."

"아이고 국민연금 믿을 거 하나도 못 돼. 진짜 그거 말고 없어?"

나는 사업을 하고 있거나 회사에서 싹수가 밝아 보이는 친구들을 만나면 나중에 최고경영자가 되거든 자서전 대필은 꼭 내게 맡겨달라고 부탁하고 다닌다. 이게 내 비장의 노후 대비책이다. 이들이 내 기대대로 승승장구한다면 20년 후에는 한승태 풍의 기업 경영서나 자기계발서가 베스트셀러 순위를 점령한 모습을 보게 될 거다.

"우리나라에서 돈 버는 건 내 때나 지금이나 부동산밖에 없어. 그래서 어떻게든 1억이든 2억이든 모아서 아주 허름한 빌라라도 하나 사. 그 대신 잘 사야지. 수시로 다녀보고 마음에 드는 게 있으면 아침에도 가 보고 저녁에도 가 보고 해서 사놓으면 집값이 오를 거 아냐? 그렇게 하나둘 사놓으면 어떻게 되는 줄 알아? 그때부턴 집이 조금씩 돈을 버는 거야. 그래서 집을 두 채 사면 나 포함해서 전부 셋이서 돈을 버는 거야. 그니까 집을 산다는 걸 이리 생각해야 해. 단순히 방이랑 화장실 딸린 공간을 사는 게 아니고 나 대신 돈 벌어다 줄 니 분신을 사는 거다 이렇게."

"그런데 아저씨는 부동산 쪽 하시지 왜 청소 일 하시는 거예요?"

"코로나 터지고 뭐 거래가 되나? 사무실 임대료도 못 내겠더라. 경기 안 좋을 때 살아남는 게 보통 수완으로 되는 게 아니야. 가만히 돈만 까먹고 앉아 있느니 뭐라도 하지 싶어서 왔지. 청소 일이라고 나쁘게만 생각할 것도 없어. 돈은 얼마 안 돼. 진짜 돈은 적어. 여기는 10년을 일하든 새로운 사람이든 받는 돈은 다 똑같아. 거기다 계약은 1년만 했다가 1년 지나면 퇴사 처리했다 다시 입사하는 거로 처리해. 퇴직금 안 줄려고. 뭐 하여간 그건 다른 얘기고. 상황이 이러면 어쩔 수 없지. 다 안고 가야지. 우리 같은 사람들 돈 모으는 건 딴 거 없어. 안 쓰는 거지. 그거 말고 없어. 내가 예전에 신문에서 본 만화가 있는데 그게 딱 맞아. 그거는 정말 돈에 대해서 뭔가 아는 사람이 그린 거야. 보니까 나는 바로 알겠더라고."

"무슨 내용인데요?"

"어떤 사람이 길을 가는데 '돈 벌고 싶은 사람은 오시오' 하고 화살표가 쭉 돼 있는 거야. 그래서 이 사람이 그걸 쭉 따라갔지. 가니까 어느 개울 다리 밑으로 가. 가보니까 웬 노인네가 하나 앉아 있는 거야. 그 사람이 대뜸 그러는 거야. 부자 되고 싶냐고. 그렇다고 하니까 따라오래. 그래서 따라가니까 저 북한산 같은 깊은 산 절벽으로 가는 거야. 그런데 거기에 보니까 절벽에 나무 한 그루가 쓱 나와 있는 거야. 이 노인이 이 사람보고 그 나뭇가지에 매달리래. 그래서 그렇게 했어. 그랬더니 한쪽 손을 놓으래. 그래서 그렇게 했어. 또 이번엔 나뭇가지 잡은 손에서 손가락 하나를 떼보래. 그렇게 하나 더, 하나 더, 해사 딱 엄지랑 검지만 남았어. 그랬더니 손가락 하나를 또 떼보래. 그래서 이 사람이 이 손가락 놓으면 죽는다고 못 한다고 하니까 이 노인이 그러는 거야. 지금 그 나뭇가지 붙잡고 있듯이 돈을 잡으면 절대 놓지 마."

아저씨 보기에는 나도 영 가망이 없는 축에 속했다. 내가 아직 정 감독에게 식권을 받기 전 직접 돈을 내고 식당 가서 점심을 먹으니까 아저씨가 웃으며 말했다.

"자네도 큰돈 벌긴 글렀네. 허허."

#9

미화팀과 보안팀은 경쟁자 관계였다. 하루는 성재 아저씨가 이런 일이 있었다며 이야기를 했다.

"이 빌딩에서 제일 밑바닥이 누군 줄 알아? 우리여. 우리 미화. 아까 저 보안 애들이 뭐라는 줄 알아? 내가 저 탑승차 타고 본관 로비 닦고 다시 별관 로비 닦으려고 오고 있었거든. 내가 거기 타고 있으니까 그 앞에 서 있는 보안보고, 한 서른대여섯 되어 보이던데, 문 좀 열어달라고 했어. 그랬더니 이 새끼가 뭘 구시렁구시렁하더니 뭐라는 줄 알아? 자기가 문지기냐고, 왜 자꾸 자기보고 문 열어달라고 그러냐고, 내가 진짜 어처구니가 없어서. 그럼 **경비***가 문지기지, 미화가 문지기냐고? 내가 한마디 쏘아줄까 하다 됐다 하고 말았어.

웃기지도 않는 놈들이야. 아니 우리가 탑승차 타고 왔다 갔다 할 때 말고 언제 지들한테 문 열어달라 그런다고. 탑승차 탈 때는 일주일에 한 번 있을까 말까 한데. 아니 어디 들어갈 때 모르는 사람한테도 문 잡아주고 그러는데 같이 일하는 사람들끼리 그 문 하나 열어주는 게 뭐가 귀찮다고 지랄이야?

그니까 우리는 자기네들한테 뭐 시키고 그런 것도 하지 말라는 거지."

"걔네들 한 달에 얼마나 받아? 우리랑 비슷한가?"

"아아아냐. 걔네 200인가 230인가 받아."

"양복 입고 멀뚱히 서 있기만 하더니만 우리보다 훨씬 더 많이 받네. 에라이 씨발, 무시할 만하네. 무시할 만해."

보안팀은 우리를 청소나 한다며 무시했지만 반대로 우리는 보안팀

* 경비(Security Guards): 대체확률 0.84 _〈고용의 미래〉

이 아무런 기술도 필요 없는 일이라고 무시했다. 우리는 보안 직원들을 "장승"이라고 불렀다. 하지만 우리의 적은 보안이 아니었다. 우리의 주적은 다른 부서가 아니라 바로 우리 미화팀 후출조였다. 속을 가장 격렬하게 뒤집어 놓는 건 언제나 가족이라는 사실을 증명이라도 하듯 다른 어떤 이들도 후출조만큼 아저씨들을 열받게 만들지는 못했다.

후출조는 우리랑 동일한 업무를 했는데 근무시간은 12시부터 9시까지였다. 대신 인원은 우리보다 적었다. 조출조가 정 감독, 서 반장까지 포함해서 일곱 명인 반면 후출조는 네 명이었다. 두 사람은 중국인, 두 사람은 한국인이었다. 모두 60대 초반이었고 이 중에서 경력이 제일 긴 도학찬이라는 중국인이 조장이었다. 조출이 후출을 싫어하는 이유는 단순했다. 일을 안 해서다. 조출조 아저씨들의 말은 이렇다. 퇴근할 때 엘리베이터 안에 큼지막한 손자국이 여러 개 찍혀 있었는데 아침에 와보니 그게 그대로 있다, 휴게실에서 과자랑 커피를 마시고 쓰레기를 그 자리에 내버려뒀다, 뷔페 진공 청소를 할 때는 부피가 큰 쓰레기는 청소기 뒤에 부착된 통에 집어넣었다가 청소가 끝난 다음 비워야 하는데 후출조는 그러지를 않아서 조출조가 매번 근무 시작 전에 비우게 만든다 등등.

아저씨들이 조출조가 후출조보다 일을 훨씬 더 많이 힘들게 한다고 믿는 데는 그럴 만한 이유가 있다. 조출조에는 정 감독이나 서 반장처럼 업무를 지시하고 감독하는 관리자가 있지만 후출조에는 그런 사람이 없다. 4시에 정 감독이 퇴근하고 나면 이거 해라 저거 해라 시키는 사람마저도 없었다. 사무실 직원들까지 6시에 퇴근하고 나면 후출조는 휴게실 밖으로 거의 나가지 않는다는 게 아저씨들 설명이었다. 물론 과장이 섞였겠지만 이 얘기가 어느 정도 사실에 근거했다는 생각이 드는 게, 후출조나 우리나 업무 영역이 동일한데 아침에 출근해서 보면 청소 정도가 전날 퇴근할 때와 달라진 게 거의 없었다. 후출조 네 명 중에서 두 명은 쓰레기 버리는 작업만 했다. 이들은 지하 1층의 뷔페와 푸드코트에서 내놓는 쓰레기들을 하역장으로 옮기는 일만 했다. 그러니까 일반적인 미화 작업은 딱 두 명만 했던 거다. 그래서 조출조가 퇴근하고 나면 두 사람 이상 필요한 공동 작업을 후출조는 아예 할 수 없었다.

후출조는 물차나 돌돌이 같은 기계도 사용할 줄 몰랐기 때문에 작업의 폭이 훨씬 더 좁았다. 그러니 조출조 사람들 눈에는 후출조가 자기들이랑 돈을 똑같이 받으면서 일은 절반밖에 안 하는 사람들로 비쳤다. 평상시에는 애써 차린 격식과 은근한 무시로 위장했지만, 서로 적의를 표출할 적당한 기회만 있으면 여지없이 고성이 터져 나왔다. 이들이 서로 으르렁대는 걸 보고 있으면 한국과 일본도 그렇게 사이가 나쁜 것만은 아니구나 하는 생각이 들 정도였다.

주말 근무는 애증의 대상이었다. 남들이 쉬는 날 출근해야 하고 게다가 주말이나 공휴일은 열두 시간 근무다. 한편으로 이때는 추가 수당에 연장수당까지 더해져서 일당이 15만 원 정도 됐다. 아저씨들은 휴일 근무 한 번 하면 그달 교통비 건지고 두 번 하면 점심값까지 번 거라고 말하곤 했다. 휴일 근무 두 번은 해야 온전하게 세후 월급을 150 정도 받는 셈이었다.

별관 미화팀이 주말에도 나와야 하는 이유는 연회장에서 열리는 **결혼**

식* 때문이었다. 주말이면 별관 건물은 전혀 다른 분위기로 변했다. 비록 평일에는 땀투성이 남자들의 발바닥이나 씻는 곳으로 사용될 뿐이었지만 이곳 연회장은 아무나 식을 올릴 수 있는 장소가 아니었다. 그런 점을 증명이라도 하듯 결혼식이 있는 날이면 어디어디 **국회의원****, 무슨 무슨 CEO 명의로 배달된 3단 화환들이 병마용처럼 복도를 가득 메웠다. 중장년층 하객들에게선 기사 딸린 렉서스의 분위기가 청년층 하객들에게선 MBA 학위와 미국 영주권의 바이브가 물씬 풍겼다.

연회장은 크기에서부터 사람을 압도했다. 천장은 건물 2층 정도 높이에 촘촘히 자리 잡으면 연대 병력 정도가 들어갈 만큼 넓었다. 한국군 편제에 익숙하지 않은 분들에게는 서울시 광진구에 있는 유명한 공연장보다 조금 작은 규모라고 말씀드리겠다. (그것도 익숙하지 않은 분들에게는 주말에 술만 마시지 말고 가끔 공연도 좀 보러 다니시라고 말씀드리고 싶다.)

연회장은 하역장과는 다른 맥락에서 첫인상과 실제가 딴판인 곳이었다. 준비를 마친 식장은 입구부터 으리으리했다. 천장에는 파스텔 톤의 대형 천 장식물이 색깔을 입힌 구름처럼 아치를 그리며 걸렸다. 육중하고 화려한 샹들리에는 베르사유 궁전에서 훔쳐 왔다고 해도 믿을 정도였다. 꽃 장식은 수목원을 통째로 식장 안에 옮겨놓은 듯 풍성했다. 자리에 앉으면 수많은 식물이 뿜어내는 서늘하고 향긋한 공기가 미스트를 뿌린 것처럼 피부에 닿았다. 마지막으로, 포크며 나이프는 '홀그레인

* 혼례종사원: 대체확률 0.82 _《기술변화에 따른 일자리 영향 연구》
결혼상담원 및 웨딩플래너: 대체확률 0.68 _《기술변화에 따른 일자리 영향 연구》

** 인공지능이 대체할 수 없다는 점이 사무치게 원통한 직업 1위(한승태 2024)

머스터드를 곁들인 프리미엄 안심스테이크와 왕새우구이'를 썰고 씹는 틈틈이, 부잣집 결혼식에 참석한 하객들이 체통을 잃지 않고 이빨 사이에 낀 이물질을 확인하는 용도로도 쓸 수 있게끔 번쩍번쩍 광이 나게 닦여 있었다.

하지만 금액에 어울릴 만한 건 딱 거기까지였다. **카펫***은 카펫이라고 부르기도 민망한, 좋게 봐줘도 공사 현장에서 바닥에 흠집 나지 않게 깔아두는 담요 수준이었다. 싸구려 소시지를 떠올리게 하는 분홍색과 빛바랜 베이지색이 섞였는데, 건물 철거할 때 먼지 날리지 않도록 둘러두는 천이랑 섬뜩하리만치 비슷했다.

신랑 신부가 키스하고 반지를 교환할 단상의 경우엔 바닥이 초등학교 공작 시간에나 쓸 법한 검은색 펠트 부직포였다. 언제 뿌렸는지 짐작도 할 수 없는 반짝이 가루가 틈틈이 박혀서 청소기로 아무리 밀어도 빠지지 않았다. 하객용 원형 테이블은 장작으로나 쓸 법한 수준의 합판으로 만들어졌는데, 하얀 테이블보를 뒤집어씌우는 것만으로 최고급 연회장에 어울리는 가구로 탈바꿈했다. 의자 역시 낡은 철제 골격에 엉덩이 부분에만 가죽 쿠션이 부착된 싸구려 물건이었다. 여기에 검은색 의자보를 씌우자 회장님, 의원님 엉덩이를 영접하기에 손색없는 물건으로 거듭났다. 이 정도면 거의 신분 **세탁****수준이었다.

이곳은 사랑의 위대한 힘을 다시 한번 상기시켜 주는 공간이었다. 여

* 카펫 설치원(Carpet Installers): 대체 확률 0.87 _〈고용의 미래〉

** 세탁원 및 다림질원: 대체확률 0.90 _《기술변화에 따른 일자리 영향 연구》

기서 식을 올린 커플들은 식장을 예약하면서 이곳의 민낯을 전부 다 봤다. 이들은 누구보다 꼼꼼하게 식장의 면면을 확인했다. 그런데도 여기서 수천만 원의 돈을 들여 식을 올릴 가치가 있다고 판단한 거다. 사랑에 빠지면 정말 모든 게 아름답게 보이나 보다.

하지만 이 사랑의 전당에서 수년을 함께 보내고도 사랑은커녕 우정도 쌓지 못하는 사람들도 있었다. 준희 아저씨와 명일 아저씨는 내가 입사하기 전부터 오랫동안 같은 토요일 근무조였다. 준희 아저씨는 무슨 일이든 후딱 해치우고 빨리 쉬자는 주의였고 명일 아저씨는 급한 거 없으니 천천히 하자는 주의였다. 명일 아저씨는 그럴 수밖에 없는 게 강직성 척수염을 앓고 있어서 허리 굽히는 걸 힘들어했다. 보통은 걸을 때 상반신과 하반신의 움직임이 자연스럽게 이어지는데 아저씨는 다리에서 시작된 움직임이 허리에서 뚝뚝 끊겼다. 골반을 기준으로 상체와 하체의 움직임이 미묘하게 어긋났는데 마치 90년대 컴퓨터 그래픽으로 사람이 걷는 모습을 재현한 것 같았다. 사정이 그렇다 보니 명일 아저씨는 다른 직원에 비해 항상 몇 박자 느릴 수밖에 없었다.

"명일아, 그리 해갖고 어느 세월에 다 끝내노? 퍼뜩해서 한 15분에 치와버려야지."

"아이고 형님 빨리 끝낸다고 누가 돈 더 준답니까? 그리 안 해도 시간 다 가니까 보채지 마이소."

두 사람은 매사에 서로를 답답해하면서 액셀과 브레이크처럼 나란히 붙어 다녔다. 이 정도로 호흡이 안 맞으면 조를 바꿀 법도 한데 그건 또 너무 정 없는 짓이라며 끝까지 한 조로 남았다.

주말 근무에서 중요한 건 쓰레기 작업이었다. 지하 1층에는 각각 뷔페와 푸드코트에서 나오는 쓰레기를 모아두는 지점이 두 군데 있었다. 두세 시간 간격으로 리어카 두 대 정도 분량의 쓰레기가 쌓였다. 이것들이 넘치기 전에 하역장으로 옮겨야 했다. 이때는 짬밥 처리하는 걸 제일 힘들어했다. 무겁고 냄새나고, 게다가 이것들을 하역장에 비치된 드럼통에 쏟아부어야 하는데 그럴 때면 옷이며 얼굴에 음식 쓰레기 국물이 여지없이 튄다. 다른 건 다 참던 사람들도 이 짬밥 처리를 하고 난 다음에는 고개를 절레절레 흔들면서 그만두곤 했다. 사람들에겐 음식 쓰레기를 만져야 한다는 사실이 자신이 사회적으로 추락했다는 사실을 실감하게 만드는 일인 것 같다.

음식 쓰레기 처리에 꼭 나쁜 점만 있지는 않다. 힘든 만큼 전리품도 상당하다. 앞서 아저씨들이 쓰레기조차 낭비하지 않는다는 점은 얘기했다. 그런 면에서 주말 근무는 일종의 축제였다. 예식이 끝나면 많은 음식이 남았다. 여기에도 물론 먹이사슬이 있어서 비싼 메인 요리를 우리가 먹거나 하는 건 아니고 이런저런 과정을 거친 후에 우리에게까지 내려오는 건 식전 빵이었다. 블루베리가 들어간 모닝빵과 포카치아인데 이곳 **베이커리***에서 직접 구운 빵이라 꽤 맛있었다. 이런 빵을 손도 대지 않고 바구니째로 버리는데 이걸 우리가 가지고 가서 두고두고 먹었다.

아저씨들이 좋아하는 건 와인이었다. 이곳은 싸구려 예식장이 아니

* 제빵사(Bakers): 대체확률 0.89 _〈고용의 미래〉

기 때문에 한 병에 오륙 만 원 정도 하는 꽤 비싼 와인을 피로연에 썼다. 각 테이블에서 마시다 남은 와인을 다 수거한 다음 하역장에서 전부 한 병에 모았다. 병에 입을 대고 와인을 마시지는 않기 때문에 남은 와인을 마신다고 해서 위생적으로 크게 문제 될 건 없다고 생각했다. 물론 입을 대고 마셨다고 크게 문제 삼을 사람들도 아니었지만. 그렇게 해서 모으면 온전하게 와인 두세 병 정도가 나왔다. 그렇게 모인 술은 집으로 가져가기도 하고 양이 좀 많은 날이면 아저씨 친구들에게 나눠줬다. 그럴 때면 친구들이 퇴근 시간에 맞춰서 회사 근처로 와서 받아 가곤 했다.

#10

유리 닦기는 능숙해지기까지 많은 시간이 걸렸다. 스댕과 달리 유리는 잠깐만 한눈팔아도 금세 일한 게 엉망이 됐다. 내가 유리를 닦고 나면 점점이 튄 물방울이 유난히 많이 남았다.

"지금 이렇게 보니까 물방울이 많이 튀었잖아? 내가 보니까 칼질하고 나서 유리칼을 아무 생각 없이 흔들어. 그래서 칼날에 있던 물방울이 다 튀는 거야. 한두 방울이면 걸레로 닦아내지만 이런 식이면 다시 해야 돼. 항상 마른 수건을 하나 가지고 다니면서 칼질 한 번 하고 나면 칼날을 수건으로 한 번 싹 닦아."

내가 유리를 닦으면 창 양쪽으로 물기가 많이 남았다. 이것도 좀처럼 나아지지 않아서 매번 지적을 받았다.

"여기 봐봐. 내가 지난번에도 얘기했잖아? 유리 가장자리에 실리콘 발라진 부분, 칼질할 때 칼날이 이 실리콘을 타고 올라가면 유리랑 칼날 사이가 떠서 물기가 그대로 남아. 유리칼질은 첫째가 밀착이야. 유리랑 유리칼이랑 빈틈없이 찰싹 붙어 있어야 돼. 사이가 뜨면 이렇게 물기가 남아서 닦으나 마나야. 알겠어? 유리 닦는 건 이 가장자리 하는 게 관건이야."

가장 까다로운 건 손잡이가 달린 유리문이다. 무엇이든 직선은 쉽다. 문제는 곡선이다. 이곳 유리문에는 'ㄷ'형 철제 손잡이가 달렸는데 그 부분은 요령껏 칼날을 돌려가며 닦아야 했다. 하지만 인간의 솜씨로는 아무리 용을 써도 손잡이와 유리가 연결된 부분 주위에 물기가 많이 남았다. 이때는 마른걸레로 일일이 닦아내는 것 말고는 방법이 없었다. 하지만 걸레로 물기를 닦아낼 때도 조심해야 한다.

"아니, 그만! 그만! 그렇게 닦으면 안 되지. 보라고 걸레를 그렇게 축 늘어뜨려서 잡으니까 걸레 아랫부분이 덜렁덜렁하면서 다 유리에 닿잖아? 이럼 하나 마나지, 안 그래? 이럴 때는 걸레를 손에 꽉 말아서 닦아내야 할 부분만 탁탁 찍어내야 다른 데 자국이 안 남지. 하 참, 이런 거까지 다 설명해 줘야 돼?"

참고로 나는 이것보다 더 기초적인 것도 설명이 필요한 사람이다. 내게는 주차 차단봉보다 복잡한 일을 시키면 안 된다는 게 나를 잘 아는 사람들의 중론이다.

유리 닦기는 미화팀 작업 중에서 '기술'이라고 부를 만한 유일한 영역이었다. 다른 회사로 자리를 옮긴 관리자로부터 스카우트 제의를 가장 많이 받는 것도 유리조 사람들이었다. 비록 구박을 받아도 유리를 닦고 나면 가장 뿌듯했다.

청소 일을 하면서 누릴 수 있는 물질적인 이점은 거의 없지만 심리적인 이점 한 가지는 확실했다. 바로 남들보다 일찍 퇴근하는 거다. 출근길은 정신없이 지나가 버린다. 날씨는 어떤지, 거리는 어떤 모습인지 눈여겨볼 겨를이 없다. 식사로 치자면 밥, 국, 반찬을 몽땅 믹서기로 갈아서 들이마시는 꼴이다.

반면에 퇴근길은 순간순간을 음미해야 하는 정찬이다. 건물을 빠져나오는 순간 피부에 닿는 서늘한 공기, 거리에서 지나쳐 가는 사람들의 얼굴, 뿌옇게 저물어가는 햇빛, 교복 입은 아이들이 떠드는 소리 하나하나를 최고급 코스 요리처럼 색, 소리, 냄새 모두 온전하게 맛보고 싶어진다. 서울 사람들이 하루 중 유일하게 인류애를 잠시 회복하는 시기가 이때다. 회사를 빠져나와서 집에 도착하기 전까지는 서울의 모든 것이 조금씩 덜 구리고 덜 괴상하게 느껴진다. 가래와 담배꽁초는 조금 줄어든 것 같고 음식 쓰레기를 쪼아대는 비둘기는 조금 덜 흉측해 보인다. 때마침 거리는 언제부턴가 가로수로 각광받기 시작한 벚나무 때문에 '홍단 났다'라고 표현해야 할 것 같은 풍경의 연속이었다.

이 퇴근길의 향연에 송로버섯급의 풍미를 더해주는 것이 바로 일찍 퇴근하는 거다. 더 구체적으로 말하자면 남들보다 일찍 퇴근하는 거다. (무엇이든 남들보다 빠른 게 중요하다. 그렇지 않은가?) 다른 사람들과 똑같이 아홉 시간 일하고 퇴근하는 거야 마찬가지지만 온 세상이 근무 중일 때

나 홀로 집으로 향하는 즐거움은 단순히 일이 끝났다는 홀가분함과는 차원이 다르다. 모두가 아직 모니터 앞을 떠나지 못하고 있을 때 나는 홀로 여유를 즐긴다. 나만 하루 스물네 시간 이외의 추가 두세 시간을 부여받은 듯 횡재한 기분이다.

하지만 아저씨들에게 일하면서 무엇이 가장 좋았냐고 묻는다면 다들 눈길을 피하면서 말을 얼버무릴 것 같다. 하루는 점심을 먹고 휴게실에 누웠다가 성재 아저씨가 전화 통화하는 걸 들었다.

"어, 점심 먹었어? 지금은 뭐해? 음 그래…. 아니 날도 꾸릿꾸릿하고 그냥 목소리 듣고 싶어서 전화했지…."

이어지는 대화는 점잖은 독자분들에게 들려드리기엔 조금 난잡했다. 내가 잔다고 생각했는지 아저씨는 조선 시대였다면 물레방앗간에서나 간신히 나눴을 법한 대화를 한참 동안 이어갔다. 아내랑 지금도 저렇게 다정하게 통화를 하고 아저씨는 로맨티스트구나. 그러고서 한참 있다가 세 번째 타임에 유리를 닦는데 아저씨의 핸드폰이 울렸다. 아저씨는 번호를 확인하더니 전화를 무시해 버렸는데 벨이 계속 울리자 투덜대며 전화를 받았다.

"아, 왜? 뭐? 정인이가 왜 전화를 안 받는지 내가 어떻게 알아? 아, 일하고 있나 보지! 이 여편네가 하여간…."

아니, 그럼 아까 통화한 사람은 아내가 아니었던 거야?

알고 보니 사정은 이랬다. 아저씨들이 환갑이 넘은 나이에 새벽에 일어나 청소하러 나오는 데는 물론, 퇴직 후의 무료함이나 생계에 대한 부담도 작용했지만 비공식적으로는 여자를 만날 수 있는 기회라는 이유도 있었다. 적지 않은 수가 여사님들 중에 애인이 있거나 애인을 만들려고 애썼다. 아저씨들 사이에선 딱히 비밀도 아니었다. 내가 슬쩍 준희 아저씨한테 물어보자 바로 대답이 나왔다.

"어? 니 몰랐나? 그 양반 애인, 본관 27층인가 8층인가 담당일 끼다. 퇴근할 때 요 뒤에서 만나가 둘이 같이 가는 거 니 몬 봤나? 니한테 얘기 안 했나 보네. 여기 애인 있는 사람 수두룩하다. 멀쩡하게 생긴 사람들은 다 하나씩 있고 저 하역장 아들도 어떻게 하나 맹글라고 요즘 엄청 애쓰고 다닌다. 돈도 안 되는 일 뭐한다고 꼬박꼬박 나오겠노. 세상에 그런 재미라도 있으니 나오지."

애인을 만드는 데 관심이 없는 사람은 준희 아저씨뿐이었다. 아저씨에게는 애인이 '불필요한 지출'의 동의어, 그것도 아주 비싼 동의어일 뿐이었다. 다른 사람들은 여사님들과 크고 작은 '썸씽'이 있었다. 심지어는 그 조신한 서 반장마저도 썸을 타는 여사님이 있었다! (그는 불륜 사실이 반가운 유일한 남성이었다.) 여기서는 근무하면서 애인을 만들지 못하면 숙맥 취급을 받았다. 사정을 알고 나니 퇴근길 풍경이 이해가 갔다. 퇴근할 때는 용역업체 사무실에 설치된 안면 인식기로 퇴근 등록을 해야 했다. 이때 조출조 전원이 한자리에 모이는데 그럴 때면 여사님들과 아저씨들 사이에 묘한 흥분감이 감돌았다. 어떤 사람들은 가볍게 농담을 주고받고 어떤 사람들은 귓속말을 주고받고 어떤 사람들은 보일 듯 말 듯 한 스킨십을 주고받았다. 나는 남녀 반이 분리된 중학교에 다녔는데 가끔씩 여학생 반과 함께 수업을 들을 때가 있었다. 퇴근 등록 시간은 그 수업과 정확하게 일치하는 분위기였다. 근무시간 내내 골골대며 휴게실로 숨어 들어갈 생각만 하는 아저씨들이 이때가 되면 해 떨어진 걸 확인한 뱀파이어들처럼 생기가 넘쳤던 이유가 거기에 있었다.

대학교 원룸가를 방불케 하는 육욕의 현장에서 흔들림 없이 일부일처제의 원칙을 고수하는 또 다른 인물은 놀랍게도 정 감독이었다. 내 기준으로 보자면 그는 '고전적인 양아치'였고 물욕, 권력욕 모두 왕성한 인물이라 애인이 한 명 이상은 될 것 같았는데 의외로 결혼 생활에 충실했다. 다만 거기에는 그럴 만한 이유가 있었다. 정 감독의 부인이 바로 옆 건물에서 미화 일을 했다. 그의 아내가 점심시간에 찾아와 이야기를 나누다 가는 모습을 종종 마주치곤 했다. 두 사람은 꽤 다정해 보였는데 그런 모습이 더욱더 놀라웠던 건, 내가 휴게실에서 정 감독과 마주쳤을 때 그는 언제나 코를 파고 있거나 그게 아니면 이를 쑤시고 있었기 때문이다. 단 한 번의 예외도 없었다. 기회가 된다면 정 감독 부인에게 이것 하나만은 꼭 물어보고 싶다.

"사모님은 감독님 코 파는 모습에 반하신 거예요, 아니면 이 쑤시는 모습에 반하신 거예요? 아니면… 역시 둘 다인가요?"

#11

하청 업체 신분으로 일하는 것은 일종의 정신적인 림보 경기를 하는 것과 비슷하다. 완전히 무너지지는 않으면서 자세를 최대한 낮춰야만 살아남을 수 있다. 하루는 엘리베이터에서 용역업체 소장과 마주쳤다.

그가 얼마나 답답했는지 그다지 가깝지도 않은 나를 붙들고 한참 동안 하소연을 했다.

"지금 우리 사무실 일도 정신없는데 내가 지금 뭐 하러 다니는 줄 알아요? 아니 얼마 전에 우리가 여기 화장실에서 쓰는 휴지를 바꿨어요. 그게 제품이 단종돼서 그랬더니 여기 노 부장이 뭐라는 줄 알아요? 아니 유한킴벌리에 공문 보내서 서류 세 가지를 받아 오래요. 첫째 그 제품이 왜 단종됐는지 그 이유를 설명하는 서류. 둘째 새 제품 성분 시험 결과. 셋째 예전 제품 성분 시험 결과. 그거 셋 다 유한킴벌리 직인 없으면 인정 못 한대요. 아니 유한킴벌리에서 우리한테 그걸 왜 보내줘요? 우리가 유한킴벌리랑 직접 거래하는 것도 아니야 그냥 도매상한테 받는 거지. 여기 이 빌딩 화장지값만 한 달에 350~400 정도 든다고. 아무리 그래도 우리가 휴지값 가지고 장난을 치는 것도 아니고 요구를 해도 상식적인 수준에서 요구해야지. 만약에 다른 데서 자기네한테 그렇게 해 오라고 하면 당장에 갑질이라 뭐라 지랄할 놈들이 우리한텐 못 시키는 게 없어. 아, 이걸 도대체 어떻게 해 오냐고 진짜…."

공문을 오함마처럼 휘두르는 노 부장*은 운영팀 최고 책임자였다. 그는 날카로운 눈빛과 목소리를 가진 50대 후반의 남성이었다. 무소불위의 권력을 휘둘렀던 다른 독재자들과 마찬가지로 체구가 자그마했다. 원래는 이 금융사에서 꽤 높은 자리에 있던 사람이었는데 알 수 없는 이유로 이른 퇴직을 하고 얼마 지나지 않아 공수부대 스타일로 건물 관리

* 마동석 테스트 76회 실시.

를 총괄하는 자리에 착륙했다. "그는 사실 지적으로나 도덕적으로 자질이 다소 빈약한 인물이었음에도, 그는 어느 하늘 아래에서든 권력을 쟁취하는 데 가장 필요한 덕목, 즉 권력 그 자체에 대한 사랑을 매우 노골적으로 갖고 있었다."* 그는 때 이르게 퇴직한 분노를 하청 업체 직원들에게 해소하는 거로 유명했다. 그가 하청 업체 직원들 앞에서 거들먹거리는 모습을 보고 있으면 자기가 초야권을 행사할 수 있는 중세 영주라도 된다고 믿는 것 같았다.

노 부장의 업무 중 가장 중요한 일은 새 직원이 들어오면 우리 같은 사람들은 물론이고 여차하면 "느그 소장 모가지"까지 마음껏 뗐다 붙였다 할 수 있는 권능이 자기 손에 있다는 걸 다양한 사례를 들어 설명하는 것이었다. 업무상의 고충을 호소하는 직원들에게 건네는 따뜻한 격려의 말까지("하이고, 그게 힘들어? 유모차에 치여 죽는 소리 하고 앉아 있네!") 모든 것이 인상적인 상사였다.

그는 무슨 일이든 자기 뜻대로 되지 않으면 난리를 피웠지만 정작 자기 의도를 전달하는 능력은 한참 부족했다. 낙하산이라고 해서 반드시 무능해야만 하는 건 아닐 텐데… 여러 면에서 안타까운 인물이었다. 노 부장을 대하는 최선의 방책은 그동안 갈고 닦은 관리자 회피 본능을 최고 수준으로 끌어올려 작업 동선을 짜는 것이었다. 직원들 사이에서 노 부장의 존재는 남자 화장실 소변기 가운데 그려 놓은 파리 그림 같았다. 모두가 그를 향해 오줌을 갈기고 싶어 했다. 만약 신체 구조가 허락했다

* 《휴전》, 프리모 레비, 이소영 옮김, 돌베개, 2010.

면 여사님들도 이 분노의 방뇨 행렬에 동참했으리라는 점에는 의심의 여지가 없다.

여름이 다가올 무렵 노 부장의 아성을 위협하는 진상계의 '뉴페이스'가 등장했으니 바로 우리 용역업체 사무실이었다. 언제나 가장 깊은 상처를 주는 건 우리 편이다. 그렇지 않은가? 중대재해법 때문에 안전 관련 규정들이 강화됐다. 아저씨들은 한국 남성의 평균 수명이 60에도 채 이르지 않던 시절에 안전관을 확립한 사람들이었기에 대단히 환영할 만한 일이기는 했으나 정작 실제 안전과 관련해서 달라진 건 아무것도 없었다. 다만 화재 위험 때문이라며 휴게실에서 에어컨과 냉장고 이외의 전기기구를 사용하지 못하게 됐다. 다시 말해 전기난로, 바닥 열선, 전자레인지를 앞으로 영영 쓰지 못한다는 소리였다.

전자레인지는 코로나 예방까지 겸사겸사해서 '사용 금지 품목'에 올랐다. 모든 미화팀 휴게실에 있는 전자레인지를 수거해서 하역장에 쌓아뒀다. 날이 더워져서 당장은 난방 기구가 아쉽지 않았지만 도시락을 싸 오던 사람들은 굉장히 난처해했다. 갑자기 휴게실에서는 물 말고는 아무것도 먹을 수 없었다.

그런데 우리 입장에서는 그런 조치가 너무 치사해 보였다. 회사에서 문제로 삼은 건 하청 업체 직원들 휴게실뿐이었다. 우리가 청소하는 사무실에선 전자레인지, 커피포트, 난방 기구 전부 이전과 다름없이 사용했다. 직원들끼리 회의실에 모여 배달 음식을 먹는 것도 그대로였다.

"아니 그럼 식권을 주면서 먹지 말라고 하던가, 그냥 막무가내로 먹으면 안 된다고 하면 도시락 싸 오는 사람들은 어쩌라는 거야?"

"아니 커피도 못 마셔?"

"커피도 안 된대요. 마시려면 커피 타가지고 밖에 나가서 마시래요."

"하이고 진짜 더러버서, 누가 보믄 무슨 여기서 코로나는 우리가 다 퍼트리는 줄 알겠네. 거 사무실 사람들은 자기네 사무실에서 피자 시켜 먹고 짜장면 시켜 먹고 커피 타 먹고 다 하는데 왜 우리만 먹지 말래."

"에유 이놈의 회사 잘해줄 필요가 없어. 빨리 그만두든지 해야지."

지시가 있던 날, 다들 부글부글 끓어오르는데 마치 이런 상황을 예상한 듯 한 번도 휴게실에 찾아온 적이 없던 업체 대표가 갑자기 소장과 함께 들이닥쳤다.

"… 아… 밥 먹고 커피 마시고 하면서… 이 균이 퍼질 수 있으니까…. 여러분들 귀찮게 하려는 게 아니라 병을 피해보자는 거니까…. 또 이 전열 기구는 언제나 화재의 위험이 있어서 그러는 거니까 그렇게 아시고 한 분도 빠짐없이 지켜주시길 바랍니다."

당장 사표를 집어던질 것 같던 아저씨들이 조용히 고개를 끄덕였다. 연설을 끝내고 돌아서는 대표의 얼굴엔 봉기 진압에 성공한 군사령관의 자신감이 엿보였다. 아저씨들은 대표가 이렇게 불만 세력을 잠재운 게 처음이 아니라고 알려줬다. 이래서 황제들이 정기적으로 지방 순시를 다녔나 보다.

드물게 초기 진압에 실패하는 경우도 있다. 미화팀 봉기의 성공 여부는 여사님들의 참여에 달려 있었다. 대표가 다녀가고 몇 주 후 다시 한 번 미화팀을 뒤집어 놓은 지시가 내려왔다. 미화팀 직원들은 앞으로 화물 엘리베이터만 사용하라는 거였다. 애당초 우리는 청소 도구를 들고 있을 때는 일반 엘리베이터를 사용할 수 없었다. 대신 출퇴근할 때는 사복 차림이기 때문에 일반 엘리베이터를 탔는데 이제는 그것도 안 된다는 말이었다.

출퇴근 시에는 33층에 있는 업체 사무실에서 출퇴근 등록을 해야 했다. 출근할 때는 별문제가 없었지만 퇴근할 때는 수십 명의 사람이 33층으로 몰리기 때문에 해당 층 직원들이 우리 때문에 시끄럽다며 항의했다는 것이다. 화물 엘리베이터는 건물 전체에 두 대뿐이라 거의 모든 층마다 멈췄는데, 하도 느려서 직원들 사이에선 '마을버스'로 불렸다. 마을버스는 원래도 붐벼서 타려면 한참 기다려야 했는데 이제는 미화팀 인원이 동시에 몰려서 두세 차례 기다린 후에야 탈 수 있었다. 평소에는 5분이면 올라갈 수 있었는데 규정이 바뀐 후에는 올라가는 데만 15분 이상 걸렸다.

여러 가지로 화가 많이 나는 시기였다. 직원들이 퇴근길에 엘리베이터 앞에 모여서 웅성거릴 수 있는 일 아닌가? 그래봤자 15분 정도였다. 그들은 퇴근할 때 동료들과 잡담을 안 나누나? 떠드는 게 시끄러우면 조용히 하라고 하면 될 것 아닌가? 다짜고짜 엘리베이터를 쓰지 말라니? 우리는 여기서 일하는 사람이 아닌가? 그러면 그 직원들 쓰레기통 비워주고 화장실 청소해 주는 사람은 누구란 말인가? 니들은 변기 막히면 비트코인으로 뚫냐? 이때는 직원들 불만이 너무 심했다. 게다가 이때는 전자레인지의 경우와는 다르게 불만에 찬 직원들이 매번 사무실 앞에 잔뜩 모여 있을 수밖에 없었다. 남자들이야 항상 구시렁거리긴 했지만, 평소에는 아무 말 없던 여사님들이 한두 마디 보태기 시작하자 분위기가 달라졌다. 결국 이 지시는 퇴근할 때 제발 조용히 해달라는 신신당부와 함께 취소됐다.

부엌데기 신분이 유난히 서러울 때는 비슷한 처지인 사람들 사이에서 위아래가 나뉠 때였다. 우리처럼 지하에 휴게실이 있는 직원 중 가장 위세가 높은 건 임원 차량 운전기사들이었다. 이들이 이곳 지하 생활자 중의 귀족으로 모든 면에서 미화나 경비와는 격이 달랐다. 기사 휴게실은 다른 부서에 비하면 펜트하우스나 다름없었다. 지하 1층에는 주차 차단기를 통과해야 들어갈 수 있는 임원 전용 주차장이 있었는데 기사 휴게실은 그 안에 있었다. 휴게실이 하역장 전체보다 넓었다. 우리 휴게실의 세 배 정도 크기의 건물을 하나도 아닌 두 개나 쓰고 있었다. 하나는 사물함이 비치된 넓은 방이었다. 비슷한 크기의 다른 건물에는 우리는 쓸 수 없는 전자레인지부터 각종 취사도구가 갖춰진 주방에, 다양한 웨이트 트레이닝 기구와 안마의자, 대형 텔레비전, 거기다 당구대와 탁구대까지 있었다.

어느 날 오후 기사 휴게실 근처의 여자 휴게실 한 곳을 비우라는 지시가 내려왔다. 작은 화장실이 딸린 다섯 평 정도 크기의 방이었다. 이곳을 여사님 네 명이 함께 썼다. 여자 휴게실의 경우 남자 휴게실처럼 큰 공간이 없어서 이런 식으로 서너 명 정도가 쓸 수 있는 방이 몇 군데 있었다. 문제의 발단은 이랬다. 임원 중에서도 아주 높으신 분이 최근 업무 때문에 밤늦게 퇴근하는 일이 잦았다. 덩달아 그분의 기사도 대기 시간이 길어졌다. 그런데 이 사람이 밤늦게 운전하기 전에 잠을 좀 자둬야 하는데 휴게실은 여럿이 모여 있어 시끄러우니 혼자서 조용히 쉴 수 있는 공간을 구해달라고 했다는 것이다. 철이 없다고 해야 할지 뻔뻔하다고 해야 할지 모를 이 요구에 운영팀이 과잉 반응 하면서 여사님 네 분이 휴게실을 잃었다. 다만 이 결정이 높으신 분을 등에 업은 기사의 갑질 탓인지, 아니면 자신이 원래 속했던 세계로 돌아가고자 하는 노 부장의 처절한 몸부림 때문인지는 학계 의견이 분분했다.

지하에는 증권사에서 90년대부터 보관해 온 서류를 모아둔 작은 창고가 여럿 있었다. 여사님들은 이런 창고 중 한 곳으로 옮겨 갔다. 이들이 원래 사용한 휴게실은 작지만 중년 여성들이 오랫동안 아기자기하게 꾸며온 티가 물씬 풍기는 정감 넘치는 공간이었다. 바닥 열선에 에어컨도 있었고 무엇보다도 내부에 화장실이 있어서 여자들이 쉬기에 딱 좋았다. 새 휴게실은 말 그대로 창고였다. 구석에는 누런 종이 상자에 먼지 쌓인 서류들이 가득 들어 있었고 천장에 달린 백열등 말고는 아무것도 없었다. 급하게 나무 빠레뜨를 구해다가 바닥에 놓고 그 위에 장판을 깔았다. 화장실은 복도 끝에 있는 공용 화장실을 써야 했다. 우리가 장판을 깔고 있는데 여사님들이 피난민처럼 각자 소지품을 한 아름씩 들고 새 휴게실로 모여들었다. 내부를 둘러본 여사님들의 심란한 눈빛을 어떻게 표현해야 할지 모르겠다.

때마침 노 부장이 나타나 예의 그 앞뒤가 안 맞는 지시를 내리면서 일하는 사람들을 귀찮게 했다. 여사님들은 평소에 관리자에게 불만을 표시하는 일이 절대로 없었다. 하지만 노 부장이 만족스럽다는 듯이 새 휴게실을 둘러보는 모습을 보고 있자니, 비록 오늘날 한국 사회에서 반상班常의 구별이 지엄하긴 하나 도저히 한마디 하지 않을 수가 없었던 것 같다. 가장 연장자로 보이는 여사님이 배시시 웃으면서 노 부장에게 말을 걸었다.

"엄청 대단하신 분인가 봐요. 한 분 오시는데 네 사람이 옮겨야 하고…."

순간 뜨끔한 표정이 노 부장의 얼굴에 유성처럼 스쳐 지나갔다.

"이 정도 있는 것도 회사에 감사하게 생각해요. 기사들이야 큰일 하시는 분들 업무 보는 동안 기다려야 하니까 휴게실이 있는 거지만 까놓고 말해서 미화가 휴게실이 왜 필요해? 온종일 쓸고 닦아도 할 게 넘치는데. 내가 지금도 오다 보니까 화물 엘리베이터 앞에 또 지저분하던데 그런 건 일일이 지적을 받아야만 치우나? 여기 무슨 낮잠 자러 왔어요? 하여간에 사정 좀 봐줬다 하면 꼭 하나를 더 빼먹으려고 그래!"

한국이 마늘과 쑥 소비량에 있어서 세계 최고 수준인 이유는 어쩌면 우리 중 상당수가 아직 인간이 덜됐기 때문인지도 모르겠다.* (우리에게도 자살률 말고 세상을 압도하는 것이 있음을 전 세계에 보여주자!) 노 부장의 갑질이 화려하게 만개하는 날이면 그의 카톡 프로필에 새로 올라온 사진 한 장을 보며 위안을 얻었다. 정확히 어딘지는 알 수 없지만 제주도 관광지 분위기가 물씬 풍기는 식당 앞에서 온 가족이 함께 찍은 사진이었다. 노 부장의 카톡 프로필에도 '노년의 포르노'라고 불러봄 직한 '손자

* —"1인당 연간 마늘 섭취량 1위—약 7kg으로 전 세계 1위—세계 평균 1인당 연간 마늘 섭취량은 0.8kg. 출처=UN 식량농업기구(FAO)" 〈"수산물부터 가계부채까지?"…별게 다 1위인 우리나라〉, 《이투데이》, 2022. 6. 28.

—라떼에도 쑥을 넣어 타 먹는 사람들이 또 있을 것 같진 않다.

손녀'를 위시한, 단란한 가족임을 광적으로 증명해 보이는 사진들이 넘쳐났다. 화제가 된 사진 속에는 다른 사진에는 한 번도 등장하지 않았던 젊은 남성이 노 부장 옆에서 어색하게 포즈를 취하고 있었다. 꼭 누가 둘이 붙어서 찍으라고 밀어 넣은 것 같았다. 우리는 노 부장에게 2남 1녀의 자녀가 있다는 사실을 알았고, 1남과 1녀 그리고 그들의 배우자는 상호 대조를 통해 누군지가 파악이 된 반면, 마지막 1남의 존재는 미스터리로 남았다. 그런데 이 사진을 보면 어째서 문제의 1남이 그동안 '철의 장막' 속에 가려졌는지 단박에 파악할 수 있었다.

중증 통제광인 노 부장마저도 뜻대로 할 수 없는 일이 있다는 걸 증명이라도 하듯 막내아들로 추정되는 인물은 헤비메탈 밴드 **드러머*** 이외의 직업은 상상할 수 없는 모습을 했다. 건실한 회사원/공무원으로 보이는 사람들 사이에서 뒤로 묶은 장발에 청반바지, 아이언 메이든 티셔츠 속 해골 문양이 영롱하게 빛을 발했다. 민재의 몸에서 발견했을 때는 그토록 꼴사납게 보였던 문신이 이 남자의 어깨 아래로 똬리를 틀며 내려오는 모습은 실로 눈이 부시게 아름다웠다. 정말 기적 같은 일은 이 친구가 이런 유의 가족 여행에 동참했다는 사실이었다. 노 부장도 이런 부조화를 인식했는지 가족사진을 촬영할 때 짓게 마련인, 얼굴 근육에 경련이 온 듯한 미소가 아니라 이색 음식 먹기 대회에서 매미 유충 한 사발을 받아든 얼굴을 했다. 노 부장이야 항상 찡그리고 있었지만 이때는 깊이를 가늠할 수 없는 비통함마저 표정에 담겨 있어 더욱더 보기 흐

* 음악가: 대체확률 0.501 _《기술변화에 따른 일자리 영향 연구》

못했다. 비록 이 책의 내용과는 아무런 상관이 없기는 하나 이 얼굴이야말로 헤비메탈이 세상을 이롭게 한다는 부정할 수 없는 증거였다.

#12

추위가 풀리면 건물관리업계의 공식적인 농한기도 끝이 난다. 유리, 스댕도 야외 작업이 부쩍 늘어나고 그동안 추워서 안 해도 됐던 일을 몰아서 한다. 그중에서 가장 골칫거리가 새똥 치우기다. 도시에서 나고 자란 새들은 대형 빌딩 앞에 의무적으로 설치하는 공공 조형물을 자기들 화장실로 받아들이는 경향이 있는데 여기도 예외가 아니었다. 주차장 한쪽에 나무를 단순화시킨 형태의 철골 구조물이 여러 개 세워져 있었다. 정식 명칭은 '새로운 숲'이었지만 미화팀에선 '새똥의 숲'이라고 불렀다. 새들한텐 이곳도 숲은 숲인지 유독 이 주위에 새똥이 많이 떨어져 있었다. 이때는 비눗물이 든 양동이를 들고 마포로 하나하나 닦아냈다. 새가 하늘의 동물이듯이 새똥도 땅에서 멀어질수록 풍부해졌다. 새똥 치우기의 메인 코스는 옥상이었다.

처음 옥상에 올라갔을 때는 나프탈렌 때문에 놀랐다. 은하계 저 멀리까지 전파를 송출할 수 있을 것 같은 거대한 안테나에 각양각색의 플라스틱 케이스에 넣은 나프탈렌이 주렁주렁 매달려 있었다. 인공지능 시대의 서낭당 나무처럼 보이는데 왠지 여기서 컴퓨터 바이러스를 내쫓는 굿판이라도 벌여야 할 것 같았다. 옥상에서 작업하는 사람들이 노상 방뇨라도 해서 걸어둔 건가 싶었는데 절반만 맞혔다. 노상 방뇨의 주인공은 사람이 아니라 비둘기였다. 나프탈렌 냄새로 새를 쫓아내는 게 목적이었지만 옥상에 널린 새똥의 양으로 보건대 정작 비둘기는 나프탈렌을 퇴치제가 아니라 디퓨저 정도로 받아들이는 것 같았다. 반대로 똥 냄새와 나프탈렌 냄새가 섞이면서 재래식 변소의 향취가 재현됐다.

해안선이 복잡한 지형에 해적이 우글대듯이 옥상에 설치된 용도를 가늠할 수 없는 설비들과 철로 된 기둥의 틈새마다 새들이 자리를 잡았다. 여기서는 외벽 유리 닦을 때 쓰는 3단 봉에 솔을 연결해서 똥을 닦아냈다. 새들이 둥지를 튼 자리에는 건물관리업계에서 애용하는 친환경 비둘기 퇴치제를 서너 개씩 던져두는 것으로 청소를 마무리했다. 포장지에 특허 번호까지 커다랗게 찍힌 이 비둘기 퇴치제는 돌침대, 무알코올 맥주, 평양냉면과 더불어 '인기 있는 이유를 도무지 납득할 수 없는 히트 상품'의 명예의 전당에 헌액해야 마땅한 물건이었다(돌침대: 그냥 방바닥에서 자! 무알코올 맥주: 그냥 탄산수를 마셔! 평양냉면: ???). 이 퇴치제는 겉모습이 주전자에 넣고 끓이는 커다란 보리차 티백처럼 생겼는데 희미하게 풍기는 한약재 냄새 말고는 이름에 어울리는 공격성을 조금도 품지 않았다. 새들이 머무른 자리마다 이전에 놓아두었던 퇴치제가 그대로 쌓여 있었고 어떤 새들은 모이라도 되는 것처럼 티백을 쪼아댔다.

옥상 새똥 치우기는 달갑지 않은 추가 업무가 딸려 온다. 덕트 청소다. 고층에도 여러 식당이 운영 중이었고 그곳 주방과 연결된 사각 덕트가 옥상으로 빠져나왔다. 여기로 진한 음식 냄새를 품은 뜨거운 공기가 쉴 새 없이 뿜어져 나왔다. 덕트 입구와 주변 바닥에는 갈색 기름때가 들러붙어 있었다. 이 기름때를 솔과 대걸레로 닦아내야 했다. 문제는 덕트의 위치였다. 옥상 난간에 외벽 유리 닦을 때 쓰는 곤돌라용 레일이 연달아 놓여 있었다. 기다란 철제빔 세 개가 역삼각형 구조로 쭉 이어졌는데 덕트가 이 레일을 마주 보며 설치되었다. 덕트를 닦으려면 위쪽 빔 두 개에 올라서야 했다. 빔들은 높이가 난간보다 기껏해야 한 뼘 정도 낮았을 뿐이었다.

평소대로라면 하는 둥 마는 둥 했겠지만 미화팀에 퇴행성 관절 질환을 앓고 있지 않은 육체가 들어온 것이 무척이나 오랜만이었고 그 기회를 낭비하고 싶지 않았던 정 감독이 기름때 완벽 제거를 명령했다. 레일은 난간에서 60센티미터 정도 떨어졌다. 그 위에 서면 체감상으론 난간 위에 서 있는 거나 다름없었다. 게다가 이 기름때는 대충 닦는다고 없어질 정도의 때도 아니었다. 약품 묻힌 솔로 박박 밀어야 했다.

힐끔 아래를 내려다보면 유리창의 활주로가 100미터 트랙 두 개를 이어붙인 것보다 길게 펼쳐졌다. 계속 보고 있으면 어디가 위고 어디가 아래인지 헷갈릴 만큼 어지러웠다. 내 운명이 다해가는지 덕트 청소를 시작할 즈음 부슬비까지 내렸다. 비가 내리면 그만하라고 할 줄 알았는데 정 감독은 오히려 호스 연결하지 않아도 되겠다며 좋아했다. 이 상황을 그렇게 받아들일 수 있구나! 발상의 전환이란 이런 것인가? 조금의 낭비도 허용치 않는 노인들의 지혜에 다시 한번 탄복할 수밖에 없었다. 생사가 오락가락하지만 않았다면 분명 더 흥겹게 받아들일 수 있었으리라. 레일은 미끌거리고 몸은 휘청거리고 정 감독은 아래서 이쪽이 덜 닦였다며 고함을 질러대고…. 그 순간 아시아에서 나보다 위험한 일을 하는 사람은 오직 성룡의 스턴트 대역 한 사람뿐이라고 확신했다.

3월 말 시설팀 연락을 받고 4층 기계실로 향했다. 거기서 난장판이 벌어지고 있을 거라고는 누구도 생각 못 했다. 기계실 안쪽 문을 열면 베란다 형태의 공간이 나왔다. 에어컨 실외기 같은 설비가 잔뜩 있었다. 폭은 1.5미터 길이는 8미터 정도, 바닥부터 허리 높이까지는 콘크리트 난간이고 천장과 정면, 옆면은 두꺼운 철판으로 가려져 있었다. 그런데 이 난간과 철판 사이에 1미터 정도의 틈이 있었다.

문을 열자 새똥이 바닥을 뒤덮고 있었다. 변기 뚫는 작업을 시설팀으로 이관한 것에 대한 복수였을까? 그동안 보아온 것처럼 군데군데 새똥이 쌓인 게 아니라 검은 반액체 상태의 오물이 발을 완전히 담글 수 있을 만큼 가득했다. 문제의 틈새로 새들이 들어와 겨우내 머무른 듯했다. 이런 일이 처음이 아닌 듯 역시나 이곳에도 곳곳에 나프탈렌이 걸려 있었다. 이곳에 쌓인 새똥 양으로 보건대 나프탈렌과 조류 퇴치의 관계는 '옴마니밧메훔'이 적힌 부적과 흑사병 사이의 관계와 동일하다고 해야겠다. 한강을 오가는 새들 사이에서 이곳이 '#쾌변명소'로 유명한 게 분명했다. 서울에서 날개 좀 펄럭였다 하는 새들이라면 똥 싸기 위해 반드시 들러봐야 할 곳.

우리가 도착했을 때는 새들이 머문 흔적은 똥 말고는 없었다. 사방에 (새) 발 디딜 틈 없이 똥이 쌓인 다음에는 새들도 이곳을 포기한 것 같았다. 여기는 새들의 보금자리라기보다는 정화조에 가까웠다. 얼마나 많은 새가 여기서 겨울을 보냈는지 가늠할 수도 없었다. 내게도 새들이 느꼈을 아늑함이 전해졌다. 눈비를 거의 완벽하게 막아줄 뿐 아니라 사람과 마주칠 일도 없고 자동차 소음도 거의 들리지 않는다. 도심에서 겨울을 보내는 새들에겐 정말 최고의 둥지였다. 게다가 겨우내 쌓인 똥을 사람들이 깨끗이 치워주기까지 하니 이런 호사가 어디 있겠나?

다만 미화팀 처지에선 호사라고 여겨질 부분이 많지 않았다. 우리는 새똥을 치워야 한다는 얘기만 전해 듣고 평소대로 비눗물 양동이와 마포만 들고 갔는데 그대로 내려와 장화부터 갈아 신었다. 거기다 눈삽이랑 쓰레받기, 고무장갑을 챙겨서 다시 올라갔다. 퍼내야 할 똥이 어마어마했지만 내부가 좁아 네 명만 들어갔다. 두 사람은 삽으로 똥을 퍼내서 비닐봉지에 담고 두 사람은 삽이 들어가지 않는 틈새에 쌓인 똥을 퍼냈다. 여기서부터 동물의 배설물을 다뤄본 경험의 차이가 빛을 발했다. 현장 일이라면 베테랑인 동준 아저씨조차 똥을 손으로 만진다는 것이 참기 어려운지 비둘기 똥이 방사능 물질이라도 되는 것처럼 손가락 끝으로 간신히 건드릴까 말까 한 반면 나는 아무런 거리낌이 없었다.

두 번째 책을 쓰는 동안 **돼지똥, 닭똥, 개똥을 매일같이 만지며 일한*** 내게는 이런 작업환경이 일반적인 수준이었다. 오히려 내가 다른 사람에 비해 너무 거리낌이 없이 똥을 만져서 자제해야 했다. 이력서에 사실대로 농장 근무 경력만 적으면 서류 통과도 안 될 것 같아서 거의 사기 수준의 허위 이력을 적어 면접을 통과했기 때문이다. 한동안 잠잠했던 편집증이 고개를 들었다. 똥 치우는 데 평소의 나답지 않게 능수능란한 모습을 보이면 입사할 때 한 거짓말이 들통나리라는 망상에 사로잡혔다.

* 농림 어업 관련 단순 종사원: 대체확률 0.85 _《기술변화에 따른 일자리 영향 연구》

맥락이 다르긴 하지만 청소 일을 구하다 면접까지 갔던 어느 대형 병원에서 사무실 직원이 블로그에서 내 과거 인터뷰 사진을 본 걸 기억해 내는 바람에 쫓겨난 적이 있긴 했다. 그래서 정신을 차린 후부터는 다른 아저씨들처럼 똥 만지는 걸 꺼리는 연기까지 했다. 그런데 그게 참 생각대로 안 됐다. 정말 잘하는 걸 못하는 척하는 것도 힘든 일이구나. 셀린 디옹이 립싱크할 때 이런 기분이었을까?

양돈장을 그만둔 이후로는 똥 만지며 돈 벌 일이 평생 없을 줄 알았는데 내 밥벌이와 동물의 배설물 사이에는 어떤 우주적 연관 관계가 있나 보다. 이리하여 시설팀과 미화팀 사이의 업보의 저울은 다시 미화쪽으로 한참 기울었다. 청소를 끝낸 다음엔 이제는 주술적 의미밖에 없다고 생각되는 나프탈렌을 듬성듬성 걸어두고 그곳을 빠져나왔다. 모두가 진절머리를 내며 이 일을 다시 시키면 그만두고 만다는 다짐을 했다. 세어보니 새똥이 가득 담긴 대형 비닐봉지가 네 개였다.

그렇다고 청소 일이 마냥 괴롭기만 했다는 건 아니다. 이 일은 최악의 순간과 최고의 순간이 터널의 입구와 출구처럼 붙어 있다. 청소가 우리에게 부단히 일깨워 주는 것은 성취의 감각이다. 청소는 뒤돌아볼 때 의미를 찾게 되는 일이다. 도무지 끝이 나지 않을 것 같던 난장판을 정리하고 극명하게 달라진 '비포'와 '애프터'를 두 눈으로 직접 확인할 때, 특히 이런 똥구덩이나 다름없는 곳을 깨끗하게 치우고 뒤돌아보면 선사시대 고대인들이 매머드를 쓰러뜨렸을 때 느꼈을 법한 뿌듯함이 온몸에 솟구쳐 오른다.

사람들이 직업전선에서 겪는 위기는 경제적 위기 아니면 실존적 위기다. 격주로 토요일을 근무하고 월 150을 받는 우리가 겪는 위기가 경제적이라면, 우리가 청소해 주는 사무실에서 일하는 직원들이 겪는 위기는 실존적이었다. 이들이 만들어대는 '2021년 사업 결산 보고서' 같은 자료는 그 가치에 의문을 제기하는 것이 어렵지 않다. 실제로 많이들 그렇게 한다("이런 거 만든다고 뭐가 달라지냐?" 내가 흡연장에서 매일같이 들은 말이다. 저 말을 작가들보다 많이 하는 사람들을 나는 처음 봤다).

하지만 누구도 얼룩 하나 없이 닦인 유리창의 가치에는, 막힌 변기를 뚫는 일의 가치에는 의문을 제기하지 않는다. 이 일은 지극히 단순하기에 이 일을 수행하는 인간에게 부여하는 의미에 조금의 모호함도 허락하지 않는다. 내가 일을 제대로 안 해서 부끄러울 순 있겠지만 열심히 해서 끝마친 후에 '이게 도대체 무슨 의미가 있나' 하는 자괴감은 들지 않는다. 우리는 그날그날의 결과물에 떳떳할 수 있었고, 우리가 속한 작은 세계 속에서 유의미한 변화를 이루어냈다고 자부할 수 있었다.

데이비드 그레이버의 《불쉿 잡》은 실존적 위기에 빠진 노동 현장의 사례로 가득하다. 여기에 언급된 일자리들은 비효율적인 관료제가 자가 증식 과정에서 만들어내는 쓸모없는 서류 작업이 주다. 저자가 제시하는 자료에 따르면, 영국과 네덜란드에서 자신의 일이 무의미하다고 판단하는 사람의 비율이 전체 조사자 중 37~40퍼센트에 달했다. 이런 직업에 오랫동안 종사해 온 사람은 다음과 같은 스트레스를 일관되게 호소한다.

"이런 직업에 종사하면 어떤 기분이 되는가? 의기소침해지고 우울해진다.

나는 직업에서 삶의 의미 거의 전부를 얻는데 지금 내 직업에는 아무런 의미도 목표도 없다. 그것은 나를 불안하게 한다. 내가 여기 없어도 아무것도 변하지 않을 것이고…. 내 자신감도 쓰레기통에 처박혔다. 극복할 도전이 주어지지 않는데 내가 능력이 있는지 어떻게 알겠는가? …아마 나는 쓸모 있는 것을 하나도 할 줄 모르는 것 같다."*

그레이버의 연구가 21세기 미국과 유럽의 화이트칼라에만 국한되는 것은 아니다. 오히려 나는 저자가 의도치 않게 가까운 미래의 일반적인 노동 현장 풍경을 잡아냈다고 생각한다. 인공지능이 인간의 능력을 웃돌거나 압도할 미래 말이다.

생산 활동에 인간의 노동력이 필수적이지 않게 된 상황을 두고 전문가들은 해결책으로 기본소득을 든다는 점에서 대개 비슷하다. 하지만 현재의 정치적 상황에서 보편적 기본소득이 온전하게 시행되리라 기대하기는 어려워 보인다. 대신 '복지수당으로 호의호식하는 무리'들을 막기 위한 일종의 변태적인 기본소득제가 나타나리라 예상해 볼 수 있다. 즉 기본소득을 지급하기는 하되 실질적으로 아무런 의미도 쓸모도 없는 업무를 할당하고 그것을 처리해야만 한다는 조건을 거는 식이다. 이는 성과나 생산성과 아무 상관이 없고 그저 일을 위한 일일 뿐이다. 그런 사회에서는 위와 같은 고통을 호소하는 사람들이 출근길 만원 열차 스트레스를 호소하는 사람들만큼이나 흔해질 것이다.

* 《불쉿 잡》, 데이비드 그레이버, 김병화 옮김, 민음사, 2021.

그래서 다시 한번 청소를 생각한다. 비록 자신이 애지중지하던 로봇 청소기가 반려견이 싼 똥을 집 안 전체에(침대 밑을 포함하여) 꼼꼼하게 펴 바르기를 세 차례 정도 반복하자 로봇 청소기를 박살 내버린 지인을 알고 있지만, 당장 내일부터라도 바퀴가 달린 로봇 팔이 유리를 닦고 걸레질을 한다고 해도 이상하게 여기지 않을 것이다. 어쩌면 내가 청소부의 직업적 자부심과 만족감을 목격하고 경험할 수 있는 마지막 세대인지도 모르겠다. 인공지능이 지금보다 얼마나 높은 생산성을 약속하든, 일상의 소득 활동에서 유리를 닦거나 카펫을 청소할 때조차 얻을 수 있었던 성취감을 찾을 수 없게 된다면 인류의 근본을 흔들어놓는 위기는 여전히 끝난 게 아닐 것이다.

#13

스댕 닦을 때 내려온 가장 특이한 요구 사항은 너무 깨끗이는 하지 말라는 지시였다. 깨끗이는 하되 그렇다고 광이 날 정도로 빡빡 닦지는 말아야 했다. 여기에는 그럴 만한 이유가 있었다. 이곳은 지은 지 30년이 넘은 건물이라 많이 낡았다. 이런 상황에서 평소 하던 대로 박박 닦아버리면 다른 부분과 차이가 나서 오히려 전체적으로 건물이 얼룩덜룩해 보인다. 그럴 때는 그냥 적당히 더러운 부분만 깔끔하게 닦는 것이 더 보기 좋았다.

겉에서 봤을 땐 마냥 반짝거리고 튼튼해 보이기만 했던 이 빌딩도 구석구석 들여다보면 노화 증상을 감출 수 없었다. 곳곳에 비가 새고 칠이 벗겨지고 타일이 떨어지고 녹이 슬었다. 하지만 청소하면서 건물의 노화보다 더 자주 마주치는 것은 육체의 노화다. "사람들은 자신의 손으로 세운 건축물만큼 비바람을 견디어내지 못한다."* 직원 대부분이 사용한 지 60년이 넘은 관절과 근육 때문에 힘들어했다.

관절은 수명이 길지 않은 소모품이다. 기온이 올라가서 야외 작업이 늘어나자 노인들이 탈이 나기 시작했다. 시작은 정 감독이었다. 이날은 무슨 생각이었는지 흡연장 지붕을 청소해야 한다며 사다리를 타고 올라갔다. 지붕 청소는 잘 끝났다. 문제는 내려올 때였는데 바닥에서 서너 단 정도 위에서 폴짝 뛰어내렸는데 그때 물류센터에서 연신 울려대던 그 조종이 그의 무릎에서 우렁차게 울음을 터트렸다. 이틀 정도 다리를 절다가 3일째 되는 날 입원해서 수술까지 받았다.

다른 아저씨들도 비슷하게 덜거덕거리는 육체로 일했다. 어떤 사람은 밤중에 자꾸 화장실에 가서 지각하고 어떤 사람은 허리가 아파서 조퇴하고 어떤 사람은 어깨가 아파서 연차를 냈다. 대다수 직원의 나이를 감안할 때 미화팀의 쉬는 시간은 많다고 할 수 없었다. 이곳의 평균 연령보다 20살이나 적은 나도 버겁다고 느껴질 때도 있었다. 유리를 닦을 때나 음식물 쓰레기를 버릴 때가 그렇다. 정 감독이 입원한 뒤부터는 손목이든 무릎이든 관절을 사용해야 할 때 나는 배터리가 9퍼센트 정도 남은 핸드폰 다루듯 했다. 지하에 있는 직원 식당에 내려갈 때면 붐비는

* 《샤토브리앙》(무덤 너머의 회상록 편역), 샤토브리앙, 신용우 옮김, 책과나무, 2018.

엘리베이터를 피해 나는 두 개 층을 계단으로 오갔는데 그럴 때마다 아저씨들은 어리석은 짓을 한다는 듯 나를 바라보곤 했다.

"승태, 확실히 젊네. 계단으로 저렇게 뛰어다니고. 그런데 그렇게 다니면 무릎 금방 닳아. 나라고 젊었을 때 없었겠니? 지금부터 조심 안 하면 늙어서 고생해. 내가 암 걸렸단 말보다 무서워하는 게 엘리베이터 고장 났다는 거야. 아파트에서 엘리베이터 고장 났다, 점검한다, 그러는 건 우리 같은 사람보고 그냥 죽으라는 거지. 늙어서 고생 안 하려면 지금 니가 60대라고 생각하고 살아. 이렇게 콘크리트로 된 건물도 비가 새고 벽이 떨어져 나가는데 몸은 오죽하겠냐?"

청소하던 시절 중 한 장면만을 고른다면 고등학생들과 마주쳤던 어느 퇴근길을 선택하겠다. 드물게 성재 아저씨가 퇴근 후 데이트 약속이 없는 날이면 내가 함께 지하철까지 걸어가곤 했다. 그런데 아저씨가 자꾸 터무니없는 짓을 시도하는 바람에 정작 일할 때는 느껴본 적 없는 극도의 긴장을 경험했다. 아저씨는 교복 입은 아이들이 담배 피우는 꼴을 가만히 보고 있지 못했다. 좁은 골목 틈에 숨어서 담배 피우는 학생들에게 아저씨가 달려가는 걸 막기 위해 나는 유리 닦을 때도 쓴 적 없는 근육을 총동원해야 했다.

"저 나이 때부터 담배 피우면 일찍 죽어. 우리 아부지가 중학생 때부터 연초 태우시다가 환갑도 못 돼서 폐암으로 돌아가셨어. 내가 그 얘기 해준다는데 무슨 큰일이 난다는 거야?"

나도 아저씨의 문제의식에 백번 공감한다고, 나도 마음 같아선 저것들 머리를 빡빡 밀어버린 다음에 백담사 같은 데 가둬놓고 하루 열 시간씩 《수학의 정석》만 풀게 하고 싶지만 그렇게 하면 형법 276조가 '떼찌'하기 때문에 참는 것뿐이라고 아무리 얘길 해도 소용이 없었다. 그에게는 10대에게 담배 피우지 말라고 훈계하는 행동이 10대부터 담배를 피우는 것만큼이나 생명에 치명적이라는 사실을 도무지 납득시킬 수 없었다. 아무래도 성재 아저씨의 예상 수명은 상당한 수준으로 하향 조정할 필요가 있을 것 같다. 통계청에서 60세 이상 남성의 부상률과 10대 흡연율 사이의 상관관계를 조사해 본다면 놀랄 만한 그래프를 얻게 되리라.

그날도 어쩌다 보니 성재 아저씨와 함께 퇴근했다. 나란히 지하철역을 향해 걸어가는데 뒤에서 남자아이들 소리가 들렸다. 이때도 교복 입은 학생들이었는데 담배를 피우는 분위기는 아니어서 안심했다. 잠시 후 남학생 여섯 명이 우리 두 사람을 앞질러 갔다. 여섯 명이 인도를 꽉 막듯 일렬로 서서는 서로 웃고 떠들고 가방을 떨어뜨렸다 집어 들었다가 가로수 뒤로 숨었다 하며 걸었다. 그날은 쌀쌀해서 우리는 빠른 걸음으로 대화도 거의 하지 않고 정말 역만 바라보며 걸었고 학생들은 어슬렁어슬렁 두리번두리번하며 서두르는 기색이라고는 조금도 없이 끊임없이 서로에게 장난을 쳤다.

분명 아이들이 우리 뒤에서 있었는데 역에 가까워졌을 때는 우리보다 한참 앞서 있었다. 이상한 것이 내가 뒤에서 쭉 지켜보았지만 그 아이들은 한 번도 뛰거나 걷는 속도를 높이거나 하지 않았다. 그냥 꾸준하게 어슬렁거리기만 했는데도 종종걸음으로 걷던 우리를 훨씬 앞질렀다. 7차 교육과정엔 축지법이 포함되기라도 했나? 나랑 분명 똑같이 걸었는데 어째서 저 앞에 있지? 재미있기도 하고 이상하기도 해서 아저씨에게 물었다.

"아저씨도 걔네 쭉 보셨죠? 우리랑 똑같이 걷지 않았어요? 달리지도 않고 서둘지도 않고. 근데 언제 걔네들이 저렇게 앞에 간 거예요?"

성재 아저씨가 씁쓸하게 웃으며 대답했다.

"이제 왜 우리가 너 계단 뛰어 올라갈 때 대단하다는지 알겠지? 젊은 게… 젊은 게 초능력이야. 우리가 아무리 운동하고 영양제 챙겨 먹어도 몸 쓰는 건 젊은 사람 못 따라가. 더 힘이 세고 오래 버티고 그런 게 아니야. 그냥 차원이 달라. 너가 보기엔 걔네들이 그냥 걸음이 빨라 보이지? 내 눈엔 걔네들이 슈퍼맨으로 보여."

60대 노인들이 40대인 내가 계단 오르는 걸 올려다볼 때의 막막함과 인간인 내가 로봇이 유리를 닦고 물건을 나르는 것을 볼 때의 막막함 중 어느 쪽이 더 암담할까? 어느 쪽일까? 우리가 잡담을 나누는 사이 교복 입은 아이들은 점점 더 멀어졌다. 처음엔 왠지 오기가 나서 발걸음을 재촉해 보기도 했지만 내가 그들을 따라잡기란 광견병에 걸린 개가 내 아름다운 대둔근을 노리고 달려오지 않는 이상 어려울 것 같았다. 중년의 육체로 10대의 육체를 따라잡기가 이 정도로 벅찬 일이라면, 쉽게 다치고 부서지는 육체로 늙지도 지치지도 않는 육체를 쫓아가는 것은 어떤 것일까? 아무리 애를 쓴다 한들 그들과 나 사이의 거리를 좁히기란 도저히 불가능해 보였기에 빠르게 저무는 하루가 내게는 조금 더 어둡게 느껴졌다.

마무리하며:

쓰다

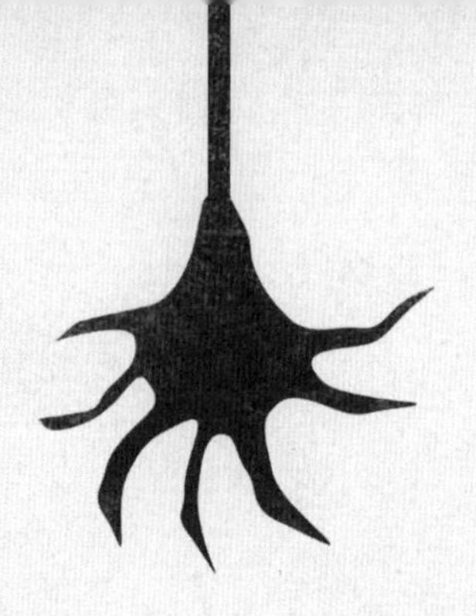

작가

"2049년 AI가 소설가 대체"

손정의 소프트뱅크 회장 강연

_〈2024년 콜센터, 2049년 소설가, 2053년 외과의사… "AI, 50년내 인간의 모든 직업 접수"〉, 《동아일보》, 2018. 7. 20.

#1

한승태의 빈약한 작가 경력이 마침내 종말을 고했을 때 그가 떠올린 것은 그 옛날의 야간 자율 학습 시간이었다. 그는 뒤늦게 '데미안' 시기를 거치는 중이었다. 수능 문제집 아래 헤세의 책을 숨기고 찔금찔금 읽고 있는데 누군가 그의 어깨를 꽉 붙들었다. 놀라서 뒤돌아보니 야자 감독인 한문 **선생님***이었다. 당구 큐대를 흔들며 "수능 만점 맞을 자신 있는 놈들만 딴짓하는 거다"라고 소리쳤던 바로 그 사람. 말도 안 되는 일을 곧잘 벌이면서도 겁은 겁대로 많던 한승태는 그대로 얼어붙었다. 당시는 대단히 현명하게도, 사춘기 남자 학생을 지도할 때 각종 스포츠 용품을(주로 야구나 하키 같은 단체 스포츠 도구를) 적극적으로 활용하던 시절이었다.

한문 선생님은 학생들 사이에서 도통 알 수 없다는 평을 듣던 40대 초반의 남자였다. 딱히 학생들과 가까워지려고 신경 쓰는 편도 아니었고 수업과 관련한 일이 아니면 입을 여는 법도 없었다. 그 집요한 과묵함이 왠지 그의 아버지를 생각나게 하는 사람이었다. 그런데 놀라운 일이 벌어졌다. 거칠게 책을 들춰본 선생님이 표지를 보더니 그대로 멈춰버렸다. 그러자 한승태는 물론이요 다른 교사들조차 본 적이 없는 미소가 그의 입가에 떠올랐다. 그는 책을 몇 줄 눈으로 따라 읽다가 한승태에게만

* 중고등학교 교사: 대체확률 0.52 _《기술변화에 따른 일자리 영향 연구》

보이는 윙크를 해 보이곤 자리를 떠났다.

그날의 느낌을 한승태는 오랫동안 기억했다. 단지 책 때문에 위기를 모면했기 때문만은 아니었다. 그는 책으로 누군가와 연결됐다는 느낌이 무엇인지 알게 됐다. 글로 다른 사람과 교감한다는 것이 어떤 것인지 처음으로 느꼈다. 잔인하고 막막하기만 했던 시절이 조금은 덜 외로워지는 기분이었다. 그 느낌은 한승태가 글을 쓰고 작가로 살아가는 데 귀중한 자산이 될 감각이었다.

비록 한승태 본인은 극구 부인했지만, 글을 쓰겠다는 생각은 심각한 중2병의 후유증으로 시작되었다는 설이 그를 잘 아는 사람들의 공통 의견이다. 이 결심이 근본 없다는 사실을 증명하듯, 한승태는 어렸을 적부터 작가가 되기로 마음먹었다고 떠들고 다녔지만 그 결심을 이끌어낸 계기나 책은 하나도 떠올릴 수 없었다. 실제로 그는 제대로 된 글을 쓰려는 어떠한 시도도 해본 적이 없었다. 일기장에 잔뜩 끄적거려 놓았던 사춘기 감성 가득한 시 몇 줄 말고는. 그에게서 책을 좋아했고 책을 만드는 사람은 작가라는 간단한 공식을 떠올린 것 이상의 징후는 발견되지 않았다.

그는 대학 입시를 준비하면서 글과는 점점 더 멀어졌다. 처음부터 막연한 목적지였기에 길을 잃은 것이 당연한지도 모르겠다. 그는 수능 수학 시험에서 두 문제를 맞히는 기염을 토한 끝에 같은 반 친구들이 한 번도 이름을 들어본 적이 없는 대학에 간신히 입학할 수 있었다. 대학생이 되어서도 여전히 글쓰기는 그의 몫이 아니었다. 이 게으른 수학 포기자는 공무원 시험에 합격해서 좋은 사람 만나 함께 사는 삶을 간절히 원했다. 그렇게만 할 수 있었다면 더할 나위 없이 행복한 일이었겠다.

써야 하는 사람은 써야만 한다고 누군가는 말했다. 한승태의 팔자도 써야만 하는 것이었나 보다. 묵묵하고 밋밋하게 9급 공무원의 삶을 향해 가던 그의 행적은 일생일대의 행운과 마주치며 역시나 공무원이었던 그의 부모가 '정상'이라고 부르던 범주에서 조금씩 벗어나기 시작한다. 행운은 군대 '땡보직'의 형태로 찾아왔다. 한승태는 대학교 2학년을 마치고 육군 현역병으로 입대했다. 그가 어디서 무엇을 했는지는 군사기밀이라(기밀인 이유가 곧 나온다) 밝힐 수 없지만 단언컨대 대한민국 건군 이래 가장 하는 일이 없는 자리였다. 그 자리는 국방부를 세금 도둑이라고 손가락질하게 만드는, 그런 종류의 관료제가 비밀스럽게 일구어온 오아시스로, 입대한 고위층 자녀들의 휴양지로 애용되던 곳이었다. 그는 선임병 중 누구는 장관의 손자고 또 누구는 대기업 부사장의 아들이라는 말을 듣고서야 자신의 행운을 실감했다.

오직 국방부 장관의 비밀 일기장에만 이름이 올라 있는 그 자리는 아무런 중요성도 긴급함도 요하지 않는 서류 몇 개를 작성하고 한 시간에 대여섯 번꼴로 걸려오는 전화를 받는 게 업무의 전부였다. 놀랄 것도 없지만 그곳은 일만 없던 게 아니라 군기도 없었다. 장교가 없을 때는 병사들끼리 계급은 무시하고 서로를 형 동생으로 불렀다. 일과가 끝나면 한승태는 이름도 들어본 적 없는 유럽의 영화감독이나 인디 밴드의 새 음반 이야기를 나눴다. 제대하면 자기 아버지가 임원으로 있는 회사에 지원하라고 서로 권유하는 전대미문의 막사 풍경이 펼쳐지곤 했다. 미국 어디에서 대학을 다닌다는 그의 고참들은 또 어찌나 젠틀한지, 승태의 대학 선배들보다 더 깍듯하게 후임병들을 대했다(물론 식단에 마늘과 쑥을 듬뿍 추가할 필요가 있는 고참들이 없던 건 아니다).

그는 자녀 위장 전입 문제로 낙마하는 장관 후보자를 이해할 수 있을 것 같았다. 잘나가는 집안 자녀들과 어울린다는 게 이렇게 달콤한 거구나! 나 같아도 위장 전입시키겠다. 그제야 눈에 들어오기 시작한 영상업계 전반의 부도덕함에 그는 큰 충격을 받았다. 여태껏 영화, 드라마에서 봐왔던, 안하무인에 파렴치하고 막돼먹은 부자들은 어디서 온 것이란 말인가? 실제로 겪어보니 이렇게나 좋은 사람들이건만. 못난 **충무로·방송국*** 놈들!

그는 선임병들을 생각하며, 훗날 사회적 영향력이 조금이라도 생긴다면 문화계 곳곳에 뿌리박힌 상위 1퍼센트들의 부당한 누명을 자기 손으로 벗겨주리라 다짐했다. 사랑스러운 고참들의 무수한 미덕들 중에서 무엇보다 그는 그들이 주변 사람들에게 도통 관심을 두지 않는다는 점이 마음에 쏙 들었다. 매일 아침 파리똥만큼 떨어지는 업무량을 처리하고 나면 자리를 비우지 않는 이상 누구도 간섭하지 않았다. 그리고 이는 그의 삶을 전혀 다른 방향으로 이끌었다.

한승태가 지금 시점에 입대했다면 또 이야기가 달라졌을 것이다. 하지만 당시는 아직 스티브 잡스의 발명품이 세상을 어지럽히기 전이었고, 딴짓하다가 행보관에게 걸려도 영창 걱정을 할 필요가 없는 물건은

* 아나운서 및 리포터: 대체확률 0.61 _《기술변화에 따른 일자리 영향 연구》
통신 및 방송 송출 장비 기사: 대체확률 0.81 _《기술변화에 따른 일자리 영향 연구》
음향 및 녹음 기사: 대체확률 0.77 _《기술변화에 따른 일자리 영향 연구》

책뿐이었다. 오늘은 또 뭘 하며 시간을 때우나 걱정하다 한승태는 문득 떠올렸다. 다행히 그는 책을 좋아했다.

그 이후 한승태의 삶에서 그때만큼 다른 건 신경 쓰지 않고 책만 읽을 수 있었던 시절은 없었다. 세상과 단절된 그곳에서 그는 국방의 의무를 필사적으로 등한시하며 책에 빠져 지냈다. 땡보직에 이은 또 다른 행운은 도서관이었다. 군인들이 조성한 시설이라고는 믿어지지 않을 만큼 도서관이 훌륭했다. 국방부 예산을 책 사는 데 낭비해서 남한 전투력을 약화시키려는 북한 스파이가 도서관에 잠입한 게 아닌가 의심스러울 만큼 책이 많았다. 책을 빌리러 가면 언제나 젊은 장교 몇 사람만이 서가를 기웃댈 뿐이었기에 부대 도서관의 규모는 기이하기만 했다.

도서관을 배후에서 조종하는 흑막의 정체가 북한 정찰총국일지는 모르나 그들이 길러낸 간첩의 책 취향만큼은 나무랄 데가 없었다. 보통 부대 도서관이라고 하면 철 지난 베스트셀러나 20대가 반짝 좋아했다 잊어버리는 자기계발서 몇 권이 구비된 정도이기 마련이다. 하지만 이곳에는 국내외를 가리지 않는 풍부한 문학 서적부터 각종 역사, 정치, 인문 서적이 서가마다 빼곡하게 들어차 있었다. 한승태가 다니던 대학의 **도서관 담당자***들도 이 간첩만큼 격조 높은 안목을 보여주진 못했다.

그곳에서 그는 이름은 자주 들었지만 정작 읽어본 적은 없는 작가들을 찾아 읽었다. 이상, 이광수, 염상섭, 채만식, 이청준, 박경리, 김지하, 박완서, 이문열, 양귀자, 조정래 등등. 어떤 책들은 흥미로웠고 어떤 책

* 사서(Librarians): 대체확률 0.65 _〈고용의 미래〉

들은 지루했지만, 어느 쪽이건 끝까지 붙들고 있게 만드는 힘이 있었다. 5시에 일이 끝나면 바로 도서관에 들러 책을 빌렸다가 밤새 읽고 다시 도서관에 가서 새로운 책을 빌리는 것이 2년 동안 그가 북한의 계속되는 도발과 남침 야욕을 저지하기 위해 한 일이었다. 스파이가 한승태를 주목했다면 분명 본국에 작전이 성공적이라는 보고서를 전달했으리라. 책은 총보다 강하다! 최고 존엄 아바지 수령 동지 만세!

일이 끝나고 종이 냄새 가득한 서가 사이에 서면 종일 땡볕 아래 서 있다가 시원한 나무 그늘에 들어선 것처럼 몸도 마음도 진정됐다. 한 번도 들어본 적 없는 이름의 작가들, 어떤 내용인지 짐작도 되지 않는 내용의 제목들 사이에 서면 그는 미아가 된 듯한 기분에 사로잡혔다. 그리고 그는 그 느낌을 사랑했다. 그는 평생 읽어도 다 읽을 수 없을 만큼 방대한 서적들 사이에서 자신의 신분을 잊어버렸고 자신의 가족을 잊어버렸고 결국에는 자기 자신을 잊어버렸다. 이상하게도 그렇게 스스로를 잊어버렸을 때만 온전하게 자신의 삶에 몰두한다는 느낌이 들었다.

그는 그곳에서 처음으로 똑같은 책을 여러 번 반복해서 읽기 시작했다. 그전까지 책은 그에게 일회용품이었다. 결말을 알면 끝이었고 두 번 다시 꺼내 볼 이유도 없었다. 하지만 책에도 줄거리 이상의 것들이 있다는 사실을 서서히 깨달았다. 훌륭한 책은 도서관이 안겨주는 신비를 지면 위에서 되풀이해 보였다. 분명 한줄 한줄 꼼꼼히 읽었는데도 다시 읽어보면 그전에 발견하지 못한 문장들이 보였다. 마치 그가 책장을 덮은 뒤에 활자들이 자리를 바꿔 새로운 문장을 만들어내기라도 하는 것처럼. 매일 밤 그는 활자들 사이에서 기쁜 마음으로 길을 잃었다. 그는 자신이 책을 얼마나 사랑하는지 깨달았다. 고래의 몸속에 육지 동물의 신체가 남아 있듯이 이미 스스로를 절반쯤은 공무원으로 여기던 한승태의 내부에도 책과 글에 대한 열정이 여전히 살아 있었다.

'제대'보다는 '수료'라고 부르는 편이 더 적절한 군 생활을 끝마친 후 한승태는 곧바로 학교로 돌아갔다. 그렇다고 그가 제대하자마자 자신을 골방에 유폐시키고 필생의 역작을 쓰기 시작했다는 말은 아니다. '공무원'에서 마음이 떠난 것은 분명했지만 그렇다고 글에 전념하겠다는 결심을 내린 것도 아니었다. 사회와 분리된 군대에서 내다보았던 미래와 당장 취업 걱정부터 해야 하는 학교에서 바라보는 미래는 확연히 달랐다. 글을 쓰는 것도 아니고 그렇다고 취업 준비를 하는 것도 아닌 어정쩡한 시간이 계속 흘렀다.

익사한 시체처럼 학사 일정 위에 둥둥 떠다니던 한승태에게 써야만 하는 시간이 찾아왔다. 그 순간을 이야기하자면 먼저 당시에 그가 살던 자취방을 설명할 필요가 있다. 그의 고등학교 친구들이 한 번도 이름을 들어보지 못한 대학에는 재학생이 2년 동안만 기숙사에 머무를 수 있다는 규정이 있었다. 입대 전까지 쭉 기숙사에서 지낸 그는 제대 후에 직접 방을 구해야 했다. 제대하고 개학까지 두 달 가까운 시간이 있었지만 빈둥대느라 그는 2월 말에야 방을 알아보기 시작했다. 그즈음에는 괜찮은 방은 이미 다 주인이 정해진 뒤였다. 그는 개학을 이삼 일 앞두고서 간신히 후문 근처 주택에 방을 구했다. 1층에는 주인 부부가 살았고 2층에는 각각 분리된 방 세 개와 공동 화장실이 있었다.

그곳은 재개발이라는 건축학적 천적이 없는 생태계에서 오랫동안 생존해 온 건물이었다. 모든 것이 태곳적 모습 그대로였다. 부엌이나 욕실은 따로 없었고 대신 방으로 들어가는 위치에 수도꼭지 하나와 바닥에 타일이 깔린 공간이 자그마하게 있었다. 물때 낀 바닥에는 플라스틱 세숫대야와 휴대용 버너가 배다른 형제처럼 나란히 놓여 있었다. 다행히 그는 먹는 일에 관심이 별로 없었다. 그의 주변 사람들에게는 대단히 불행하게도 씻는 일에도 마찬가지로 관심이 없었다. 문제는 추위였다. 당시에도 흔치 않았던 기름보일러를 썼는데 보일러를 틀어도 온기는 바닥에만 머물렀다. 네 벽 어디에도 단열재를 사용했다는 징후를 찾아볼 수 없었다. 창문은 방충망도 없는 나무 창틀이었다. 웃풍이 너무 심해서 창문을 닫고 티슈를 창에 대보면 티슈가 펄럭일 정도였다.

10월 말부터 낮아지기 시작한 온도는 11월부터는 그가 도저히 견딜 수 없는 수준으로 떨어졌다. 이사하면서 채워 넣었던 기름은 이미 다 써버린 후였다. 기름을 새로 채워 넣기라도 했다면 조금 나았겠지만 그는 그러지도 않았다. 문제는 그가 문학의 미래나 인생의 의미 같은 고차원적인 주제를 고민하는 데 몰두하다 보니 좀처럼 알바할 시간을 낼 수가 없었다는 거다. 돈 달라는 얘기가 나오면 그의 부모가 지나가는 말로 알바 같은 건 안 하냐고 묻는 것조차 그는 듣기 싫었다. 그래, 알바를 안 하는 대신 나도 마냥 편하게 지내지는 않겠다, 추운 채로 겨울 방학 때까지 버티겠다, 그는 그렇게 마음먹었다. 그러니까, 음… 이경규였던가? 무식한 사람이 신념이 있으면 위험하다고 한 게….

하루는 찜질방에서 지내고 또 하루는 친구 집에서 자기도 했지만 밖으로 도는 데도 한계가 있는 법. 겨울 방학은 아직 멀었는데 방은 너무 춥기만 했다. 그는 긴긴밤을 술기운을 빌려 버텨냈다. 매일 밤 술 한 병을 사 들고 방으로 들어가 솜이불을 뒤집어쓰고 잠을 청했다. 그렇게 쓴 술값만으로도 기름을 채워 넣고 남았겠건만…. 도무지 앞뒤가 맞지 않는 그의 행동을 두고 너무 깊이 고민하지 않기로 하자. 비록 그는 '작가의 괴벽'이라는 식으로 포장하길 좋아하지만 거기에는 고민할 것도 분석할 것도 없다. 그냥 이 친구가 어렸을 적 감나무에서 떨어진 적이 있다는 사실만으로 모든 것을 설명할 수 있으리라.

술에 취해 잠을 청하던 11월의 어느 저녁이었다. 그의 머리맡에는 빈 술병 하나가 외롭게 얼고 있었고 집에서 가지고 온 두툼한 솜이불은 머리 위까지 끌어 올려져 있었다. 그는 주위가 고요하면 더 춥게 느껴진다는 걸 깨닫고 잘 때는 항상 텔레비전을 틀어놨다. 채널은 9번에 맞춰졌다. 마침, 오늘날 방송가에서 멸종당한, '책 소개하는 프로그램'이 방송되었다. 책이라고 하니 호기심이 일어 한승태는 이불 밖으로 머리를 빼꼼 내놓고 화면을 바라봤다. 머리를 빡빡 민 중년 남자와 코미디언 김미화 씨가 눈에 들어왔다. 잠시 후 화면이 바뀌고 성우가 시를 낭송하기 시작했다. 빡빡머리의 중년 남자가 당시의 한승태보다 훨씬 어린 나이에 쓴 시였다.

인생을 정의 내리는 순간이 존재한다면 바로 그때가 한승태의 인생을 결정지은 순간이었다. 그는 시에는 별 관심이 없었다. 하지만 거기에는 한승태가 도저히 채널을 돌릴 수 없게 만든 무언가가 있었다. 시 속의 화자는 타자기로 글을 쓰던 작가다. 그런데 방 안이 너무 춥다. 석유난로에는 기름이 한 방울도 없다. 가진 것이래야 다음 날 음식을 살 돈

밖에 없다. 그는 추위에 떨며 망설이며 고민하다가 쌀을 살 돈으로 기름을 사기로 하고 집을 나선다. 시인은 초라한 일상 속에서 결단을 내리고 고난을 이겨낼 때의 기쁨과 희망을 이야기한다. 그것은 한승태가 쓴 시였다. 그가 바로 그 시 속의 화자였다. 그는 그 시를 받아먹었다. 목마른 자가 물을 마시고 굶주린 자가 밥을 먹듯이 그 시와 시 속의 표현을 온몸으로 받아들였다.

그를 사로잡은 것은 기발한 비유였다. 비유는 인류가 연금술이나 양자역학을 만지작거리기 훨씬 이전부터, 단단하고 빈틈없는 현실을 초월하기 위해 사용해온 가장 아름다운 방법이었다. 한승태는 일생에 걸쳐 시기와 질투를 일삼은 인물이지만 그때처럼 강렬하게 다른 사람이 만든 무언가를 자기 것으로 하고 싶다는 욕망을 느껴보지 못했다. 시인이 사용한 비유 모두를 자기 것으로 만들고 싶었다. 평소 한승태가 친구들과 점심 먹으면서 사용할 법한 평범한 어휘로 아무 상관없어 보이는 두 가지를 솔기 하나 없이 이어 붙여 전혀 새로운 무언가로 탈바꿈시켰다. 그 표현 하나하나가 너무나도 생생해서 그것들이 지면 위에 적힌 글자가 아니라 손으로 만지고 냄새를 맡을 수 있는 물체처럼 느껴졌다. 그는 어린아이가 축구 스타의 슛 동작을 동경하는 것과 같은 식으로 시인이 언어를 휘두르는 솜씨에 빠져들었다. 그것은 어떤 면에선 육체적이고 물질적인 동경이었다.

오직 나에게만 말을 거는 듯한 아름다움과 마주했을 때 우리가 느끼는 것은 기쁨이나 감동이 아니다. 그 순간 우리는 삶이 극도로 단순해지는 것을 느낀다. 삶에서 무엇이 의미가 있고 무엇이 의미가 없는지가 명확해진다. 인생의 온갖 '경우의 수'가 말끔히 사라지고 단 하나만이 눈 앞에 남는다. 바로 그 아름다움에 응답하는 일이다.

다음 날 한승태는 일어나자마자 학교 도서관으로 향했다. 전날 본 시를 찾아볼 생각이었다. 당시 그의 학교 도서관에는, 아무도 찾지 않아 만약 그 주변에서 쓰러지면 영영 행방불명 처리가 될 수 있다고 알려진 서가가 두 군데 있었다. 하나는 북한 관련 코너였고 다른 하나는 시집 코너였다. 이날 처음으로 한승태는 시집으로 가득한 서가에 발을 디뎠다. 그가 찾는 시집이 책장 구석에 꽂혀 있었다. 좌우는 녹색으로 칠해졌고 가운데 시인의 초상이 거칠게 그려진 표지였다. 페이지 곳곳에 전날 그를 집어삼킨 표현이 즐비했다. 흥분해서 책을 들고 계단을 내려오는데 노란색 포스터 한 장이 눈에 들어왔다. 최근에 오며 가며 자주 눈에 띈 포스터지만 거기 적힌 글의 의미를 진지하게 고민한 건 그때가 처음이었다.

한승태는 당시를 회상할 때면 운명적인 만남인 양 포장하길 좋아한다. 그때 내가 기름보일러를 쓰는 방에서 추위로 떨지 않았다면 그 시를 발견하지 못했을 거라고, 만약 그때 시집을 빌리러 가지 않았다면 그 노란색 동아리 모집 포스터를 발견하지 못했을 거라고. 노란색 종이 위에는 검은색 매직펜으로 휘갈겨 쓴 글씨로 매주 금요일 7시마다 동아리방 몇 호에서 합평 모임을 하는데, 글에 관심이 있는 사람이라면 누구나 환영한다고 적혔다.

돌아오는 금요일, 그가 동아리방 문을 열었을 때 느낀 것은 공포, 오직 공포였다. 천장은 흉하게 뜯겨서 파이프며 전기선이 주렁주렁 늘어졌고 어둠이 내린 지 한참 후였지만 방 안에 불은 모조리 꺼져 있었다. 창가에 작은 원탁이 놓였고 그 위에 촛불 두세 개가 켜져 있었다. 불빛은 그게 다였다. 원탁을 사이에 두고 건장한 덩치의 남자 둘이 마주 보고 앉아 있었다. 두 사람은 종이를 손에 쥐고 주문을 외우듯 무언가를 중얼거렸다. 네크로멘서다! 빈 건물에 숨어든 오컬트 집단이다! 하필이면 이 양반들이 저쪽 세상의 문을 열려고 할 때 내가 방문을 열었구나. 서둘러 되돌아 나가려는데 둘 중 어려 보이는 쪽이 벌떡 일어나며 무슨 일로 오셨냐고 따져 물었다. 그는 강령술사들의 자비를 빌며, 나는 이 학교에 다니는 평범한 학생인데 문학 동아리방 호수를 착각해서 여기 들어왔다, 살려만 주신다면 여기서 본 일을 누구한테도 발설하지 않겠다고 사정했다.

그러자 놀라운 일이 벌어졌다. 그 옛날 한문 선생님이 보여준 바로 그 미소가 두 사람의 얼굴에 떠올랐다. 일렁이는 촛불 빛만 아니었다면 조금은 덜 무서워 보였으리라. 그들은 잘 오셨다고 반가워하며 한승태를 자리에 앉혔다. 오해는 금방 풀렸다. 마침 동아리 건물 리모델링 공사 중이었고 그래서 전기도 들어오지 않았다. 한승태가 망자를 불러내는 주문이라고 여겼던 것은 두 사람이 써온 시였다. 어려 보이는 쪽이 2학년, 선배로 보이는 사람은 대학원생이었다. 두 사람은 신이 나서 여기저기 전화를 걸어대기 시작했다. 선배, 지금 동아리에 신입 회원 왔어요! 도서관에 붙인 포스터 보고 오셨대요, 빨리 와요!

잠시 후 모든 동아리 회원이 모였다. 그러자 왜 이 동아리가 11월까지 동아리 회원 모집 포스터를 붙이고 다니는지가 명확해졌다. 그가 다니던 학교는 학부생만 1만 명이 넘었고 대학원생까지 합치면 1만 5000명에 육박했다. 그 1만 5000명 중에 교내 유일한 문학 동아리의 회원 전부가 네 명이었고, 곧 다섯 명이 될 참이었다(상관이 있다는 건 아니지만 그중에 모태 솔로가 다섯 명이었다). 소수 정예도 이런 소수 정예가 없었다. 게다가 20년 후 한국 사회가 겪을 극심한 출생률 저하를 예언이라도 하듯 몇 년째 새 사람이 들어오지 않았다. 한승태는 2년 만에 들어온 신입 회원이었다. 그날은 모임을 하는 둥 마는 둥 하고 술집으로 향했다. 저녁 내내 그들은 졸업한 선배들에게 전화를 걸어 새로운 사람이 들어왔다며 자랑했다. 그는 손 귀한 집안에 태어난 장손이라도 된 기분이었다.

사람들도 좋고 술자리도 즐거웠지만 여전히 중요한 문제가 남아 있었다. 글을 써야 했다. 한승태는 제대만 하면 자신이 《전쟁과 평화》를 러시아 귀족의 소박한 취미 생활 정도로 보이게 만들 대작을 쓰리라 믿었지만 실제로 그가 쓴 글은 특별할 것 없는 잡문 몇 편이 다였다. 구체적인 형식을 갖춘, 시작과 끝이 있는 작품은 쓸 엄두도 내지 못했다. 그런데 당장 다음 주 모임부터 글을 가져와 합평을 받아야 했다. 그냥 글을 쓰는 것과 다른 사람들에게 평가받을 글을 쓰는 건 전혀 다른 문제였다. 아무것도 쓰지 못한 채 일주일이 흘러갔다.

금요일 아침 눈을 떴을 때 한승태는 어느 정도 포기한 심정이었다. 그래, 글은 아무나 쓰는 게 아닌가 보다. 일단은 뭘 좀 배워보고 쓰겠다고 하자. 똑같이 말을 지어내는 것이지만 글을 못 쓰는 이유를 찾아내는 건 글을 쓰는 것보다 어찌나 쉬운지. 그는 아직 작가들이 '마감일의 기적'

이라고 부르는 초자연적인 힘에 의지해 글을 완성한다는 사실을 몰랐다. 이제 곧 그에게도 간증 거리가 하나 생길 차례였다. 할렐루야!

그때나 이후나 직업윤리가 희박한 한승태는 글은 못 써도 밥은 먹어야겠다는 생각으로 몸을 일으켰다. 그는 씻지도 않은 채로 늦은 아침 밥상을 차리기 시작했다. 씻는 것보단 먹는 것에 그나마 관심이 좀 더 있었던 모양이다. 그가 집에서 차려 먹는 음식은 1년 365일 메뉴가 똑같았다. 흰밥에 조미김, 스팸 몇 조각과 계란프라이 하나였다. 여기에 건강을 좀 생각하고 싶을 때면 드물게 팩두부가 더해지는 수준이었다. 훗날 그에게 고혈압 진단을 내릴 의사가 '심혈관질환 정식'이라고 이름 붙인 이 식단은 한승태가 편의점 도시락과 배달 앱의 매력을 깨닫기 전까지 그의 젊은 시절을 먹여 살린다.

그날도 한승태의 부엌 겸 욕실에서 심혈관질환 정식 한 상이 조급한 손길로 만들어지고 있었다. 한승태는 식사 준비의 막바지에 이르러서야 스팸이 다 떨어진 걸 알았다. 내내 창작의 고통에 시달리다 보니 찬장 채워 넣는 걸 깜빡한 모양이었다. 다시 한번 글은 못 써도 밥은 잘 챙겨 먹어야겠다는 생각이 떠올랐고 그는 부족한 단백질을 보충할 요량으로 계란을 하나 더 깠다. 국그릇에 밥을 담고 그 위에 눈사람 모양으로 이어 붙은 반숙 프라이를 올렸다. 그가 숟가락으로 노른자를 딱 터트리려는데 문득 입대 날 있었던 일이 떠올랐다.

한승태는 훈련소까지 함께 가줄 만한 친구가 없었다. 한두 사람에겐가 넌지시 말을 건네봤지만 마침 그날 도저히 빠질 수 없는 약속이 있다는 대답만 돌아왔다. 휴가 나오면 꼭 연락하라는 말과 함께. 그의 어머니도 직장에서 빠져나올 수 없는 상황이었기에 이례적으로 아버지가 그와 함께 논산으로 향했다. 새벽에 일어나 옷을 챙겨 입고 강남버스터미널에서 연무대로 향하는 버스에 올랐다. 두 사람이 나란히 버스 좌석에 앉았다. 그들이 버스뿐만이 아니라 그런 식으로 가깝게 앉은 것 자체가 수년 만의 일이었지만 버스에서 내릴 때까지 누구도 입을 열지 않았다. 그의 아버지는 원래 그런 사람이었다. 분통이 터질 만큼 과묵한, 오직 다달이 입금되는 월급으로만 그 존재를 증명할 수 있는 사람.

한승태가 복학했을 때 학교에서 학생들에게 무료로 심리 검사를 해준 적이 있었다. 그런데 함께 검사받은 친구들 중에서 한승태만 별도의 심리 상담이 필요하다는 결과가 나왔다. 상담은 총 열 차례에 걸쳐 이루어졌다. 매주 수요일 2시에 학생회관 3층에 있는 학생상담실에서 한 시간가량 이야기를 나눴다. 한승태를 담당한 상담가는 50대 중반의 차분한 인상의 여성이었다. 언제나 노란색 리갈패드를 책상 위에 펼쳐놓고 안경 너머로 그의 두개골 내부를 투시하는 듯한 눈빛을 뿜는 사람이었다. 상담은 시종일관 화기애애하게 진행됐다. 그에겐 다른 사람이 자기 이야기를 이렇게 진지하게 경청해 준 경험이 처음이었다. 유일하게 상담이 삐거덕거렸을 때는 아버지 이야기가 나왔을 때였다.

"자 그럼 이번엔 아버지 이야기를 좀 해볼까요?"

한승태는 아무 말도 하지 못했다. 말하기 싫었다거나 불편한 게 아니었다. 할 말이 없었다. 그뿐이었다. 그는 전형적으로 엄마가 키운 자식이었다. 그의 좋은 점이건 나쁜 점이건 모든 것이 전적으로 엄마의 작품이었다. 매일같이 사춘기 남자아이가 일으키는 태풍을 잠재우고 집 안의 돌발 상황들을 정리한 건 언제나 엄마였다. 그의 아버지는 그저 9시 이후에 집에 들어오는 사람, 주말에는 하루 종일 잠만 자는 사람이었다. 20년 넘게 한집에 살았으니 어떤 말이든 주고받기야 했겠지만 그중에 심리 상담가의 분석이 필요할 만한 것은 아무것도 없었다. 하지만 상담가는 그의 침묵을 저항으로 생각했고 그 너머에 심리학적 노다지가 숨겨졌을 거라 짐작했다. 한승태 입장에서 그건 오해였다. 그는 진심으로 아버지에게 아무런 불만이 없었다. 그냥 아무 느낌이 없을 뿐이었다. 그는 언제나 보살핌을 받았고 언제나 곁에 부모가 있었다. 단지 그게 아버지가 아니었을 뿐이다. 그에게 아버지에 대해 어떤 감정이냐고 묻는 건 조지 6세에 대해 어떤 감정이냐고 묻는 것이나 마찬가지였다.

훈련소로 들어가야 할 시간이 한두 시간 앞으로 다가왔다. 두 사람은 부대 근처에 빼끼처럼 늘어선 식당 아무 데나 들어가 자리를 잡았다. 입대 장병과 가족을 상대로 장사하는, 어디서도 주방장의 야심 같은 건 찾아볼 수 없는 음식점이었다. 아무런 기대 없이 비빔밥 두 그릇을 시켰다. 주문한 음식이 나오고 한승태는 숟가락을 들어 노른자를 깨뜨려 밥을 비비기 시작했다. 무엇 때문인지 그의 아버지는 아들이 꾸역꾸역 밥을 삼키는 동안 숟가락도 들지 않고 그릇을 내려다만 보았다.

"안 드세요?"

그의 아버지가 고개를 들고 잠시 아들의 얼굴을 바라봤다. 조심스럽게 숟가락을 들었다. 그러고는 반숙 프라이의 노른자를 푹 퍼내 아들의 그릇에 올려놓았다.

"고혈압 때문에…."

숟가락을 물리며 아버지가 변명하듯 속삭였다. 그는 그날 처음으로 웃었다. 참으려고 애써봤지만, 이유는 모르겠지만 왠지 분하다는 생각이 들어 어떻게든 참으려고 애써봤지만 피식하고 웃음이 새어 나왔다. 그렇다고 두 사람 사이에 놓인 침묵의 벽이 순식간에 박살이 났다거나 아버지가 과거의 부재를 한순간에 만회했다는 것은 아니다. 두 사람 사이는 여전히 어색하고 여전히 껄끄러웠다. 다만 그는 이제 아버지가 어떤 사람인지 조금은 이해할 수 있었다. 군대 가는 아들에게 잘 다녀와라, 건강해라 같은 뻔한 말 한마디 못 하고 고심하고 고심해서 계란 노른자를 덜어주는 사람. 이후에도 두 사람은, 어쩌면 그 이후부터 본격적으로 두 사람은 갈등과 오해를 반복하지만, 한승태의 인생에서 가장 외롭고 두려웠을 날 그의 아버지가 아들의 외로움을 조금이나마 덜어주기 위해 건넨 작은 몸짓 하나만큼은 또렷하게 기억하게 될 터였다. 두 사람 사이에 무슨 일이 있건 계란 노른자는 남을 터였다.

계란 노른자

한승태

군대 가던 날

부대 앞 허름한 음식점에서

아버지와 나는 비빔밥 두 그릇을 시켰다.

말없이 그릇을 내려다보던 아버지는

고혈압 때문이라면 노른자를 덜어

내게 주셨다.

그 순간이었다.
사랑의 핵심 같은 두 개의 태양이
밥그릇 위에서
밝게 빛나던 것은.

#2

모델이나 배우도 열심히 오디션 쫓아다녔다고 하기보다는 친구 오디션 구경 갔다 캐스팅됐다고 해야 화제가 되는 법이다. 우연에 공을 돌려 겸손을 가장하면서 실제로는 모든 것이 운명이었다고 함으로써 왕조의 시조에게나 어울릴 법한 탄생 설화를 만든다. 한승태도 어떻게 르포를 쓰기 시작했냐는 질문을 받으면 비슷한 전략을 구사했다. 그가 따라간 친구 오디션은 동아리 회의록이었다.

한승태가 쓴 시를 두고 동아리 사람들이 늘어놓은 평은 "귀엽다?" 정도로 요약할 수 있다. 그가 운문에 적합한 사람이 아니었다는 또 다른 증거가 필요하지는 않으리라. 나이는 그와 비슷하거나 어렸지만 동아리 회원들은 한승태가 바랄 수 있는 최고의 선생님이었다. 그들은 한승태가 기술보다는 이야기할 만한 가치가 있는 것이 무엇인지 찾아내는 데 집중할 수 있도록 이끌었다. 한승태가 가장 소중하게 여겼던 조언은 방향을 잃었을 땐 자신에게 가장 절실한 것이 무엇인지 찾아야 한다는 것이었다. 훗날 몇 권의 책을 낸 후에도 그는 그 조언을 나침반 삼아 글을 썼다.

비록 시로는 주목받지 못했지만 그가 쓴 글이 회원들의 관심을 끈 적이 있기는 했다. 동아리에는 합평마다 서기를 정해 작품을 논하면서 오간 이야기를 적어 보관하는 전통이 있었다. 문학 동아리였지만 방에 책은 거의 없었다. 녹슨 철제 캐비닛에 가득한 것은 누렇게 변한 회의록이었다. 그게 동아리의 자랑이었다. 특별한 형식 같은 건 없었다. 각자의 평을 간략하게 한두 줄 정도 남기는 걸로 충분했다. 기수도 제일 낮았고 또 그가 쓴 글이 대체로 중량감이 부족했기 때문에 한승태는 자청해서 서기를 맡곤 했다.

중요한 전통이기는 했지만 서기는 어느 정도 형식적인 임무였다. 기록하는 게 너무 귀찮은 사람은 그냥 글을 붙여놓고 참여한 사람들의 이름만 적기도 했다. 하지만 한승태는 그러지 못했다. 누가 그렇게 하라고 한 것도 아니었지만 그는 동아리 역사상 가장 수다스럽고 장황한 회의록을 작성했다. 사람들이 한 말은 속기 수준으로 다 받아 적었고 누구는 어떤 옷을 입고 왔고 어떤 모습이었으며 합평 분위기는 어땠고 글쓴이의 반응은 어땠다 하는 것까지 기록했다. 어느 날 잡담을 주고받다가 누군가가 지난 회의록을 들춰보고 그 두툼한 분량에 깜짝 놀랐다. 문제의 회의록은 회원들의 손을 돌며 읽혔는데 그들이 보인 반응에 한승태도 살며시 놀랐다.

그런 일이 있고 난 뒤에는 과거의 회의록까지 찾아서 읽었다. 그에게는 회의록을 읽고 쓰는 것 모두가 귀중한 수업이었다. 그 옛날 선배들이 써놓은 평들을 읽으며 이런 글에서는 이런 걸 조심해야 하는구나, 여기서는 이런 표현은 어울리지 않는구나, 하고 배워갔다. 좋은 표현이라고 무조건 많이 집어넣는 게 능사가 아니라는 걸, 특히 (그가 종종 까먹곤 했지만) 한 문장에 비유가 두 개 이상이면 안 된다는 걸 알게 된 것도 그렇게 회의록을 복기했을 때였다. 충만하고 즐거운 시절이었다.

좋은 일은 언제나 빨리 끝나는 법. 일부러 졸업 학점을 부족하게 맞춰 억지로 한 학기를 더 다니긴 했지만 결국 집으로 돌아가야 할 시간이 찾아왔다. 졸업할 때쯤 한승태는 글을 쓰며 살겠다고 결심한 후였다. 다른 직장은 적어도, 스스로 만족할 만한 성과가 있기 전까진 구하지 않을 생각이었다. 그는 젊었고 무엇보다도 어리석었다. 젊음은 낭비할 때만 가치가 있는 화폐였다. 그렇다고 그는 믿었다.

졸업과 동시에 그는 서울로 돌아갔다. 겁이 나서 부모에게 글을 쓰겠다는 말은 꺼낼 엄두도 못 냈다. 한승태는 IMF 시절 명퇴당하고 집에는 출근한다고 속였던 가장들과 비슷하게 살았다. 집에는 학원에 간다고 하고 도서관에 가서 책을 읽는 계절들이 이어졌다. 학원비로 받은 돈은 다 책을 사고 밥을 먹는 데 썼다. 공무원 시험과 전혀 상관없는 책들이 늘어났지만 그의 부모는 아무런 의심도 하지 않았다. 부모는 아들이 어린 시절 그만 싸돌아다니고 제발 책 좀 읽으라고 다그쳤던 일이 이렇게 뒤통수를 후려치게 될 줄 꿈에도 몰랐을 것이다.

시험은 당연히 떨어졌다. 그의 부모는 어떻게 한 번에 붙겠냐며 1년 더 공부해서 붙으라고 격려했다. 용돈도 더 두둑하게 줬는데 그때는 도무지 받을 수가 없었다. 한승태는 모든 것을 털어놓았다. 그날 저녁 일을 미국 시트콤 〈프렌즈〉에 나오는 대사를 조금 바꿔 말해보자면, 그는 그동안 열심히 뒷바라지해 준 것에 감사함을 담아 부모에게 자그마한 심장마비를 선사했다.

그날 이후 한승태의 집안은 핵전쟁 이후의 지구처럼 사람이 살 수 없는 곳으로 변했다. 한승태와 그의 부모는 마주칠 때마다 소리를 높였고 어느 순간 한승태가 집을 나가야 한다는 것이 분명해졌다. 새벽 늦게까지 어머니와 고함을 지르고 싸운 다음 날 아침, 한승태는 군에서 받은 더플백에 책과 옷을 되는 대로 쑤셔 넣고 집을 나섰다.

호기롭게 집을 나선 데는 그 나름대로 믿는 구석이 있었기 때문이다. 가깝게 지내던 친구가 신림동 고시촌에서 이제는 사라진 사법고시를 준비하고 있었다. 친구가 살던 방은 신림 6동의 작은 반지하 원룸이었다. 화장실 그리고 1인용 침대 옆에 사람 하나 누울 만한 공간이 전부였다. 창문을 열면 후면 주차된 차의 배기파이프가 보였다. 그는 침대 밑에 가지고 온 짐을 쑤셔 넣었다. 사정을 들은 친구는 소리 없이 웃으며 상황을 받아들였다. 그날 저녁, 친구는 책장에서 여러 번 접힌 종이 한 장을 꺼내 들었다.

지금은 많이 사라졌지만 당시는 고시촌에 '고시 식당'이 많이 있었다. 고시 식당은 급식처럼 식판에 음식을 담아 먹을 수 있는 평범한 한식 뷔페다. 고시 준비생들을 상대로 해서 장사를 하다 보니 그렇게 불렸다. 고시 식당은 식권을 한 장씩도 팔았지만 30장, 50장, 100장 단위로도 팔았다. 친구는 매월 초에 생활비를 받으면 가장 먼저 월세를 내고 다음으로는 식당에서 식권 100장을 샀다. 지금은 카드로 발급하지만 2000년대 후반까지만 해도 종이 식권을 쓰는 곳이 많았다. 특히 이곳은 우표 두 장 정도 크기의 식권 100장이 하나로 붙어 있었다. 각각의 식권에 절취선이 있어서 한 장 한 장 뜯어서 쓰는 방식이었다. 100장짜리 식권의 경우엔 다 펼치면 커다란 깃발 정도의 크기였다. 한승태의 이야기를 다 들은 친구는 그 커다란 100장짜리 식권을 꺼내 정확히 절반으로 잘랐다. 그러고는 절반을 한승태에게 건네며 말했다.

"내가 해줄 수 있는 건 이것뿐이다."

한승태는 수십 년이 지난 후에도 미안하다는 듯 식권을 내미는 친구의 모습을 떠올릴 수 있었다. 그는 겨울 추위에 길거리에 나앉지 않게 된 것만으로도, 아무런 짜증 없이 자신을 받아준 것만으로도 정신이 아득해질 지경이었다. 그런데 밥까지 먹여주겠다니? 차용증이라도 써야 하나? 직업윤리만큼이나 염치도 부족한 한승태는 덥석 식권을 받았다. 하루에 두 끼만 먹는다고 해도 식권 50장으로는 한 달을 버틸 수가 없었다. 친구가 식권이 떨어진 다음에는 어떻게 밥을 먹는지 알 수 없었다. 한승태가 물어보면 굶지 않으니 걱정 말라는 대답만 돌아왔다.

이후로 매달 1일이면 100장짜리 식권을 나누는 것이 두 사람 사이의 경건한 의식이 됐다. 말하자면 그는 곱게 접은 계란 노른자 50알을 건넸던 것인데 젊은 시절 한승태는 누군가가 아무런 대가도 의도도 없이 건넨 노른자를 받아먹으며 글을 썼고 살아남았다. 생각해 보면 놀라운 일이었다. 언제나, 어디서나, 한승태가 아무런 가망도 없어 보이던 순간에도 그에게 공짜 숙소와 공짜 식사를 마련해 준 사람들이 있었다. 그가 자신의 책에서 호들갑을 떨던 것과는 달리 최악이라 여기던 시절에도 한승태는 별 탈 없었다. 언제나 그에게 침대 옆자리와 식권 절반을 건네준 사람들이 있었기 때문이다. 그들 덕분에 글을 쓸 수 있었고 그들 덕분에 책을 완성할 수 있었다. 그들이 그의 편집자였고 그들이 그의 출판사였다.

그는 500만 원이 필요했다. 이 친구가 평범한 취업 준비생이었다면 얼마든지 침대 옆자리에 비비고 있었겠지만 무려 사법고시 준비 중이었다. 어떻게든 온전히 그 방을 친구에게 돌려줘야 했다. 쓸 만한 방은 보증금이 최소 500이었다. 당장 그가 구할 수 있는 편의점 알바로는 몇 달이나 걸릴지 알 수 없었다. 그는 목돈을 구할 수 있는 일을 찾았다. 그때 눈에 들어온 게 선원 모집 광고였다. 구인 광고에 '단기간에 목돈 마련 가능'이라고 적혀 있었다. 가격도 맞춘 듯이 500이었다. 경제 감각이 시 쓰는 재주와 비슷한 수준인 한승태는 그 말을 그대로 덜컥 믿고 대뜸 배를 타겠다고 찾아갔다.

거기서 무슨 일이 있었는지는 그가 책에서 필요 이상으로 자세하게 썼으니 되풀이할 필요는 없으리라. 결국은 중간에 그만두면서 목돈은 커녕 한 달 월급도 제대로 못 받고 돌아왔지만, 한승태 기준으로 결코 손해 보는 일은 아니었다. 한승태는 항구에서도 열심히 회의록을 썼다. 동아리 시절과 마찬가지로 그걸로 무언가를 하려고 했다기보다는 그거라도 하지 않을 수 없었기 때문이다. 편의점 월급만도 못한 돈을 들고 돌아온 한승태에게 친구는 다시 식권을 건넸다. 그가 친구의 방을 떠난 것은 결국 몇 개월이 지난 후였다. 친구는 한승태를 통해 전생에 지은 업보를 가볍게 하려는 것처럼 그가 방을 떠난 후에도 계속 식권을 나눴다. 친구의 호의는 계속됐고 조금은 다행스럽게도 한승태는 그것을 권리로 받아들이지는 않았다.

딱히 항구를 의도하고 갔던 것은 아니었기에 거기서 만난 사람들은 더욱더 인상적으로 다가왔다. 그중에서 한승태가 눈여겨본 것 하나는 뱃사람들의 생활 방식이었다. 막연히 그는 선원들이 다 그곳에서 나고 자란 사람들일 거라고 짐작했다. 아니었다. 다들 전국 각지에서 온 사람들이었다. 게다가 그들은 한곳에만 머무는 법이 없었다. 배 따라 친구 따라 돈 따라 곳곳을 떠돌아다녔다. 일하다 어장이 마감하면 집으로 돌아가고 다시 열리면 또 다른 항구로 가서 한철을 보내고 또다시 집으로 돌아가는 식으로 살았다. 그들은 그런 방식의 장점을 얼마든지 늘어놓을 수 있었다.

"봐봐라, 여기 이렇게 있으면 밥 주지? 식비 굳고, 재워주지? 방세 굳고, 밤마다 불러내는 친구 없으니 술값 안 들고, 생판 오지니 뭐 돈 쓸래야 쓸 데도 없고. 이런 데서 돈 좀 모았다가 집에 가서 그 돈 살살 까먹으면서 좀 놀다가 필요하면 알바도 하고 또 때 되면 일하고. 사람이 어디 꼭 한 군데 붙어 있어야만 살아지니? 떠돌아도 다 사람 사는 거야."

한승태는 그것도 나쁘지 않겠다는 생각이 들었다. 나쁘지 않겠다, 정도가 아니라 지금 자신에게 딱 맞을지도 모르겠다고 생각했다. 그는 지방의 숙식이 제공되는 일자리를 찾아다녔다. 그렇게 몇 달을 일하고 돈이 좀 모이면 다시 서울로 돌아왔다. 그러고는 아무 데도 가지 않고 읽고 썼다. 공모전이란 공모전에는 모조리 응모하면서. 열심히 쓰고 열심히 떨어졌다. 돈도 다 떨어지면 다시 일하러 떠났다. 방은 일종의 전진 기지였다.

일터에서 남긴 기록은 방구석에 차곡차곡 쌓여갔다. 어느 날 그는 한 권을 꺼내 읽었다. 무언가가 다르게 느껴졌다. 계획을 세워서 쓴 글도, 대단한 영감에 사로잡혀 쓴 글도 아니었다. 설익고 투박했지만 그럼에도 뭐랄까, 망각에 저항하는 힘이 있었다. 다른 글들이 어떤 한계 안에 세련되게 머물고 있었다면 일하며 남긴 기록은 그런 한계를 뛰어넘은 인상을 줬다. 애초에 한계가 존재하는지 몰랐다는 듯 아무렇지 않게 그 선을 넘어가 버린 느낌이었다.

처음에 그는 디테일 때문이라고 생각했다. 눈에 들어오는 것, 귀에 들어오는 것, 코를 자극하는 것, 혀에 닿는 것 모두 두툼한 실제의 옷을 입고 있었다. 가슴을 치는 현실은 명언이나 최신의 사회과학 이론을 인용하는 것으로 전달할 수 없었다(둘 다 한승태가 거의 모든 종류의 글에 욱여넣으려고 발악하던 것들이다). 그보다는 콧구멍 밖으로 삐져나온 코털이나 잠바에서 나는 청국장 냄새 같은 것들을 통해 글이 살아났다. 그는 자신이 시시콜콜한 세부 사항을 알아야만 직성이 풀리고 그런 것들을 잔뜩 수집하면서 흥분하는 부류의 인간임을 깨달았다.

하지만 그게 전부는 아니었다. 표현의 촘촘함만으로는 설명할 수 없는 차이가 있었다. 무엇이 달랐던 걸까? 그는 낡은 스프링 노트를 잠금 패턴을 잊어버린 스마트폰처럼 바라봤다. 분명한 것 한 가지는 자신의 모습이 무척 꼴사나워 보였다는 거다. 그 안에는 한승태 자신의 (좋게 말하면) 실수가, (나쁘게 말하면) 비열한 모습이 그대로 담겨 있었다. 열심히 일하는 동료들을 비아냥대고, 애꿎은 손님들에게 행패를 부리고, 일하면서 쌓인 스트레스를 식당 종업원에게 쏟아붓고, 외국인 노동자에게 싸움이나 거는 한심한 인간이 말이다. 감춰야 마땅했지만 그 비열함 속에 어떤 진실이 담겨 있었다. 노동의 무게 아래서 비틀거리는, 나약하고 이기적인 인간의 진실이. 그는 자신이 사람들에게 의미 있는 무언가를 전달할 수 있다면 그건 오직 자신의 못난 모습을 있는 그대로 드러낼 때만 가능하다고 믿었다.

무엇이 옳다, 그르다 외쳐서는 어떤 이의 가슴도 뚫고 들어갈 수 없다. 중요한 것은 사람들로 하여금 그러한 고민을 하게끔 만드는 지점에 서게 하는 것이다. 한승태는 자신의 못난 모습을 드러내어 사람들을 바로 그 지점으로 끌어들일 수 있다고 생각했다. 사람들은 이렇게 생각하지 않을까?

"이 사람은 왜 여기서 이렇게밖에 행동하지 못하지?"

"이 사람은 어째서 이런 식으로 말하는 거지?"

"내가 이 상황이었다면 다르게 행동했을까?"

그 순간, 텍스트 외부에 있던 독자가 텍스트 안으로 깊숙이 들어오게 된다.

결국 차이는 의사로서 말하는가, 환자로서 말하는가였다. 의사로서 글을 쓸 때 그는 판단하고 처방을 내리고 충고를 던졌다. 하지만 일하면서 남긴 기록에서 그는 시종일관 환자로서 이야기했다. 아무것도 당연히 여기지 않고 티끌만 한 고통 앞에서조차 우리가 얼마나 쉽게 무너질 수 있는지 인정하는 사람으로 이야기했다. 중증의 환자로서 치유와 회복을 향한 열망을 가득 담아 이야기했다.

논픽션은 공동체의 투병기여야 한다고 그는 생각했다. 육체의 상처와 고통뿐 아니라 세대와 시대가 앓고 있는 병을 고백하는 글이어야 한다고 말이다. 작가의 역할은 고름이 질질 흐르는 환부가 되는 것이다. 그가 쓸모없다고 확신하는 종류의 책은 끝까지 읽고 나서 작가의 결점을(글의 결점이 아니라) 하나도 발견할 수 없는 책이었다. 그런 책이라면 차라리 쓰지 않는 편이 나으리라. 자신의 못난 모습을 드러내지 않고서 작가로서 정확해질 수 있는 길은 없기 때문이다.

> "당신은 저에게 조언을 하는 겁니까? 그렇다면 자신에 대한 조언과 교정은 이미 끝난 것입니까? 그래서 남을 지도할 여유가 있는 것입니까?"
> 나의 마음도 그렇게 비틀어지지는 않았네. 나 자신이 병이 들었는데 남을 간호하지는 않지. 마치 같은 요양소에 누워 있듯이 자네와 공통된 병고에 대해 이야기하면서 치료법을 서로 나누고 있는 것이네. 그러니 부디 들어주길 바라네.*

#3

어떻게 두 번째 책을 쓰게 됐냐는 질문을 받으면 한승태는 농담 삼아

* 《세네카 삶의 지혜를 위한 편지》, 세네카, 김천운 옮김, 동서문화사, 2016.

'굿바이 머니good bye money' 때문이라고 대답하곤 했다. 굿바이 머니는 미국 출판업계에서 사용하는 은어로 데뷔 작품의 인세를 가리킨다. 어째서 첫 책의 인세를 굿바이 머니라고 부르는지 설명하기 전에 이제 막 첫 번째 책을 출간한 한승태를 살펴보자.

글을 쓰며 살겠다는 의지를 드러낸 이후로 한승태의 주변 사람들이 그의 머릿속에 세뇌시키고 싶어 하는 명제가 있었다. 글로는 못 먹고 산다는 거다. 하지만 그들이 간과한 게 있었으니 세뇌도 아무나 당하는 게 아니다. 세뇌하는 내용을 이해할 만한 머리가 있어야 한다. 요즘 컴퓨터 바이러스는 386 컴퓨터를 감염시킬 수 없다. 수능 수학 4점의 주인공 한승태는 최소한의 경제 개념조차도 온전히 받아들일 만한 현실 감각이 결여된 인물이었다.

항구에서 돌아온 지 5년이 지나서야 간신히 첫 번째 책이 나왔다. 그런데 출간이 가까워질수록 한승태는 점점 들뜨는 마음을 억누르기 어려웠다. 책이 나오기만 하면 대박이 날 것 같았다. 인터뷰 요청이 쇄도하고 당장 돈방석에 앉을 것만 같았다. 물론 아무런 근거도 없었다. 그냥 기분이 그랬다. 당시 한승태에게는 책이 성공해서 부와 명예를 단숨에 거머쥐는 것이 기정사실이었다. 심지어 그는 자신이 한국시리즈 시구자로 나설 거에 대비해서 야밤에 신림초등학교 운동장에서 공 던지는 연습까지 했을 정도였다.

여기에는 그 나름대로의 심리적 배경이 있었다. 한승태의 어머니는 명절이 되면 빼먹지 않고 자신의 고된 시집살이를 이야기하곤 했다.

"하이고… 내가 진짜 집 안에 있는 거라곤 배고픈 입밖에 없는 니네

아버지한테 시집와서 을마나 고생했는지 모른다. 내가…."

한번은 그가 이렇게 물었다.

"엄마, 근데 아빠가 가난한 건 결혼하기 전부터 다 알고 있었잖아? 그런데 왜 결혼한 거야?"

"알기사 다 알았어도 그래도 시집가면 어떻게 될 줄 알았지."

말하자면 한승태도 같은 심정이었다. 책만 나오면 어떻게 될 줄 알았다. 글 쓰는 것만으로는 먹고살 수 없다는 건 알고 있었지만 모든 것이 처음이었기에 책이 나오면 다 해결될 거라고 믿고 싶었다. 당연히 책이 베스트셀러가 되는 일도, 자고 일어났더니 유명해지는 일도 벌어지지 않았다. 10미터도 채 날아가지 못하고 처박히는 공을 던질 일도 없었다(손으로 글을 쓴다고 팔 힘이 길러지지는 않았다). 시간이 흘러 좀 더 차분하게 자기 자신을 돌아볼 수 있게 된 후에야 한승태는 자신의 첫 번째 책이 그 가치에 비해 과분한 관심을 받았다는 걸 인정했다. 하지만 이는 우리가 이야기하는 시점보다 훨씬 후의 일이다. 출간 당시 한승태가 느낀 심정은 둔기로 머리를 얻어맞은 듯한 실망감뿐이었다.

출판계 사정은 미국이나 한국이나 비슷비슷한 모양이다. 태평양 건너에서도 고생고생해서 몇 년 만에 첫 책을 낸 작가의 손에는 보잘것없는 돈만 쥐어질 뿐이다. 그 초라한 금액에 실망한 나머지 열에 아홉은 데뷔작 인세를 받고는 출판계를 영영 떠난다. 그래서 데뷔작 인세를 '굿바이 머니'라고 부른다. 그 돈 받고는 작별 인사 하며 사라진다고.

한승태가 인세로 받은 돈은 첫 책이 나오고 두세 달 후에 떨어졌다. 그는 다시 일자리를 구하러 나섰다. 책이고 나발이고 그냥 돈이나 벌어야겠다는 생각이었다. 출판계에 작별 인사를 건넬 준비까지 한 건 아니었지만(작별 인사는 후에 출판계에서 먼저 건네게 된다. 아주 강력한 의지를 담아) 어떻게 살아야 할지, 무엇을 써야 할지, 성인으로서의 미래도, 작가로서의 미래도 전혀 보이지 않았던 것만큼은 분명했다.

그는 자신의 실패를 모두, 성인 독서율이 **구텐베르크***가 금속활자를 발명하기 이전 수준으로 떨어진 시대 탓으로 돌리고 직업소개소로 향했다. 그가 일자리를 부탁했을 때 소개소장이 제시한 일자리는 세 개였다. 강원도의 옥수수 농장, 경기도 남부의 모텔, 전라도의 양계장. 그가 처음에 염두에 둔 건 모텔이었다. 손님이 많은 건 아니라서 적당히 자기 할 일 하며 지낼 수 있다는 말에 솔깃했다. 카운터에서 책이나 보면서 돈 좀 모을까? 그럼에도 그가 양계장을 선택한 건 식용동물에 관심이 있었다거나 책을 써보려고 해서가 아니라 지루함 때문이었다. 앞에서 말한 대로 그가 하는 일 대부분은 단순 반복 작업이 주를 이루었다. 그런데 첫 책을 준비하며 찾아간 양돈장은 똑같이 단순 반복 작업 위주라도 조금 달랐다. 그곳에선 동물이 성장해 가는 모습을 지켜보는 즐거움이 있었다. 그는 비슷한 즐거움을 기대하며 양계장을 선택했다.

하지만 금산의 산란계 농장에서 한승태를 기다리던 건 목가적인 즐거움이 아니었다. 한승태가 그곳에서 본 것은 닭이 아니라 살아 있다고도 죽었다고도 할 수 없는 괴생명체였다. 좁은 케이지에 네다섯 마리의 닭들이 들어차 서로를 물고 쪼고 할퀴어대며 전쟁을 치렀다. 값싼 달걀을

* 인쇄업 종사자(Printing Press Operators): 대체확률 0.83 _〈고용의 미래〉

생산하기 위한 최적의 방정식이 그 케이지 안에서 비명을 질렀다. 그가 버스에서 내려 야구 중계를 보며 김밥을 먹던 거리에서 기껏해야 20여 분 떨어진 곳에서 그런 일이 벌어진다는 사실이, 자신의 첫 번째 시의 주인공이기도 한 달걀이 그런 식으로 만들어진다는 사실이 놀랍기만 했다.

그는 자신이 공범으로 기소된 재판의 증인이었다. 그의 형제, 부모, 친구뿐 아니라 그가 속한 공동체 전체가 유죄 선고를 기다리는 중이었다. 그럼에도 그는 말해야 했다. 증언을 하느냐 못 하느냐에 자신이 온전한 인간으로 살 수 있는지 없는지가 걸린 듯했다. 그 후로 한승태는 온갖 종류의 농장을 찾아 전국을 돌아다녔다. 그는 자신이 쓰는 글이 양상은 다를지언정 본질은 동일한, 어떤 벽을 드러내는 방법이라 생각했다. 인간과 인간이 아닌 동물 사이에 보이지 않는 벽이 있었다. 벽 바깥에서 벌어지는 일은 보지 못했고 듣지 못했고 무엇보다 아무래도 상관없었다. 첫 번째 책도 마찬가지였다. 사람 사이에 계층 사이에 벽이 있었다. 역시나 벽 바깥에서 벌어지는 일은 알지 못했고 또 아무래도 상관없었다.

그는 글로 세상을 상관있게 만들고 싶었다. 그는 한국어에서 가장 공격적인 단어가 바로 '상관없어'라고 믿었다. 칼이나 총은 사람을 죽이지만 '나랑 상관없어'는 관계를 죽이고 환경을 죽이고 세상을 죽인다고 믿었다. 그는 사람과 닭이 서로 상관있게 되기를, 사람과 돼지도 서로 상관있게 되기를, 고시생과 선원이 서로 상관있게 되기를, 사장과 직원이, 부자와 가난한 사람이, 인간과 자연이 서로 상관있게 되기를 바랐다. 그는 서로가 서로에게 상관있게 만드는 글을 쓰고 싶었다. 비록 그가 성공했다는 증거는 어디서도 찾아볼 수 없지만 말이다.

몇 년이 지나 책을 완성했지만 한승태는 동물 농장의 경험에 대한 결론을 내리지는 못했다. 모든 것이 그로서는 너무 벅찬 문제였다. 동물들의 이야기는 일시 중단된 상태로 계속해서 그의 삶에 남았다. 그가 마침내 결말을 얻은 것은 책을 출간하고 몇 년이 지난 후였다. 어느 날, 그는, 섭외가 원활하게만 이루어졌다면 결코 한승태 정도 레벨의 작가에게까지 연락이 올 리가 없는 자리에 초대를 받았다. 작가가 준비한 시간이 끝나고 질의응답 시간이 됐다. 맨 뒤에 앉은 중년 여성이 손을 들었다. 짧은 질문이었지만 작가가 떠들던 말보다 더 묵직하게 강의실을 짓눌렀다.

"만약 이 동물들이 인간의 말을 할 수 있게 된다면 우리에게 무슨 말을 할 거라고 생각하세요?"

우리에겐 다행스럽게도, 마침 그 행사를 취재하는 지역 신문 기자 덕분에 청중들을 당혹스럽게 한 한승태의 답변이 토씨 하나 틀리지 않고 남아 있다. 그의 대답은 정확히 이러했다.

"예? 아… 그게… 그니까 이 동물들이 뭐라고 할지요? …아 그게 그러니까… 제 생각엔 음… 그러니까…."

의미를 알 수 없는 중얼거림이 한참 동안 더 이어지지만 더 이상 옮기지는 않겠다. 민망한 침묵이 계속되자 한승태를 안쓰럽게 바라보던 사회자가 마이크를 들었다. 그녀는 그 자리에 한승태를 초대한 담당자이기도 했다.

"저… 선생님 질문 들으니까 저도 마침 생각나는 게 있어서 괜찮으시면 작가님이 생각하시는 동안에 한번 말씀드려 볼까 해요. 제가 얼마 전에 읽은 책에 이런 이야기가 있었어요.* 이게 실제로 있었던 일이라고 해요. 과거 소련 시절에 러시아 전역에 '굴라그'라고 부르는 강제수용소가 많이 지어졌어요. 거기에 그냥 평범한 사람들이 재판 같은 건 당연히 받지도 못하고 끌려간 거예요. 뭐 친구들끼리 술자리에서 스탈린 욕을 했다거나 정부를 비판하는 말을 했다는 이유로 끌려가기도 하고, 또 많은 경우에 왜 잡혀가는지도 모른 채 끌려가서, 어떤 경우는 죽을 때까지 갇혀 지낸 거예요. 그런데 소련이 무너지고 수용소들이 다 폐쇄된 다음에 이 수용소들을 조사하다가 한 가지 특이한 사실을 발견했어요. 굴라그 안에 죄수들이 모여 사는 막사가 있는데 그 막사 벽에 사람들이 낙서를 많이 남겨놓은 거예요. 그런데 어느 수용소에서나 가장 많이 발견되는 말이 있었어요. 이게 비슷한 상황이 뭐냐면 일제강점기에 강제징용당한 사람들이 숙소 벽에다가 '배고파요, 집에 가고 싶다, 엄마 보고 싶어요' 뭐 그런 말 써놓은 거랑 비슷한 경우죠. 혹시 여러분은 짐작이 가시나요? 이 소련 강제수용소에 영문도 모른 채 끌려온 러시아 사람들이 무슨 말을 가장 많이 남겨 놓았을지?"

"…."

"무슨 말을 가장 많이 썼을까요? 춥다? 배고프다? 집에 가고 싶다? 엄마 보고 싶다?"

* 《줄리언 웰즈의 죄》, 토마스 H. 쿡, 한정아 옮김, 알에이치코리아, 2014.

"…"

"죄수들이 가장 많이 적어놓은 말이 러시아어로 '자쳄зачéм'이라는 단어였다고 해요. 이게 영어로 번역을 하면 'Why' 그러니까 우리말로는 바로 '왜'라는 말이었어요. 왜? 도대체 왜? 도대체 나는 왜? 도대체 저들은 왜? 도대체 우리는 왜? 저는 만약에 이 식용 동물들이 말을 하게 된다면 분명 우리에게 '자쳄'이라는 질문을 던지지 않을까 하는 생각이 들어요."

#4

본래 그의 문학적 야심은 카레가 되겠다는 것이었다. 향이 강하고 다루기 쉽지 않은 카레를 일본인들은 간편한 가정식으로 재발명했다. 그는 일본인들이 카레를 가지고 한 일을 르포로 시도해 보고 싶었다. 웃음기 하나 없고 업계 사람들만 읽을 것 같은 르포르타주를 누구나 버스 기다리면서, 혼자 밥 먹으면서 키득거리며 볼 수 있는 장르로 만들고 싶었다. 허나 문학계의 3분 카레를 꿈꿨던 한승태의 소박한 야망은 글 쓰는 인공지능의 등장으로 당근과 감자가 채 익기도 전에 엎어지고 만다.

스마트폰 어플의 모습을 한 포식자가 마침내 작가의 서식지에도 발을 들였다. '스토리텔링 엔진'이라고 이름 붙은 이 인공지능은 대화창에 간략한 '프롬프트'를 입력하면("채찍을 잘 다루는 매력적인 고고학자가 세계 곳곳에 숨겨진 보물들을 찾아내는 이야기를 써줘"), 이삼 분 만에 원고지 50매 분량의 단편소설을 써냈다. 처음엔 보잘것없었다. 이름이랑 장소만 다를 뿐 이야기 구조가 대부분 비슷했다. 기승전결은 있었지만 권선징악을 강조한 전래동화 같았다. 한승태도 호기심에 써보곤 코웃음을 쳤다. 이런 게 작가를 대체한다고? 하이고, 유아차에 치여 죽는 소리 하고 있네!

그것은 마치 판다가 난생처음 본 호모사피엔스를 비웃는 꼴이나 마찬가지였다. 어디 보자, 나무는 탈 줄 모르고, 걷는 건 또 두 발로 걸어? 저러다 어디 걸려서 넘어지면 어떡하려고. 얼라리요? 불을 안 피우면 밥을 못 먹어? 아이고 환장하겄네…. 답이 없다. 진짜 답이 없어. 쟤들은 이 험한 세상 어떻게 살아남으려고 저러나? 한승태가 질 좋은 대나무잎을 찾아 전국을 떠돌며 사오 년에 한 번 간신히 '번식'을 한 반면(그는 5년에 한 번꼴이라고 강조했다. 왜냐하면 4는 재수 없기 때문에) '사피엔스'는 계절이 바뀌는 것보다 더 빠르게 강력한 종으로 거듭났다.

이야기의 길이는 곧 열 배, 스무 배 이상 늘어났다. 단순히 길어지기만 한 게 아니었다. 직접 프롬프트를 입력하는 대신 수많은 선택지 중에 마음에 드는 것을 클릭하는 것만으로 설정값을 정할 수도 있었다. 그때까지 기계가 쓰는 이야기가 그냥 뭉뚱그려 '이야기라고 부를 수 있는 무언가'였다면 새로운 버전에서는 로맨스, 추리, SF, 역사, 판타지, 드라마, 코미디, 공포, 무협, 에세이, 시, 모든 장르를 각각의 형식에 맞게 구현할 수 있었다. 장르만이 아니었다. 주인공의 이름이나 성별, 직업은 물론이고, 사는 지역, 시대적 배경, 모델로 삼을 실제 사건, 주변 인물들의 성향, 악당의 스타일까지, 문체는 하드보일드인지 만연체인지, 담고자 하는 사회적 메시지는 어떤 것인지도 선택할 수 있었다. 어디까지가 개인의 창작이고 어디서부터가 인공지능의 산물인지가 불분명할 만큼 입력할 수 있는 설정은 늘어갔다.

20세기 사람들이 개인용 컴퓨터를 소유하게 됐듯 21세기에는 개인용 작가를 가지게 됐다. 이제는 각자가 좋아하는 작가나 장르 몇 가지를 염두에 두고 책을 고르는 시대가 아니라 저마다 자신만의 전속 작가를 두고서 읽고 싶은 게 있으면 그 즉시 쓰게 만드는 시대가 됐다. 스토리텔링 엔진에는 한계가 없는 듯 보였다. 웹상에 있는 정보를 이용해 논픽션도 쓸 수 있었다. 단순히 정보만 모아놓은 게 아니라 특정 작가의 문체를 흉내 낼 수 있고 추리소설풍으로 변주할 수도 있었다. 사용자가 조금만 시간을 들이면 정조의 문체반정 해설서를 박민규 작가의 비장하게 코믹한 문장으로 읽을 수 있었다.

부검 결과서에서 피해자를 사망에 이르게 한 치명타로 기록된 공격은 다른 인공지능 엔진과의 연계였다. 스토리텔링 엔진을 그림 그려주는 프로그램과 연동시키면 전자가 만든 이야기를 바탕으로 웹툰을 만들어냈다. 다시 그림 그려주는 프로그램과 핸드폰 속 사진 보관함을 연결하면 사용자를 모델로 한 캐릭터를 만들어냈다. 더는 남이 만든 이야기에 목멜 필요가 없었다. 내 의도대로 내가 설정한 이야기를 바로 내 얼굴이 담긴 캐릭터를 통해 즐길 수 있었다.

작가 세계 최후의 저항은 역시나 스마트폰 어플에 서식지를 잃어가던 변호사의 도움을 받아 이루어졌다. 스토리텔링 엔진이 학습한 원작의 저자들과 대형 언론사들이 대규모 저작권 소송을 제기했고 오랜 법정 싸움 끝에 원고가 일부 승소했다.* 여기서 작가들의 운명이 갈렸다. 자신의 글이 특정한 문학 스타일을 대표할 수 있는 위치의 작가들은, 다시 말해 스토리텔링 엔진의 설정값 하나로 자리 잡은 작가들은 살아남았다. 대가들은 살아남았고 천재들도 살아남았다. 한승태가 그 이름만 들어도 리히터지진계에 감지될 만큼 요란하게 발을 구르게 만들었던 베스트셀러 작가들도 일부는 살아남았다. 반면 이렇다 할 이름도 작품도 남긴 적이 없는 절대다수의 작가들은(한승태가 속한 쪽도 당연히 여기였다) 영화 〈블레이드 러너〉의 대사를 빌려 말해보자면, "잊혀졌다. 빗속의 눈물처럼".

한승태의 경력은 스토리텔링 엔진의 등장 이전부터 기로에 있었다. 20대 후반부터 줄기차게 달칵 소리를 내던 무릎이 40대를 훌쩍 넘긴 어느 날, 보신각 새해 타종 못지않은 데시벨로 조종을 울렸다. 발길 닿는 대로 돌아다니며 막일을 해서 글을 쓰는 시절은 그렇게 느닷없이 끝나버렸다. 그 역시 친구들처럼 스타벅스에서 쓸 수 있는 글을 고민해 볼 차례였다. 한승태가 게으르게 다른 방식을 모색하는 사이에 인공지능은 업계의 강자로 자리매김했다.

그는 갑자기 시간을 거슬러 20대 시절로 내동댕이쳐진 기분이었다. 꾸준히 써서 보내보려 했지만 원고를 출간할 출판사가 남아 있지 않았다. 이제야 자신이 문장으로 무언가를 담아내는 법을 이해하기 시작했

* 〈"내 작품으로 배웠다" 미 작가·매체 AI업체에 사용료 요구 확산〉, 《중앙일보》, 2023. 7. 31. 다만, 소송 결과는 내 상상이다.

다는 느낌을 받던 때였다. 하지만 자신이 표현한 것을 눈여겨봐 줄 세상이 존재하지 않았다. 출판사와 함께 그가 언제나 어렵지 않게 구할 수 있었던 허드렛일도 사라졌다. 그에겐 부양할 가족이 있었다. 돈도 글도 예전처럼 몸으로 때워서는 해결할 수 없었다. 그는 어찌할 바를 알 수 없었다.

그는 일 중에서도 제일 힘든 일이 '일 구하는 일'이라는 사실을 다시 기억해 냈다. 실업 상태에 놓인다는 것은 대도시 한복판에서 조난을 당한 거나 다름없다. 생존과 관련한 모든 것이 불투명해진다. 아무도 당신을 써주려고 하지 않을 때, 그것이 너무나도 분명한 상황에서 하루이틀 허송세월하고 있을 때는 세상이 두 발바닥만 한 크기로 쪼그라든다. 혼자일 때와 가정이 있을 때 일을 못 구하는 건 차원이 달랐다. 은행 잔고까지 바닥이 나면 하루하루가 단순히 시간이 흐르는 게 아니라 시한폭탄의 초침이 째깍째깍 움직이는 거나 마찬가지였다.

이제 글로 먹고사는 길은 두 가지가 남았다. 하나는 인공지능이 한 번도 접한 적 없는 글을 쓰는 것이다. 세상이 본 적 없는, 컴퓨터가 학습해 본 역사가 없는 글. 하지만 거기에는 천재로 태어나야 한다는 것 말고도 함정이 있었으니 일단 존재하는 글은 학습할 수 있었고 데이터가 축적되면 얼마든지 재현할 수 있었다.

남은 하나는 인공지능을 이용해 대량으로 글을 생산하는 회사에서 프롬프트를 입력하는 일이었다. 스토리텔링 엔진을 보유한 기업들은 일종의 '대본 공장'을 만들었다. 여기서는 개인들이 즐기는 글과는 별개로 문화 산업에서 필요로 하는 모든 종류의 글을 영화사나 방송국 등의 수

주를 받아 대량으로 만들어냈다. 이런 글들은 고사양의 프로그램을 이용해 좀 더 전문적으로 정교하게 만들고 다듬어야 했다.

마침 한승태가 알고 지낸 편집자 후배가 선견지명을 발휘해 침몰해가던 출판계에서 빠져나와 이런 공장에서 관리자로 자리를 잡고 있었다. 한승태는 그에게 사정해 프롬프트 넣는 일자리를 간신히 얻을 수 있었다. 회사는 운명의 장난인지 과거 콜센터가 모여 있던 용산에 있었다. 내부 역시 콜센터마냥 컴퓨터가 놓인 큐비클로 층 전체가 가득 채워져 있었다. 팀은 장르별로 나뉘었다. 그는 '로맨스 1팀'에 배정받았다.

작업은 단순했다. 10대들이 좋아할 만한 연애물을 만들어야 한다고 하면, 프롬프트 창에 "사춘기 아이들이 좋아할 만한 사랑 이야기를 써줘. 〈트와일라잇〉 시리즈풍으로. 배경은 제주도 해변에 있는 사립 고등학교. 남자 주인공은 뱀파이어가 아니라 지구에 사는 외계인이고 초능력을 가지고 있어. 여자 주인공은 '벨라'보다는 〈헝거게임〉에 나오는 '캣니스' 같은 스타일로. 악당은 영어 선생님인데 사실은 외계인을 추적하는 비밀첩보국 직원이고 〈레 미제라블〉의 자베르 경감 같은 사람이야"라고 입력하는 식이었다. 다만 여기서 멈추는 게 아니라 이렇게 산출한 초고를 바탕으로 챕터별로, 장면별로 추가 프롬프트를 입력하고 수정하는 작업을 고객이 "OK"할 때까지 반복했다. 대개 수정 횟수가 100회에 다다를 때쯤 끝나는데 그렇게 해도 2주 정도밖에 걸리지 않았다. (횟수와 시간은 계속해서 줄어들었다. 결국엔 그 작업마저 사람이 필요치 않게 될 때까지.)

인간이 하는 일은 인물과 플롯을 만들어내는 것에서 인공지능으로부터 필요한 글을 유도하는 것으로 옮겨 갔다. 목적과 필요에 딱 맞는 프롬프트를 입력하기 위해선 글을 보는 눈과 고전 지식이 필요했고 이는 실업자가 된 작가와 편집자의 경험이 필요한 자리였다. 하지만 그는 끝내 그 자리에서도 오래 버티지 못했다. 업계의 금기 사항을 번번이 어긴 탓이었다.

"형! 도대체 제가 몇 번을 얘기해요? 수동입력으로 고치지 말라고. 그냥 프롬프트 넣어서 돌려요. 수동입력은 그냥 구색 맞추려고 넣어둔 거예요. 정말로 쓰라고 해놓은 게 아니라!"

"그래도 이게 더 낫다니까."

"정말로 그렇게 생각해요? 그게 더 낫다고?"

"그럼 당연한 거 아냐? 기술이 아무리 좋다고 해도 사람이 직접 쓴 글은 못 따라오지."

"형, 여기서 만든 작품 제대로 읽어본 적 없죠?"

"무슨 소리야? 읽었으니까 고치지."

"그거는 초고고. 여기서 완성한 글 처음부터 끝까지 읽어본 적 있냐고요?"

"…."

"형이 저번 달에 나한테 보여준 소설, 형이 기분 나쁠까 봐 말 안 했는데 솔직히 그거보다 여기서 만든 게 훨 나아요."

"…야! 니가 글에 대해서 나보다 잘 알아? 나는 철들고 평생을 글을 썼어. 너는 좋은 대학 나와서 좋은 회사 취직한 거밖에 더 있어?"

후배는 마지막 우정의 증표로 근무 기간이 부족한데도 한승태가 실업

급여를 신청할 수 있도록 처리해 줬다. 며칠 후 회사에서 보낸 한승태의 짐이 택배로 도착했다. 상자 바닥에 한승태의 눈에 익은 제목을 단 두툼한 원고가 놓여 있었다. 제목은 그가 후배에게 평을 구했던 자신의 첫 번째 소설이었지만 내용은 달랐다. 그것은 한승태의 소설 설정 그대로 스토리텔링 엔진에 입력해서 생산한 원고였다.

숨겨둔 쌍둥이처럼 자기 소설과 똑같은 제목의 그 원고는 한승태가 가진 오래된 글쓰기의 두려움을 떠올리게 만드는 글이었다. 매번 그를 노트 앞에서 머뭇거리게 만든 두려움 중의 하나는 아무리 노력해도 머리에 떠올랐던 최초의 영감을 온전히 작품으로 옮길 수 없다는 불안이었다. 그가 머릿속에 구상했던 것은 빛깔과 선 모두 완벽한 도자기였지만 실제로 완성한 것은 언제나 깨지고 일그러진 사기 조각이었다. 작품을 완성하는 일은 차악 중의 차악을 추려내는 작업이었다. 하지만 거기에는 전혀 다른 글쓰기가 담겨 있었다.

인물들의 이름, 장소, 전체적인 줄거리 모두가 동일했다. 그런데도 너무나 달랐기에 기이하기만 했다. 거기에 있는 이야기는 자신의 능력에 아무런 의심도 가지지 않은 전문가가 최초의 아이디어를 망설임 없이 그대로 밀어붙여 완성해 낸 결과물이었다. 그 안에는 한승태가 쓰고 싶었던 이야기가 그가 쓰고 싶었던 문장에 담겨 있었다. 다만 그중에 어느 것도 한승태가 쓴 것이 없었을 뿐이다. 실력 차가 너무나도 확연했기에 화가 나지도 억울하지도 않았다. 그저 부끄러웠다. 이런 걸 가지고 대단하다고 믿고 있었구나. 그걸 나만 모르고 있었구나….

그가 경찰서 신세를 지게 된 것은 며칠 후의 일이다. 매일 찾던 집 앞

카페에서 현금을 받지 않는다고 하자 쌓인 줄도 몰랐던 감정이 터져 나왔다. 카페 사장이 이번 잔은 그냥 드릴 테니 다음부터 카드를 이용해 달라고 부탁해도 소용없었다. 손님들이 눈살을 찌푸리며 가게를 빠져나가고 쟁반이 나뒹굴고 나서도 마찬가지였다. 결국 경찰이 출동했다.

"그그럼, 이건 어어어… 어디 가서 쓰라는 거예요?"

현장에 도착한 30대 초반의 **경찰***은 어째서 점잖아 보이는 중년 남자가 술에 취한 것도 아니면서 현금을 안 받는다는 이유 때문에 말까지 더듬으며 울먹이는지 끝내 이해하지 못했다.

#5

이 일을 보도한, 인공지능이 쓴 단신 **기사****가 공식적인 자료 중에선 한승태에 관해 남아 있는 마지막 기록이다. 이후 그는 대중에게서 완전히 잊혔다. 작가로서도, 터무니없는 이유로 단골 가게에서 행패를 부린 진상 손님으로서도. 그래도 삶은 계속됐다. 그는 꾸준히 썼다. 경찰서에 다녀온 이후로는 집 밖으로 나가는 것 자체가 두려웠기 때문에 식탁에서 침대 위에서 썼다. 매일 아침 10시부터 4시까지 아이를 학교에 보내고 일하는 아내가 돌아올 시간에 맞춰 저녁을 준비하기 전까지. 출판

* 경찰(Police Officers): 대체확률 0.098 _〈고용의 미래〉

** 기자 및 논설위원: 대체확률 0.49 _《기술변화에 따른 일자리 영향 연구》

이나 발전 따위의 의도는 조금도 없이 그냥, 그것 말고는 달리 할 수 있는 게 없기 때문에 썼다. 죄수들이 편지 쓰기에 매달리듯이.

경찰이 한승태의 가족에게 연락했을 때 그의 아내는 주말에도 일하는 중이라 전화를 받지 못했다. 결국 연락을 받은 건 한승태의 아들이었다. 한승태에게는 아이를 갖기로 한 게 정말 자기 고집이었는지 확인하기 위해 10여 년 전 쓴 일기를 파헤쳐 보게 만든 사춘기 아들이 한 명 있었다. 아이러니하지만 일기를 확인한 날, 한승태는 분명히 이놈 때문에 경찰서에 가게 될 일이 있을 거라고 직감했다. 운명은 이런 식으로 어리석은 아버지들의 두려움을 되돌려주는가 보다.

그가 아들에게 바란 것은 단 한 가지 책을, 그중에서도 종이책을 좋아하는 것이었다. 하지만 취향은 강요할 수 없는 법. 그 대상이 먼지 풀풀 나는 종이 뭉치일 때는 더더욱. 핸드폰 사용 시간을 제한하고 집에 있는 종이책 한 권을 읽을 때마다 용돈을 주겠다고 구슬려도 봤지만 그의 아들은 끝내 책과 가까워지지 않았다. 사춘기라는 정글에서 '쿨함'은 생존의 기준이었고 종이책은 그야말로 쿨하지 못했다. 그의 아들은 책을 붙들고 있는 것보단 또래 아이들처럼 핸드폰으로 코인을 채굴하거나 게임을 하는 편이 학교에서 살아남는 데 유용하다는 사실을 알고 있었다.

그의 아들은 책에는 무관심했지만 아빠가 매일 뭘 하는지는 궁금해했다. 나가서 일을 하는 것도 아니고 그렇다고 요리나 청소에 공을 들이는 것도 아니고 운동도 안 하고 게임도 안 하고 술도 안 마시고 저 인간은 허구헌 날 뭘 하는 걸까? 한승태가 얼이 빠진 모습으로 경찰서에서 돌아오고 며칠 뒤였다. 저녁 식사 그릇을 치우고 다시 노트와 펜을 꺼낸 아빠 옆에 아들이 의자를 붙여 앉았다. 난생처음으로 아빠를 알고 싶다는 호기심이 일었다.

"아빠 뭐해?"

"뭐하긴, 글 쓰지."

"그니까 그걸 왜 하는 건데?"

"왜 하냐고?"

"어. 왜 해 그거? 그거 하면 돈 돼?"

한승태가 아들에게서 수백 번 들었던 질문이지만 이번엔 평소와 같은 비난조도, 무시하는 기색도 없었다. 그는 이 대답이 아들의 관심사에 책을 집어 넣을 수 있는, 어쩌면 자신의 삶을 전달할 수도 있는 마지막 기회라고 생각했다. 하지만 도무지 적당한 말이 떠오르지 않았다. 아무리 정신을 집중하려 해도 머릿속에 떠오르는 건 멋들어진 문학 옹호론이 아니라 소련의 강제수용소였다. 오래전 독자와의 만남 행사에서 사회자가 들려준 이야기. 수용소 막사마다 적혀 있었다는 단어, 자첸.

한승태에게도 비슷한 경험이 있었다. 그가 머물렀던 고시원의 벽마다 비슷한 낙서들이 적혀 있었다. "올해 꼭 합격", "성공해서 효도하자", "존나 춥네", "섹스하고 싶다", "코 고는 새끼들 다 죽이고 싶다" 등등 청춘의 굴라그 곳곳에 삶을 유예당한 젊은이들의 아우성이 깨알 글씨로 적혀 있었다. 한승태가 수용소를 전전하며 마주친 낙서들 중 가장 많이 발견한 말이 무엇인지 짐작이 가시는지? 합격? 섹스? 성공? 그것은 바로 이런 글귀였다.

"아무것도 하고 싶은 게 없다."

방이 너무 작아 누우려면 의자를 책상 위에 올리고 머리를 책상 아래로 집어넣어야 했던 방이 있었다. 그렇게 자리에 눕자 서랍 밑부분에 피로 쓴 듯 빨간 글씨로 적힌 문장이 눈에 들어왔다. “내가 정말로 원하는 게 뭔지 찾고 싶다.” 그는 그 글씨가 점자라도 되는 것처럼 손을 내밀어 만졌다. 그 절박함이 손가락을 통해 그의 내부로까지 전달되는 것 같았다. 어디서나 같은 말을 하고 있었다. 모두들 갈급하게 찾고 있었다. 그는 조금의 냉소도 없이 아들이 정말로 원하는 것이 돈이기를 바랐다. 그렇다면 저 아이에 대해선 아무것도 걱정할 게 없다. 아들은 길을 잃지 않을 것이다. 그는 건강하고 당당하게 세상을 살아갈 거다. 정말로 원하는 것이 그것이라면 말이다.

문제는 돈이란 존재는, 얻기 위해 평생을 쏟아부은 다음에야 자신이 그들 삶의 정답이었는지 아닌지를 알려준다는 거다. 다시 말해 삶의 가능성이 말기 위암 아니면 고독사 중 하나만 남았을 때에야 비로소 자신이 진정으로 원하는 것이 돈이었는지 아닌지를 판별할 수 있다. 물론 열심히 돈을 모으지 않은 사람 역시 말기 암, 고독사와 마주한다. 결국 어느 쪽이든 그 순간을 피할 수 없다면 청춘의 굴라그마다 가득했던 외침에 한 번이라도 제대로 응답할 수 있다는 건 대단한 특권이라고 한승태는 생각했다. 단순히 글을 쓰느냐 아니냐가 중요한 게 아니었다. 내 글을 쓸 줄 안다는 것, 스스로를 온전하게 표현할 수 있는 방법을 터득한다는 것이 인간에게 얼마나 중요한지를 알려주고 싶었다. 하지만 그는 이 생각을 어떻게 조리 있게 아들에게 전달할 수 있을지 알 수 없었다. 그는 결국 대답하지 못했다.

질풍노도의 아들보다 먼저 경찰에게 연행되는 솔선수범에도 불구하고 한승태와 아들의 관계는 그가 원한 만큼 가깝지는 못했다. 물론 한승태의 아버지와 그와의 관계보다는 가까웠지만 말이다(비교할 게 따로 있지?! 누군가 비슷한 지적을 할 때마다 그는 이렇게 중얼거렸다). 한승태가 아들을 이전과는 다른 눈으로 보게 된 계기는 그를 절망에 빠뜨렸던 바로 그 존재가 가져다줬다. 시간이 지나 이번엔 한승태의 아들이 그의 반 친구들이 한 번도 이름을 들어본 적 없는 대학으로 떠난 후였다.

한승태는 아들이 떠난 방을 정리하다가 옷장 구석에 쌓인 종이 뭉치를 발견했다. 맨 위에 '위층의 전쟁'이라는 이름이 적혀 있었다. 아들이 프로그램으로 만들어낸 판타지 소설이었다. 주인공은 아들과 같은 이름을 가진 중학생이다. 주인공의 부모는 근방에서 치킨집을 한다. 어느 날 가게 일을 돕고 집으로 돌아온 주인공은 천장에서 쿵쾅대는 소리에 화가 나서 윗집을 찾아간다. 문을 두드리자 대답은 없이 저절로 문이 열린다. 안으로 들어가자 갑자기 시야가 새하얘지며 아무것도 보이지 않는다. 정신을 차려보니 주인공은 중세풍의 다른 세상에 도착해 있다.

그는 즉시 왕 앞으로 불려 나간다. 그는 자신이 평범한 치킨집 아들이라고 설명한다. 그들은 치킨이 뭔지 모른다. 그가 닭을 잡아 요리하는 사람이라고 말하자 좌중이 술렁인다. 사연은 이렇다. 이 세계에서 닭은 평범한 식용동물이 아니라 거대하고 난폭한 공룡 같은 괴물이다. 그 몇 안 되는 닭 하나가 봉인에서 풀려나 온 세상을 위협했다. 그래서 왕은 이 괴물을 퇴치할 용사를 보내달라고 하늘에 기도를 드렸는데 마침 주인공이 나타난 것이다. 이제 주인공은 왕이 선별한 열두 명의 전사와 함께 이 닭을 잡으러 가는 여정에 올라야 한다.

놀랍게도 원고는 스무 개가 넘는 버전이 있었다. 처음 이야기에 수정을 가해 계속해서 이야기를 발전시키고 있었다. 시작은 단순한 판타지 액션이었지만 이야기에 점점 깊이와 멋이 더해졌다. 주변국과의 세력 다툼, 문제의 괴물에 얽힌 전설, 결사대 내부의 불화와 배신, 싸움만 나면 도망갈 궁리만 하던 중2 소년이 조금씩 당당한 어른으로 성장해 가는 과정까지. 주인공이 성장하는 모습과 이 원고가 성장해 가는 모습이 나란히 눈에 들어왔다. 점심 먹으면서 읽기 시작한 원고를 맨 마지막 버전까지 끝냈을 때는 주위가 완전히 어두워진 후였다. 그는 아들이 남긴 원고를 손에 쥐고 오랫동안 생각에 잠겼다. 무엇을 이용해 어떻게 썼건 재미있고 감동적인 이야기였다. 모든 게 끝난 게 아니었다. 아들의 세대도 그들 나름대로의 방식으로 아름다움에 응답하고 있었다. 자신이 마지막이라고 여겼던, 이제는 모조리 끝났다고 믿었던 기예가 비록 그가 동의할 수 없는 방식이긴 했지만 여전히 살아 있었다.

누구나 과거가 된다. 이번엔 그의 아들 차례였다. 한승태가 이해하지 못하는 일을 하고 있던 아들은 두 사람 다 이해하지 못하는 기술에 밀려 일자리를 잃었다. 아들은 고등학교를 졸업한 이후 10년 만에 집으로 돌아왔다. 한승태는 아들이 젊은 나이에 일자리를 잃었다는 사실보다 아들의 몸짓 때문에 더 가슴이 아팠다. 그는 아들의 눈빛과 발걸음을 알아볼 수 있었다. 끊임없이 주위 시선을 의식하는 듯 힐끔거리는 눈빛, 한 가지 일이 채 끝나기도 전에 다른 일을 시작하려 달려드는 성급한 발걸음. 모두 자신이 작가로서의 생명력이 다했음을 깨달았을 때의 모습이었다.

한승태는 오래전, 인공지능에 밀려 사라지는 직업을 쓴 책을 떠올렸다. 거기서 그는 챕터를 마무리하며《죄와 벌》의 유명한 독백을 인용했다. 라스콜리니코프가 사방이 절벽인 아주 좁디좁은 공간 위에서 평생을 보내야 한다고 할지라도 살고 싶다고 외치는 장면이었다. 그는 노동의 문제는 곧 생존의 문제라고, 아무리 보잘것없는 직업이라 할지라도 사람은 일하고 싶어 한다고 썼다. 그는 당연히 해야 할 말을 했고 필요한 글을 썼다. 하지만 되돌아보니 이 글에서는 다음이 보이지 않았다.

그는 인생에서와 마찬가지로 글에서도 후회가 많았지만 딱 한 군데만 고칠 수 있다면 바로 이 대목을 고치고 싶었다. 그가 도스토옙스키의 독백 대신 들려주고 싶은 것은 이누이트족과 텍사스인의 우화였다. 그는 이 이야기를 〈5쿼터〉라는 미식축구 영화를 통해 알게 됐다. 영화 자체는 인상적이지 않았지만 영화 속에서 주인공이 속한 팀의 감독이, 패배가 예상되는 시합을 앞둔 선수들에게 들려준 그 이야기만은 시간이 지나도 잊히지 않았다.

오래전 텍사스의 석유 회사가 알래스카를 가로지르는 **송유관을 건설***하기 시작했다. 텍사스 소고기를 먹으며 텍사스 위스키를 마시는 건장한 텍사스인들이 이 작업에 고용됐다. 하지만 이들만으로는 현장 작업을 충당할 수 없어 현지인도 고용했다. 바로 알래스카에 사는 이누이트족 사람들이었다. 본격적으로 작업을 시작하기 전 함께 일할 동료들을

* 석유 및 천연가스 생산직: 대체확률 0.71 _《기술변화에 따른 일자리 영향 연구》

확인한 텍사스인들은 웃음을 참을 수 없었다. 체구가 자신들의 절반도 되지 않았던 것이다. 송유관 작업을 경험해 본 그들은 이 일이 얼마나 많이 체력을 갉아먹는지 알았다. 도대체 저런 몸으로 여기서 뭘 할 수 있단 말이야?

하지만 작업이 시작되자 낙오하는 사람들은 텍사스인들이었다. 결국 자신만만하던 텍사스인은 모두 떨어져 나가고 현장에는 이누이트족만 남았다. 이들이 수년에 걸쳐 공사를 완료했다. 회사는 이해할 수 없었다. 그들은 두 집단의 식단부터 체지방량, 피의 농도까지 과학적으로 검사할 수 있는 거의 모든 것을 검사했다. 그리고 더위를 견디는 힘이든 추위를 견디는 힘이든 텍사스인이 육체적인 면에서는 이누이트족을 월등히 앞선다고 결론 내렸다.

그러면 무엇 때문이었을까? 이누이트족이 특별했던 점은 하나였다. 그들은 날씨가 더 추워질 수 있다는 걸 예상했다. 그것뿐이었다. 반면에 텍사스인은 지금 날씨가 어떤지만 생각했다. 텍사스인이 이보다 추워지지는 않을 거라고 믿고 있을 때, 이누이트족은 더 혹독한 추위에 대비해 마음을 단단히 먹었다. 그리고 날씨가 실제로 더 추워졌을 때 텍사스인은 무너졌고 이누이트족은 버텨냈다.

세상은 오늘도 날카로운 한기로 사람들을 몰아세운다. 살아남기 위해 우리는 잊지 않아야 하리라. 다가오는 시간은 지금보다 아주, 아주 많이 더 추우리라는 사실을.